MATTHIAS HERBERT

MEMIANA

D1673946

MATTHIAS HERBERT

MEMIANA

Die Spur der Herde

Band 3

Lektorat: Almuth Heuner
Satz: Marcus Meier
Kartenmaterial: Astrid Vollenbruch
Buchherstellung: Garrett Rivers
Umschlaggestaltung: Christian Suhr
Nutzung mit freundlicher Genehmigung von
Lausch Medien

© Matthias Herbert
Fahrgasse 5
D-65549 Limburg an der Lahn

1. Auflage 2020

Herstellung und Verlag: BoD – Books on Demand, Norderstedt

ISBN: 9783754357460

Memiana

Band 3 von 14 Bänden

MEMIANA
Vakasa
Piggoli
SALA SPITZE
NIRANADEL
PASS VON ARDIGUAN
Raak-Gebirge
Kirusk
AARO-CAVE
CAVE
Jakat
Saldaka
Staka
CAVE
Ronahara
Kapak-Wall
Maro
KLIPPE
NOMMILA
DER PFAD DER PHYLE
EBENE

MEMIANA

CIBOLO

Ronahara

Kopak-Wall

EBENE VON KOPAK

FELSEN VON MARABARA

Feuer-Wall

Fehllate

Maro

Graupes

Sole-Wall

Einmischung

„Das ist nicht euer Ernst!" Carb schaute den Wächter verblüfft an. Der Mann stand vor dem Tor von Utteno und verwehrte ihnen den Durchgang. „Was soll das heißen, wir dürfen nicht in die Stadt?"

Die Freunde hielten ihre Reittiere an den Zügeln und die Krone scharrten ungeduldig mit den Klauen. Die schwarzen Mauern von Utteno erhoben sich finster über dem doppelflügeligen Tor.

Die beunruhigende Stille war noch immer da. Es war genauso, wie Jarek es in Erinnerung hatte, als sie vor noch gar nicht so langer Zeit hier erstmals eingetroffen waren. Sie waren erschöpft und verletzt gewesen nach dem Überfall in Yalas Tal der Schatten und dem blutigen Kampf im Graulicht. Aber sie hatten die Räuber besiegt und es bis hierher geschafft.

Schon damals war kein Laut aus der einstmals so belebten Marktstadt Utteno gedrungen, keine Rufe, keine Musik, keine Schreie von Kronen in ihren Pferchen, kein lautes Feilschen von Händlern im Kontor und kein Lärm spielender Kinder.

Nichts kam über das fugenlose, dunkle Mauerwerk und nichts deutete darauf hin, dass sich dahinter eine Stadt verbarg, in der einmal fast fünftausend Menschen gelebt hatten und die Marktplatz gewesen war.

Doch dann war der Wasserstand in der Cave abgesunken und alle waren weitergezogen, die sich an einer anderen Stelle einen Neuanfang leisten konnten.

„Wir sollen im Solowall bleiben?", fragte Mareibe genauso empört wie Carb. Sie schaute sich nach dem kleinen Schutzbau um. Er lag am Fuß der langen Rampe, die zu den Stadtmauern führte, und war den Reisenden vorbehalten, die am Tor abgewiesen wurden. „Wir sind Memo, keine Solo", sagte sie.

„Trotzdem", erwiderte der Wächter, wich dabei aber dem Blick der jungen Frau aus.

„Wieso?" Jarek sah die beiden Männer an, die sich an ihren Lanzen festhielten. Die Armlangen Schneider trugen sie so ungeschickt im Gürtel, dass sie diese gar nicht schnell ziehen konnten. Außerdem hatten sie so viele Stecher bei sich, dass jeder halbwegs erfahrene Kämpfer sehen konnte, dass es sich bei ihnen um Menschen handelte, die Angst hatten, aber keine Ahnung von Waffen. Sie verstanden von der verantwortungsvollen Aufgabe, die sie hier zu erfüllen hatten, nichts.

Gar nichts.

Die beiden Männer kamen aus dem Händlerstamm der Vaka und waren nur zur Wache eingeteilt, weil sich die verarmte Stadt Utteno keinen Kontrakt mit einem Clan der Xeno mehr leisten konnte.

Jarek sah den Männern an, dass sie mit einer Frage oder Widerstand nicht gerechnet hatten. Die beiden warfen sich unsichere Blicke zu und betrachteten dann scheu die vier Rothaarigen in ihrer roten Kleidung, die Einlass begehrten. Der mutigere der beiden Wächter sagte schließlich schwach: „Memo sind in Utteno nicht willkommen."

„Wir müssen nicht willkommen sein", sagte Jarek. „Es reicht vollkommen, wenn wir ein Quartier für das Graulicht erhalten. Und ich kann mir nicht vorstellen, dass alle Herbergen voll sind."

Adolo lachte herzlich und Carb fiel kopfschüttelnd ein.

„Kein Zutritt für Memo", wiederholte der Wächter genauso unsicher wie stur.

„Dann ist das die einzige Stadt Memianas, bei der das der Fall ist", sagte Jarek.

„Ihr habt keine Ahnung, wer wir sind", sagte Mareibe. Es war keine Frage. Es war eine Feststellung, die sie müde und mit einem genervten Gesichtsausdruck aussprach.

„Egal", murrte der Wortführer und hielt die Lanze quer vor den Durchgang, als ob er damit die Vier hätte aufhalten können, wenn sie versucht hätten, durchzubrechen. „Ihr geht jetzt besser."

„Nein", sagte Jarek scharf. „Einer von euch geht. Und er holt Matus her. Sofort."

„Ihr kennt den Ältesten?" Der Wächter brachte es wirklich fertig, noch unsicherer zu werden, und trat von einem Fuß auf den anderen.

„Oh ja", antwortete Carb bedeutungsvoll. „Und wie wir den kennen."

Wieder wechselten die Wächter einen widerstrebenden Blick. Der bisherige Sprecher nickte dem anderen zu, als ob er ihn auffordern wollte, jetzt auch einmal etwas beizutragen.

„Von Matus kommt die Anweisung", sagte der zweite Mann am Tor schüchtern. „Keine Memo mehr in Utteno."

Bevor Carb darauf eine Antwort finden konnte, hörten sie einen Freudenschrei.

„Mareibe!" Ein Mädchen kam aus dem Tor geschossen, dass seine salafarbenen, fest geflochtenen Zöpfe flogen, und warf sich der Memo in die Arme. „Ihr seid gekommen, ihr seid gekommen, ihr seid gekommen!", jubelte die Kleine.

Mareibe drückte sie an sich. „Hallo, Parra", sagte sie und küsste das Mädchen auf die Stirn. „Schön, dich zu sehen."

„Ihr seid ja alle rot angezogen. Und ihr habt rote Haare und rote Augen gekriegt. Ihr seid wirklich Memo! Ihr seid Memo geworden! Toll!" Parra betrachtete sie begeistert und fasste vorsichtig nach Mareibes kurzem Zopf.

„Ja, das sind wir", sagte Jarek und fuhr dem Mädchen über den Kopf. Es schien ihm eine Ewigkeit vergangen zu sein, seit sie sich auf der Reise angefreundet hatten. Viele Lichte lang waren sie der gleichen Richtung gefolgt und vor Utteno hatten Jarek und seine Freunde Parra und ihre Familie gerettet.

„Jarek!" Parra ließ Mareibe los und wechselte zu Jarek, der in die Hocke ging und die wilde Begrüßung über sich ergehen ließ. Dann war Parra auch schon weitergelaufen, hatte Adolo einen dicken Kuss auf die Wange gedrückt und packte dann Carb an den Händen.

„Fliegen, fliegen, ich will fliegen!"

Carb ergriff sie und drehte sich mit ihr im Kreis, sodass Parra jauchzend herumgeschleudert wurde. Vorsichtig setzte er das Mädchen wieder ab, das sich jetzt umschaute. Seine Freude wich Verwirrung und Sorge.

„Wo ist Yala?", fragte Parra leise.

Die Freunde sahen sich an, dann spürte Jarek ihre Blicke auf sich. „Yala konnte leider nicht mitkommen", erklärte er. „Aber sie schickt dir ganz viele Grüße."

Parra sah Jarek traurig an. „Sie hat gesagt, sie besucht mich auch mal. Das hat sie versprochen."

„Das wird sie tun, Kleine", antwortete Mareibe. „Ganz bestimmt. Yala verspricht nie etwas, das sie nicht halten kann. Sie wird zu dir kommen. Sobald sie kann."

Damit war Parra erst mal zufrieden. Sie nahm Mareibe an der Hand und zog sie Richtung Durchgang. „Kommt doch endlich", sagte sie und drehte sich nach den anderen um, die zurückgeblieben waren.

„Das würden wir ja gerne", sagte Jarek und lachte. „Aber diese gefährlichen Männer wollen uns nicht reinlassen." Er deutete auf die unschlüssigen Wächter, die offenbar nicht wussten, wie sie mit der neuen Situation umgehen sollten. Den Spott in Jareks Stimme hatten sie aber sicher nicht überhört.

Parra fuhr herum, zog die Augenbrauen zusammen und fauchte die beiden Wächter an. „Ihr seid so doof wie Schaderscheiße", schrie sie wütend. „Das sind meine Freunde!"

„Parra, dein Vater hat gesagt, Memo dürfen nicht ...", versuchte sich der Wortführer zu verteidigen, aber Parra fuhr ihm über den Mund.

„Die haben uns alle gerettet, im Tal der Schatten, du Tölpelaaser!", rief sie mit einer Autorität in der Stimme, die ihrem Alter nicht unbedingt entsprach. „Und der da hat uns die Pumpe gebaut, damit wir wieder Wasser haben!" Sie zeigte auf Carb, der die gewaltigen Arme verschränkte.

Die Wächter starrten die vier Memo an.

„Oh", sagte der kleinere. Mehr nicht.

„Ihr seid das?", brachte der andere hervor. „Wir hatten doch keine Ahnung ..."

„Keine Ahnung? Gut, dass du uns das sagst. Das hätten wir sonst überhaupt nicht bemerkt", sagte Mareibe spitz. Sie nahm Parra an der Hand und die Zügel ihrer beiden Krone in die andere.

Die Tiere hatten geduldig gewartet. Jarek hatte den Eindruck, dass sie sogar teilweise belustigt die Auseinandersetzung verfolgt hatten. Auf jeden Fall hatten sie Mareibes Stimmung erkannt. Als Mareibe nun mit den beiden Kronen Richtung Tor ging, warf ihr Reittier dem kleineren der Wächter einen Seitenblick zu und versuchte, ihm beiläufig mit seinen Hornkrallen auf den Fuß zu treten. Der überforderte Torposten musste ein Stück zurückspringen, um seine Zehen zu retten.

Jarek und seine Freunde folgten Mareibe und Parra, ohne sich noch einmal umzudrehen.

„Sie wissen es nicht besser", sagte Riliga leise. Parras Mutter strich sich eine Strähne hinter das Ohr, die sich aus ihrem Zopf gelöst hatte. Jarek bemerkte, dass das Schwarz ihrer Haare nun an vielen Stellen von Grau durchzogen war. Sie schien stark gealtert zu sein, seit er sie das letzte Mal gesehen hatte, und Jarek erkannte mit Sorge auch die dunklen Ringe unter ihren Augen.

„Macht Euch darüber keine Gedanken." Riliga stellte Becher vor ihre vier Gäste und Parra beeilte sich, ihnen Suraqua einzugießen.

Das Mädchen hatte darauf bestanden, die Freunde direkt zum Wohnbau ihrer Familie zu führen.

Die Straßen waren immer noch so verlassen wie bei ihrem ersten Besuch in Utteno, als sie die Stadt am Ende ihrer Kräfte erreicht hatten. Jarek hatte auf der Strecke bis zu dem kleinen Bau im Schatten der Mauer nur vierundzwanzig Menschen gezählt. Von Parra hatte er erfahren, dass die Pumpe in der Cave genauso viel Wasser lieferte, wie Carb es berechnet und vorhergesagt hatte. Es hatten keine weiteren Familien Utteno verlassen. Aber es war auch niemand zurückgekehrt.

Das bedeutete, dass nach wie vor nur noch ein knappes Fünftel der ursprünglichen Bewohner hier lebte. Alles schien unverändert, aber sowohl der Wächter als auch der Beschützer in Jarek hatten ihre Kammern verlassen, hatten Witterung aufgenommen und beide hatten zur Vorsicht gemahnt.

Etwas war anders in Utteno.

Da war nicht mehr diese gedrückte Stimmung einer dem Untergang geweihten Stadt, in der sich die Zurückgebliebenen krampfhaft und mit falscher Zuversicht und Fröhlichkeit an mehr als vage Hoffnungen klammerten. Es waren auch nicht die Zuversicht und die Freude auf eine bessere, sichere Zukunft, die man in einer Stadt im Aufbruch erwartet hätte. Die verlassenen Straßen, Gassen und Plätze hatten etwas Bedrohliches und die kurzen Blickwechsel mit seinen Freunden hatten Jarek verraten, dass die anderen es genauso empfunden hatten.

Ganz genauso.

„Das sagt sich so leicht", meinte Jarek nun. „Aber wir müssen uns schon Gedanken machen, wenn der Älteste einer Stadt erklärt, dass Memo hier nicht mehr willkommen sind. Was hat das zu bedeuten?"

Riliga zögerte, aber Parra zuckte die Achseln. „Papa ist sauer auf die Memo. Weil die einfach abgehauen sind. Und jetzt sagt er, wir brauchen keine Memo mehr. Wenn Utteno wieder groß ist, auch nicht. Nie wieder."

„Ohne Memo wäre Matus gar nicht mehr am Leben", brummte Carb. „Hat er das vielleicht vergessen?"

„Wir haben nicht vergessen, dass Ihr uns das Leben gerettet habt, Carb", versicherte Riliga eilig. „Ganz bestimmt nicht. Und Matus habt Ihr genauso geholfen. Das sage ich ihm immer wieder. Aber er hört nicht mehr auf mich." Sie war sehr leise geworden. „Wenn er überhaupt jemals gehört hat."

Adolo betrachtete die Frau besorgt. „Ich verstehe das alles nicht. Die Memo sind doch nicht einfach gegangen", sagte er. „Es war die Stadt Utteno, die den Kontrakt nicht mehr erfüllt hat. Wenn eine Stadt oder ein Clan eine Vereinbarung mit den Memo trifft, dann halten wir uns daran. Aber wir erwarten auch, dass der Andere seinen Verpflichtungen nachkommt. Das ist das Wesen eines Kontraktes."

„Ich weiß. Ihr habt ja recht. Wir konnten nicht mehr bezahlen", sagte Riliga traurig. „Und daran sind nicht die Memo schuld. Aber ich bin unhöflich. Verzeiht mir. Memiana!"

Die Gastgeberin goss ein wenig aus ihrem Becher in die Opferraute im Tisch. Alle taten es ihr gleich, bevor sie tranken, auch Mareibe, die früher das Opfer abgelehnt hatte, als sie noch eine Ausgestoßene aus dem Volk der Solo gewesen war.

Parra saß auf Mareibes Schoß und hatte den Kopf gegen ihre Schulter gelehnt, wie sie es während der Reise immer gerne bei Yala getan hatte.

„Warum ist sie nicht mitgekommen?", fragte Parra nun schon zum siebten Mal. „Sie hat es versprochen."

Jarek beschloss, es nicht länger zu verschweigen. „Yala kann nicht laufen, Parra. Sie hat sich an den Beinen verletzt und kann nur liegen. Verstehst du?"

„Waren das wieder Räuber?", fragte das Mädchen mit erschrocken aufgerissenen Augen.

„Nein", antwortete Jarek. Er überlegte, wie viel er erzählen durfte.

„Haben euch die Cavo überfallen?", flüsterte Parra und beugte sich vor.

Carb lachte und schüttelte den Kopf. „Nein, auch die nicht."

„Es gibt keine Cavo", sagte Mareibe und legte die Wange an Parras Hinterkopf.

„Gibt es doch", murrte diese.

Geschichten über das Volk der Unterirdischen, das im Graulicht aus den Tiefen kommen und Menschen fressen sollte, waren ein Lieblingsthema Parras. Sie war fest davon überzeugt, dass es sie gab und dass sie für alles Unheil auf Memiana verantwortlich waren. Aber die Sorge um die Freundin verhinderte, dass sie diesmal weiter darauf einging. „Was ist mit Yala passiert?", fragte sie noch einmal.

„Ein Reißer hat sie angefallen", sagte Jarek. Diesen Teil der Wahrheit konnte er verraten.

Riliga sah Jarek genauso besorgt an wie Parra. „Ist es sehr schlimm?"

„Wir hoffen, dass es bald besser wird", antwortete Jarek. Wieder einmal bemerkte er, dass es ihm inzwischen leichter fiel, eine Antwort auf eine Frage zu geben, die nicht annähernd die ganze Wahrheit enthielt, das Gegenüber aber zufriedenstellte. Eine Hama-Wahrheit. „Ich bin sicher, dass sie dich besuchen kommt, sobald es ihr wieder möglich ist, zu reisen, Parra."

Parra nickte, tauchte den Finger in Mareibes Becher und fing an, mit der Flüssigkeit auf den Steintisch zu malen.

„Wie geht es denn Eurer Schulter?", fragte Mareibe Riliga, um abzulenken. Parras Mutter war bei dem Kampf von einem Schuss getroffen worden. Aber ihr Bruder war im Tal der Schatten gestorben.

„Gut", antwortete Riliga und fasste an die Stelle, an der das Projektil ihren Körper durchschlagen hatte. „Ich spüre überhaupt nichts mehr davon. Was für ein Glück, dass Ihr da wart."

Hama, der Älteste der Memo, hatte Riliga versorgt und Jarek hatte die Heilkünste damals bewundert. Doch das war gewesen, lange bevor er den Näher Ferobar kennen gelernt hatte. Jetzt wusste Jarek, dass noch ganz andere Dinge möglich waren, als nur ein kleines Einschussloch zu verschließen.

„Wo sind eigentlich die Jungs?", fragte Carb und schaute sich um. Parra hatte zwei kleine Brüder, von denen nichts zu sehen war. „Es ist so still hier. Das kennt man gar nicht."

„Nok und Brat sind bei Freunden", antwortete Riliga. „Da sind sie meistens", fügte sie leise hinzu.

Mareibe und Jarek wechselten einen kurzen Blick. Mareibe setzte Parra, die auf ihren Beinen ein Stück hinunter gerutscht war, wieder gerade und legte ihrer Mutter eine Hand auf den Arm. „Riliga", sagte sie. „Können wir Euch irgendwie helfen?"

„Es ist alles in Ordnung", antwortete Riliga viel zu rasch.

„Sicher?"

„Es ist für alle nicht leicht. Aber wir dürfen uns nicht beklagen. Es geht immer weiter. Voran."

Parra lehnte sich gegen Mareibe und sagte leise: „Es wird alles besser als früher." Jarek spürte, dass das Mädchen nur etwas wiederholte, das es immer wieder und wieder gehört hatte, ohne daran zu glauben.

„Ich verstehe. Es geht also nicht voran mit dem Aufbau der Stadt?", fragte Adolo.

Riliga zuckte die Achseln. „Matus gibt sich viel Mühe. Aber es ist so schwer, die zu überzeugen, die gegangen sind. Viel schwerer, als er dachte. Sie glauben nicht mehr an diese Stadt. Dabei sind die meisten hier geboren. Aber sie wollen nicht zurückkommen. Und dann der Markt. Es wird alles viel länger dauern, als Matus gedacht hat. Dabei arbeitet er die ganze Zeit. Er schläft kaum noch. Er glaubt fest daran, ganz fest. Utteno wird wieder groß."

Riliga sah Jarek an und er erkannte das Flehen um eine Bestätigung in ihren Augen. Doch Jarek brachte nicht mehr als ein Nicken und ein Lächeln zustande.

Er wollte nicht sagen, was er dachte, und er spürte, dass es den anderen genauso ging. Sie alle hielten Utteno für verloren. Sie hatten in den Unterrichtungen der neuen Memo so viel von Städten gehört, die untergegangen waren. Bei fast allen hatte es genauso angefangen wie hier, mit dem Absinken des Spiegels in der Cave, bis das Wasser schließlich versiegte. Nichts hatte das Ende einer Stadt aufhalten können, ganz gleich, was die Bewohner auch versucht hatten, die sich verzweifelt an ihre Hoffnungen geklammert hatten. Ein starker Anführer konnte eine untergehende Stadt längere Zeit halten, oft sogar noch viele Umläufe.

Aber einen erfahrenen und klugen Ältesten hatte Utteno nicht. Die Freunde waren sich schon bei ihrer ersten Begegnung einig darüber gewesen, dass Matus völlig unfähig war, diese Stellung in einer solchen Stadt zu bekleiden.

In Utteno waren nur die Verlierer geblieben. Und Matus war einer von ihnen.

„Einen ersten Erfolg hat er jetzt erzielt", sagte Riliga mit schwacher Hoffnung.

„Was für einen denn?", fragte Mareibe und verschränkte ihre Hände mit Parras kleinen Fingern.

„Ein Vakaclan aus Trestivo will hier eine Niederlassung gründen", erklärte Riliga.

„Trestivo. Das ist auf der anderen Seite von Memiana", meinte Carb nachdenklich. „Dreihundertachtzig Lichtwege. Wieso wollen die hierher?"

„Sie handeln mit Kaas und Paasaqua und haben ganz besondere Sorten, die hier noch niemand kennt", antwortete Riliga.

„Wie viele Leute sind von dort gekommen?", wollte Carb wissen.

„Bis jetzt nur eine kleine Abordnung aus dem Clan der Borsa. Aber sie reden die ganze Zeit darüber, wie viele Kontore sie hier eröffnen wollen und wie sie die Kir bewegen können, Utteno wieder zum Marktplatz zu machen."

Alle schwiegen.

Jarek wusste, dass viel geredet wurde. In jeder Ansiedlung rund um den Pfad, die Stadt werden wollte. In jeder Stadt, die Marktplatz werden wollte. An jedem Marktplatz, der Hauptsitz eines großen Clans werden wollte.

Was geredet wurde, war nicht wichtig. Viel wichtiger war, wer redete. Memo kannten die Namen aller wichtigen Clans von Memiana. Von einem Clan der Borsa aus Trestivo hatte Jarek noch nie gehört.

„Da ist es doch verständlich, wenn ein Mann nicht so viel Zeit für seine Familie hat", setzte Riliga leise hinzu und sagte damit alles. „Wenn er so viel Verantwortung trägt, für so viele Menschen. Für eine ganze Stadt."

In diesem Augenblick öffnete sich die Tür. Alle drehten die Köpfe in Richtung des Eingangs. Matus trat ein. Jarek erschrak über die Veränderung, die der Älteste von Utteno durchgemacht hatte, seit sie ihn zuletzt gesehen hatten, aber er versuchte sich an einem Lächeln, um sich nichts anmerken zu lassen.

Parras Vater war schon nicht besonders kräftig gewesen, als die Freunde ihn kennen gelernt hatten. Aber jetzt wirkte er ausgezehrt und abgemagert und die dunklen Ringe um seine Augen waren noch ausgeprägter als bei Riliga.

Er blieb stehen, als er die vier Memo an seinem Tisch sah, starrte sie an, dann erschien ein verkrampftes Lächeln auf seinem Gesicht. Aber Jarek war nicht entgangen, dass sowohl Riliga als auch Parra zusammengezuckt waren, als der Mann und Vater hereingekommen war.

„Besuch. Unsere Retter geben sich die Ehre." Matus' Blick huschte zwischen den Freunden hin und her, streifte ihre roten Haare, die Kleidung in der gleichen Farbe, mied aber ihre Augen. „Ich habe am Tor gehört, dass da jemand gekommen ist." Er kam langsam an den Tisch heran, fast lauernd, wie ein Reißer, der sich anschlich, schien es dem Jäger in Jarek, der wachsam aus seiner Kammer getreten war.

„Ich hoffe, wir sind willkommen, auch wenn wir Memo sind", sagte Jarek, erhob sich und hielt Matus die Hand hin.

Matus zögerte, dann schlug er ein. Sein Händedruck war weich und feucht.

„Ich habe meine Gründe, warum ich keinen Kontrakt mit den Memo mehr eingehen werde", sagte er mürrisch, aber dann bemühte er sich um einen freundlicheren Ton. „Aber das hat nichts mit Euch zu tun. Euch werde ich immer dankbar sein. Ewig."

Matus trat an den Tisch und gab auch Adolo, Carb und Mareibe nacheinander die Hand.

Mareibe erstarrte, als Matus sie berührte, und ihr Blick suchte den von Jarek. Aber der Wächter und Beschützer in Jarek hatte schon Alarm geschlagen. Jarek hatte sofort erkannt, was nun auch Mareibe gesehen hatte. Ein Blick in die Augen des Ältesten von Utteno reichte. Seine Pupillen unter den flackernden Lidern hatten einen ganz leichten Rotstich.

Matus war süchtig nach Coloro.

„Er ist genau der Typ dafür", sagte Mareibe voll Wut und
Verachtung. „Matus ist ein Schwächling, der gerne stark
sein will. Mit Coloro denkt jeder, er wäre der Größte."
Sie saßen auf den mit Salasteinen ausgekleideten
Ruhelagern in der kleinen Herberge, in die der Älteste von
Utteno sie geführt hatte.
Das letzte Mal hatten sie in der größten Unterkunft der Stadt
geschlafen und waren mit der besten Nahrung und teurer
Kleidung versorgt worden. Diesmal war Matus an dem
großen Bau einfach vorbeigegangen und hatte ihnen diese
kleinen, primitiven Räume angewiesen, die auch in einem
Solowall nicht aufgefallen wären. Dann hatte er sich rasch
verabschiedet.
Sie waren nicht mehr lange in dem engen Bau neben der
Mauer geblieben, den die Familie immer noch bewohnte,
obwohl größere und bessere Unterkünfte leerstanden. Parra
hatte gequengelt, sie sollten noch bleiben, und sie wollte mit
Mareibe das Knackerspiel spielen, bei dem man aus einem
Haufen Knochen so viele wie möglich ziehen musste, ohne
dass sich einer der anderen bewegte. Es war ein Spiel, bei
dem das Mädchen ein erstaunliches Geschick zeigte, und
Parra war jedes Mal begeistert, wenn sie alle Erwachsenen
schlagen konnte.
Doch Jarek und seinen Freunden hatte der Sinn nicht nach
Spielen gestanden. Mit dem Eintritt von Matus hatte sich
die Stimmung innerhalb des Baus von einer schweren
Niedergeschlagenheit in nackte Angst verwandelt. Der
Wächter und Beschützer in Jarek hatte die nur mühsam
verborgene Angriffslust des Ältesten von Utteno genau
gesehen und zum Abschied geraten.
Nachdem sie die Becher ausgetrunken hatten, waren sie mit
der Erklärung aufgestanden, sie seien von der langen Reise
ermüdet. Matus hatte keinen Versuch unternommen, sie
zum weiteren Bleiben zu bewegen. Allen war klar gewesen,

dass er die vier Memo so schnell wie möglich wieder loswerden wollte. Ganz gleich, was Matus über Dankbarkeit sagte, Jarek merkte, dass wohl immer noch die höfliche Zurückweisung an ihm nagte, die er erfahren hatte, als er ihnen damals den absurden Vorschlag gemacht hatte, doch in Utteno zu bleiben und ihm beim Wiederaufbau der Stadt zu helfen. Sie hatten abgelehnt.

Dazu kam jetzt die Selbstüberschätzung durch seine Sucht nach dem Rauschmittel. Mareibe hatte ihnen die Wirkung von Coloro erklärt. Je mehr man die Kontrolle verlor, desto mehr dachte jeder, der von Coloro abhängig war, er hätte alles im Griff.

„Ein Niemand, der ein Jemand sein will", sagte Jarek leise.

„Was?", fragte Mareibe erstaunt.

Jarek schaute auf, als er bemerkte, dass er den Gedanken laut ausgesprochen hatte. „So hat Yala Matus damals genannt", erklärte er. „Und sie hatte recht."

„Yala. Ja. Yala sieht so viel mit einem Blick." Jarek sah in Mareibes traurigen Augen, dass sie die Freundin jetzt schon vermisste.

Aber dann schaute sie sie alle mit einem kurzen Rundblick an, setzte sich aufrecht hin und fragte: „Also, was tun wir?"

„Schlafen", brummte Carb und wickelte sich fester in seinen Mantel. „Und sobald Sala aufgeht, verschwinden wir aus diesem Loch, in dem wir nicht erwünscht sind."

„Ja." Adolo zog sich den weichen Niramantel über die Schultern, der im Graulicht verhindern sollte, dass man zu sehr fror.

Es war kalt in dem Schlafraum, der bei Weitem nicht so großzügig ausgestattet war wie die Herberge, die sie beim letzten Mal bewohnt hatten. Die Salasteine bedeckten gerade mal die Schlafstellen und waren so dünn, dass die Wärme, die sie im Gelblicht gespeichert hatten, jetzt schon merklich nachließ. Jarek bemerkte, dass auch ihm langsam kalt wurde.

Sein Körper hatte lange genug Zeit gehabt, sich daran zu gewöhnen, dass es in Mindola durch die offenen Wasserflächen der Laake im Graulicht nicht wesentlich kühler war als unter den Strahlen Salas und Schlafstellen dort keine Wärme speichernden Steine benötigten. Aber nun waren sie in der kurzen Zeit, seit sie die geheime Stadt der Memo verlassen hatten, bereits vierundzwanzig Lichtwege pfadauf gereist und hatten schon die ersten Ausläufer des Raakgebirges wieder erreicht.

Der Pfad der Phyle und der ihn begleitende Weg für die Menschen führten nun weitere hundertzweiundsiebzig Lichtwege bergauf, bis sie den Pass von Ardiguan zwischen den Höhen des Gebirges erreichten, und mit jedem Schritt hinauf wurde es im Graulicht kälter.

„Du weißt genau, was ich meine", sagte Mareibe.

Der dunkle Riese schüttelte den Kopf. „Nein, weiß ich nicht. Wovon redest du? Was meinst du? Was sollen wir tun? Warum sagst du es uns nicht einfach?"

„Ich meine wegen Matus", erklärte Mareibe ungeduldig. „Wir müssen etwas unternehmen."

„Denkst du, wir sollen den anderen Bewohnern von Utteno sagen, dass ihr Ältester süchtig nach Coloro ist?", fragte Adolo zweifelnd. „Die würden uns doch gar nicht zuhören. Und wer weiß, wie viele der anderen auch schon abhängig sind."

Mareibe zuckte die Achseln. „Viele, da kannst du sicher sein. Hier darf doch jeder in die Stadt, ohne dass einer irgendwas kontrolliert. Besser können es die Solo, die den Dreck für Ollo verkaufen, doch gar nicht haben. Aber davon rede ich nicht. Utteno ist mir vollkommen egal. Diese Stadt geht unter, so oder so."

„Das sehe ich leider genauso", bestätigte Jarek. „Utteno ist nicht zu retten. Nicht von Matus, nicht von diesen Leuten."

„Wahrscheinlich gibt es diesen Clan von Vaka gar nicht, von dem er redet. Ich jedenfalls hab den Namen noch nie gehört." Carb lehnte sich zur Seite und stützte den großen Kopf in die riesige Hand.

„Ich auch nicht", sagte Adolo.

„Scheiß doch auf Utteno", sagte Mareibe heftig. „Ich rede nicht von dieser verfluchten, finsteren Stadt. Die kann von mir aus in ein riesiges Loch fallen. Ich rede von Parra, ihrer Mutter und ihren Brüdern!" Sie sah ihre Freunde ernst an.

Carb kratzte sich an einer Narbe, die er am Arm davongetragen hatte, als sie gegen die Salafuuche gekämpft hatten, und sagte, ohne aufzuschauen: „Ja, die sind arm dran. Tun mir richtig leid."

„Habt ihr gesehen, wie Riliga zusammengezuckt ist, als Matus reinkam?", fragte Adolo.

„Genau", sagte Mareibe mit wachsender Ungeduld. „Er schlägt und quält Riliga und die Kinder. Also, was unternehmen wir?"

„Was sollen wir denn tun? Soll ich den Kerl erschießen?", fragte Carb und warf einen Blick auf seinen Splitter, der bei ihrem Gepäck lag, das sie vollständig in die Herberge gebracht hatten. „Wäre kein Problem. Meinen Dreißigschüsser habe ich ja noch."

Sie alle hatten ihre Waffen behalten. Keine Ansiedlung, die von halbwegs vernünftigen Bewohnern geführt und bewacht wurde, ließ es zu, dass Reisende sie mit ihren Waffen betreten durften. Jeder musste seine Splitter, Stecher, Schneider, Wurfklingen und Kurzbogen am Tor abgeben und erhielt sie zurück, wenn er sich wieder auf den Weg machte. Nur so war der Frieden innerhalb der Mauern zu halten. Für gewöhnlich. Doch in Utteno war nichts wie gewohnt. Die unfähigen Wachen hatten nicht gewagt, ihre Waffen zu fordern, als Parra die Freunde in die Stadt geführt hatte. Der Beschützer und der Wächter in Jarek fragten sich, wie viele blutige Kämpfe es wegen dieser verantwortungslosen Nachlässigkeiten wohl in Utteno gegeben hatte, seit sie zum letzten Mal hier gewesen waren.

„Nein, Matus erschießen wäre nicht das Richtige", sagte Mareibe nachdenklich, als zöge sie diese Möglichkeit tatsächlich in Betracht. „Das wäre Verschwendung. Schade um das Projektil."

Carb starrte sie an.

„War ein Witz", erklärte Mareibe achselzuckend. „Und das Coloro wird ihn sowieso irgendwann erledigen. Aber so lange warte ich nicht."

Sie sah die Freunde der Reihe nach an, dann verkündete sie ihren Beschluss: „Wir nehmen Parra, Riliga und die Kleinen mit."

Carb schaute Mareibe mit offenem Mund an, Adolo zog beide Augenbrauen so hoch, dass sie seinen Haaransatz berührten, und auch Jarek war verblüfft.

„Das geht nicht", sagte er sofort.

„Warum nicht?", kam die Antwort. „Hier gehen sie zugrunde."

„Wir können doch nicht einfach eine ganze Familie entführen", gab Jarek zu bedenken.

„Erstens ist es keine ganze Familie, wenn der Vater hier bleibt. Und zweitens entführen wir keinen. Wir bieten nur unsere Hilfe an. Wenn sie nicht wollen, bleiben sie. Wenn sie wollen, nehmen wir sie mit." Mareibe hatte sich offenbar alles schon genau überlegt. „Ich nehme Parra auf meinen Kron. Das Zeug auf dem Lasttier verteilen wir. Dann kann Riliga mit den Jungs darauf reiten."

„Und wenn sie nicht reiten kann?", fragte Adolo matt.

„Dann bringst du es ihr ganz schnell bei, großer Kronbezwinger!", sagte Mareibe scharf. Sie verschränkte die Arme vor der Brust und schaute die anderen herausfordernd an. „Ich werde sie nicht hierlassen."

„Mareibe, wir sind Memo. Und Memo mischen sich nie direkt ein. Wir transportieren Botschaften und wir beraten", ermahnte Jarek.

Aber Mareibe nickte nur. „Ja, genau", antwortete sie. „Und ich rate einer Mutter, ihre Kinder zu nehmen und aus dieser verfluchten Totenstadt zu verschwinden, bevor sie mit ihrem colorosüchtigen Mann untergeht, der sie und seine Kinder verprügelt. Ich weiß, wie ein geschlagenes Kind aussieht, das könnt ihr mir glauben", sagte sie mit glitzernden Augen. „Ich weiß ganz genau, was hier läuft, und ich werde nicht einfach weiterreiten und dieses kluge, starke kleine Mädchen hierlassen! Nein. Werde ich nicht. Also versucht erst gar nicht, mir das auszureden."

Mareibe war immer lauter und heftiger geworden. Alle schwiegen einen Moment. Jarek merkte, dass Carb und Adolo von Mareibes Entschlossenheit genauso beeindruckt waren wie er.

Aber da war noch etwas. Eine kleine, verborgene Tür hatte sich geöffnet und verstohlen schaute da ein wenig Scham hervor, als Jarek sich bewusst wurde, dass er die Zustände um Parra und ihre Familie gesehen, erkannt und bedauert hatte. Aber er hatte sich keine Gedanken gemacht, wie er ihnen helfen könnte.

„Wenn wir sie hierlassen, dann war alles umsonst, versteht ihr das nicht?" Mareibe hatte sich wieder etwas beruhigt und sah wieder jedem von ihnen der Reihe nach ins Gesicht. „Dann hätten wir sie in Yalas Tal der Schatten auch gleich den Räubern überlassen können. Aber wir haben sie gerettet. Und das war viel schwerer als jetzt. Wir haben damals unser Leben für sie riskiert. Jeder von uns. Jarek, ich fühle es. Diese schreckliche Stadt wird untergehen", sagte sie eindringlich. „Es wird hier etwas Furchtbares passieren. Irgendwas. Sie werden im Graulicht die Tore aufmachen und Reißer werden hereinkommen oder sonst irgendetwas Grauenhaftes wird geschehen. Und diesmal werden es keine Fremden sein, die sterben. Diesmal werden es Menschen sein, die ich mag! Freunde! Ich will das nicht. Ich will nicht noch mehr von diesen Bildern im Kopf!", rief sie und presste beide Hände gegen ihre Schläfen.

Jarek packte Mareibe an den Schultern, zog sie an sich, strich ihr mit der Hand über die Haare und hielt sie fest. „In Ordnung, Mareibe!", sagte er ruhig. „In Ordnung. Kein Kalahara mehr, Mareibe. Schieb es weg. Schließ es wieder ein. Du willst das jetzt nicht sehen."

Mareibe klammerte sich an ihn und atmete ein paarmal tief durch. Jarek wusste, was in ihrem Inneren tobte. Es waren die albtraumhaften Bilder der Erinnerung an den Fall der kleinen Stadt Kalahara, den Mareibe einst erleben musste. Als Colorosüchtige im Graulicht das Tor geöffnet hatten, waren die Reißer eingefallen, hatten alle niedergemetzelt und nur Mareibe hatte überlebt.

„Geht's wieder?", fragte Jarek sanft, als sich Mareibes Atem etwas beruhigt hatte, und sie nickte.

„Wir werden es ihnen anbieten", sagte Jarek. „Wenn sie wollen, können sie mit uns gehen. Wenn sie es wollen, dann werde ich in Maro einen Platz für sie finden. Wir helfen ihnen. Versprochen."

„Endlich redest du wie Jarek." Mareibe lächelte ihn an.

„Und was passiert, wenn Matus das verhindern will?", fragte Adolo zweifelnd.

„Uns aufhalten? Das kann er ja mal versuchen", sagte Mareibe mit grimmigem Gesichtsausdruck.

„Halt!", flüsterte Jarek und alle erstarrten. Parra packte Mareibes Hand, dass ihre Knöchel weiß hervortraten. Auch sie hatte vernommen, dass plötzlich ein Geräusch fehlte. Das Schnarchen von Matus, das durch den ganzen engen Bau gedröhnt war, war verstummt. Alle lauschten mit angehaltenem Atem.

Leise holte Mareibe Luft, als endlich ein Grunzen durch den dünnen Vorhang kam, der die Schlafkammer des Ältesten von Utteno vom Mittelraum trennte, und Matus weiterschnarchte.

Mareibe war in der dunkelsten Zeit des Graulichts in die Unterkunft geschlichen. Sie hatte Parra gesucht und vorsichtig geweckt. Das Mädchen wusste, dass seine Mutter sich in der Nahrkammer ein behelfsmäßiges Lager bereitet hatte, und hatte Mareibe leise zu ihr geführt. Mareibe brauchte Riliga nicht zu überreden. Mit Tränen in den Augen war Parras Mutter ihr um den Hals gefallen, als sie ihr flüsternd das Angebot unterbreitet hatte, sie mitzunehmen. Sie und die Kinder.

Jetzt trug Riliga die beiden schlafenden Jungen auf den Armen und folgte ihnen mit vorsichtigen Schritten zum seitlichen Ausgang des Wohnbaus. Jarek hatte festgestellt, dass die Haupttür stark knarrte und quietschte, als sie nach ihrem Besuch den Bau verlassen hatten, und er wollte kein Risiko eingehen.

Sie nahmen nicht viel mit. Riliga hatte nur rasch ein paar Kleidungsstücke für sich und die Kinder zusammengerafft, damit sie nicht in ihrer Unterkleidung fliehen mussten. Sie wollte keinen Augenblick zu lange in der Nähe ihres

Mannes bleiben. Zu groß war ihre Angst, dass er im letzten Augenblick noch aufwachen und auf ihre Flucht aufmerksam werden könnte.

Vorsichtig zog Jarek die Riegel des Seiteneingangs zurück. Es gelang ihm vollkommen geräuschlos und er öffnete die Tür ein Stück. Jarek schaute durch den Spalt auf die Gasse, die sich zwischen der hohen, finsteren Mauer und den einfachen Wohnunterkünften entlangzog. Kein Mensch war im tiefen Schatten zu sehen.

Jarek winkte den anderen und sie huschten nach draußen. Er ließ die Tür nur angelehnt, dann übernahm er die Führung und ging mit raschen, leisen Schritten an der Mauer entlang in Richtung des Kontors.

Polos war bereits versunken und Nira ihm schon zur Hälfte gefolgt, während die ersten Strahlen Salas gerade einmal den Horizont kitzelten.

Es war die dunkelste Zeit. Das Kreischen der Reißer vor den Mauern verstummte mit jedem Schritt mehr. Zunächst schwiegen die Breitnacken, die sich nun auf den Weg zu ihrem Bau machen würden, um das Gelblicht zu verschlafen, dann die Springreißer. In der Ferne ließ sich der Anführer eines Rudels von Mähnenstreifern noch ein letztes Mal vernehmen, dann war es still.

Jarek, Mareibe und die Flüchtlinge eilten durch den Schatten, aber Jarek gab die Geschwindigkeit vor. Sie durften nicht zu früh kommen. Es war wichtig, die richtige Zeit abzupassen und nicht aufzufallen.

Jarek trat zwischen zwei niedrigen Bauten hervor und schaute über den Platz vor dem Kontor. Adolo und Carb hatten die Krone gesattelt und gezäumt und hielten sie wie verabredet neben der verlassenen Schänke bereit.

Jarek sah zwei Gestalten im Schatten eines schon lange leeren Kaasladens und hörte ein Lachen und das Scheppern einer achtlos weggeworfenen, ausgetrunkenen Feraflasche. Dann traten die beiden Männer in eine Gasse und verschwanden mit unsicherem Gang zwischen den schon verfallenen Wohnbauten des ältesten Teils von Utteno.

Jarek winkte Mareibe. Sie kam mit Parra an der Hand heran. Riliga folgte mit den beiden Jungen.

„Hat ja gedauert", murmelte Carb.

Jarek gab keine Antwort, sondern half ihm, Nok und Brat, die immer noch schliefen, in den Sattel von Carbs Reittier zu setzen. Dann schaute er sich um und sah, dass die ersten Strahlen Salas über die Mauer leckten und das gelbe Licht langsam begann, das Grau zu verdrängen.

Jarek gab Adolo und Mareibe einen Wink und alle griffen nach dem Zaumzeug der Krone und machten sich auf den Weg in Richtung Tor. Er hatte ihnen eingeschärft, wie sie sich benehmen und was sie tun sollten, und er sah nicht ohne Stolz, dass sich seine Freunde genau an seine Anweisungen hielten.

Mit lockeren Schritten gingen sie in Richtung des Tores, ohne Hast, als hätten sie eigentlich alle Zeit, die sie wollten, hätten aber beschlossen, so früh wie möglich im Gelblicht aufzubrechen, um ein möglichst großes Stück ihres Weges zurückzulegen.

Das Tor zwischen den Türmen war noch geschlossen.

Aus dem Bau der Wächter im Turm rechts des Eingangs trat einer der Männer, die für die Wache eingeteilt waren. Er blinzelte ins heller werdende Licht und sah Jarek, seine Freunde und die Familie seines Ältesten herankommen.

„Öffnet bitte das Tor", sagte Jarek.

Der Wächter schaute Riliga an, die den Blick erwiderte."Wo wollt Ihr denn hin?", fragte er erstaunt.

„Matus schickt mich nach Briek", sagte Riliga wie besprochen und es gelang ihr, genau die richtige Mischung aus Müdigkeit, Missbilligung und Ergebenheit zu zeigen, die überzeugend war. „Wir müssen die Quartiere für den Markt sichern. Hätten wir noch einen Memo in Utteno, hätten wir einfach eine Botschaft geschickt, wie früher", fügte sie leiser hinzu, als ob sie das mehr zu sich selbst sagte.

Der Wächter seufzte und nickte. „Ja dann. Frieden und einen guten Weg", sprach er den traditionellen Abschied.

„Frieden und gute Geschäfte", antworteten Jarek mit dem Gruß der Vaka. Der zweite Wächter erschien an der Tür des Turms und gähnte ausgiebig.

„Komm", forderte der andere ihn auf. „Machen wir auf."
Beide wandten sich in Richtung des doppelt mannshohen,
zweiflügeligen Tores aus Fera. Carb und Adolo wechselten
einen Blick und lächelten und Mareibe atmete leise auf.

In diesem Augenblick ertönte ein lauter Ruf hinter ihnen.
„Halt! Halt! Nicht aufmachen! Nicht das Tor aufmachen!!!"
Die Wächter, die bereits die Hände an den Riegeln hatten,
drehten sich verwundert um und sahen Matus. Er kam
angerannt und schwenkte einen Armlangen Schneider durch
die Luft. Die Torhüter wechselten einen erstaunten Blick
und sahen dann zu Jarek, der gelassen die Achseln zuckte.

„Der hat zu viel getrunken. Mal wieder. Bitte öffnet. Wir
wollen losreiten."

„Ah ja." Die Erklärung reichte den Männern am Tor
anscheinend, denn sie wandten sich wieder den Riegeln zu.

Matus stieß einen Wutschrei aus. „Nicht öffnen, verdammt.
Ihr hirnlosen Blutschader. Die entführen meine Familie!!!"
Die Wächter drehten sich mit offenen Mündern wieder um.
Matus rannte mit aller Kraft, schwenkte dabei den
Schneider und brüllte: „Hilfe! Alle zu den Waffen. Die
Memo wollen meine Familie rauben!!!"

Das Geschrei hallte zwischen den Gebäuden wider, die nun
im immer heller werdenden Licht Salas glänzten. An
einigen der vergitterten Lichtöffnungen erschienen
Gesichter und Bewohner von Utteno traten durch Türen ins
Freie, um zu schauen, was der Lärm zu bedeuten hatte.

„Haltet sie auf!", schrie Matus und deutete auf die Gruppe
am Tor, und tatsächlich eilten dreizehn Männer aus
verschiedenen Richtungen herbei.

„Verdammte Verräter!", schrie Matus außer sich, als er sie
fast erreicht hatte. Jarek sah, dass seine Augen nicht nur rot
schimmerten, sondern fast von innen heraus leuchteten.
Matus hatte eine große Dosis Coloro genommen.

Der Älteste von Utteno holte mit dem Scheider aus,
Mareibe schrie eine Warnung und Jarek trat einen Schritt
zur Seite, sodass der Hieb von Matus fehlging, packte das
Handgelenk des Süchtigen, verdrehte es, sodass er mit
einem Schmerzensschrei die Klinge fallen ließ, trat ihm das

Standbein weg und zwang ihn zu Boden, indem er ihm den Arm über die Schulter drehte.

In dem Augenblick waren die ersten der Helfer heran und die vorderen waren bewaffnet.

Jarek dachte nicht nach. Der Beschützer und der Wächter hatten übernommen. Er hob Matus' Schneider vom Boden auf, parierte mit einem lockeren Wirbel drei Hiebe, entwaffnete dadurch zwei der Angreifer und brachte den dritten mit einer geschickten Fußbewegung gegen sein Bein zu Fall. Dann griff auch Mareibe in den Kampf ein und versetzte dem nächsten einen gewaltigen Tritt zwischen die Beine, dass er japsend zu Boden stürzte und sich mit spitzen Schreien herumrollte.

„Hilfe, Mörder!", schrie Matus, der sich nicht traute, sich vom Boden zu erheben. Noch mehr Menschen erschienen auf dem Platz vor dem Tor - und dann fiel der Schuss.

Der Wächter in Jarek hatte das schabende Geräusch von Fera auf Stein gehört, das entstand, wenn ein schlechter Schütze eine Waffe auflegte, um so ein besseres Ziel zu haben. Er hatte mit einem raschen Blick den Lauf des Splitters an einer Lichtöffnung des Kontors erkannt. Er hatte gesehen, dass die Waffe genau auf ihn zielte. Er hatte bemerkt, dass direkt hinter ihm Parra stand, sodass er nicht einfach aus der Schusslinie springen konnte. Er hatte das Mädchen am Arm gepackt und hatte es mit sich zur Seite gezogen, gerade als der verborgene Schütze im Kontor abdrückte.

Der Knall hallte über den Platz und ließ die Kämpfer erstarren, während das fehlgegangene Projektil an genau der Stelle in die Wand des Turms einschlug, wo eben noch Parra gestanden hatte. Es wurde mit einem schrillen Jaulen abgelenkt und streifte einen der Umstehenden an der Schläfe, der einen lauten Schrei ausstieß, in die Knie ging und die Hand auf die sogleich heftig blutende Wunde drückte.

„Jarek!" Carb hatte seinen Dreißigschüsser von der Schulter gerissen und warf Jarek die Waffe zu.

Er legte sie in einer einzigen geschmeidigen Bewegung an, zielte und schoss. Der verborgene Schütze stieß einen

Schrei aus, sein Splitter rutschte durch die Lichtöffnung, fiel nach unten und alle Augen verfolgten den Flug. Mit lautem Poltern schlug die Waffe auf dem Boden vor dem Bau auf. Alle Angreifer waren erstarrt.

Der Splitter zog die Blicke aller auf sich, dann der kleine Einschuss in der Wand des Turms, und am Ende sahen alle Parra an. Es wurde ihnen offensichtlich bewusst, dass das zitternde Mädchen tot gewesen wäre, hätte Jarek nicht auf diese unglaubliche Weise reagiert.

„Oh Scheiße", sagte einer der Wächter.

Jarek hatte den Splitter im Anschlag. Er atmete einmal langsam ein, um seine Wut unter Kontrolle zu bekommen, dann war seine Stimme ruhig, laut und entschlossen. „Dem Nächsten, der eine Waffe hebt, schieße ich in den Kopf!"

Keiner wagte zu atmen.

„Waffen fallen lassen. Alle. Jetzt."

Es klapperte und klirrte, als Schneider und Stecher zu Boden fielen. Aber Jarek senkte den Splitter nicht und seine Blicke huschten weiter wachsam über den Platz und die Lichtöffnungen der Bauten.

Carb zerrte Matus auf die Beine und hielt ihn am Genick fest.

„Niemand wird hier entführt", sagte Mareibe und ihre Stimme zitterte leicht, aber nicht vor Angst, sondern vor Wut. „Riliga geht mit uns, weil sie das will!"

Schweigen folgte. Die Bewohner sahen ihren Ältesten unsicher an.

„Das ist gelogen", rief der.

Riliga trat vor, Entschlossenheit im Blick. „Nein, das ist es nicht", sagte sie. „Ich verlasse dich. Ich verlasse deine verdammte Totenstadt! Und meine Kinder nehme ich mit!"

„Das wagt ihr nicht! Packt sie euch!", schrie Matus, aber die Männer aus Utteno standen nur unschlüssig herum. Jarek musste an das denken, was ihm Yala einst gesagt hatte. Vaka waren Händler. Keine Kämpfer. Wenn sie Widerstand spürten, dann würden sie zurückweichen. Immer.

Riliga schaute die Männer mit einer Mischung aus Wut und Trauer an. „Ich gehe. Und ihr würdet das besser auch tun.

Ihr alle. In Utteno wird nichts Gutes mehr entstehen. Hier wird alles untergehen."

„Lügnerin! Utteno wird wieder groß. Ich mache Utteno zur größten, wichtigsten Stadt am Pfad!", rief Matus.

„Ja", sagte Mareibe voll Verachtung. „Ihr seid der Größte. Genau der richtige Mann dafür. So reden Leute, die auf Coloro sind."

Gemurmel und unsichere Blicke folgten dieser Äußerung.

„Coloro?", fragte einer der Wächter besorgt. „Ist das wahr?"

„Seht ihn euch doch an", erwiderte Mareibe. „Euer Ältester ist süchtig nach dem Zeug!" Sie schaute sich unter den Umstehenden um und deutete dann nacheinander auf drei Männer. „Genauso wie der, der dort und der da hinten."

Carb hatte Matus am Genick und schüttelte ihn etwas. „Woher bekommt ihr Coloro? Wer beliefert euch? Welche Diebe, Räuber und Mörder lasst ihr in diese Stadt?"

Das Entsetzen, das Carbs Fragen auslöste, war geradezu greifbar. Jarek bemerkte den Wächter in sich, der die ganze Zeit schon versucht hatte, ihn auf sich aufmerksam zu machen, und er sagte leise zu Carb: „Schieb die Riegel zurück. Wir verschwinden von hier."

Carb nickte und gab Matus einen Stoß, der ihn nach vorne schleuderte, wo er zu Füßen der Menschen liegen blieb, deren Ältester er sein wollte. Die Riegel knallten laut in der Stille, als Carb sie mit seinen großen Händen zurückschlug.

Adolo half Riliga in den Sattel, hob die beiden Jungen in ihre Arme, und saß dann auf Cimmy auf. Mareibe bestieg ihr Tier, Carb nahm seines und das von Jarek am Zügel. Der hielt den Splitter nach wie vor bereit. Er beobachtete die vielen Lichtöffnungen, hinter denen sich Schusswaffen verbergen konnten, während er sich rückwärts in Richtung des Tores zurückzog.

„Bevor wir euch für immer verlassen, will ich euch noch eine Sache mitteilen", sagte er. „Jeder Solo, der Coloro anbietet, arbeitet für Ollo. Den Mann, der viele von euch im Tal der Schatten ermorden wollte! Das solltet ihr wissen. Lebt wohl. Wenn ihr es könnt."

Jarek trat als Letzter durch das Tor, warf Carb den Splitter zu, bestieg seinen Kron und gab ihm die Zügel. Die

Reittiere schossen davon und rasch hatten sie sich von der Mauer entfernt. Jarek drehte sich um, als sie die lange Rampe nach unten hinter sich gelassen hatten. Am Tor von Utteno ließ sich niemand blicken und niemand wagte es, ihnen einen Ruf hinterherzuschicken oder gar einen Schuss.

Nur wenige Augenblicke später führte der Weg nach links in die Klamm. Die Tritte der Krone hallten von den Wänden wider und Utteno verschwand hinter dem finsteren Bergmassiv.

Die fremde Stadt

Die Hufe der Krone schabten über den harten Fels und die Sättel und Tragegestelle für das Gepäck knarzten und quietschten leise, wo Fera und Horn aufeinandertrafen. Jarek spürte die harten Stöße der einzelnen Tritte, als er sein Reittier langsam bergauf lenkte.

Niemand hatte gesprochen. Ab und zu war von Parra ein Schluchzer gekommen, und jedes Mal hatte Mareibe das Mädchen, das vor ihm im Sattel saß, an sich gedrückt, bis es sich wieder beruhigt hatte.

Sie hatten geschwiegen.

Die ganze Zeit.

Riliga hatte Jarek ein paarmal angesehen, als ob sie das Wort an ihn richten wollte, aber dann hatte sie ihn doch nicht angesprochen und Jarek hatte sie auch nicht ermuntert.

„Es war richtig", sagte jetzt Mareibe mit einer Entschiedenheit in ihrer Stimme, die keinerlei Platz für irgendeinen Widerspruch ließ. „Wir konnten sie und die Kinder nicht in Utteno zurücklassen. Es war richtig."

„Klar. War es", sagte Carb.

„Es hätte aber ruhig etwas unauffälliger geschehen dürfen", meinte Adolo, der seinen Kron Cimmy immer wieder zurückhalten musste, damit er nicht allen davonlief.

„War ja wohl nicht unsere Schuld, oder?", sagte Mareibe. „Haben wir vielleicht mit dem Kampf angefangen? Die sind auf uns losgegangen, mit Schneidern. Und die haben auf uns geschossen, ja?"

„Wir haben uns eingemischt", gab Jarek zu bedenken.

Darauf schwiegen alle eine Weile.

Während der Unterrichtungen in Mindola hatten sie alles über die Geschichte ihres Volkes erfahren, was es aus den letzten dreihundert Umläufen zu berichten gab. Aber Jarek konnte sich nicht an einen Fall wie ihren erinnern.

Memo gaben Ratschläge.

Memo überbrachten Botschaften.

Memo sammelten Wissen.

Aber Memo kämpften nicht.

Und Memo mischten sich nicht ein.

„Man wird darüber sprechen", sagte Jarek endlich, als er es nicht mehr hinauszögern konnte. „Alle werden erfahren, was passiert ist."

„Wie denn?", widersprach Mareibe. „Wir werden bestimmt nicht darüber reden, oder? Oder soll ich ein Lied dichten? Der glorreiche Sieg der vier Memo über die Colorofresser von Utteno? Werde ich nicht."

„Hm", brummte Carb nachdenklich. „Ist was dran. Diese feigen Schwanzlinge haben keinen Grund, irgendwem zu erzählen, wie dämlich sie sich angestellt haben. Und dass sie fast ein Kind ..." Er schaute zu Parra, die von dem hinterhältigen Schuss beinahe getroffen worden wäre, hätte Jarek sie nicht im letzten Augenblick zur Seite gezogen.

„Vielleicht habt ihr recht", gab Jarek widerwillig zu. Aber ihm gefiel trotzdem nicht, was geschehen war. Jarek wusste, was er zu tun hatte. Wenn sie gegen Ende des Gelblichts Briek erreichten, würde er zum dortigen Memo gehen und eine lange Botschaft an Hama sprechen. Der Älteste der Memo musste erfahren, was vorgefallen war. Hama würde ihnen eine Nachricht schicken und ihnen mitteilen, ob ihre Rettung der Familie irgendwelche Folgen haben würde. Denen müssten sie sich stellen, aber das war es wert. Das war allen klar.

Jarek lenkte sein Reittier den ausgetretenen Weg entlang, der nun in die Senke führte, die sich weiter unten zur Schlucht verengte. Die Hänge rechts und links des Weges waren nur im oberen Bereich steil. Unten liefen sie immer flacher aus und die riesigen, kantigen Felstrümmer, die sich offenbar immer mal wieder weiter oben lösten, lagen weit verstreut. Im sanften Licht Salas, die noch früh im ersten Kvart stand, entstanden hinter den Steinen scharf abgegrenzte, finstere Bereiche. Diese waren es gewesen, die

Mareibe darauf gebracht hatten, diesem Abschnitt des Weges zwischen Utteno und Briek in ihrem Lied den Namen zu geben: Yalas Tal der Schatten.

Niemand zügelte bewusst seinen Kron, niemand bremste die schnelle Reise hier ab, aber ohne dass sie es untereinander abgesprochen hatten, wurden alle immer langsamer, bis sie schließlich anhielten.

„Da!", rief Parra und zeigte auf die Stelle, die rechts von ihnen lag. „Da war unser Versteck. Da hast du den Käfig gebaut!", sagte sie zu Carb.

Auch Jarek erkannte die Stelle wieder. Dort hatten Carb und Adolo aus den Rohren für die Wasserleitung, die die Reisenden in Briek gekauft hatten, ein Gitter errichtet, hinter dem sie sich im Graulicht verborgen hatten. Es hatte sie gerettet, als das riesige Rudel der Mähnenbreitnacken angegriffen hatte, während die Räuber, die sie in diesem Hinterhalt belagert hatten, bis auf eine Handvoll von den Reißern getötet worden waren.

Das Mädchen schaute Adolo an, der nur wortlos nickte. Jarek konnte ihm ansehen, dass er das Brüllen der angreifenden Tiere wieder im Ohr hatte und das Dröhnen der Rohre unter der Last der Reißer, die sich immer wieder dagegen warfen. Genauso wie das Knirschen des Steins rund um die Löcher, in denen sie die Konstruktion verankert hatten. Jarek hörte noch die ängstlichen Schreie Parras und ihrer Brüder und auch die der Erwachsenen, die sich zwischen den Felsen zusammengedrängt hatten, während Jarek, Carb und Adolo die wütenden Angriffe abgewehrt hatten.

Gegen diese fürchterliche Schlacht und das Blutbad war die Auseinandersetzung in Utteno von eben nichts weiter als eine kleine Rangelei in einer Schänke.

„Manchmal träume ich", sagte Parra leise und zitterte. Mareibe legte ihre Arme um sie und hielt sie fest, während alle die Blicke über den Schauplatz der Schlacht wandern ließen, von der nirgends auch nur die kleinste Spur übrig geblieben war.

Es blieb nie etwas übrig auf Memiana.

Was sich nicht die Reißer holten, fraßen die Aaser, und was die Aaser übrig ließen, holten sich die Schader, die Knochenbeißer und die Schwanzlinge.

„Ich träume auch noch davon, Parra", flüsterte Mareibe dem Mädchen ins Ohr. „Ich auch."

„Aber dann wache ich auf. Und dann weiß ich, dass ihr uns gerettet habt. Und dass ihr uns immer rettet", fügte das Mädchen mit großem Ernst hinzu. „So wie vorhin. Schon wieder."

Alle saßen schweigend in den Sätteln und gaben sich ihren Gedanken und Erinnerungen hin, Erinnerungen, an denen keiner den anderen teilhaben lassen wollte.

Es war kein gutes Gefühl, das Jarek da im Bauch verspürte, auch wenn der Wächter in ihm sagte, dass es unumgänglich gewesen war. Unvermeidlich, wie der Beschützer ergänzte und der Jäger fügte hinzu, dass es eine Glanzleistung der Jagdkunst gewesen war, die menschlichen und tierischen Feinde aufeinander zu hetzen und dann mit dem Gegner fertig zu werden, der geschwächt übrig geblieben war.

Aber Jarek wusste, dass dies hier der Ort war, an dem er zum ersten Mal die Verantwortung für den Tod von Menschen übernehmen musste, wobei zwei von ihnen von seiner Hand gefallen waren.

Es war kein gutes Gefühl.

Es war eine Mischung aus Unruhe, dumpfer Trauer und den Geräuschen im Graulicht, dem Fauchen der Reißer und dem panischen Kreischen der Männer, dem Knacken ihrer Knochen und den schrillen Schmerzens- und Todesschreien, die in Jarek tobte. Er schüttelte sich einmal. „Lasst uns weiterreiten", sagte Jarek.

„Ja", sagte Mareibe leise. „Reiten wir weiter."

„Wenn wir uns ein wenig ranhalten, dann schaffen wir es noch vor dem Graulicht bis Briek", erklärte Adolo und gab Cimmy die Zügel, der mit einem kleinen Freudenschrei losrannte.

Die anderen Krone folgten.

„Jarek", rief Parra, während die Tiere immer weiter beschleunigten und Yalas Tal der Schatten rasch hinter ihnen blieb.

„Ja, große Reiterin?"

„Unsere neue Stadt, das ist Maro, ja?"

Jarek nickte dem Mädchen zu. „Ja, Parra. Ihr werdet dort leben, wo ich geboren bin."

Es war nicht mehr die Ansiedlung, die Jarek gekannt hatte. Er hatte das auf den ersten Blick gesehen, als der Ort hinter den Hügeln auf der Hochebene erschienen war, auf die sie der letzte, schon etwas steilere Anstieg geführt hatte.

Das Raakgebirge reckte sich nun klar erkennbar und alles überragend wie eine gigantische, unüberwindbare Mauer dem Himmel und der sinkenden Sala entgegen. Aber schon hier, auf halber Höhe, überkam einen die Ahnung, welche Größe die steilen Spitzen des Felsmassivs in mehr als hundert Lichtwegen Entfernung einmal erreichen würden.

Jarek hatte erwartet, dass ihm Maro klein vorkommen würde, nachdem er die größeren Städte Briek, Utteno und besonders das unglaubliche Mindola mit seinen Türmen und den offenen Wasserflächen der Laake gesehen hatte.

Er hatte nicht geahnt, wie sehr sich der Ort verändert hatte, seitdem er die Ansiedlung verlassen hatte.

Schon von Weitem sah Jarek, dass die Arbeiten an einer Erweiterung der Mauer im vollen Gang waren. Obwohl die Entfernung noch gut zweitausend Schritt betrug und sie das Tempo ihrer Krone stark verringert hatten, konnte er erkennen, dass nicht weniger als siebenundsechzig Solo als Steinhauer arbeiteten. Sie waren fleißig dabei, Blöcke aus dunkelgrauem Spatstein sorgsam zu einer fugenlosen Mauer zusammenzusetzten, die sich bereits mit der alten Umgrenzung von Maro verzahnte.

Es sah so aus, als ob die kleine Ansiedlung der feindlichen Umgebung die doppelte Fläche abtrotzen und sich einverleiben wollte, die sie bisher in Anspruch genommen hatte. Jarek wurde erst jetzt voll bewusst, dass der Clan der

Tabbas Ernst machte. Der Händler aus dem Stamm der Vaka, die seit vielen Generationen die Herren von Maro waren, hatte den Ehrgeiz, dem nahen Ronahara den Rang als Marktplatz der Kir abzulaufen. Allem Anschein nach hatte dieses Ziel Aussicht auf Erfolg.

Jarek kannte Tabbas als vorsichtigen und sparsamen Mann und er hätte niemals ein solches Vermögen für Baumaßnahmen ausgegeben, hätte er nicht bereits die entsprechenden Kontrakte mit den Händlern geschlossen.

Jarek spürte Mareibes Blick und schaute zu der jungen Frau hinüber. Sie lenkte ihren Kron näher an Jareks Reittier heran. „Du kennst hier noch jeden Stein mit Namen, stimmt's?", fragte sie munter, aber Jarek spürte die Anspannung in ihrer Stimme.

„Klar", antwortete er und deutete auf einen quaderförmigen Spatblock am Rand des Weges. „Das ist Kubo. Darf ich vorstellen, Mareibe. Der runde da hinten heißt Sofok und neben ihm liegt seine kleine Schwester Pipo."

Mareibe lachte und deutete auf einen gezackten Block weiter vorne. „Und der da? Wer ist das?"

„Oh", antwortete Jarek. „Den kenne ich nicht. Der muss zu Besuch sein."

Mareibe grinste, dann schaute sie zu der neu entstehenden Mauer der Ansiedlung. „Hier veränderte sich einiges, wie es aussieht."

„Allerdings."

„Da fällt ein neues Gesicht mehr oder weniger gar nicht auf", sagte sie und sah auf Riliga, die ihren Kron sicher in Richtung der Ansiedlung lenkte. Parras Mutter hatte sich als gute Reiterin erwiesen, was ihnen die Reise sehr erleichtert hatte.

Jarek atmete einmal tief ein.

Er hätte auch mit geschlossenen Augen gewusst, dass er in der Nähe seines Geburtsortes war. Der Jäger in Jarek nahm jede noch so kleine Veränderung der Luft wahr, die feinen Spuren, die die Reißer und Aaser hinterließen, der reifende Kaas in der Cave, in der Wärme Salas trocknendes, mit Öl eingeriebenes, gesalzenes Fleisch und sogar die unterschiedlichen Steinsorten hatten ihren eigenen Geruch.

Und alles zusammen ergab Maro, wie er es immer gekannt hatte und immer erkennen würde.

„Wie fühlst du dich?", fragte Mareibe so leise, dass nur Jarek es hören konnte, und lenkte ihren Kron noch näher zu ihm heran.

Sie war alleine im Sattel. Parra hatte sich für die letzte Etappe zwischen Briek und Maro den Platz vor Adolo erbettelt und der Reiter hatte sie gewähren lassen. Die Folge war, dass die kleine Vaka ein immer größeres Tempo gefordert hatte und einfach nicht genug von der rasenden Geschwindigkeit bekommen konnte. Die anderen waren sogar ein Stück zurückgefallen und Adolo musste den daraufhin beleidigten Cimmy zügeln.

„Ich weiß nicht genau", antwortete Jarek. „Alles scheint so bekannt zu sein. Aber dann ist alles auf einmal doch wieder fremd. Es ist so viel passiert, seit ich hier weggegangen bin. Obwohl es noch gar nicht so lange her ist. Ich habe so viel gesehen, so viel erlebt, so viel Neues erfahren."

„Du bist jemand ganz anderes geworden. Und nicht nur, weil du jetzt rote Haare hast. Wie wir alle." Mareibe schwang ihren geflochtenen kurzen Zopf über den Rücken.

„Und was ist mit dir?", erkundigte sich Jarek.

„Wag dich bloß nicht. Frag jetzt nicht, was ich gerade denke", antwortete Mareibe rasch und Jarek sah das belustigte Glitzern in ihren Augen.

„Das würde ich nie tun", nahm Jarek den Ton auf und lächelte. „Es gibt Fragen, die soll ein Mann einer Frau nie stellen."

Es war ein kleines Spiel mit Worten, das Yala einst begonnen und das Mareibe aufgegriffen hatte.

Sie lachten beide darüber, dann wurde Jarek wieder ernst. „Wie geht es dir wirklich?"

Mareibe blickte zu den Mauern der Ansiedlung, denen sie sich mit gemäßigtem Tempo näherten. „Weiß nicht. Ich bin ein bisschen aufgeregt. Ein bisschen gespannt. Ein bisschen traurig. Von allem etwas."

„Genau wie bei mir." Jarek hätte es nicht anders ausgedrückt, wenn er die Verwirrung seiner Gefühle hätte beschreiben sollen. Und doch war da ein großer Unterschied zwischen ihm und der jungen Memo neben ihm.

Für Jarek war es eine Rückkehr. Jarek besuchte den Ort, den er verlassen hatte, um ein anderer zu werden.

Für Mareibe war es eine Ankunft. Mareibe ging zu dem Ort, an dem sie sich niederlassen wollte, um jemand anderes zu sein.

„Warst du früher schon mal in Maro?", fragte Jarek, aber Mareibe schüttelte den Kopf.

„Nein. Als meine Eltern noch gelebt haben, sind wir immer nur vorbeigezogen, weil Ronahara so nahe liegt und wir auf den Markt wollten. Und später ... Einmal haben wir versucht, hier zu schlafen, aber die Xeno haben uns nicht reingelassen."

Jarek betrachtete die ehemalige Solo und suchte in den vielen Kammern seines Gedächtnisses, die er angelegt hatte, als er noch Wachdienste als Xeno am Tor von Maro verrichtet hatte. In ihnen hatte er die Gesichter aller Menschen aufbewahrt, die die Ansiedlung jemals betreten hatten oder die von ihm abgewiesen worden waren. Keiner der Räume gab eine Erinnerung an eine Mareibe mit dunklen Haaren, den schweren Stiefeln und der bunten Kleidung einer Solo heraus.

„Ich habe dich nie in den Solowall geschickt, oder?", fragte Jarek.

Mareibe schüttelte den Kopf. „Nein. Du warst das nicht. Ich habe dich in Briek zum ersten Mal in meinem Leben gesehen. In Maro kennt mich keiner. Zum Glück."

„Du hast nichts getan, das dir irgendjemand vorwerfen könnte", sagte Jarek rasch.

Mareibe zuckte die Achseln und antwortete ohne jede Bitterkeit in ihrer Stimme. „Jarek, das haben wir in Mindola auch gedacht."

„Hier wird alles ganz anders sein", sagte Jarek bestimmt. „Niemand interessiert sich für deine Vergangenheit. Du kommst als Vertreterin der Memo nach Maro. Und genau so werden sie dich alle behandeln. Mit Respekt." Er nickte energisch. „Und sie werden dich lieben", fügte er leiser hinzu. „Da bin ich ganz sicher."

Mareibe lächelte, aber Jarek sah, dass sich unter die Hoffnung, hier endlich einen Platz zu finden, an dem sie bleiben konnte, auch eine Spur Angst und Trauer mischte.

„Mach dir nicht so viele Sorgen", sagte er.

„Ich mache mir nie Sorgen", antwortete Mareibe. „Das weißt du doch. Ich lasse einfach alles auf mich zukommen." Aber ihr Gesicht erzählte Jarek eine etwas andere Geschichte.

„Es wird dir in Maro gutgehen", versprach Jarek. „Ich werde alles dafür tun."

„Ich weiß", antwortete Mareibe ernst und sah Jarek in die Augen. „Ich weiß ..."

„Jarek?" Riliga lenkte zögernd ihren Kron neben sie, dann bemerkte sie, dass sie beide schwiegen, und fragte: „Störe ich? Ich wollte euch nicht unterbrechen."

Jarek entging nicht, dass die Stimme von Parras Mutter etwas angespannt klang, und auch Mareibe sah sie aufmerksam an.

„Nein. Gar nicht. Was ist denn, Riliga?", fragte er.

„Was passiert, wenn sie uns nicht aufnehmen wollen?", fragte die Mutter der drei Kinder und sah sich nach Parra um, dann nach den Jungen, die seit dem Aufbruch aus Briek bei Carb saßen und ihren Spaß mit dem dunklen Riesen hatten. Das Gelächter der drei hatte diese Etappe der Reise ständig begleitet und auch Parra konnte ihre Brüder nicht vom Kichern abbringen, als sie sich sehr erwachsen über deren kindisches Benehmen beklagt hatte.

„Das wird nicht geschehen, Riliga", antwortete Jarek zuversichtlich. „Du bist eine Vaka und Maro ist eine Ansiedlung von Vaka. Tabbas wird keine Frau seines Stammes mit ihren Kindern einfach weiterschicken."

Er sah Riliga an und versuchte, ihrem Gesichtsausdruck zu entnehmen, ob seine Worte sie wirklich beruhigen konnten. Er hatte bemerkt, dass sie immer nervöser geworden war, je näher sie Maro gekommen waren. Anfangs hatten die Erleichterung und die Dankbarkeit überwogen, das finstere Utteno und die ständige Angst vor ihrem süchtigen und brutalen Mann hinter sich zu haben. Aber Jarek hatte gemerkt, dass Riliga schon in Briek viel stiller geworden war und sie irgendetwas bedrückte, das sie nicht aussprechen wollte. Sie hatte kein gutes Leben hinter sich gelassen, aber es war irgendwie ein Leben gewesen. Und sie hatte dieses kleine Leben gegen eine große Ungewissheit eingetauscht.

„Riliga, ich verspreche, dass sich mein Clan um Euch und die Kinder kümmern wird", sagte er jetzt, um sie zu beruhigen. „Die Thosen sind die Wächter, Beschützer und Jäger von Maro und haben ziemlich viel Einfluss."

„Und ich verspreche es auch", ergänzte Mareibe. „Ich werde nämlich auch ein bisschen Einfluss haben."

Riliga sah sie etwas verwundert an. Dann warf sie Jarek einen fragenden Blick zu.

„Mareibe wird mehr als ein bisschen Einfluss haben", bestätigte er.

Niemand hatte es erwähnt, seitdem die Freunde Riliga und ihre Kinder aus Utteno mitgenommen hatten, fiel Jarek jetzt auf. Es hatte keinen Grund gegeben, es Riliga gegenüber auszusprechen.

„Ihr werdet nicht alleine sein", sagte Mareibe. „Ich bleibe auch hier, Riliga. Ich werde die Memo von Maro."

„Ich grüße Euch", sagte Tabbas und reichte Mareibe die Hand. Der grauhaarige Älteste von Maro sah die neue Memo einen Augenblick genau an, dann fügte er hinzu. „Ihr seid sehr jung."

Mareibe wechselte einen kurzen Blick mit Jarek, dann antwortete sie ruhig: „Ich werde in jedem ersten Kvart des Gelblichts Botschaften entgegennehmen, Berechnungen für Euch durchführen, Euch mein Gedächtnis zur Verfügung stellen und Euch jede Frage beantworten, wenn sich die Lösung in meinem Wissen findet. Wenn nicht, werde ich die Frage an mein Volk übermitteln und Euch die Antwort mitteilen, sobald mich die Auskunft erreicht. Ich werde im ersten Kvart eines jeden Graulichts die Botschaften, die mir von unseren Reitern übermittelt wurden, den Empfängern mitteilen und in dieser Zeit auch neue Nachrichten entgegennehmen. Euch persönlich, Tabbas von Maro, werde ich auf Wunsch zu jeder Zeit als Ratgeberin zur Verfügung stehen. Ich versichere Euch, dass ich meinen Aufgaben gewachsen bin."

Jarek sah Mareibe überrascht an und er bewunderte sie für ihre freundliche Beherrschung. Sie hatte ruhig, bestimmt und bedächtig gesprochen, wie eine Memo, die seit vielen Umläufen ihre Stelle ausfüllte, nicht wie eine junge Solo, die vor einem halben Umlauf noch nicht einmal gewusst hatte, was ein Memo in Wirklichkeit war. Ja, Mareibe war ihrer Aufgabe gewachsen und strahlte genau das auch aus.

Die Mareibe, die Jarek in Briek kennen gelernt hatte, hätte Tabbas bei der Bemerkung über ihre Jugend gegen das Schienbein getreten und ihm ein Schimpfwort an den Kopf geworfen, das er so bald nicht vergessen hätte.

„Verzeihung, ich wollte Euch nicht beleidigen", beeilte sich Tabbas etwas verlegen zu erklären. „Ich habe nur noch nie eine Memo in Eurem Alter kennen gelernt. Ich bin überzeugt davon, dass Euer Volk für uns genau die Richtige ausgesucht hat."

Mareibe lächelte und nickte würdevoll, wechselte dann aber einen kurzen Blick mit Jarek und zwinkerte ihm zu. Er musste lächeln und war nun ganz sicher: Mareibe würde hier zurechtkommen. Gut zurecht.

Die Ankunft der Freunde in Maro hatte viel weniger Aufsehen erregt, als Jarek erwartet hatte. Er hatte Hama in Mindola gebeten, keine Nachricht über die Abreise der neuen Memo und ihrer Begleiter zu schicken, weil er seinen Clan und seine Freunde überraschen wollte. Aber durch die regen Bautätigkeiten waren viele Fremde in der Ansiedlung, die auf dem besten Wege war, eine Stadt zu werden, und es herrschte ein so dichter Verkehr am Tor, dass sie gezwungen gewesen waren zu warten, bis sie an der Reihe waren.

Als Pfiri und Rieb, die den Dienst unter dem Turm versehen hatten, Jarek erblickt hatten, waren die Zwillinge mit

Jubelrufen herbeigesprungen und hatten den Mann umarmt, mit dem sie so oft zusammen einen Jagdtrupp gebildet hatten.

Jarek hatte sofort die Veränderung an Pfiri erkannt. Unter ihrem Hemd spannte sich ein kleines Bäuchlein. Sie hatte seinen Blick bemerkt und strahlend genickt. Jarek hatte ihr gratuliert, während Rieb ihre Zwillingsschwester mit einer traurigen Ergebenheit angesehen hatte. Ihre Augen hatten Jarek verraten, dass sie es zwar nicht gutheißen wollte, dass ihre Schwester schwanger war, dass sie aber für sie und ihr Kind da sein würde und sich heimlich genauso darauf freute. Doch sie bedauerte, dass sie diese große Nähe zu Pfiri verlieren würde, mit der sie Zeit ihres Lebens immer alles gemeinsam gemacht hatte.

Pfiri und Rieb hatten Jareks Reisegefährten freundlich begrüßt, hatten den Muskelberg Carb und den Reiter Adolo bewundert und Mareibe mit genau der Neugier gemustert, die Jarek von schönen Frauen so gut kannte, die eine attraktive und selbstbewusste Konkurrentin wahrnahmen. Dann hatten sie Jareks kurzer Erklärung zum Wunsch von Riliga und ihren Kinder gehört, in Maro zu bleiben, und hatten am Ende die Waffen aller genommen.

Ganz gleich, wie gut ein Xeno den Ankömmling kannte, die Regel galt für ihn genauso wie für seine Freunde: keine Waffe innerhalb der Mauern. Doch beide Wächterinnen hatten gezögert, als auch Jarek seinen Splitter, seinen Stecher und den Armlangen Schneider abgenommen und ihnen hingehalten hatte.

„Ich bin kein Xeno mehr und kein Bewohner von Maro", hatte Jarek ruhig erklärt. „Ich bin Besucher."

Die zwei Wächterinnen hatten schließlich respektvoll genickt und Rieb hatte Jareks Ausrüstung sorgfältig in der Verwahrkammer des Turms verstaut.

Dann hatten sie die Krone an den Zügeln genommen und durch das Tor geführt und Jarek war angekommen an dem Ort, an dem er geboren war.

Außer den Mitgliedern seines Clans, die Jarek in den Gassen immer wieder freudig begrüßt hatten, hatten nur wenige ihre Ankunft wahrgenommen.

In Maro wimmelte es von Menschen, wie Jarek es sonst nur aus den Marktzeiten und vom Durchzug der Herden kannte. In den Herbergen waren alle Plätze belegt und die Schänken waren voll. Stimmen, Rufe und Flötenspiel drang daraus hervor und dazwischen mischten sich immer wieder Schreie von Kronen. Die Besucher entstammten fast allen Völkern Memianas. Es waren Solo darunter, die mit der Erweiterung der Mauern beschäftigt waren. Andere befanden sich schon auf dem Weg zum späteren Markt in Ronahara oder sie gingen ganz anderen Geschäften in der aufstrebenden Ansiedlung nach.

Alle hatten die Memo zwar respektvoll gegrüßt, aber niemand hatte sie angesprochen und Riliga und ihre Kinder nur am Rande bemerkt, wenn überhaupt.

Persönliche Kontakte zum Volk der Boten und Bewahrer des Wissens pflegten nur die Bewohner der Ansiedlungen und Städte. Sehr nahe standen sich für gewöhnlich die Mitglieder der Clans, mit denen das Volk einen Kontrakt hatte, und ihr Memo. Für alle anderen waren die rothaarigen und rotäugigen Übermittler von Botschaften austauschbar. Man nahm ihre höflichen und sicheren Dienste gerne in Anspruch, ohne sie als Menschen mit einem Namen, einer Geschichte, Gefühlen und Beziehungen zu kennen.

Auf dem Weg zum Bau des Ältesten von Maro waren Jarek diese Gedanken zum ersten Mal durch den Kopf gegangen. Er musste sich eingestehen, dass er Uhle, die zu seiner Zeit die Memo von Maro gewesen war, auch nicht besonders gut gekannt hatte. Jarek hatte die immer freundliche, rundliche Frau zwar gemocht, aber von ihr als Mensch hatte er nicht viel gewusst. Alle Kinder Maros hatten Uhle geliebt und sie hatte ihnen aus ihrem unerschöpflichen Vorrat mit großer Ausdauer und Begeisterung zu Beginn des Graulichts Geschichten erzählt. Aber darüber hinaus hatte er nie viel mit ihr gesprochen.

Jarek und Mareibe hatten eine Weile auf Tabbas gewartet. Man musste ihn erst von der Baustelle holen. Sie hatten im kühlen Empfangsrund des Baus des Ältesten von Maro gesessen, Suraqua getrunken und geschwiegen. Aber Jarek hatte Mareibes Augen angesehen, dass die wenigen Ängste, die sie gehabt hatte, zum größten Teil schon verschwunden waren.

Mareibe hatte sich auf dem kurzen Gang durch die Gassen interessiert umgesehen und das, was sie wahrgenommen hatte, hatte sie offenbar nicht abgeschreckt.

„Maro gefällt mir", hatte sie schließlich das Schweigen gebrochen, kurz bevor Tabbas eingetreten war. Jarek hatte wieder einmal ihre Fähigkeit bewundert, sich an Situationen, Orte und Menschen anzupassen.

Die Kammer seiner Erinnerung hatte sich geöffnet, in der er das Bild bewahrte, wie er die schmale, junge Solo mit den damals kurzen Haaren auf dem Markt in Briek zum ersten Mal bewusst wahrgenommen hatte. Schon damals hatte Mareibe die Zähigkeit, das Durchsetzungsvermögen und den Lebenswillen ausgestrahlt, die sie jetzt noch immer zeigte, wenn auch in einer sehr viel erwachseneren Form.

„Ja, ich bin sicher, Ihr passt nach Maro und werdet Eurer Aufgabe Ehre machen", wiederholte Tabbas. Er betrachete Mareibe noch einmal und Jarek bemerkte, dass der Älteste versuchte, über sein oberflächliches Urteil hinwegzukommen. Er hatte wohl beim ersten Blick nur gesehen, dass er eine junge Frau vor sich hatte, die dem Mädchenalter kaum entwachsen war. Nun sah er aber mehr. Tabbas nickte leicht und Jarek verstand, dass Mareibes Ausstrahlung nun auch den Ältesten von Maro erreicht hatte und gefangennahm.

„Ich freue mich, dass Ihr hier seid", sagte er und lächelte Mareibe strahlend an. Doch dann wurde sein Gesichtsausdruck gleich wieder ernst. „Aber wir müssen leider über das sprechen, was mit Eurer Vorgängerin passiert ist."

Mareibe wartete ab. Doch Jarek spürte, wie sich in ihm etwas zusammenkrampfte. Es war nun schon eine Weile her, dass die Nachricht ihn erreicht hatte, aber Uhles Tod bewegte ihn immer noch. Die Memo von Maro war ermordet worden und zwar von keinem anderen als Ollo, der ihre Flasche mit Partiola geraubt hatte, das er dann als das Rauschmittel Coloro verkauft hatte. Von dem Erlös hatte er neue Komplizen gewonnen und bezahlt, mit denen der Raubmörder nun wieder die Wege, Ansiedlungen und Städte entlang des Pfades unsicher machte.

Trotz aller Anstrengungen war es bislang nicht gelungen, Ollo zu finden oder ihm auch nur auf die Spur zu kommen. Nicht viel später hatten er und seine Bande einen Reiter überfallen und ermordet, der Partiola für Memo in den Städten transportiert hatte. Mit diesem riesigen Vorrat sorgte Ollo nun dafür, dass sich die Sucht nach dem Rauschmittel immer weiter ausbreitete. Mit jedem neuen Coloroabhängigen stieg die Gefahr für die Memo, da sie die Einzigen waren, bei denen sich der völlig hemmungslose Anführer der Mörder mit Nachschub versorgen konnte. Doch dies war ein Geheimnis, das außer dem Mörder selbst nur die Memo kannten.

„Wir verbürgen uns für Eure Sicherheit, Mareibe", sagte Tabbas ernst. „Es ist Bestandteil des Kontrakts zwischen Maro und dem Volk der Memo, dass Euch zu jeder Zeit ein Wächter und Beschützer aus dem Volk der Xeno zur Verfügung steht."

Mareibe schüttelte rasch den Kopf. „Das ist nicht nötig, Tabbas. Ich bin hier sicher. Ollo wird nicht noch mal nach Maro kommen."

Jarek schaute Mareibe verblüfft an. „Der Mann ist verrückt und völlig hemmungslos. Warum soll er es nicht noch mal hier probieren? Du weißt doch ganz genau, dass er sich so verkleiden kann, dass ihn niemand erkennt."

„Er wird es nicht tun", behauptete Mareibe ohne weitere Erklärung.

„Es ist ja nicht der Anführer dieser Bande alleine, den wir fürchten", sagte Tabbas. „Wir hören, dass er immer mehr Anhänger gewinnt. Wenn es nur einem einzigen noch mal gelingt, in die Stadt zu kommen ..."

Jarek spürte einen leichten Stich in der Bauchgegend, als Tabbas das aussprach. Der Clan der Thosen war für die Sicherheit Maros verantwortlich, aber trotzdem war es Ollo gelungen, Uhle zu ermorden. Der Älteste von Maro ahnte nicht, worum es wirklich ging. Nach wie vor glaubten alle Menschen entlang des Pfades, die Morde an Memo seinen

Ollos Rache für die blutige Niederlage in Yalas Tal der Schatten.

Tabbas bemerkte, was er da gesagt hatte, und beeilte sich zu erklären: „Ich wollte niemanden beleidigen, Jarek. Euer Clan bewacht die Tore streng und weist jeden ab, der verdächtig erscheint, aber es könnte trotzdem geschehen. Nicht einmal die Thosen können alles verhindern."

„Ich weiß, Tabbas", sagte Jarek. „Ich bin sicher, dass sich mein Vater immer noch die größten Vorwürfe wegen Uhles Tod macht."

Tabbas schaute Jarek ernst an. „Das ist wahr. Niemand konnte ahnen, was passiert, aber er gibt sich die Schuld an dem Mord."

„Sich die Schuld an allem zu geben, scheint in der Familie zu liegen", sagte Mareibe leise. Tabbas sah sie überrascht an, aber Mareibe schaute nur auf Jarek.

„Du wirst deine eigenen Wächter bekommen", lenkte Jarek rasch ab. „Wenn es Euch recht ist, Tabbas, dann kümmere ich mich selbst darum. Ich werde die Richtigen für Mareibe aussuchen."

Tabbas nickte. „Das dürft Ihr gerne tun, Jarek. Da vertraue ich Euch."

Mareibe schüttelte noch mal den Kopf und sagte leise: „Das ist wirklich nicht nötig."

„Das dachten wir bei Uhle auch", sagte Jarek hart. „Ich werde nicht zulassen, dass dir irgendetwas passiert. Du bekommst drei Beschützer, nur für dich", erklärte er mit fester Stimme. „Dafür werde ich sorgen. Es gehört zum Kontrakt und daran halten wir uns. Alle. Ja? Es muss sein."

Mareibe seufzte ergeben. „Wenn du es sagst."

„Was? Ich? Ich?" Gilk starrte Jarek fassungslos an. Dann stieß er einen Jubelruf aus und hopste auf dem Turm herum, dass die vielen kleinen Zöpfe nur so flogen, in die er seine

Mähne gebändigt hatte. Gilks Kopf hätte einem Fuuch Ehre gemacht.

„Hey, Gilk, wir sind hier nicht auf der Tanzfläche", rief Jarek lachend und packte den schlanken Xeno am Arm.

Er hatte den jüngeren Freund oben auf dem Turm gefunden. Gilk versah hier ein Halblicht Dienst am Großen Splitter, der schweren Waffe, die aus ihren sechs Läufen tausend Projektile verschießen konnte, bevor der runde Druckkessel wieder aufgepumpt werden musste.

Seit der Clan der Thosen für den Schutz von Maro die gefährlichste Waffe von ganz Memiana erworben hatte, hatte Jarek den Großen Splitter noch nie im Einsatz erleben müssen. Nachdem die Kir den Splitter auf sechs Krone verteilt vor anderthalb Umläufen angeliefert und aufgebaut hatten, wurde er einmal ausprobiert. Die Erprobung war mehr als eindrucksvoll gewesen. Kinder, die auf der Ebene vor der Stadt spielten, fanden heute noch in zweitausend Schritt Entfernung vereinzelte Projektile aus dem harten Schwarzglimmer. Sie waren bis dorthin geflogen und hatten scharfe Kerben in den Steinblöcken hinterlassen, die man als Ziel für den Versuch ausgesucht hatte.

„Ich werde Leibwächter für die neue Memo?" Gilk, der inzwischen fünfeinhalb Umläufe zählte und noch einmal deutlich gewachsen war, seit Jarek ihn zuletzt gesehen hatte, strahlte über das ganze Gesicht.

„Das ist, das ist ... Das ist das Größte! Größer als eine Jagd auf Gelbschatten", sagte er.

Gilks Trophäenkette war schwerer geworden. Jeder Xeno trug die kleinen, aus Stein geschnitzten Figuren der Reißer um den Hals, die er erlegt hatte. Gilks Kette war gut gefüllt, konnte aber noch lange nicht mit der dicht besetzten, dreireihigen mithalten, die Jarek auch als Memo immer noch besaß.

„Aber du wirst nicht alleine sein", erklärte Jarek. „Du wirst dir die Aufgabe mit Rieb teilen. Und auch Pfiri wird euch helfen, solange sie das noch kann."

„Ah, du hast schon mitbekommen, dass sie ein Kind kriegt."

„Das ist ja nicht zu übersehen", antwortete Jarek. „Ich habe sie am Tor getroffen."

„Aber ich wette, du hast keine Ahnung, von wem!", sagte Gilk und grinste.

So kannte Jarek den Jüngeren. Gilk war ein zuverlässiger Wächter und ausdauernder Jäger. Aber er war innerhalb der Mauern neugierig wie ein Schwanzling. Wenn jemand in Maro immer über alles Bescheid wusste, dann war es nach wie vor Gilk. Besonders interessierte er sich für das, was andere gerne geheimhalten wollten. Und das, was Gilk einmal in Erfahrung gebracht hatte, war dann schnell kein Geheimnis mehr.

„Hem ist nicht der Vater?", fragte Jarek, als der Sinn von Gilks Ausruf zwischen den Erinnerungen und Gedanken seinen Verstand erreicht hatte und er die richtigen Verbindungen hergestellt hatte.

Hem und Pfiri waren ein Paar gewesen, als Jarek die Ansiedlung verlassen hatte. Es hatte für Jarek nicht so ausgesehen, als ob da irgendwelche Veränderungen in Sicht gewesen waren.

„Nein, ist er nicht", bestätigte Gilk. Er ließ den Blick über das Gelände vor dem Tor und über die Ebene wandern, während er weitersprach.

Gilk war jung, Gilk war neugierig und sprunghaft, Gilk tanzte, sang und trank gerne und die Mädchen liefen ihm nach. Aber Gilk war auch ein Xeno und als solcher würde er sich niemals von einer Aufgabe ablenken lassen, die man ihm übertragen hatte. Er war sich dessen bewusst, dass die Aufgabe des Schauers hier oben am Großen Splitter wichtig für die Sicherheit von ganz Maro war, und damit war er unter Umständen für das Leben aller verantwortlich. „Nicht Hem. Der hat sich in den Fuß geschossen", erklärte er und lachte. „Sozusagen. Eigentlich ging für ihn aber alles in die Hose."

„Was jetzt? In den Fuß oder in die Hose?" Jarek verstand kein Wort.

„Hem ist einfach blöde", erklärte Gilk. „Wenn ich eine Frau wie Pfiri hätte, für die hätte ich alles getan."

Jarek lachte und schlug Gilk auf die Schulter. „Du hast doch die große Auswahl. Dir laufen alle Mädchen nach."

„Ja und? Ich will keine, die mir nachläuft, ich will die Richtige."

„Was ist denn passiert? Erzähl endlich. Hose, Fuß, geschossen? Was hat Hem denn getan?", fragte Jarek.

„Das war, kurz nachdem du uns verlassen hattest", erzählte Gilk eifrig, während er die Augen zusammenkniff, um einen Schatten besser zu erkennen, den auch Jarek etwa fünfzehnhundert Schritt seitlich entdeckt hatte. „Siehst du das?", fragte er und deutete in die Richtung.

„Zwei Kinder", sagte Jarek, der Gilks Blick gefolgt war. Er hatte kurz vorher die beiden Kleinen gesehen, als sie zwischen den Felsen verschwunden waren. Tatsächlich kamen jetzt ein Junge und ein Mädchen hinter den Steinen hervor und hatten einen zappelnden Springaaser an den Hinterläufen, den sie gefangen hatten.

Gilk war beruhigt. „Da war diese Kir mit ihrer Familie auf der Durchreise, ziemlich süßes Ding", erzählte er weiter. „Hem ist schon im ‚Toten Fuuch' immer um sie rumgeschlichen. Und dann hat Rieb Hem mit der Kleinen in der Cave erwischt."

„Erwischt?"

„Ja, erwischt. Und er hat ihr nicht den Kaas gezeigt. Das war ziemlich eindeutig. Ich meine, die Hose hatte er schon ausgezogen. Rieb hat ihn mit nacktem Arsch durch halb Maro gejagt. Die ganze Ansiedlung hat davon gesprochen und das war's dann, zwischen Pfiri und Hem."

Gilk kicherte und auch Jarek lachte leise. Es war eine herrliche Vorstellung, wie eine wutschnaubende Rieb Hem vor sich hertrieb, der verzweifelt versuchte, auf der Flucht sein Beinkleid wieder anzuziehen. „Und außerdem hat er nur so einen kurzen", setzte Gilk hinzu und zeigte einen geringen Abstand zwischen Daumen und Zeigefinger.

„So genau wollte ich das gar nicht wissen", erwiderte Jarek. Gilk kicherte nur. So war das immer bei ihm. Wenn man ihn um einen Schluck Wasser bat, bekam man gleich die ganze Cave mit dazu.

„Mich interessiert aber immer noch, wer nun der Vater von Pfiris Baby ist."

„Wetten, das rätst du nicht", meinte Gilk und grinste.

In Jareks Gedächtnis flogen Türen auf und Bilder stürmten auf ihn ein, Pfiri und Rieb in der Schänke, auf den Gassen, vor der Mauer, im Pferch der Krone zur Marktzeit, Pfiri ohne Rieb. Pfiri beim Tanzen und die Männer in ihrer Nähe. Der Memo in Jarek antwortete, ohne dass der Gedanke den Umweg über seinen Verstand nehmen musste: „Molto. Der Sohn von Tabbas."

Gilk starrte Jarek verblüfft an. „Sie hat's dir schon erzählt!", sagte er dann, enttäuscht darüber, dass ihm die Überraschung misslungen war.

Aber Jarek schüttelte den Kopf. „Nein. Pfiri hat mir nichts gesagt."

„Und woher weißt du es dann?"

„Ich bin ein Memo", antwortete Jarek.

Gilk runzelte die Stirn, dann zuckte er die Achseln. „Stimmt. War mir gar nicht aufgefallen. Aber jetzt, wo du's erwähnst ..."

„Molto hat sich schon immer für Pfiri interessiert", erklärte Jarek. „Aber er war doch eigentlich mit Jinli zusammen? Haben die sich getrennt?"

„Ha, ja. Kann man so sagen", antwortete Jarek. „Jinli ist zum Markt nach Ronahara gereist und von da ist sie nicht wiedergekommen, weil sie bei diesem Waffenhändler geblieben ist, der schon hier die Finger nicht von ihr lassen konnte. Jetzt lebt sie in Kirusk."

Jarek schaute über das Land vor der Mauer, dann hinüber zu dem neuen Abschnitt der Ansiedlung. „Hier hat sich ja einiges verändert."

Gilk stützte die Hände in die Seiten, legte den Kopf schräg und sagte leichthin: „Tja, das Leben ist weitergegangen."

Jarek verspürte einen kleinen Stich. Ja, das Leben war weitergegangen, seit er seinen Geburtsort verlassen hatte. Menschen waren gekommen, andere weitergezogen. Beziehungen waren zerbrochen und neue waren entstanden, genauso wie Kontrakte geschlossen wurden, Gebäude abgerissen oder erweitert, die Ansiedlung sich ausbreitete und wuchs und Stadt werden wollte. Und er hatte keinen Anteil daran. Jarek hatte nichts von all dem mitbekommen, hatte nicht mitgeholfen, nicht mitgearbeitet. Jarek von den

Thosen, dem Zeit seines Lebens kaum etwas in Maro entgangen war, lebte hier nicht mehr. Jarek, der alle Namen gekannt hatte, alle Gesichter, alle Freude und alles Leid, die Wünsche, die Sehnsüchte und auch die Ängste der Menschen, die zu beschützen seine Aufgabe gewesen war, war nicht mehr dabei.

Nur zweihundertfünzig Lichte, nachdem er mit Hama, Yala, Adolo und Carb das Tor durchschritten hatte, hatte Jarek das Gefühl, dass er ein Fremder geworden war. Er war unbeteiligt und auf der Durchreise. Man hieß ihn höflich willkommen, aber er war nicht mehr ein Bestandteil des Lebens von Maro. Alles, was ihn noch mit der Ansiedlung verband, waren die Eltern, seine Schwester, ein paar Freunde und viele, viele Erinnerungen.

Alles andere war Vergangenheit.

Eine kleine Tür öffnete sich in Jareks Gedächtnis und er sah Rovia, die Älteste der Novo. Ein Memo sollte nie an den Ort zurückkehren, an dem er geboren und aufgewachsen war, hatte Rovia ihm erklärt, denn er würde das Leben, das er einst hatte, nicht mehr finden und sein neues mit dem vergleichen, was er aufgegeben hatte. Am Ende wäre er mit beidem unglücklich.

Jetzt wusste Jarek, dass Rovia recht gehabt hatte. Hätte er versucht, sich wieder in Maro niederzulassen, wäre er nicht froh geworden. Doch er hatte nie in Betracht gezogen, die Stellung anzustreben, die Mareibe nun übernommen hatte. Jarek war nicht nach Maro gekommen, um zu bleiben. Er war nur ein Besucher, in seiner eigenen Vergangenheit.

„Jarek?"

Er sah auf und bemerkte Gilks besorgten Blick. „Was ist?"

„Das wollte ich dich fragen. Du bist auf einmal so still."

„Ich habe nur nachgedacht", anwortete Jarek.

Gilk seufzte. „Das hast du ja schon immer gemacht. Nachgedacht. Der Mann denkt die ganze Zeit. Wenigstens das hat sich nicht verändert", fügte er hinzu. Der Jüngere sah Jarek in die roten Augen, dann auf seine roten Haare.

„Bin ich tatsächlich so anders?", fragte Jarek und er wollte es wirklich gerne erfahren.

„Na ja, bisschen schon", antwortete Gilk. „Du lachst öfter."

Jarek sah ihn erstaunt an. Diese Antwort hätte er nicht erwartet. „Du machst Witze."

„Nein, wirklich. Früher warst du so, hm, ja. Weiß nicht. Verbissen. Du hast kaum mal Zeit für einen Spaß gehabt, weil du so beschäftigt warst. Dauernd hast du dir um alles Sorgen gemacht."

„Ich mache mir heute auch noch Sorgen. Wahrscheinlich sogar mehr als jemals zuvor", sagte Jarek ernst.

Gilk zuckte die Achseln. „Klar, sonst wärst du ja nicht mehr Jarek. Aber seit du hier oben aufgetaucht bist, hast du schon dreimal gelacht. Oder war's viermal? Dafür hast du früher einen halben Umlauf gebraucht. Steckt am Ende eine Frau dahinter, dass du ein bisschen lockerer bist? Hast du endlich auch mal eine?"

Jarek fühlte sich überrascht und ertappt.

„Ha", rief Gilk. „Ich glaub's nicht! Jetzt kriegt er auch noch rote Ohren!"

„Das ist so, wenn man Memo wird", anwortete Jarek und Gilk lachte von Herzen.

„Jetzt macht du sogar Witze. Stark." Gilk ließ den Blick wieder wandern und schaute zu den beiden Geschwistern, die mit dem gefangenen Springaaser herangekommen waren. Er pfiff auf dem Finger und beide sahen nach oben.

„Gut gemacht, Lova und Dorit. Aber jetzt lasst ihr ihn wieder laufen, ja?"

Die Kinder winkten stolz und setzten den Aaser zu Boden, der erst einmal verwirrt im Kreis rannte und dann in die Richtung der Steine hoppelte, hinter denen die Kinder ihn gefangen hatten. Kein Xeno würde jemals ein Tier quälen. Sie jagten sie, sie aßen sie, sie verteidigten sich gegen sie, aber sie respektierten jedes Leben, jedes auf seine Art.

Gilk drehte sich wieder zu Jarek um. Er war nicht bereit, das Thema einfach fallen zu lassen. „Was ist? Hast du eine Frau gefunden?"

Jarek zögerte, dann nickte er. „Ja, da war jemand."

„Was heißt das, da war jemand?"

„Ich musste sie verlassen", antwortete Jarek. „Es ging nicht anders."

„Scheiße." Gilk warf Jarek einen kurzen Blick zu, aber er fragte diesmal nicht nach. „Passiert überall. Also auch bei den Memo."

„Ja", sagte Jarek. „So was passiert."

„Und wann stellst du mich der neuen Memo vor? Meinem Schützling?", fragte Gilk mit dem raschen Themenwechsel, der zu seinem Wesen einfach dazugehörte.

Jarek sah nach oben, wo Sala den höchsten Stand erreicht hatte, und er hörte die Schritte von Gilks Ablösung auf der Treppe.

„Jetzt", antwortete er.

„Ist die schön!" Gilk packte Jarek am Arm und zog ihn hinter die Wand neben der Tür des Memobaus. Mareibe war mit Carb zusammen noch einmal nach draußen gegangen war, um den Rest ihres Gepäcks hereinzubringen.

„Bei Memiana, ist Mareibe schön", hauchte Gilk noch einmal ergriffen. Aber seine Bemerkung war nicht leise genug, denn Adolo, der gerade aus der Nahrkammer des kleinen Rundbaus kam, hatte ihn gehört und schaute belustigt zu ihm herüber.

„Vergiss es, Junge", sagte Adolo. „An Mareibe beißt sich einer wie du die Zähne aus. Wenn es bei den Zähnen bleibt."

„Ist das die Frau, die du ...", fragte Gilk leise und Jarek schüttelte den Kopf.

„Nein, das ist sie nicht. Und deine Aufgabe ist es, Mareibe zu bewachen und zu beschützen. Nichts anderes. Wenn du dich nicht sehr, sehr unglücklich machen willst, dann lässt du die Finger von ihr", sagte er und sah Gilk streng an.

Doch der ließ sich nicht beeindrucken. „Kriege ich es sonst mit dir zu tun?", fragte er herausfordernd und grinste frech.

Jarek schüttelte den Kopf und erwiderte ernst: „Nein, mit Mareibe. Und wenn sie mit dir fertig ist, dann kann man deine Reste in eine Opferraute bröseln. Gilk, ich meine das genau so, wie ich es sage. Du bist für Mareibes Sicherheit verantwortlich. Alles andere schlägst du dir sofort aus dem Kopf. Verstanden?"

Gilk schaute Jarek einmal kurz forschend an. Dann begriff er, dass Jarek keine Scherze machte, und nickte ergeben.

„Ist ja gut. Hab schon verstanden."

„Wirklich?"

„Jaha!"

„Dann sieh zu, dass wir hier fertig werden."

Viboran, der vorübergehend als Springer die Stelle in Maro bekleidet hatte, bis ein neuer Memo gefunden war, hatte gleich nach der Begrüßung Mareibes seine Sachen gepackt. Er hatte ihr den Memobau übergeben, den sie nun einräumten.

Viboran war in die Herberge gezogen, in der auch die beiden Memoboten immer schliefen, die im ersten Licht Salas mit den Nachrichten und Mitteilungen aus Maro pfadauf und pfadab reiten würden.

Auch Carb und Adolo hatten dort ihre Unterkunft für die Zeit des Besuchs. Jarek hingegen schlief in seiner alten Kammer im Bau der Thosen. Nari hatte darauf bestanden, dass er in der Zeit, in der er in Maro war, dort blieb. Mit Jareks Mutter fing niemand eine Debatte oder gar einen Streit an. Nicht einmal der Clanälteste, Thosen selbst. Er konnte nur verlieren, daran hatte sich nichts geändert.

Jarek hatte seine Mutter und seinen Vater im Clanbau angetroffen. Thosens Begrüßung war wie immer freundlich, aber ernst gewesen, doch Nari hatte vor Schreck einen Teller fallen gelassen, als Jarek den Rundbau betreten hatte. Dann hatte sie gestrahlt und ihren Sohn umarmt.

Als Jarek nach seiner kleinen Schwester gefragt hatte, hatte er eine Überraschung erlebt. Thosens kantiges Gesicht hatte sich zu einem kleinen Lächeln verzogen und er hatte gesagt: „Ili ist nach Ronahara gereist."

Jarek hatte seinen Vater verblüfft angesehen. Er wollte es erst glauben, als Nari es bestätigte. Ili hatte tatsächlich all ihren Mut zusammengenommen und die Mauern der Ansiedlung zum ersten Mal in ihrem Leben verlassen.

Wie Nari erzählt hatte, war an diesem Entschluss Lim nicht ganz unbeteiligt gewesen. Sie waren enge Freundinnen geworden, die kleine Steinschnitzerin Ili und die große Jägerin. Lim hatte sich dem Clan der Thosen angeschlossen, auch wenn der Mann, dessen Frau sie werden wollte, bei Jareks letzter Jagd gestorben war: sein Bruder Kobar.

Nari hatte voll Freude berichtet, wie wunderbar Lim und Ili miteinander zurechtkamen und dass Ili Lim als eine Art große Schwester sofort angenommen hatte. Nun hatte Lim also das erreicht, was Jarek bei allen Versuchen nie vollbracht hatte. Sie hatte Ili dazu überredet, mit ihr und vier weiteren Männern aus dem Clan als Begleitung zu der pfadauf liegenden Stadt zu reisen. Sie wollten zurück sein, bevor die hektische und anstrengende Zeit des Marktes und des Durchzugs der Herde wieder begann. Ili ahnte nichts davon, dass ihr Bruder nach Maro gekommen war. Bei ihrer Rückkehr stand ihr eine angenehme Überraschung bevor.

Jarek fühlte, dass er seine kleine Schwester von all den Menschen, die er hier zurückgelassen hatte, am meisten vermisst hatte. Das Mädchen, das trotz seiner geringen Größe nicht viel jünger war als Mareibe, hatte den Willen und das Durchsetzungsvermögen ihrer Mutter geerbt und von ihrem Vater den scharfen Verstand und den Blick für Menschen und ihre Gefühle und Begierden.

Was Ili von keinem mitbekommen hatte, war die bekannte Unerschrockenheit und Verwegenheit der Thosen. Jareks Schwester, die die berühmteste Steinhauerin und -schnitzerin diesseits des Raakmassivs war, bezeichnete sich selbst immer gerne als den größten Feigling Memianas.

Jarek liebte sie dafür umso mehr und beschrieb diesen Charakterzug Ilis etwas anders. Es gab keine Feiglinge unter den Thosen. Ili war nur anders mutig, erklärte Jarek ihr beharrlich.

Jarek hätte nie erwartet, dass Ili es tatsächlich einmal wagen würde, eine Reise zu unternehmen. Sie würde irgendwann einmal die Führung des Clans übernehmen müssen und war sich dessen auch bewusst. Jarek vermutete, dass sie deshalb das für sie so ungewohnt große Wagnis eingegangen war, auch von der Welt jenseits der Mauer einmal mehr zu sehen, als sie vom Turm aus erblicken konnte.

Er lächelte bei dem Gedanken an den unerwarteten Mut seiner schreckhaften kleinen Schwester, die auch schon mal vor einem Schwanzling davonlief, den sie unerwartet in ihrer Kammer fand.

Dann lenkte Gilk ihn ab. „Mareibe ist sowieso zu alt für mich." Er konnte mal wieder nicht auf das letzte Wort verzichten. „Aber trotzdem. Ich habe noch nie eine Frau mit so einer Ausstrahlung kennen gelernt", setzte er leise hinzu, als Mareibe mit einem schweren Sack über der Schulter wieder hereinkam.

„Das haben nur wenige", stimmte Jarek genauso leise zu und fragte dann Mareibe: „Ist noch was draußen?"

„Nein, wir haben jetzt alles", antwortete die neue Memo von Maro und setzte den Sack ab. „Carb bringt gleich den Rest. Und dann ruft auch schon die Pflicht. Hört ihr nicht? Hallo, Mareibe! An die Arbeit."

Gilk lachte.

Mareibe erklärte: „Sala geht gleich unter und vor dem Bau warten schon Leute mit Botschaften. Und dann hat sich auch noch Tabbas angekündigt. Sobald Polos und Nira aufgehen, werfe ich euch raus."

Mareibe und ihr Vorgänger Viboran hatten sich eine Weile in den Bau zurückgezogen und niemand sonst hatte die Erlaubnis bekommen, ihn zu betreten. Jarek wusste, dass Viboran in dieser Zeit Mareibe all das mitgeteilt hatte, was Tabbas seinem Gedächtnis anvertraut hatte während der Lichte, in denen er der Memo von Maro gewesen war. Mareibe hatte die Worte sicher in dem kleinen Teil ihres Verstandes untergebracht, den die Memo ihren Kontraktpartnern zur Verfügung stellten und auf die auch der Memo selbst nicht zugreifen konnte. Diese eine Kammer in ihrem Verstand blieb fest verschlossen, bis die geheimen Worte von Tabbas sie öffneten, um etwas von dem, was er dort abgelegt hatte, wieder zu hören oder Neues hinzuzufügen.

Carb kam mit drei Säcken über den Schultern herein. Aus einem drang das Klingen von dünnem Fera und ein leises

Gluckern. „Mensch, Mareibe", sagte er. „Was hast du denn alles mitgeschleppt?"

„Alles, was ich brauche."

„Ich dachte, sie haben dich als Memo hergeschickt. Willst du hier eine Schänke aufmachen? Was ist denn da drin?" Carb setzte die Säcke ab und es klapperte und klirrte. Er fing an, die Verschnürung des einen Sackes aufzuknüpfen. Aber Mareibe huschte heran und schlug ihm leicht auf die Hand. „Finger weg. Das ist meins!" Sie zog Carb den großen Beutel fort.

„Was versteckst du denn vor uns?", fragte Adolo neugierig.

„Ach, nur ein bisschen was zu trinken", antwortete Mareibe rasch und schien verlegen, als sie das Band des Sackes wieder zuschnürte.

„Hast du gedacht, hier gibt es nichts?" Adolo lachte.

„Maro ist klein. Ich wusste ja nicht, ob es hier meine Lieblingssorten Suraqua gibt", erwiderte Mareibe etwas kleinlaut und trug den Sack rasch in die kleine Nahrkammer.

Carb schaute Adolo an und der Reiter zog die Augenbrauen hoch. „Manche Sachen ändern sich nie. Mareibe wird wohl ihr ganzes Leben lang Angst haben, dass sie verhungert oder verdurstet", erklärte er mit einem Blick auf Gilk. „Pass gut auf, dass sie immer genug zu essen kriegt."

„Das habe ich gehört", kam es aus der Kammer.

„Solltest du auch", sagte Carb. Er setzte die letzten beiden Säcke vor der dünnen Wand aus halb durchscheinenden, mildgelben Salasteinplatten ab. Dahinter verbarg sich die Schlafstelle des Memobaus.

„Gefällt es dir in deiner neuen Unterkunft?", fragte Gilk eifrig, als Mareibe wieder erschien.

Sie schaute sich in dem Bauwerk um, das nicht besonders groß war. Gegenüber dem Eingang war der Sitz des Memo, aus glatten Steinplatten errichtet und mit dicken Polstern belegt. Neben der Nahrkammer gab es einen Tisch mit drei Bänken.

„Ich werde es mir schon einrichten", antwortete Mareibe. Jarek dachte an ihre Unterkunft im Turm der Novo in Mindola, die sie mit viel Liebe und Geschmack, Stoffen und

Wandmalereien in ihre ganz eigene kleine Höhle umgestaltet hatte.

„Tabbas lässt im neuen Teil der Stadt einen großen Memobau errichten", erklärte Gilk wichtig. „Da sind eigene Räume für die Boten und ein Pferch für die Krone, ein Empfangsraum mit Wartebänken davor und ..."

„Muss ich mir mal ansehen", antwortete Mareibe ohne große Neugier und kühlte damit Gilks stolze Begeisterung deutlich ab. „Bei Gelegenheit. Aber jetzt bin ich erst mal hier. Das ist schon in Ordnung." Sie schaute sich noch einmal in dem schmucklosen Raum um, aber sie sah nicht unzufrieden aus.

„Gilk, seit wann nennt ihr Maro eigentlich Stadt?" fragte Jarek.

Es war ihm bereits vorher aufgefallen. Nicht nur Gilk, sondern auch alle anderen, mit denen er bisher gesprochen hatte, wählten eine Bezeichnung für die Ansiedlung, die Jarek zu seiner Zeit nie benutzt hatte. Maro war für Jarek immer viel zu klein gewesen, um die Bezeichnung Stadt zu verdienen.

„Weil wir eine Stadt werden, deshalb. Wir gewöhnen uns einfach schon mal dran", antwortete Gilk leichthin.

Mareibe musterte Gilk. „Du hast gerne etwas Neues?", fragte sie ihren Leibwächter. „Richtig?"

Gilk grinste und nickte. „Ja. Ich liebe Veränderungen. Alles muss in Bewegung bleiben, sonst schläft man ein."

„Ich muss mich auch an was Neues gewöhnen", sagte Mareibe. „Daran, dass jetzt die ganze Zeit jemand hinter mir herläuft, um auf mich aufzupassen."

„Das ist meine Aufgabe", sagte Gilk ernst und selbstbewusst.

„Das heißt, wir verbringen sehr viel Zeit miteinander. Also müssen wir miteinander auszukommen. So gut wie möglich."

„Werden wir", versicherte Mareibes neuer Leibwächter.

„Klar, werden wir", erwiderte Mareibe. „Wenn du dir ein paar Sachen merkst. Du bist einer, der gerne erzählt. Ist mir schon aufgefallen."

„Äh, ja. Kann schon sein." Gilk grinste etwas verlegen, während Jarek, Adolo und Carb aufmerksam den Verlauf der Unterhaltung verfolgten. Es war ein richtiges Mareibe-Gespräch, stellte Jarek wieder einmal fest. Belanglos erscheinende Fragen ohne Zusammenhang führten doch gnadenlos zu genau dem Punkt, zu dem Mareibe wollte.

„Also, über mich redest du nicht", sagte Mareibe. „Ist das klar?"

Gilk suchte Jareks Blick, aber der hob nur die Hände. „Sie hat das Sagen."

„Ja, klar", murmelte Gilk. „Würde ich nie machen."

„Wenn doch, erfahre ich es", sagte Mareibe. „Und ich kann es nicht ausstehen, wenn jemand über mich redet. Wenn so was passiert, bist du raus. Verstanden?"

„Ja."

Mareibe lächelte. „Wir verstehen uns. Dann ist da noch was", fuhr sie freundlich fort. „Weißt du, ich muss mir als Memo ziemlich viel anhören. Also habe ich keinen Nerv dazu, den Rest der Zeit auch noch zugelabert zu werden. Also: Mareibe bewachen, Mund halten. Klar, Gilk?"

Gilk sah Mareibe verblüfft an und Jarek musste ein Lachen unterdrücken. So hatte noch nie eine Frau mit Gilk gesprochen.

„Sie meint, du sollst die Klappe halten, wenn sie dich nicht gerade etwas fragt."

Gilk legte sich die Hand auf den Mund, grinste und nickte dann stumm.

„Gut", sagte Mareibe. „Weiter."

„Noch mehr?", fragte Gilk seufzend.

„Ja. Ihr passt auf mich auf. Es ist in Ordnung, wenn ihr die meiste Zeit in meiner Nähe seid. Ich kenne das schon. Während unserer Reise hat Jarek immer den Beschützer für uns gemacht. Gibt Schlimmeres." Sie sah Jarek an und zwinkerte einmal kurz. „Aber wenn ich mich auf meine Decke lege, dann geht ihr. Ihr könnt euch auch im Graulicht vor meine Tür stellen oder setzen oder legen, wenn ihr das wollt, aber ich schlafe alleine. Ich will keinen, der mir dabei zusieht. Und wenn ich mal ganz für mich sein will, dann sage ich euch das auch. Dann lasst ihr mich in Ruhe. Und in

Ruhe lassen heißt nicht, dass ihr zwanzig Schritt hinter mir herschleicht. Oder auf der Mauer lauert oder sonst was. Alles klar?"

Gilk schaute Jarek unsicher an, aber der nickte ihm beruhigend zu.

„Ja, klar", sagte Gilk daraufhin. „Ich habe alles verstanden."

Mareibe schien zufrieden zu sein. „Mit Rieb habe ich schon gesprochen. Ich bin sicher, ich werde gut mit ihr auskommen. Und mit Pfiri genauso."

„Mit mir auch", sagte Gilk und warf Jarek einen etwas besorgten Blick zu. „Denke ich doch. Oder?"

„Ich glaube schon", sagte Mareibe.

Jarek sah hinauf zu den Lichtöffnungen in der Kuppel des Baus. Das beginnende Graulicht sog die Farben des Raumes auf und die vielen Gelbtöne verblassten, die vom Schimmer des eingelegten Aaros in den Bechern, die Mareibe in die Nische hinter dem Essplatz geräumt hatte, bis zum dunkelwarmen Glanz der Salasteine reichten.

„Raus mit euch", sagte Mareibe. „Die Memo von Maro muss arbeiten."

Zwei Solo spielten auf Flöten und siebzehn junge Leute tanzten dazu. Es war nicht so voll wie zur Marktzeit im „Toten Fuuch", der Schänke in Maro, in der sich die Jüngeren im Graulicht am liebsten trafen. Aber es war deutlich mehr los, als Jarek es um diese Zeit des Umlaufs von früher kannte, und er sah dreiundneunzig Menschen, vierundvierzig Frauen und neunundvierzig Männer.

Jarek saß mit Adolo und Carb in einer Nische und hatte einen Becher Suraqua vor sich, während seine Freunde frisches Paasaqua tranken. Er schaute sich langsam in der Schänke um und sah in die vielen unbekannten Gesichter. Zu seiner Zeit als Xeno von Maro hatte er alle Bewohner mit Namen gekannt. Er hatte auch immer gewusst, welcher

Reisende im Graulicht innerhalb der Mauern war und ob dies sein erster Besuch in der Ansiedlung war oder ob er ihn schon früher einmal gesehen hatte. Aber es hatte sich viel verändert.

„Und?", fragte Carb. „Wie fühlt es sich an, wieder hier zu sein?"

Jarek zuckte die Achseln. „Ich war noch nie länger als sechs Lichte fort. Und jetzt ist alles irgendwie ganz fremd."

„Hm", brummte Carb und trank aus. „Ich war in Ferant schon ein Fremder, bevor ich dort weggegangen bin. Ich kann mir gar nicht vorstellen, jemals zurückzugehen. Nicht mal für einen Besuch. Wozu auch? Aber bei dir ist das alles anders. Weißt du, dass du der Einzige von uns bist, der wirklich was aufgegeben hat, als er zu den Memo gegangen ist?"

„Ja, schon", erwiderte Jarek. „Aber wenn ich es mir jetzt anschaue, dann war es vielleicht doch nicht so viel, wie ich immer dachte."

Carb winkte Riliga und hob den leeren Becher. Sie sah die Bewegung, lächelte, nickte und machte sich daran, ein großes Gefäß zu füllen.

Es war für Jarek kein Problem gewesen, Riliga, Parra und ihre Brüder in Maro unterzubringen. Er hatte Tabbas in wenigen Worten die Geschichte der Familie erzählt. Der Älteste von Maro hatte sofort zugestimmt, die Flüchtlinge aufzunehmen. Tabbas kannte Matus von einigen Begegnungen und teilte Jareks Einschätzung bezüglich der Fähigkeiten des Mannes. Auch Tabbas sah Utteno als eine verlorene Stadt. Er hatte sich bereits darauf vorbereitet, dass irgendwann noch weitere Heimatlose von dort kommen und um Aufnahme bitten würden. Zwei Mahloclans hatten sich hier schon angesiedelt. Für fleißige Menschen, die einen Neuanfang suchten, bot die werdende Stadt Maro die beste Gelegenheit, wieder ein Leben und einen Platz für sich zu finden.

Riliga hatte sich sofort auf die Suche nach einer Unterkunft gemacht und hatte bereits ein Kvart nach ihrer Ankunft einen kleinen Bau nahe der Cave. Und sie hatte eine Arbeit hier in der Schänke gefunden. Sie durfte sogar die Kinder mitbringen. Nok und Brat spielten in einer freien Nische das Knackerspiel und Parra half eifrig und mit wichtiger Miene, die Gäste zu bedienen.

„Deine Stadt gefällt mir total gut, Jarek", sagte sie und lächelte ihn strahlend an, als sie einen vollen Becher vor Carb wuchtete und den leeren an sich nahm. „Die Leute hier, die lachen so viel."

Tatsächlich erklang gerade von der Theke fröhliches Gelächter.

Jarek strich der Kleinen über den Kopf. „Ja, Maro ist eine gute Stadt. Schön, dass es dir hier gefällt, Parra. Das hatte ich mir gewünscht."

Parra zog mit dem leeren Becher wieder ab und Jarek schaute dem Mädchen nach. Parra würde es hier gutgehen. Aber sie hatte sich in einem geirrt. Maro war nicht mehr Jareks Stadt. Er gehörte nicht mehr dazu. Es gab eine Sache, die es ihm mehr bewies als alle Gedanken, die er in den vielen Kammern seines Verstandes verbarg oder aus ihnen hervorholte und betrachtete. Die Aufmerksamkeit des Beschützers war nicht mehr da. Er lungerte in Jarek zusammen mit dem Wächter in seiner Unterkunft herum. Er hatte erklärt, dass er hier nicht mehr zuständig sei, als Jarek beobachtet hatte, wie ein ihm unbekannter Vaka und ein Solo in Streit geraten waren.

Pulom und Fari waren sofort da gewesen und die beiden Xeno hatten die Betrunkenen getrennt, bevor mehr passieren konnte. Aber Jarek hatte nur einmal kurz aufgeschaut, erkannt, dass weder Carb noch Adolo in Gefahr waren, Mareibe gar nicht anwesend und Parra sich außer Reichweite aufgehalten hatte. Jarek hatte einen Schluck aus dem Becher genommen und das weitere Geschehen beobachtet, wie er einer interessanten Geschichte gelauscht hätte, die jemand erzählte. Aber die Sicherheit der ganzen Stadt war nicht mehr seine Aufgabe.

„Wie lange bleiben wir in Maro?", fragte Adolo. Der Reiter wollte gerne so schnell wie möglich zurück nach Mindola. Er wollte an den nächsten Ausscheidungsrennen teilnehmen, deren Gewinner immer auf die oft hundert

Lichte dauernde Reise um ganz Memiana geschickt wurden, Nachrichten zu übernehmen und zu überbringen.

„Du willst zurück, was?", fragte Jarek und Adolo nickte.

„Klar. Ich will endlich mal meinen ersten Kreis reiten. Mareibe ist hier in Sicherheit und kommt bestens zurecht, wie es aussieht."

„Ja", bestätigte Carb leise und nahm ein paar Schlucke aus dem Becher. „Der geht es hier gut. Dafür wird es in Mindola ruhiger."

„Dann müssen sie sich dort halt jemand anderen suchen, über den sie dummes Zeug reden können", sagte Jarek. Niemand machte Mareibe mehr für Oquins Tod verantwortlich. Aber ihre Vergangenheit als Gefangene und persönliche Memo von Ollo war dort nun bekannt und niemand wollte mehr unbefangen mit der ehemaligen Solo umgehen. Es war das beste gewesen, Mindola zu verlassen. Für die Stadt der Memo. Und für Mareibe.

„Schade, dass damit alles vorbei ist. Irgendwie", meinte Carb.

„Ja", bestätigte Adolo. „Das ist es wohl."

Jarek wusste genau, was die beiden meinten. Die Nähe, die sich auf ihrer Reise entwickelt hatte, das gegenseitige Vertrauen und die Gewissheit, sich jederzeit und überall auf jeden seiner Freunde verlassen zu können, all dies würde auch Jarek vermissen.

„Aber das wussten wir doch vorher schon", sagte er deshalb. „Jeder von uns muss seinen Platz suchen und finden. Es konnte nicht so bleiben wie am Anfang. Es bleibt nie wie am Anfang."

„Ja", sagte Adolo. „Es war aber trotzdem schön."

„Na ja", brummte Carb. „Schön ist gut. Ich musste noch nie so oft um mein Leben kämpfen. Und um das anderer Leute."

„Du weißt, was ich meine", sagte Adolo.

„Ja."

„Ich habe mich noch nie in meinem Leben mit anderen Menschen so wohl gefühlt", erklärte der Reiter. „Und ganz gleich, was in Zukunft passiert, es wird sich nie etwas daran ändern, dass wir Freunde sind."

„So ist es", brummte Carb, legte dem schmalen Reiter seine mächtige Pranke auf die Schulter und drückte sie. „Wer hätte das gedacht. Dass ich mal der Freund von einem Kir werde."

„Einem ehemaligen Kir", korrigierte Adolo. „Jetzt sind wir alle Memo."

Carb nickte. „Ja. Memo."

„Alles geht weiter, irgendwie", sagte Adolo nachdenklich. „Mareibe hat ihren Platz gefunden. Ich schon lange. Aber wie sieht es mit euch aus?"

Carb zuckte nur die Achseln. Jarek wusste, dass Carb alles getan hätte, um in Mareibes Nähe zu bleiben. Aber es gab hier keine Aufgabe für ihn und so würde Carb mit Adolo nach Mindola zurückkehren.

Jarek fragte sich, ob das jetzt der Moment war, an dem er den Freunden erzählen sollte, dass er selbst auch weiterziehen würde und sie sich hier in Maro trennen mussten. Aber er entschied sich dagegen. Er wollte Mareibe nicht ausschließen. Doch dann überlegte er, ob er die Möglichkeit trotzdem wahrnehmen sollte. Aber bevor er zu einer Entscheidung kam, setzten sich drei lärmende junge Kir in die Nische direkt neben sie und er wusste, dass die drei Memo jetzt kein Wort mehr über ihre Aufgaben, ihre Pläne oder gar ihre Stadt sprechen konnten.

Als Hama ihn in das Volk der Memo aufgenommen hatte, hatte er auf Jareks Handgelenk das komplizierte Muster eingeritzt, das im Licht Salas immer hellrot leuchtete. Er hatte es mit Lohkbalsam bestrichen, der bewirkt hatte, dass sich in Jareks Verstand ein neuer, riesiger Raum aufgetan hatte. Das war die Memokammer, in der er alles verwahrte, das sein neues Volk betraf. Hama hatte den Freunden erklärt, dass sie nicht in der Lage sein würden, irgendetwas von dem Wissen, das sie darüber in sich verbargen, einem anderem Menschen mitzuteilen als einem Memo. Aber keiner von ihnen hatte bislang überhaupt eine Gelegenheit gehabt, das auszuprobieren. Von diesem Augenblick an waren sie nur noch mit Angehörigen ihres neuen Volkes zusammen gewesen.

Nicht so hier in Maro. Als Jarek mit Nari alleine an dem großen Rundtisch im Clanbau gesessen und seine Mutter ihn mit Fragen zu seinem Dasein als Memo überschüttet hatte, war er versucht gewesen, ihr ein wenig von den Wundern Mindolas zu erzählen. Aber ganz gleich, was er ihr berichten wollte, sobald es irgendetwas betraf, das mit dem Volk der Memo zu tun hatte, war immer nur derselbe, freundliche Satz aus seinem Mund gekommen: „Darüber kann ich dir leider nichts sagen."

Nari war erst verwirrt gewesen, dann belustigt und am Ende hatte sie es aufgegeben, Jarek zu fragen. Er hatte auch so genug zu berichten. Alleine die Erlebnisse ihrer Reise würden viele, viele Unterhaltungen im Graulicht füllen, die er mit seiner Mutter noch führen würde. Jarek freute sich auch schon auf die Gespräche mit Ili, die sicher auf den Stufen stattfinden würden, die zur Cave hinunter führten. Es war ihr Lieblingsplatz, seit sie Kinder gewesen waren.

Doch Mindola, seine Wunder und die Geheimnisse der Memo würden Ili und ihrer Mutter verschlossen bleiben, wie jedem anderen Menschen auch.

„Weiß Mareibe, wo wir sind?", fragte Carb.

„Ich habe es ihr gesagt", erklärte Jarek. „Sie kommt später. Aber wie ich Mareibe kenne, weiß sie jetzt sicher auch alles über jeden Einwohner Maros."

Mareibes Neugier war bereits in Mindola berühmt, äußerte sich aber anders als die beharrliche Wissbegierde Yalas, die über so vieles möglichst genau Bescheid wissen wollte. Mareibe dagegen interessierte sich nicht für Vergangenes oder Einzelheiten der Handelsbeziehungen der Völker Memianas. Sie war neugierig auf jeden Menschen, den sie traf, und hatte keine Hemmungen, alles zu fragen, was sie wissen wollte. Jarek war sicher, dass Mareibe mit jedem, der eine Botschaft schicken wollte, ein kurzes, lebhaftes und sehr persönliches Gespräch führen würde.

Als Jarek und die Freunde gegangen waren, hatte eine lange Schlange vor dem Bau der Memo gestanden, die langsamer vorankam, als es früher der Fall gewesen war. Gilk und Rieb nahmen ihre Aufgabe sehr ernst. Niemand durfte den Raum der Memo betreten, der nicht vorher trotz des Verbots von Waffen innerhalb der Mauern gründlich durchsucht worden war. Doch die Menschen wussten um die neuen Gefahren für die Memo und vor allem, was Uhle passiert war. Sie ließen es widerspruchslos über sich ergehen.

„Ja, Mareibe", sagte Carb versonnen. „Sie ist wirklich eine ganz besondere Frau." Er lächelte traurig und Jarek sah etwas von der schmerzhaften, vergeblichen Liebe darunter, die der große ehemalige Fero für die neue Memo von Maro empfand.

In Jareks Erinnerungen öffnete sich vorsichtig eine Tür einen Spalt und er hatte Yala vor sich. Yala mit den langen, nun in den vielen Spielarten von Rot schimmernden Haaren und der gezackten Narbe von der Stirn bis zum Hals, die ihr sanftes Gesicht nun zweiteilte. Jarek würde in seinen Gedanken immer ihre beiden Seiten überdeutlich sehen, das verletzte und verletzliche, schutzbedürftige, weiche Wesen, das er so gerne in den Arm nehmen und behüten wollte, und auf der anderen Seite die so unglaublich starke, wissbegierige und kämpferische Frau, die sich von den furchtbaren Verletzungen und ihrem zerstörten Körper nicht unterkriegen ließ. Die Frau, die um jeden Atemzug und um jeden Augenblick Leben mit der Kraft eines riesigen Reißers gekämpft und gewonnen hatte. Beide Seiten ergaben die Frau, die er liebte. Doch er musste sie zurücklassen, weil es einfach nicht ging, weil es einfach nicht gehen sollte, und der Schmerz war wieder da.

„Was ist denn?", fragte Adolo besorgt.

Jarek schreckte aus seinen Gedanken hoch. „Wieso?"

„Du hast gestöhnt", erklärte Carb und betrachtete den Freund. „Und du siehst aus, als ob dich was im Bauch drückt."

„Zu viel Suraqua", erklärte Jarek und zuckte die Achseln.

„Trink endlich mal was Richtiges", brummte Carb, hob seinen Becher und nahm einen tiefen Schluck.

„Bloß nicht. Sonst fängt er noch an zu singen", sagte Adolo. Alle drei lachten und der Schmerz zog sich ein wenig zurück. Es gelang Jarek, die Yala-Kammer zu schließen, und er atmete heimlich auf. Doch dann fuhr er zusammen und stieß seinen Becher um.

Der Wächter war aufgesprungen und hatte den Beschützer wachgerüttelt. Jareks Kopf flog so rasch zur Tür herum, dass Carb und Adolo erschrocken zusammenzuckten.

Jarek sah Nari.

Seine Mutter stand in der Tür der Schänke, ihr Blick huschte über die Gäste, fand Jarek, ihre Augen trafen sich und Jarek sprang auf.

„Was ist?", fragte Adolo erschrocken.

Aber Jarek antwortete nicht, sondern eilte zum Ausgang, ohne sich noch einmal umzuschauen.

Nari packte Jarek an der Hand, als er sie erreichte, und er spürte, dass seine Mutter feuchte Finger hatte, was sonst nie der Fall war, und dass sie zitterte. Nari musste kein Wort sagen. Jarek wusste, dass etwas geschehen war, etwas Schlimmes.

Der Schatten neben dem Bau war tief, aus der Lichtöffnung und der Tür drangen die Musik und die Stimmen, während vor den Mauern die Schreie der Reißer ertönten, die die Stadt wie in jedem Graulicht beutegierig umkreisten.

Jarek konnte Naris angstvoll und weit aufgerissene Augen trotz der Dunkelheit erkennen. „Was ist passiert?"

„Ich hatte eine Nachricht nach Ronahara geschickt, um Ili mitzuteilen, dass du gekommen bist", antwortete Nari. „Eben war ich bei Mareibe. Es war eine Botschaft von der Herberge für uns da. Ili ist mit unseren Leuten schon abgereist und auf dem Weg nach Maro."

„Wann haben sie Ronahara verlassen?" Jarek wusste, was er hören würde, aber er musste die Frage stellen.

„Vor drei Lichten", antwortete Nari. „Sie müssten längst hier sein. Ich habe Reisende gefragt, die pfadabwärts gekommen sind. Aber niemand hat sie gesehen."

Jarek nahm seine Mutter in die Arme und drückte sie fest an sich. Die Tränen liefen Nari über die Wangen. Sie schluchzte, dann sprach sie es aus: „Ili ist verschwunden!"

Die Suche nach Ili

Die Klaue schlitzte die weiche Haut, riss eine tief klaffende Wunde von der Stirn bis zur Kehle und teilte Ilis Gesicht. Das Blut spritzte hoch, während gleichzeitig der Schwanz des Fuuchs herumschwang und die kugelige Quaste mit ihren drei gebogenen, handlangen Hornklingen zischend durch die Luft sauste. Dann bohrte sie sich tief in den Leib von Jareks zierlicher Schwester.

Jarek hörte ihren grauenhaften Schmerzensschrei, wollte ihr zu Hilfe eilen, doch er konnte sich nicht bewegen. Er watete durch die Luft wie durch zähflüssigen Paas und brüllte Ilis Namen. Sie drehte ihren kleinen Kopf mit den dunklen Haaren, die nun plötzlich in vielen Rottönen schimmerten, und es war gar nicht Ili, in deren sterbende Augen er schaute, es war Yala!

Mit brechender Stimme fragte sie: „Jarek, wo warst du?" Dann sackte sie zu Boden, in die immer größer werdende, dunkelrote Pfütze aus Blut. Sie erweiterte sich zu einem kleinen Laak, der sich immer mehr ausbreitete, während ihr Herz verzweifelt versuchte, das Leben in ihr zu halten, und weiterpumpte, immer schneller, schneller, schneller. Das Blut spritzte schubweise aus ihrem zerfetzten Bauch und Jarek riss die Augen auf.

Er lag auf der Schlafstelle und das schwindende Graulicht füllte seine Kammer. Jarek spürte jeden einzelnen Schlag seines Herzens bis zum Hals. Er fühlte den Druck, das Pulsieren in seinem Inneren und in allen Muskeln und holte tief Luft, dann noch einmal und noch einmal. Der Schrei aus dem Traum verhallte langsam und wurde verdrängt vom Kreischen der Reißer, die um die Mauern von Maro schlichen.

Jarek setzte sich auf.

Ein Blick zur Lichtöffnung in der Kuppel zeigte ihm, dass Polos und Nira im letzten Kvart waren.

Es war Zeit.

Jarek erhob sich, griff seine Hose und seine Jacke und schlüpfte in die Stiefel. Dann nahm er die kleine Feraflasche vom Gürtel, drehte den Verschluss auf und klappte ihn zur Seite. Er setzte ihn an den Mund und nahm den einen Tropfen Partiola zu sich, der es ihm ermöglichte, den kleinen, fest verschlossenen Teil seines Gedächtnisses fremden Gedanken und fremdem Wissen zu überlassen.

Zeit seines Lebens würde Jarek nach dem Erwachen Partiola trinken. Er brauchte das Öl wie alle Memo. Doch jetzt, im letzten fahlen Schein des Graulichts, fühlte sich Jarek so wenig als Angehöriger des Volkes der Boten, Berater und Wahrer des Gleichgewichts wie noch nie, seit er Maro mit Hama verlassen hatte.

Jetzt hatten der Jäger, der Beschützer und der Wächter in Jarek das Kommando übernommen und würden es nicht wieder abgeben, bis er Ili zurückgebracht hatte.

Oder bis er gescheitert war.

Der Clanraum des Baus war gefüllt gewesen und alle Xeno Maros, die nicht mit irgendeiner Pflicht bei der Bewachung der Mauer und des Tores oder der Wahrung des Friedens in den Gassen und Schänken befasst gewesen waren, hatten sich versammelt.

Nicht nur alle Mitglieder der Thosen liebten Ili, sondern jeder in Maro, der sie kannte. Immer wieder waren Menschen aus allen Völkern erschienen, um sich nach Neuigkeiten zu erkundigen oder ihr Mitgefühl auszudrücken.

Auch Tabbas' Söhne waren nacheinander gekommen und hatten ihre Hilfe angeboten, sobald sie erfahren hatten, was geschehen war. Aber sie hätten im Graulicht noch weniger ausrichten können als die kampferprobten Xeno.

Die Tore waren geschlossen und wurden vor Salas Aufgang nicht wieder geöffnet. Niemals, unter keinen Umständen, für niemanden. Vor Beginn des Gelblichts konnte sich kein Mensch auf den Weg machen, um die Reisegruppe von Ili und Lim zu suchen.

Thosen würde den Rettungstrupp nicht anführen. Es war ihm nicht erlaubt. Der Kontrakt besagte, dass jederzeit ein Clanführer der Thosen innerhalb der Mauern sein musste. In Ilis Abwesenheit blieb nur Thosen selbst.

Die Jäger, Wächter und Beschützer hatten besorgt, aber ruhig und zielstrebig über die Möglichkeiten gesprochen, die ihnen blieben. Zwei Trupps hatten sich gebildet, die mit dem ersten Strahl Salas aufbrechen wollten.

Was auch immer geschehen war, die Hoffnung aller trug den Namen Lim. Die einzige Frau, von der Jarek je gehört hatte, die eine doppelreihige Trophäenkette trug, war fähig und erfahren genug, einen Jagdtrupp auch im Graulicht durch ein Lager im Freien zu bringen. Sie konnten es schaffen, Sala wieder zu sehen, selbst wenn blutdürstige Reißer die Menschen umkreisten und Aaser hechelnd in sicherer Entfernung auf den Beginn und vor allem das Ende der blutigen Schlacht warteten, um sich ihren Anteil von den Verlierern zu holen, ganz gleich, ob es die Menschen waren oder die Tiere.

Aber Lim hatte keinen reinen Jagdtrupp bei sich, in dem jeder wusste, was der Mann oder die Frau neben ihm tun würde. Lim hatte Ili zu beschützen. Ein Mädchen, das einen Reißer bisher nur in getrockneter und zubereiteter Form auf seinem Teller gesehen hatte und vor der Reise nach Ronahara nie einen Fuß vor das Tor gesetzt hatte.

Jarek hatte neben Nari gesessen, die Hand der Mutter in seiner, und hatte zugehört, wie die Bewaffnung debattiert wurde und die Suchrichtungen, während andere sich in Mutmaßungen ergangen hatten, was wohl geschehen war.

Von all den Reißerarten, die auch im Licht Salas auf Beute aus waren, hatte man in der letzten Zeit nur Gelbschattenfetzer gesehen, aber die hatten zuletzt vor neun Lichten hinter Briek eine Reisegruppe angefallen. Es war unwahrscheinlich, dass sie seitdem einen so weiten Weg zurückgelegt hatten. Reißer blieben lange an dem Ort, an dem ihre letzte Jagd erfolgreich gewesen war.

Schließlich hatte Jarek das Wort ergriffen. „Ich werde reiten", hatte er gesagt und alle Köpfe hatten sich zu ihm umgedreht. „Ich werde mit meinen Freunden Carb und

Adolo im ersten Licht Salas Maro verlassen und wir werden den ganzen Weg nach Ronahara absuchen. Bis wir Ili, Lim und alle anderen gefunden haben. Auf den Kronen sind wir zehnmal so schnell wie zu Fuß. Wir könnten im ersten Kvart in Ronahara sein. Wenn nötig, sogar noch schneller."

Nari hatte ihren Sohn mit neuer Hoffnung im Blick angesehen.

Thosen hatte zustimmend genickt. „Damit erhöhen sich unsere Chancen beträchtlich", hatte er gesagt.

„Wir haben noch zwei Krone frei. Wer will mit uns reiten?" Jarek hatte sich umgeschaut.

Alle hatten sich gemeldet und durcheinander gerufen und Jarek hatte schließlich Nork ausgewählt, den schweigsamen Onkel von Pfiri und Rieb. Jarek war früher oft mit ihm auf der Jagd gewesen. Nork war ein Schauer und hatte die schärfsten Augen von ganz Maro. Der fünfte Mann war Brolan, ein erfahrener Jäger, von dem Jarek wusste, dass er reiten konnte, weil er einmal bei einer Familie von Kir einen Kontrakt gehabt und diese auf ihre Märkte begleitet hatte, bis sie nach Kirusk zurückgekehrt war, in die Hauptstadt des Stammes.

Jarek ging zu der kleinen Waschnische, goss Wasser aus der Kanne in das Steinbecken und reinigte sich. Trotz der Kälte des Graulichts, die hier auf dem Anstieg zu den Raakhöhen schon wieder beträchtlich war und sich nach dem bequemen, warmen Mindolo noch immer etwas ungewohnt für ihn anfühlte, war Jarek schweißnass.

Er ordnete die Haare und band den langen Zopf neu, der sich beim Herumwerfen auf dem Lager gelöst hatte. Jarek hatte Mühe, die schrecklichen Bilder, die er gesehen hatte, in ihre Kammern zurückzudrängen, zusammen mit dem tiefen, beunruhigenden Nachklang, den sie in ihm hinterlassen hatten.

Er würde rechtzeitig kommen, sagte er sich immer wieder.

Er würde Ili finden.

Ili würde nichts passieren.

Nicht auf der allerersten Reise ihres Lebens.

Er sagte es sich, bis er merkte, dass die Worte in seiner Kammer widerhallten, weil er sie halblaut ausgesprochen hatte und sie nicht mehr in seinem Kopf geblieben, sondern nach außen gedrungen waren.

Es durfte nicht sein.

Es durfte nicht passieren.

Er wollte nicht schon wieder einen Menschen verlieren.

Und ganz bestimmt nicht seine kleine Schwester.

Jarek schob den Vorhang seiner Kammer zur Seite, der aus dem dichten Fell eines der Klauenreißer gefertigt war, die sie auf Jareks letzter Jagd erlegen mussten. Er trat in den Clanraum, der die Mitte des großen Rundbaus bildete.

Die meisten der Plätze waren besetzt und Jarek wusste, dass die wenigsten in diesem Graulicht Schlaf gefunden hatten. Wie er selbst auch. Jarek hatte sich zwingen müssen, nach dem Halblicht in seine Kammer zu gehen. Er hatte gewusst, dass er im folgenden Licht all seine Kraft benötigen würde, und es war ungewiss, wann er wieder zur Ruhe käme.

Jarek hatte nicht vor, nach Maro zurückzukehren, bevor er Klarheit über das Schicksal von Ili, Lim und den anderen hatte.

Ganz gleich, wie lange es dauern würde.

Er hatte sich in die rotgestreifte, weiche Decke gewickelt und in seine Schlafstelle gelegt, doch es hatte lange gedauert, sehr lange, bis er die Augen geschlossen hatte, und noch länger, bis er in einen unruhigen Schlaf gefallen war, in dem ihn dann die Albträume überfallen hatten und die blutigen Bilder.

Jarek trat zu Adolo und Carb, die mit entschlossenen Mienen am Rundtisch saßen, zum Aufbruch bereit. Auf der Bank neben ihnen warteten Nork und Brolan.

Mareibe stand auf, als Jarek herantrat, umarmte ihn, drückte sich an ihn und schaute ihm von unten ins Gesicht. „Ich hatte mich so darauf gefreut, Ili endlich kennen zu lernen", sagte sie leise. „Bring sie mit. Versprichst du mir das?"

„Ich verspreche es", flüsterte Jarek, beugte sich zu ihr hinunter und gab ihr einen sanften Kuss auf die Stirn. Mareibe löste sich von ihm und wischte mit dem Handrücken die Tränen fort.

Carb und Adolo erhoben sich.

„Bereit", brummte der dunkle Riese und Adolo nickte.

Jarek schaute zu der Lichtöffnung und sah, dass das Grau des Himmels langsam zurückgedrängt wurde und sich erste Streifen eines rötlichen Gelbs daruntermischten.

Er bemühte sich, alle Entschlossenheit und Zuversicht in seine Stimme zu legen, die er aufbringen konnte. „Reiten wir."

Die Mauern von Ronahara erhoben sich neben dem dunkelroten Berg von Cibolo, dessen Farbe Jarek an Mindola erinnerte. Die Befestigung der kleinen Stadt wurde von dem Doppelturm rechts vom Tor überragt und war aus dem gleichen Material errichtet wie die Stadt der Memo. Die Mauern leuchteten unter Salas Licht, die das erste Kvart noch nicht zurückgelegt hatte.

Jarek wusste, dass die Stadt nur scheinbar so nahe war. Ein Reisender zu Fuß hätte Mühe, Ronahara von hier aus noch vor dem Einsetzen des nächsten Graulichts zu erreichen. Auf ihren Kronen hätten sie es jedoch weit vor dem Halblicht geschafft.

Jarek war schon schneller geritten. Als sie Mareibe nach ihrer Flucht aus Mindola einholen wollten, hatte Adolo alles aus seinem Reittier herausgeholt. Sie hatten es rechtzeitig zurück in die Stadt der Memo geschafft, wenn auch nur knapp.

Jetzt rasten sie nicht so dahin, aber es war schnell genug. Die Jarek so gut bekannten Hügel und Senken waren an ihm vorbeigeflogen, dass die Konturen verwischt waren. Die Krone hatten versucht, ihre eigenen Schatten einzuholen, die ihnen aber beharrlich davongelaufen waren, während Sala in ihrem Rücken den Himmel erklomm.

Obwohl sie mit einer Geschwindigkeit von mehr als fünfzehn Lichtwegen dahingeflogen waren, wie Adolo ihnen erklärt hatte, war es Jarek so vorgekommen, als ob er selbst still stünde, während Memiana an ihm vorüberhuschte.

Die Beine der Krone hatten graue Wirbel gebildet und die einzelnen Schritte waren so rasch aufeinander gefolgt, dass Jareks Sattel sich kaum bewegt hatte, nicht geschwankt und nicht gestoßen hatte, wie es beim langsamen Dahintraben immer der Fall war.

Jeder hatte Ausschau gehalten, hatte die Augen über den Weg vor ihnen wandern lassen und nach rechts und links, über die Ebene von Kopak und die zerklüfteten Felsen von Marabara. Alle hatten gesucht, ob sich irgendwo irgendetwas entdecken ließ, eine Bewegung, die Spur eines menschlichen Wesens oder auch nur eine ungewöhnliche Ansammlung von Aasern auf dem Weg zu einer Stelle, an der es etwas zu holen gab.

Doch keiner hatte etwas bemerkt. Niemand hatte einen Hinweis gefunden, nicht einmal Nork.

Sie hatten bei jedem einzelnen Menschen angehalten, den sie auf dem Weg zwischen Maro und Ronahara getroffen hatten, und bei jeder Reisegruppe. Die Wanderer waren überrascht gewesen, als sie den ungewöhnlichen Trupp aus drei Memo und zwei Xeno gesehen hatten. Die meisten hatten mit Neugier und Hilfsbereitschaft reagiert, die Solo unter ihnen jedoch mit Angst und Misstrauen. Es war bekannt, dass Ollos Räuberbande aus Solo bestand und dass diese Solo Memo ermordeten und Reisende überfielen. Damit fand sich jeder Solo im Verdacht wieder, ein Räuber zu sein, was die Ehrlichen unter den Heimatlosen verängstigte.

Niemand hatte die Auskunft verweigert. Aber keiner hatte etwas gesehen oder gehört. Lim, Ili und ihre Begleiter waren spurlos verschwunden.

Im Fuuchwall von Maro, einen knappen Lichtweg pfadauf, dem Jareks berühmte Jagd auf den gefährlichsten Reißer von Memiana vor knapp einem Umlauf den neuen Namen gegeben hatte, hatte eine Familie von Kir gerastet. Sie konnte keine Auskunft geben. Aber sie hatte von einer Gruppe aus drei Solo berichtet, die pfadaufwärts gezogen waren.

Nicht viel später hatten die Sucher den zweiten Wall zwischen Maro und Ronahara erreicht, den von Kopak, aber sie hatten die Solo noch nicht eingeholt. Reisende, die sie unterwegs getroffen hatten, konnten ihnen auf die Frage nach Ili und ihren Begleitern keine Antwort geben. Aber die drei Ausgestoßenen waren ihnen begegnet und die Reiter hatten erfahren, dass sie mit eiligen Schritten unterwegs gewesen waren, weil sie in einem Gelblicht zwei Etappen zurücklegen und noch vor Salas Untergang Ronahara erreichen wollten. Jarek hatte beschlossen zu versuchen, diese Solo einzuholen und auch sie zu befragen.

Die Mauern der Marktstadt, der Maro in naher Zukunft den Rang ablaufen würde, wurden nur wenig höher, als sie mit unverminderter Geschwindigkeit darauf zu ritten.

„Reisende", sagte jetzt Nork und Jarek folgte seinem Blick.

Jarek erkannte drei Gestalten, die dem gewundenen Weg in Richtung der Stadt folgten, der jetzt hinter einer Kuppe wieder zum Vorschein kam.

„Das sind die drei Solo", sagte er und gab seinem Kron mehr Zügel, aber Cimmy duldete nicht, dass sich ein anderer Laufaaser vor ihn setzte und beschleunigte von selbst, bis er wieder die Spitze übernommen hatte.

„Und wenn die auch nichts wissen?", fragte Carb, der mit Mühe folgen konnte. „Was machen wir dann?"

„Dann teilen wir uns", antwortete Jarek. Er hatte sich mit dieser Frage beschäftigt, seit sie durch das Tor von Maro geritten waren. „Wenn wir nichts erfahren, dann wird eine Gruppe zweitausend Schritt rechts und eine in derselben Entfernung links des Weges reiten, zurück in Richtung Maro. Wenn wir da nichts finden, kehren wir um und versuchen es in der doppelten Entfernung. Wir werden zwischen den Städten hin- und herreiten, bis wir sie gefunden haben."

Carb nickte nur entschlossen.

Sie waren nun ein gutes Kvart unterwegs, aber Jarek spürte keine Müdigkeit, keine Erschöpfung, sondern nach wie vor nur die vollständige Anspannung des Jägers. Seine Sinne waren bereit und aufmerksam, die Augen sahen mehr, die Ohren hörten mehr und die Nase roch mehr als jemals innerhalb von sicheren Mauern. Jarek kannte diesen rauschartigen Zustand nur zu gut. Er hatte ihn immer genossen. Es war die Mischung aus gesunder Angst und grenzenlosem Mut, die er stets bei allen Mitgliedern seines eigenen Jagdtrupps gesucht und gefordert hatte, wenn es galt, sich den gefährlichsten, verwegensten und schlauesten Reißern Memianas zu stellen.

Doch bei aller Kraft, die durch ihn floss, bei all der wunderbaren, zielgerichteten Schärfe, die sein Verstand angenommen hatte, war diesmal nichts von dem kleinen, erregenden und verborgenen Wohlgefühl da, das jede Jagd immer in ihm geweckt hatte. An der Stelle, an der er es sonst gefunden hatte, war nichts weiter als die nackte, zitternde Angst.

Die Angst, Ili nie wieder zu sehen.

Die Krone folgten mit ihren wirbelnden Tritten den Windungen des Weges und ihre Schritte hallten in dem kurzen Tal wider, durch das sie rasten, um dieses gleich wieder zu verlassen. Dann sahen sie die drei Solo vor sich, die sich nach den Reitern umdrehten. Innerhalb weniger Augenblicke waren Jarek und seine Gefährten heran und zügelten ihre Tiere.

Es waren zwei Männer und eine Frau, die sie mit angstvollen Blicken beobachteten. Die Augen des älteren Mannes, der seine grauen Haare auffällig kurz geschoren hatte, glitten über Jareks Waffen und die seiner Gefährten.

„Frieden und einen guten Weg", sprach Jarek den Gruß der Reisenden, den die drei zögernd erwiderten. „Ihr habt das letzte Graulicht im Fuuchwall verbracht?"

Der alte Solo antwortete vorsichtig und deutete mit dem Daumen pfadabwärts. „Wenn Ihr den Wall hinter Maro meint, ja. Ich wusste aber nicht, dass der einen Namen hat."

„Jeder Wall hat einen Namen", sagte Adolo.

„Kann schon sein", meinte der Solo. „Aber mir reicht es, wenn er ein Tor hat."

„Wir sind auf der Suche nach meiner Schwester und ihren Freunden", erklärte Jarek.

„Wir haben keine Memo gesehen", sagte der jüngere Mann rasch. Seine Augen versuchten Jareks Blick zu vermeiden, aber es war zu spät. Jarek hatte erkannt, dass seine Pupillen einen leichten Rotstich zeigten. Er hatte wieder einmal einen Colorosüchtigen vor sich, der unter der Wirkung des Rauschmittels stand.

„Meine Schwester ist keine Memo", erklärte Jarek. „Wir suchen sechs Xeno, zwei Frauen und vier Männer. Sie haben vor drei Lichten Ronahara verlassen. Ihr müsstet ihnen begegnet sein."

Die Frau schüttelte den Kopf. „Tut mir leid, aber wir haben auch keine Xeno auf dem Weg getroffen."

Jarek atmete einmal tief durch. Diese drei Solo waren die letzte Hoffnung gewesen, doch noch etwas zu erfahren.

„Ist Euch sonst irgendetwas aufgefallen? In den letzten drei Lichten? Habt Ihr irgendetwas Ungewöhnliches gesehen oder gehört?"

Keiner der Reisenden antwortete sofort. Doch Jarek bemerkte, dass sie dem jüngeren Mann Blicke zuwarfen, und er sprach ihn direkt an. „Könnt Ihr uns vielleicht helfen? Wisst Ihr etwas?"

„Nein", antwortete der junge Solo rasch und hob den Blick nicht.

„Jetzt sag es schon", bat ihn die Frau. Sie schaute Jarek an. „Er hat im letzten Graulicht etwas gehört, als er auf dem Turm Wache hatte."

„Ach ja? Jetzt glaubt ihr mir?", murrte der Angesprochene. „Aber gestern habt ihr gesagt, ich bilde mir was ein."

„Was habt Ihr denn gehört?", fragte Jarek ruhig.

Seine Begleiter sahen den Solo genauso gespannt an wie Jarek. Doch der ließ sich Zeit mit einer Antwort. Er betrachtete die Memo und die sie begleitenden Xeno lauernd. „Was kriege ich, wenn ich Euch helfe?", fragte er endlich.

Jarek wechselte einen kurzen Blick mit Carb, der seinen Dreißigschüsser von der Schulter nahm und in die Armbeuge legte. Jarek schüttelte rasch den Kopf. „Lass, Carb."

Er hatte so etwas erwartet. Es gab nichts umsonst auf Memiana. Wer von einem Fremden etwas haben wollte, musste dafür zahlen, sei es Nahrung, Kleidung, eine Waffe oder auch nur eine Auskunft. Angehörige desselben Volkes halfen einander, wenn es keine besondere Mühe machte oder nicht gefährlich war. Aber Solo gehörten keinem eigenen Volk an und ihr täglicher Kampf ums Überleben machte sie den Problemen und Sorgen anderer gegenüber gleichgültig. Sie hatten genug damit zu tun, sich um ihr eigenes Wohl zu kümmern.

„Ich zahle einen angemessenen Preis, wenn Eure Antwort uns weiterhilft", versicherte er. „Mein Wort als Memo."

„Als Memo. Einverstanden." Der jüngere Solo nickte. Ein Memo brach nie sein Wort. Das wusste jeder.

„Erzählt, was passiert ist", forderte Jarek den Mann auf.

„Also, ich hatte Wache", berichtete dieser. „Im letzten Kvart. Und wie ich da stehe, da denke ich, da ist doch was. Ich habe Schüsse gehört."

Die Reiter sahen ihn gespannt an.

„Schüsse? Im Graulicht? Wie viele?", fragte Jarek und musste sich zur Ruhe zwingen.

„Einige. Einzelne. Und dann dicht nacheinander. Aber ziemlich weit weg."

„Aus welcher Richtung kam das? Pfadauf oder pfadab? Richtung Marabarafelsen oder aus der Ebene von Kopak?"

Der Mann hob die Hände und zuckte die Achseln. „Keine Ahnung. Ich würde es Euch sagen, aber ich weiß es nicht. Es kann von überall gekommen sein. Im Graulicht hört sich alles so komisch an. Und dann sind da noch die Schreie der Reißer und das Geheul der Aaser. Ich weiß es einfach nicht."

„Danke."

Der Solo schaute ihn gierig an. „Hilft euch das?"

„Wir wissen jetzt wenigstens, wo wir suchen müssen. Und wir wissen, dass im letzten Graulicht noch jemand am Leben war, der kämpfen konnte." Jarek griff in seine Tasche und holte eine Handvoll Münzen hervor. Er zählte zwanzig davon ab und reichte sie dem jungen Mann, der sie hastig entgegen nahm.

Jarek drehte sich zu seinen Gefährten um. „Los!", kommandierte er, aber der Solo, der das Geld inzwischen gezählt hatte, unterbrach ihn.

„Könnt Ihr vielleicht noch fünf Fer drauflegen?", bettelte er. Jarek sah den flackernden Blick des Mannes, dann schaute er auf das Geld in dessen Hand. Er seufzte und griff in die Tasche und nahm fünf weitere Münzen heraus. „Unter einer Bedingung", erklärte Jarek. „Ihr beantwortet mir noch eine Frage."

„Was immer Ihr wissen wollt", beeilte sich der Süchtige zu versichern. „Fragt mich. Ich sage alles."

„Was müsst Ihr inzwischen für eine Portion Coloro zahlen?"

Sein Gegenüber erstarrte. Seine Augen richteten sich unsicher und angstvoll auf Jarek, dann auf die beiden Xeno, die ihn mit offenem Mund anschauten. Die Frau biss sich auf die Lippen und ließ die Schultern sinken. Sie hatte nichts von der Sucht ihres Begleiters gewusst, erkannte Jarek. Aber da war wohl irgendwas, das sie mit ihm verband.

„Wieso wollt Ihr das wissen?", fragte der Coloroabhängige und sah auf den Boden vor seinen Füßen.

„Es interessiert mich. Sagt Ihr es mir?" Jarek ließ die Münzen in der offenen Hand einmal springen und sie klapperten gegeneinander. „Oder soll ich das Geld wieder einstecken?"

„Dreißig", antwortete der Mann hastig. „Dreißig Fer verlangen sie."

„Ich danke Euch." Jarek beugte sich noch einmal hinunter, gab dem Süchtigen die Münzen in die Hand und nickte den Gefährten zu. „Zurück zum Fuuchwall!"

Er rief den Solo noch einen Gruß über die Schulter zu, dann gab er seinem Kron die Zügel, dass dieser losrannte und kleine Steine rechts und links des Weges davonflogen. Als er einen kurzen Blick zurückwarf, sah Jarek, dass die beiden Begleiter des Süchtigen auf diesen einredeten. Doch der wandte sich ab und ging mit raschen Schritten weiter in Richtung Ronhara. Dort würde er sich bestimmt sofort auf die Suche nach einen der Männer Ollos begeben, der ihm das Rauschmittel verkaufen würde. Coloro, nach dem es ihn so gierig verlangte und an dem das Blut von Memo klebte.

Die zwei Schüsse fielen dicht nacheinander. Sie hallten zwischen den zerklüfteten Felsen wider, die sich entlang des Weges bis kurz vor die Mauer erstreckten.

Jarek lauschte gespannt, aber er konnte nur wahrnehmen, wie das Echo noch ein paarmal immer schwächer zwischen den fernen Steinformationen hin und her sprang. Dann war da nur noch die Stille des Gelblichts, die er sonst immer so liebte. Aber hier und jetzt bedrückte und ängstigte sie ihn nur. Sie klang nicht nach Frieden und einem Weg ohne Gefahren. Sie klang nach Tod.

„Noch mal?", fragte Carb, aber Jarek schüttelte sofort den Kopf.

„Warte einen Augenblick."

Sie standen auf dem Turm des Fuuchwalls. Carb hatte seinen Splitter nun zum dritten Mal abgedrückt, um die Signale zu geben, die die Frage der Jäger über große Entfernungen transportierten: „Wo seid ihr?"

Es kam auch diesmal keine Antwort.

So sehr Jarek auch lauschte, er hörte nicht die so dringend ersehnte rasche Folge der drei Schüsse, die den Gefährten eines Jägers die Antwort gaben: Hier sind wir.

Nur die drückende Stille unter dem weißgelben Licht der direkt über ihnen stehenden Sala umgab sie.

Sie waren noch schneller geritten als auf dem Weg Richtung Ronahara, hatten bald den Wall von Kopak hinter sich gelassen, aber niemand hatte auch nur ein Anzeichen von Erschöpfung gezeigt, obwohl sie jetzt schon ein Halblicht in höchster Eile unterwegs waren. Die Krone waren den Weg entlanggerannt, als ob es ihnen eine Freude wäre, endlich einmal so schnell zu laufen. Und so lange. Aber Adolos Cimmy hatte immer den Eindruck vermittelt, dass dies alles nur ein leichter Trab für ihn war und er noch viel schneller und ausdauernd laufen konnte, würde man ihn nur lassen. Jarek musste er das nicht beweisen. Er wusste genau, wozu Cimmy in der Lage war.

„Jetzt kannst du es noch mal versuchen", sagte Jarek. Carb gab zwei weitere Schüsse ab.

Keine Antwort.

Wieder nicht.

Jarek atmete einmal tief durch und sah den dunklen Riesen an, der mit einem bedrückten Gesichtsausdruck den dreißigschüssigen Splitter zurück über die Schulter hängte.

„Wie weit trägt der Schall hier draußen?", fragte Carb.

„Zehntausend Schritt", antwortete Jarek sofort.

„Und eine menschliche Stimme?", erkundigte sich Carb. „Ich meine, wenn sie nicht mehr schießen können, aber schreien, wie weit hört man das?"

„Drei- bis fünftausend Schritt. Einen Todesschrei sogar noch weiter", antwortete Jarek, und der letzte Satz war heraus, bevor er es verhindern konnte. Die Worte hatten sich am Wächter des Verstandes vorbeigeschlichen und die schlimmen Befürchtungen ausgesprochen.

Carb schüttelte rasch den Kopf. „Der Colorokerl hat keinen Todesschrei gehört. Nur Schüsse."

„Ja, das hat er." Das war die Hoffnung. Wer noch schießen konnte, war noch am Leben.

„Jarek!" Adolos Stimme drang aus dem Inneren des Walls zu ihnen hinauf. Jarek trat an die Brüstung des Turmes und schaute hinunter. Der Reiter stand vor einer der sechs Unterkünfte für die Reisenden. Er hatte die Hand an die Stirn gelegt, um die Augen vor dem Licht zu schützen und sah herauf.

„Was gibt es?", fragte Jarek.

„Kommst du mal runter? Wir haben hier was gefunden!" Adolo wartete die Antwort nicht ab, sondern verschwand in dem Schlafbau.

Jarek und Carb wechselten einen kurzen Blick, dann rannten sie beide die enge Treppe des Turms hinunter, so schnell sie konnten.

„Schau dir das mal an", sagte Adolo, als Jarek und Carb das Schlafquartier betraten, das Platz für fünfzig Reisende bot.

Er stand mit Nork und Brolan an einer Wand und sie betrachteten etwas auf dem ebenen, rauen Felsboden. Rasch war Jarek heran und er erkannte eine Zeichnung aus hellem Kreitstein.

„Ich hatte zuerst gedacht, Mareibe sei hier gewesen", erklärte Adolo. „Aber das kann nicht sein."

Es war eine Angewohnheit ihrer Freundin, in jedem Wall, in dem sie im Graulicht schliefen, mit farbigen Kreitsteinen auf den Boden zu malen. Gesichter ihrer Gefährten und der Menschen, die sie unterwegs getroffen hatten, und auch Ansichten der Städte und Orte, die auf dem Weg gelegen hatten.

„Wir haben damals auf der Reise nach Maro hier geschlafen", sagte Carb. „Aber Mareibe war da noch gar nicht bei uns!"

„Das sieht alles noch ziemlich frisch aus", erklärte Adolo. „Und das ist Ronahara."

Jarek ging in die Hocke und sah sich die mit feinen Strichen gefertigte Ansicht der nahen Marktstadt genauer an. Der Doppelturm neben dem Tor war eindeutig. „Das war Ili", sagte er entschieden und sein Herz schlug rasend schnell. Niemand sonst, den Jarek kannte, hatte diese Art zu zeichnen. „Das muss sie auf dem Rückweg gemalt haben. Ili war vorher noch nie in Ronahara. Sie hatte keine Ahnung, wie die Stadt aussieht. Also haben sie es in jedem Fall bis hierher geschafft."

„Aber wo sind sie?", stellte Brolan die Frage, die sie alle bewegte.

Jarek richtete sich auf. „Was immer passiert ist, wir müssen von hier aus in Richtung Maro suchen."

Er drehte sich entschlossen zu den beiden Xeno um.

„Nork, Brolan, ihr durchkämmt die Ebene von Kopak pfadabwärts, bis achttausend Schritt Entfernung seitlich vom Weg. Wir drei übernehmen die Felsen von Marabara! Wer sie findet ..."

„... schießt dreimal und die anderen kommen", ergänzte Brolan. Er schulterte den Splitter, den der Clan der Thosen ihm mitgegeben hatte, und verließ eilig mit Nork zusammen die Unterkunft. Jareks Onkel hatte sich schweigsam wie immer gegeben.

„Los", kommandierte Jarek und auch er und die Freunde hasteten zu ihren Kronen, die sie im Pferch des Walls untergebracht hatten.

Etwas mehr als ein Halblicht war nun vergangen, seit der colorosüchtige Solo die Schüsse gehört hatte. Keine Schlacht im Graulicht wurde ohne Verletzte geschlagen und jeder Reißer, den man erlegen konnte, vergoss Blut. Blut, dessen feiner Duft sich weit ausbreitete und alles Leben im Umkreis anziehen würde. Reißer, Aaser und Schader würden dem Geruch folgen und so vergrößerte jeder Sieg über eine der Bestien die Gefahr, bis der Jäger schließlich der Übermacht erlag.

Oder bis Sala aufging.

Die Marabarafelsen waren eine Hügelkette, die sich ein Halblicht den Weg entlang zog und nicht mehr als zweihundert Schritt anstieg, aber das Gelände war durch die vielen Felsstücke von Faustgröße bis Turmhöhe unübersichtlich. Die Teile aus dem brüchigen Urinspat, der nach seiner dunkelgelben Farbe den Namen hatte, bedeckten das schräge Gelände.

Die Krone trabten zwischen den Steinen und Jarek und seine Freunde mussten sie immer wieder zügeln. Der Boden war voller Absätze und zerklüftet, nicht glatt und eben wie der ausgetretene, in ungezählten Umläufen begangene Weg entlang des Pfades. Es bestand die Gefahr, dass eins der Tiere ins Stolpern kam, wenn es zu schnell lief.

„Ili!" Jarek hatte die Hände rund um den Mund gelegt und verstärkte so seine Stimme, wie es der Rufer an der Rennbahn von Mindola vollbrachte, die lange, trichter-förmige Vorrichtung aus Fera, mit der die Startaufstellungen und die Ergebnisse der Kronrennen durchgesagt wurden.

Jareks Stimme hallte zwischen den Felsen wider, aber es kam keine Antwort, während sie vorsichtig weiterritten. Sie hatten sich aufgeteilt, damit sie ein größeres Gelände gleichzeitig absuchen konnten. Der Abstand betrug etwa zweihundert Schritt, während sie sich parallel zum Weg in Richtung Maro bewegten. Sala schien in ihrem Rücken und näherte sich bereits wieder dem Raakmassiv.

Jarek hatte die Mitte übernommen und schaute abwechselnd nach rechts zu Adolo, der sich aufmerksam und angespannt umsah, und nach links zu Carb, der sich immer wieder im Sattel aufrichtete, um ein noch größeres Gebiet zu überblicken.

„Ili!"

Wieder kam keine Antwort, aber Jareks langgezogener Ruf schreckte eine Familie von Langohraasern hinter einem Felsen auf, die davonhoppelte. Doch als Jarek ihnen mit dem Blick folgte, sah er es. Eine Kolonne dicker Fleckenschadlinge huschte zwischen den Steinen entlang und ihre hellgelben, dunkel gesprenkelten Panzer glitzerten im Licht. Jarek zügelte seinen Kron.

Weiter vorne, auf der linken Seite, entdeckte er einen weiteren Zug von Schadlingen und rechts, im Schatten eines Felsens, der fast die Höhe der Mauern von Maro hatte, huschten Schwanzlinge in den so bekannten abgehackten Bewegungen davon.

Alle Tiere folgten derselben Richtung.

Jarek atmete mit offenem Mund zweimal ein und schmeckte die Luft und da war er, der Geruch, der unverkennbare, den der Jäger in ihm aus allem herausfinden würde, jederzeit und überall: Blut.

„Adolo, Carb!", rief er.

Die Freunde schauten zu ihm herüber.

„Dort entlang!" Jarek zeigte in die Richtung, die die Schadlinge nahmen, und trieb seinen Kron an.

Carb und Adolo schlossen auf, während Jarek die Führung übernahm. Jetzt roch er es immer deutlicher. Hier war Blut geflossen, sehr viel Blut. So viel, dass es alles Lebendige im weiten Umkreis angelockt hatte, wie er insgeheim befürchtet hatte.

Es war still.

Kein Ruf eines Aasers war zu vernehmen, kein Gezänk um die besten Stücke vom Rest der Beute und der Jäger in Jarek wusste, was das zu bedeuten hatte. Es war genug für alle da. Jarek knallte die Tür vor der Kammer in seinem Kopf fest zu, hinter der sich das Grauen verbarg, das Knacken von Knochen und Reißen von Knorpeln, das Klacken von langzahnigen Gebissen, die Ilis dünne Arme aus den Gelenken rissen und ihren toten Körper zerfetzten.

Er musste die Schritte vorwärts nicht selbst gehen, der Kron übernahm sie für ihn und er war dankbar dafür, weil er nicht wusste, ob er es geschafft hätte, sie auf seinen eigenen Beinen zurückzulegen. Aber er sagte sich, dass er am Ende dann doch keine Wahl gehabt hätte, er musste die Gewissheit haben, er musste die Wahrheit suchen und erfahren, so grausam sie auch war.

Jarek lenkte den Kron zwischen zwei breiten Felsenbrocken von doppelter Mannshöhe hindurch und zügelte das Tier.

Er hatte ein Schlachtfeld erreicht.

Direkt vor den Krallen des Krons drängelten sich zu Dutzenden die Blutschader, die sich an dem Rinnsal der roten Lebensflüssigkeit gütlich taten. Das Blut kam von weiter oben träge herab geflossen und lief bergab, wo die letzten Reste im porösen Gestein versickerten und von den Schadern schlürfend herausgesogen wurden.

Jarek hörte, wie Carb neben ihm nach Luft schnappte und Adolo würgte, aber er sah nicht zu seinen Freunden.

Sein Blick wanderte mit weit offenen Augen und ohne zu blinzeln über das Gelände vor ihm, das mit den Kadavern von Reißern bedeckt war.

Er hatte jedes Gefühl in eine Kammer ganz tief unten verbannt, während seine Hand den dreischüssigen Splitter umkrampfte, den er in dem Augenblick vom Rücken genommen hatte, als er die Wanderung der Schadlinge gesehen hatte. Jarek bemerkte die Reste von zwölf Breitnacken und entdeckte auch zwei tote Klauenreißer, an denen achtundzwanzig Langbeinaaser zerrten. Sieben

Gelbschattenfetzer lagen weiter oben rechts am Rande des scharf abgegrenzten Schattens eines turmhohen Felsblocks, der sich dahinter erhob, und auch ein einzelner Mähnenbreitnacken war dort zu erkennen.

Aber Jarek sah nichts, das an einen Menschen erinnerte, und er wagte zum ersten Mal, seit er um diese Ecke gekommen war, Luft zu holen. Sein Blick bewegte sich über das unübersichtliche Gelände vor ihm und suchte nach irgendetwas, das einem der Xeno aus dem Clan der Thosen gehört haben könnte. Vielleicht eine Waffe, eine Gürtelschnalle oder ein Rückenbeutel, doch er konnte nichts entdecken. Er sah die beiden kleinen Löcher im hellen Fell eines Gelbschattenkadavers und erkannte, dass das Tier erschossen worden war.

Aber wo war der Schütze geblieben?

Jarek schaute Carb an, der seinen Splitter ebenfalls bereithielt, und nickte ihm zu. Der schwarze Muskelberg, in dessen Gesicht Jarek nur eine Mischung aus Anspannung und Grauen sah, hob den Lauf und drückte ab.

Zweimal, rasch nacheinander.

Die Schüsse hallten zwischen den Felsen wider, aber noch bevor das erste Echo die Reiter krachend erreichte, zuckten Jarek und seine Gefährten zusammen.

Aus nächster Nähe ertönte die laute Stimme einer Frau: „Hilfe!!!"

Jarek sprang aus dem Sattel seines Krons und rannte los. Der Ruf war von dem großen Felsblock gekommen, aber Jarek konnte dort niemanden sehen. Er eilte in die Richtung, wo die Kadaver der Gelbschattenfetzer übereinander lagen.

Aaser knurrten ihn unwillig an, als er zwischen ihnen hindurchrannte und sie beim Fressen störte, aber er achtete nicht darauf.

„Wo seid ihr?", rief er.

„Hier", kam die Antwort direkt aus dem Boden. „Hier unten."

Jarek erkannte mit einem Mal, dass das, was er für den tiefen Schatten des großen Felsens gehalten hatte, kein fester Grund war, sondern ein riesiges Loch im Boden. Vorsichtig näherte er sich dem Rand, ging erst auf die Knie und schob sich dann auf dem Bauch liegend so weit heran, dass er nach unten schauen konnte.

Was er sah, ließ seinen Atem stocken.

Das Loch hatte einen Durchmesser von etwa fünfzehn Schritt und war mindestens sechs Mannslängen tief. Die Wände waren senkrecht und so glatt, dass sich nirgends auch nur ein einziger Spalt auftat. Tief unter sich erkannte er Lim, die eine Hand über die Augen hielt, um diese vor der blendenden Sala zu schützen.

„Jarek?", fragte sie in fassungslosem Staunen. „Bist du das wirklich? Jarek?"

„Ja!", rief Jarek. „Wir holen euch da raus!"

Aus dem Loch erklangen Jubelrufe.

Carb ließ sich geräuschvoll neben Jarek fallen und schaute über den Rand des Absturzes und auch Adolo kam zu Fuß und spähte vorsichtig nach unten.

„Oh Scheiße", sagte Carb.

Jareks Augen hatten sich jetzt an die Dunkelheit des tiefen Loches angepasst, die im harten Kontrast zu dem hellgelben Licht hier oben stand, und er hatte sich rasch umgeschaut.

Er sah Gara, der an einen zersplitterten Felsblock gelehnt saß, und neben ihm Yoli, sein jüngerer Bruder. Die Kleidung beider Männer war zerfetzt, Yoli hatte einen Arm in der Schlinge und Gara einen blutigen Verband um den Kopf.

Lim stand direkt unter Jarek und er sah, dass sie eines ihrer Beine nicht belastete, sondern sich an einem niedrigen, scharfkantigen Felsstück abstützte. Weiter hinten kniete Ösit neben einem großen Block Urinspat und was Jarek neben dem jungen Jäger sah, ließ ihn zusammenfahren.

„Ili!", kam der Schrei über seine Lippen, dass er in dem steilen, runden Felsloch widerhallte.

Jareks Schwester lag auf dem Rücken neben Ösit am Boden.

Sie hatte die Augen geschlossen.

Und der Felsblock lag auf ihr.

„Sie lebt noch, Jarek! Ili lebt", eilte sich Lim nach oben zu rufen.

Jarek drehte sich zu Carb um und sagte: „Hol ein Seil."

Carb sprang auf und rannte zu seinem Kron. Sie hatten beim Aufbruch alle Möglichkeiten bedacht und die praktisch unzerreißbaren Seile aus gedrehtem Foogschwanzhaar gehörten zu ihrer Ausrüstung. Carb war wenige Augenblicke später zurück. Jarek nahm das Ende und seine Finger knüpften rasch die richtigen Schlingen, ohne dass er darüber nachdenken musste, wie sie es so oft getan hatten, wenn er mit Kobar geklettert war oder später mit seinem eigenen Jagdtrupp und das Leben aller an diesem dünnen, aber so festen Seil hing.

„Lass mich runter", bat Jarek und stieg in die doppelte Beinschlinge. Carb legte sich das Seil über die Schulter und seine Füße fanden einen festen Tritt im rauen Fels. Jarek war noch nie mit Carb zusammen auf einen Berg gestiegen, aber er bemerkte, dass der große ehemalige Fero nicht zum ersten Mal im steilen Gelände unterwegs war. Carb sorgte dafür, dass das Seil nicht über den scharfkantigen Rand des Felseinbruchs lief, als er Jarek rasch, aber sicher hinab ließ.

Unten angekommen, stieg Jarek aus der Schlinge.

Lim umarmte ihn vorsichtig. Sie sah ihn immer noch fassungslos an und griff nach seinem Arm, als müsse sie sich vergewissern, dass er es wirklich war und nicht nur eine Einbildung oder ein Wunschtraum. „Sie hat es gesagt. Sie hat gesagt, dass du kommst. Ili hat es immer wieder gesagt, dass du uns retten wirst!" Lim humpelte an Jareks Seite in den noch tieferen Schatten, der jede Farbe verdrängte.

Jarek ließ sich neben Ili auf die Knie sinken. Ihr Gesicht war weiß, ihre Augen geschlossen, Blut hatte ihr schwarzes Haar verklebt und sie atmete flach.

Ösit, der allem Anschein nach ein gebrochenes Bein hatte, das notdürftig mit Stoff und frischen Reißerknochen geschient war, rückte ein Stück zur Seite. Jarek sah, dass Ili riesiges Glück gehabt hatte. Der Stein lag zwar auf ihr, aber der brüchige Urinspat hatte an der Stelle, an der er sie zu Boden gedrückt hatte, eine kleine Wölbung nach innen, die verhindert hatte, dass der gewaltige Felsen Jareks kleine Schwester zerquetschte. Aber der Stein hielt Ili gnadenlos am Boden fest und schnitt ihr mit einer Kante in den Bauch.

Jarek strich Ili vorsichtig mit dem Handrücken über die blutverkrustete Wange und sie schlug die Augen auf.

„Jarek", sagte sie schwach. „Ich hab's gewusst. Ich hab gewusst, dass du kommst!" Sie schluchzte und versuchte sich aufzurichten, um sich an Jarek zu klammern, aber sie sank mit einem Schmerzensschrei wieder zurück.

Jarek packte die kleine, feste Hand, die er so lange nicht mehr in seiner gespürt hatte. „Wir holen dich hier raus", versicherte er mit aller Zuversicht, die er aufbringen konnte. Aber er hatte keine Ahnung, wie er das Versprechen einhalten sollte. Seine Blicke huschten über den Felsblock, der Ili gefangen hielt.

Dann hörte er die raschen Tritte von Kronen und wusste, dass Nork und Brolan sie gefunden hatten.

„Ich komme jetzt auch runter", rief Carb von oben. „Vorsicht, da fallen Steine mit."

Das Seil wurde wieder nach oben gezogen und kurz darauf erschien Carbs massige Gestalt, aber bei ihm genügte nicht ein Mann, um ihn herunterzulassen. Nork und Brolan mussten sich mit Adolo zusammen anstrengen, den dunklen Riesen zu halten.

„Ili, wie fest liegt der Felsen auf dir?", fragte Jarek. „Kannst du dich darunter bewegen?"

Er hielt den Atem an, während er auf die Antwort wartete.

„Ein bisschen. Aber ich kann nicht raus. Wenn ich mich rühre, dann schneidet mich die scharfe Kante", antwortete die winzige junge Frau schwach.

Jarek holte einmal leise Luft, dann sprach er die für ihn so entscheidende Frage aus: „Kannst du deine Beine spüren?"

„Sie sind gebrochen, glaube ich. Beide. Es tut so weh." Ili verzog vor Schmerzen das Gesicht, als sie versuchte, sich zu bewegen, aber Jarek atmete heimlich auf. Solange Ili die Beine fühlen konnte, war Hoffnung.

Carb war unten angekommen. Er stieg aus der Schlinge und eilte zu ihnen. „Was ist denn bloß passiert?", fragte er. „Wieso seid ihr alle in dieses Loch gefallen? Ich meine, einer, ja, das kann ich noch verstehen. Aber alle?!"

„Da war kein Loch", sagte Ili schwach. „Der Boden ist eingekracht. Direkt unter uns."

Jetzt erkannte Jarek, dass alle Steine frische Bruchkanten hatten. Offenbar war der ganze Jagdtrupp, ohne es zu ahnen, über eine Höhle gegangen, deren dünne, brüchige Decke dann der Belastung nicht mehr standgehalten hatte.

„Verstehe", brummte Carb, stand auf und ging um den Felsbrocken herum und sah ihn sich von allen Seiten an.

„Was macht ihr überhaupt hier, so weit vom Weg entfernt?", fragte Jarek Lim, aber die Antwort kam von Ili.

„Es ist meine Schuld. Alles ist nur meine Schuld" sagte sie und schluchzte.

Lim widersprach heftig. „Rede keinen Unsinn", erwiderte sie mit fester Stimme. „Ich bin die Anführerin des Trupps. Ich habe die Entscheidung getroffen, nicht du. Wenn jemand Schuld hat, dann ich."

Ili und Lim wechselten einen kurzen Blick, dann übernahm es die Jägerin, weiter zu erklären. „Ili hat sich auf der Reise großartig gehalten. Am Anfang war sie sehr ängstlich, aber ich glaube, spätestens nach dem Fuuchwall hat es ihr richtig Spaß gemacht."

„Mutig zu sein ist manchmal gar nicht so schwer, wie ich gedacht hatte", sagte Ili schwach. „Vor allem nicht, wenn man eine Frau wie Lim dabei hat."

Jarek drückte ihre Hand. „Und was macht ihr dann hier? Hat das auch irgendwas mit Mut zu tun? Oder um was geht es?"

Ili schaute ihm in die Augen und sagte dann leise und kleinlaut: „Ich wollte auch mal jagen."

„Jagen?", fragte Jarek fassungslos. „Du, Ili?"

Seine kleine Schwester nickte mit einem verlegenen Blick.

Jarek konnte nur den Kopf schütteln. Hätte ihm noch vor wenigen Augenblicken jemand gesagt, dass Ili einmal freiwillig auf eine Jagd gehen würde, hätte er ihn für verrückt erklärt.

„Schon auf dem Hinweg hatte sie damit angefangen", sagte Lim. „Und als wir auf der Rückreise waren, habe ich im Fuuchwall schließlich zugestimmt, dass wir hier in den Felsen nach Springreißern suchen könnten. Wir hatten ja genug Zeit. Die beiden Wälle zwischen Maro und Ronahara liegen sehr dicht bei einander. Hätte ich doch nur nein gesagt", fügte sie bitter hinzu und biss sich auf die Lippe.

Jarek hatte es die ganze Zeit in eine kleine Kammer seines Bewusstseins gedrängt, in der er die unangenehmen Dinge und die schlimmen Gedanken unterbringen konnte, aber jetzt stand die Tür dieses Raumes weit offen und er konnte die Frage nicht mehr aufschieben. „Ihr wart sechs, Lim. Was ist aus Mydol geworden?"

Die Blicke aller Xeno in der Tiefe des Felslochs wandten sich in Richtung des größten Steinblocks, der etwa in der Mitte der eingestürzten Höhle lag. Jarek erkannte den einen Stiefel, der verdreht darunter herausragte.

Sonst war nichts mehr von dem Xeno zu sehen, den Jarek von klein auf gekannt hatte. Kobar war oft mit ihm auf der Jagd gewesen und hatte seine immer gute Laune sehr gemocht. Mydol war nur elf Umläufe alt geworden. Er hatte einmal einen Gelbschattenfetzer mit bloßen Händen erwürgt. Aber vor dem riesigen Felsen, der ihn unter sich begraben hatte, hatte es keine Rettung gegeben.

„Und die anderen?", fragte Jarek leise. Er fühlte eine Enge in der Kehle und eine nagende Schuld, als er einen ganz kleinen Augenblick den Gedanken in einer Ecke seines Bewusstseins wahrnahm. Der Gedanke, dass es besser war, dass Mydol gestorben war und nicht Ili. Dass es nicht Ilis kleiner, zierlicher Stiefel war, der von dem übrig geblieben war, der einst ein lebendiger Mensch gewesen war.

„Knochenbrüche, aber nichts Lebensgefährliches", antwortete Lim. „Bis auf das elende Schaderdrecksteil hier, das zehnmal verfluchte!"

Lim schlug mit der flachen Hand gegen den Felsen, der über Ili aufragte, und es war diese Geste, die Jarek zeigte, wie verzweifelt die große Jägerin war und dass das Ende ihrer Kräfte nahe war. „Wir haben alles versucht, aber wir kriegen Ili nicht unter dem verdammten Stein raus", sagte sie leise.

Jareks Blick wanderte über den Haufen Urinspatsplitter rund um die Stelle, an der Ili lag, blieb an dem verbogenen Stecher hängen, der dort in einer Spalte steckte. Er verstand, dass Lim und ihre Leute verzweifelt versucht hatten, so viel von dem brüchigen, aber doch harten Stein wegzuschlagen und mit den Klingen fortzuhebeln, wie sie konnten, um Ili herauszuziehen. Aber es war vergebens gewesen.

„Wir haben es das ganze Gelblicht probiert. Aber selbst wenn wir sie rausbekommen hätten ...“ Lims Blick wanderte die glatten Wände entlang nach oben. „Mydol hatte unser Seil.“

Mehr musste sie nicht sagen. Es war hoffnungslos gewesen. Es war ein Wunder, dass Jarek und seine Freunde und Gefährten hier überhaupt noch jemanden gefunden hatten.

Lebend.

„Dann ist Sala untergegangen. Und die Reißer sind gekommen“, sagte Lim leise.

Jarek sah, dass sich die feinen, hellen Härchen auf Lims bloßem Arm aufgerichtet hatten, und er wusste genau, wie sie sich fühlte. Ganz gleich, was ein Jäger jemals erlebt hatte, ganz gleich, welche Bestien er erlegt hatte, nichts ließ sich mit dem Moment vergleichen, in dem Salas letzte Strahlen am Horizont versanken: wenn das trügerische Licht der Monde Polos und Nira einsetzte und die Reißer ihre Stimmen erhoben, eine Art nach der anderen, ein Clan nach dem anderen, und die Laute sich langsam der Stelle näherten, an der man gezwungen war, den Graukreis zu bilden. Das war die letzte Verteidigungslinie der Menschen, die sich Rücken an Rücken gedrängt gegen die Übermacht der Reißer wehrten, weil sie es nicht mehr geschafft hatten, im Gelblicht einen sicheren Wall, eine Ansiedlung oder eine Stadt zu erreichen.

Jarek legte Lim die freie Hand auf den Arm, fuhr ihr langsam und beruhigend darüber und spürte unter seinen Fingern, wie sich die feinen Haare wieder legten.

Es musste furchtbar gewesen sein, hier unten sitzen zu müssen, während oben am Rand des Loches die Bestien lauerten. Die Reißer waren bereit, mit einem weiten Satz herunterzuspringen und sich auf ihre Beute zu stürzen, die eingesperrt und in einem Fall sogar bewegungsunfähig eingeklemmt auf ihr Schicksal wartete.

„Ihr habt die Reißer aufgehalten", sagte er und sah Lim dankbar an. „Ihr habt ihnen einen großen Kampf geliefert. Und du hast Ili gerettet. Das werde ich dir nie vergessen."

Ili sagte nichts, aber Jarek erkannte an ihren Augen, dass sie genauso dachte.

Lim strich Ili mit der Hand kurz über die Wange. „Ich bin dafür verantwortlich, dass sie Maro überhaupt verlassen hat. Also muss ich sie auch beschützen."

„Das hast du."

Lim erwiderte Jareks Blick aus den dunkel umrandeten, erschöpften Augen. „Aber am Ende hat uns Sala gerettet. Noch einen Angriff hätten wir nicht überstanden." Sie nahm einen dreischüssigen Splitter auf, der am Felsen lehnte, und reichte ihn Jarek. Er betrachtete die Waffe und sah, dass der Handhebel abstand, der dazu diente, die Druckkammer aufzupumpen, obwohl er bei einem schussfertigen Splitter immer in seiner Halterung eingerastet war. Jarek griff nach dem Splitter und versuchte, den Hebel zu bewegen. Er saß unverrückbar fest. Lims Waffe war vollkommen überhitzt und der Druckzylinder hatte sich verklemmt.

Es war die einzige Schusswaffe, die der Jagdtrupp besaß.

„Deshalb habt ihr nicht auf die Signalschüsse geantwortet." Jarek hatte sich nach dem Grund gefragt, seit sie die Gesuchten entdeckt hatten.

Lim nickte. „Wir haben sie gehört und wir haben gerufen. Aber von hier unten aus ..."

„Wir konnten euch gar nicht hören", bestätigte Jarek.

Lim schaute auf den Felsblock, dann auf Ili, die nun wieder die Hand ihres Bruders hielt, aber Jareks Schwester hatte die Augen geschlossen und Schmerzen zuckten über ihr Gesicht.

Lim sah Jarek an und fragte leise: „Wie viele Leute hast du dabei?"

„Vier", antwortete Jarek.

Lim ließ die Schultern sinken. Selbst wenn sie alle ihre Kräfte einsetzten, sie wären nie in der Lage, den Stein zu bewegen, der Ili gefangen hielt.

„So, ich hab's", sagte Carb, der den Block einmal umrundet hatte und jetzt wieder zum Vorschein kam. „Ich sehe drei

Punkte, an denen wir ansetzen können. Dann sollten wir es schaffen."

Alle sahen überrascht auf den muskelbepackten Memo. Ili öffnete die Augen und schaute den dunklen, rothaarigen Riesen fragend an, der über ihr aufragte.

„Wir holen dich jetzt hier raus, Kleine." Carb kniete sich zu Ili und fuhr ihr mit seiner riesigen Rechten über die verklebten Haare.

„Und wie soll das gehen?", fragte Lim zweifelnd. „Wir haben nicht genug Leute, um diesen Felsen auch nur einen Fingerbreit anzuheben."

„Wir müssen das Steinchen gar nicht heben. Reicht, ihn zu kippen. Das schaffen wir." Die Zuversicht in Carbs Stimme war nicht zu überhören.

Er schaute nach oben und rief: „Nork! Alle Seile runter, die du findest!"

Der Xeno antwortete nicht, aber er verschwand vom Rand des Loches, um gleich darauf mit drei Seilbündeln wieder zu erscheinen.

„Wir können den Stein nicht kippen", sagte Lim niedergeschlagen. „Wir haben dazu nicht die Kraft."

„Haben wir nicht, stimmt", bestätigte Carb. „Aber die Krone!"

Sala hatte hinter ihnen die Spitzen des fernen Raakmassivs erreicht, die vor der Sonnenscheibe zu leuchten schienen. Das verlöschende Licht warf tiefe Schatten, denen die Krone nachzueilen versuchten, ohne ihnen näher zu kommen.

Die Reittiere galoppierten mit der größten Geschwindigkeit pfadabwärts, die ihnen noch zu entlocken war, doch sie waren am Ende ihrer Kräfte. Carbs Kron stolperte und konnte sich gerade noch einmal fangen, während der große Fero mit der einen Hand den Zügel zog und mit der anderen

Lim festhielt, die vor ihm im Sattel saß und beinahe hinabgestürzt wäre.

„Jarek!", rief Adolo. „Die Tiere haben sich am Loch total verausgabt! Sie können nicht mehr!"

„Sie müssen", antwortete Jarek. Er sah sich nach der versinkenden Sala um, dann nach den Gefährten. „Wir haben keine Wahl. Sie können sich gleich so lange ausruhen, wie sie wollen. Wenn wir es geschafft haben."

Jeder der Reiter hatte einen Xeno aus Lims Reisegruppe vor sich und Jarek hatte Ili im Sattel, die tapfer durchhielt und die Zähne zusammenbiss, um nicht bei jedem Stoß oder Ruck aufzuschreien, der ihre beiden gebrochenen Beine bewegte.

„Wir müssen nach Maro, bevor das Tor geschlossen wird", rief Jarek und versuchte, sein Reittier noch einmal anzutreiben.

Es war eine dieser Entscheidungen gewesen, die kein Führer eines Jagdtrupps treffen wollte. Das Loch, in dem Lim, Ili und ihre Begleiter verunglückt waren, lag am Punkt ohne Wiederkehr. Es war die Stelle auf dem Weg zwischen zwei sicheren Orten, an dem es zurück genauso weit war wie vorwärts. Am Ende würde sich zeigen, ob die getroffene Wahl die richtige gewesen war. Vorher nie.

Es hing von Kleinigkeiten ab, die niemand vorhersehen oder beeinflussen konnte. Kein Anführer wusste im Voraus, ob vor dem angestrebten Wall Gelbschattenfetzer lauerten und die Jäger aufhalten würden. Oder ob sich einer der Gefährten auf dem Abstieg in Richtung der Stadt den Fuß vertreten würde und getragen werden musste.

Erreichte man den nächsten Schutz vor Toresschluss, war die Entscheidung die richtige gewesen. Kam man zu spät, hatte man ganz andere Probleme, als sich Gedanken darüber zu machen, ob die andere Richtung vielleicht doch die bessere gewesen wäre.

Lim und Jarek hatten sich angesehen und im Bruchteil eines Augenblicks hatte Jarek gewusst, dass die große Jägerin mit ihm übereinstimmte. Lim hatte sich beim Einsturz der verborgenen Höhle einen Knöchel gebrochen, aber sie gab mit keiner Miene zu erkennen, wie schmerzhaft diese Verletzung für sie war. „Ja", hatte sie nur gesagt.

„Nach Maro", hatte Jarek kommandiert und seinen Kron angetrieben, während Ili, die mit dem Rücken in Laufrichtung vor ihm saß, sich an ihn geklammert hatte, als ob sie ihn nie wieder loslassen wollte.

„Wir schaffen es, Jarek", flüsterte Ili jetzt. Sie hatte das Gesicht in seine weiche Jacke gedrückt. „Wir müssen es einfach schaffen."

„Ja, Ili. Wir schaffen das." Aber der Blick über die Schulter auf Sala, deren Scheibe nun schon halb hinter Raak versunken war, ließ Jarek etwas anderes befürchten.

„Es wäre eine schlechte Geschichte", sagte Ili. „Und das darf nicht sein." Jarek konnte ihrer leisen Stimme anhören, welch fürchterliche Schmerzen sie haben musste. Es war keine Zeit gewesen, ihre beiden gebrochenen und vom Felsen aufgerissenen, blutenden Unterschenkel zu verbinden oder zu schienen.

Es war knapp gewesen, sehr knapp. Carb hatte den riesigen Felsen mit einem rasch, aber sorgfältig geknüpften Netz aus Seilen umspannt, die an einer Seite zusammenliefen. Adolo hatte alle Krone zusammengefasst und sie an das Hauptseil gebunden. Die Reit- und Lasttiere konnten zwar das Gewicht von bis zu zehn ausgewachsenen Männern tragen, aber erst hatten die Klauen ihrer Füße nur über den brüchigen Fels geschart, als sie sich mit aller Macht in das Seil legten.

„Ihr müsst schieben", hatte Adolo gerufen. „Sonst reicht es nicht!"

Jeder, der Hand anlegen konnte, hatte sich gegen den Felsblock gestemmt, um ihn an der einen Seite anzuheben, damit Carb Ili herausziehen konnte.

Dreimal hatte sich die rechte Seite des Steins vom Boden gehoben und dreimal war sie mit einem dumpfen Schlag wieder zurückgesackt, bis Carb aufgesprungen war und gerufen hatte: „Jarek, nimmt du Ili!"

Der Riese hatte einen Vorsprung des Felsens gepackt und die Adern an seinem Hals waren hervorgetreten wie Dreierrohre. Alle hatten ein letztes Mal die restlichen Kräfte versammelt und alles aus sich herausgeholt. Adolo hatte die Krone angetrieben und aufgemuntert. Cimmy hatte einmal laut geschrien, als ob er, der sich als der Älteste der Krone fühlte, genau gewusst hätte, dass das ihre letzte Chance war. Dann hatte sich der Stein vom Boden gehoben. Erst hatte sich ein kleiner Spalt aufgetan, der sich knirschend erweitert hatte, fingerbreit geworden war, dann eine Handspanne. Schließlich hatte der Felsblock so weit vom Boden abgestanden, dass Jarek Ili packen und hervorholen konnte. Es war nur einen Wimpernschlag gewesen, bevor die Kräfte alle verlassen hatten und der Felsen zurück gekracht und mit einem dumpfen Schlag aufgekommen war, der das ganze Loch erschüttert hatte. Es waren Steine aus der Wand gebrochen und heruntergestürzt, aber sie hatten niemanden getroffen.

Das war ein Okt vor dem Graulicht gewesen. Sala hatte schon tief gestanden. Sie hatten in größter Eile die Seile neu geknüpft, hatten alle Xeno und alle Retter nach oben geholt und die Krone wieder gesattelt. Die Verletzten hatten sie auf die Reiter verteilt und dann waren sie losgaloppiert, die sinkende Sala drohend im Rücken.

„Es wäre eine verdammt schlechte Geschichte", wiederholte Ili.

„Wie meinst du das?", fragte Jarek, während er seinen Kron durch den Hohlweg lenkte, der endlich auf die Ebene vor Maro führte.

„Es ist eine so gute, spannende und bewegende Geschichte, bis jetzt", meinte Ili und wechselte in ihre Erzählerstimme. Jarek kannte diesen Ton noch aus der Zeit, als sie im Graulicht immer zusammen auf den oberen Stufen der Treppe gesessen hatten, die in die Cave führte, und sich gegenseitig etwas erzählt hatten, das sie sich selbst ausgedacht oder von jemand anderem gehört hatten.

„Ein paar Leute sind zusammen auf der Reise. Ein Mädchen ist dabei, das zum ersten Mal seine Stadt verlässt. Es gibt ein Unglück und alle denken, dass sie sterben müssen", fuhr Ili leise fort, aber Jarek verstand jedes Wort. „Nur die verrückte Kleine beharrt darauf, dass ihr Bruder kommt und sie rettet. Alle denken, sie liegt schon im Sterben und fantasiert, weil der Bruder weit, weit weg ist, weil er fortgezogen ist und nicht wiederkommt. Seit über zweihundert Lichten hat niemand etwas von ihm gehört. Es gibt keine Hoffnung, dass ausgerechnet er seine dumme kleine Schwester findet und rettet, die unbedingt mal ein paar kleine Reißer jagen wollte."

„Die Geschichte stimmt nicht ganz", sagte Jarek sanft. „Es gibt keine dumme kleine Schwester."

„Ja, das sagt der Bruder in der Erzählung auch immer", kicherte Ili, aber dann holte sie kurz und scharf Luft und gab einen kleinen Schrei von sich. Jarek zog sie mit der freien Hand an sich und drückte sie gegen seine Brust.

Ili atmete ein paarmal tief durch, dann konnte sie wieder sprechen, musste aber zwischen den Sätzen immer wieder tief einatmen, um gegen den Schmerz anzukämpfen. „Dann hat sich die kleine Schwester in meiner Geschichte damit abgefunden, dass sie sterben wird. Der Felsen hält sie fest, Sala ist schon wieder am Untergehen und sie weiß, die Reißer werden kommen. Sie überlegt sich, ob es sehr wehtun wird, wenn die Krallen sie treffen, oder ob es schnell vorbei ist, ob sie tot ist, bevor sie es überhaupt merkt. Sie wünscht es sich, weil die kleine Schwester ein Feigling ist und Angst hat, wenn es wehtut. Dann macht sie die Augen auf und sieht ihren Bruder. Die kleine Schwester fragt sich, ob sie schon am Sterben ist und jetzt das sieht, was sie sich am meisten wünscht. Aber es ist kein Traum. Es ist wirklich ihr Bruder. Er hat rote Haare und rote Augen und trägt rote Kleidung, aber er ist es. Er ist gekommen und er hat sie gefunden, an einem Platz, von dem er nichts ahnen konnte. In einem Loch, tief im Fels, weit weg vom Pfad und weit weg vom Weg. Ist das nicht bis dahin eine wunderbare Geschichte?"

„Das ist es", bestätigte Jarek.

Die Krone hatten den Hohlweg passiert, galoppierten auf die Ebene hinaus und nun sah Jarek endlich Maro unter ihnen liegen, die Ansiedlung, die eine Stadt werden wollte. Es waren nur noch fünftausend Schritt und selbst für die müden, stolpernden Reittiere keine Entfernung.

Jarek warf noch einen Blick über die Schulter und sah, dass der letzte Rand von Sala hinter den Spitzen des Raakgebirges versunken war, und er hörte die ersten Reißer zwischen den Felsen kreischen.

„Es wäre keine gute Geschichte, wenn sie es dann doch nicht bis hinter die Mauer schaffen", sagte Ili mit geschlossenen Augen. „So was darf nicht sein. So was will doch keiner hören. Meinst du nicht?"

„Das stimmt. Da hast du recht", antwortete Jarek leise.

In diesem Augenblick ertönte ein dröhnendes, tiefes Signal von den Mauern herüber. Alle starrten auf die Ansiedlung. Ein weiterer Ton folgte und dann noch ein dritter. Die Laute hallten über die Ebene und trafen auf die Echos ihrer Vorgänger. Der Wächter über dem Tor hatte den Hebel am großen Splitter gezogen, der die Luft durch den breiten Trichter jagte, der das Signal erzeugte.

Es gab immer eine letzte Warnung, die jeden Fußgänger in tausend Schritt Umkreis aufforderte, sich jetzt hinter die Mauern zu begeben.

Einen einzelnen, langgezogenen Ton. Aber was sie gehört hatten, war das andere Zeichen. Nicht lang. Dreimal kurz.

Das Tor wurde geschlossen.

Jetzt.

Carb schaute Jarek fragend an, aber es war Lim, die entsetzt rief: „Sie machen das Tor zu!"

„Das können die nicht tun!", rief Carb und riss den Dreißigschüsser vom Rücken und gab in rascher Folge zehn Schüsse ab. „Wartet!", brüllte er.

Es war unmöglich, die Schüsse und Carbs Stimme zu überhören. Jarek wusste, nun würden alle Wächter auf den Mauern pfadauf starren, von wo aus sie auf ihren Kronen herangaloppierten, die ihr Letztes gaben. Aber Jarek wusste auch, das es zu spät war. Die letzten Strahlen Salas waren hinter ihnen verschwunden und damit auch die tiefen, langen Schatten, die ihnen vorausgeeilt waren. Die Farben waren verblichen und die Welt hatte die fahlen Töne des Graulichts angenommen.

Die Mauern von Maro wurden mit jedem Schritt Reittiere höher, sie kamen rasch näher, die Sicherheit lag so greifbar vor ihnen, aber ein Seitenblick auf Nork sagte Jarek alles. Sein Onkel, der schweigsame Schauer aus vielen Jagdzügen, der Mann mit den besten Augen Maros, hatte die Hand an die Stirn gelegt und zu dem Turm gesehen, doch jetzt drehte er sich zu Jarek um und schüttelte den Kopf.

Das Tor war zu.

„Der Solowall", rief Lim.

Das war die einzige Hoffnung. Wenn in diesem Graulicht kein Reisender im Wall vor den Mauern Maros schlafen würde, dann wäre der Nirariegel des Tors nicht von innen vorgelegt. Dann konnten sie sich mit dem Salariegel Einlass verschaffen, der auch von außen zu erreichen war, und wären in Sicherheit. Jarek lenkte seinen Kron in Richtung der Befestigung für die reisenden Solo, die am Tor Maros abgewiesen wurden, und die anderen folgten ihm.

Doch noch bevor Jareks Reittier auch nur auf tausend Schritt heran war, sah er, dass die Hoffnung vergeblich war. Auf der Mauer des Solowalls erschienen Gestalten. Es waren Reisende, die nachschauen wollten, was die Schüsse zu bedeuten hatten. Der Solowall war für das Graulicht besetzt und niemand würde ihnen das Tor öffnen. Genauso, wie ihnen das Tor von Maro verschlossen bleiben würde.

Ein Tor wurde im Graulicht nicht aufgemacht.

Niemals.

Nirgends.

Es war die Große Regel, gegen die niemand verstoßen würde, ganz gleich wer vor dem Tor stand. Der unglückliche Reisende, der draußen blieb, würde wahrscheinlich sterben. Aber die vielen Menschen innerhalb der Mauern würden leben.

Jarek zügelte seinen Kron, der in einen leichten Trab fiel. Carb und die anderen taten es ihm gleich, bis sie etwa hundert Schritt vor Maro zum Stehen kamen.

Sie waren zu spät gekommen.

Es würde keine schöne Geschichte für Ili geben.

Keine gute.

Niemand sprach ein Wort.

Aus den Schatten der Hügel, die Maro umgaben, hatten sich bereits die ersten Reißer gelöst und kamen auf die Stadt zu. Vierbeinige Gestalten in den unterschiedlichsten Größen und Schattierungen von Schwarz und Grau bewegten sich zwischen den Felsen. Jarek erkannte ein Rudel von erst sechs, dann dreizehn und schließlich siebenundzwanzig Breitnacken, die sich mit den lautlosen, fließenden Bewegungen ihrer Art der Mauer der Ansiedlung näherten. In jedem Graulicht umstreiften sie die Befestigung, um vielleicht irgendwann doch einmal eine Lücke in der Wand zu finden oder eine Stelle, an der sie ihre Krallen einhaken konnten, um sich über die glatt gefügten Steine zu ziehen und sich auf die wehrlose Beute im Inneren zu stürzen. Oder die Reißer hatten vielleicht wieder einmal Glück und sie fanden einen Reisenden, der es nicht mehr vor Toresschluss geschafft hatte.

Wie jetzt.

Jarek hörte von der anderen Seite das Fauchen der Graustreifenfetzer, deren Ruhezeit in der Wärme Salas nun auch zu Ende gegangen war und die ihre sicheren Schlafplätze verließen und sich auf Nahrungssuche machten. Jarek kannte die Höhlen, in denen sie sich im Gelblicht verbargen, nur zu gut.

Ängstlich drängten sich die fünf Krone zusammen und bildeten ein Rund, in dem sie Rücken an Rücken standen, eine Stellung, die die Jagdtrupps von ihnen erlernt hatten, wenn sie ihren Graukreis bildeten.

Noch hatte kein Reißer die unverhoffte Beute bemerkt, aber es würde nicht lange dauern, bis der Geruch nach Mensch und Kron und Blut, der von pfadauf kommen musste, die lauernden Tiere erreichen würde.

Dann würde Jareks letzte Schlacht beginnen.

Er bemerkte, dass ihn alle ansahen. Sie warteten auf eine Entscheidung. Ein Ruf ertönte von der Mauer.

„Das sind sie! Oh nein!" Die Wächter hatten sie erkannt. Innerhalb weniger Augenblicke würde es jetzt auf der Mauer von Menschen wimmeln. Freunde und Mitglieder der Familien und Clans würden kommen, die verzweifelt und hilflos dort oben um die Menschen vor dem Tor bangen würden. Und wie immer wären da die unbeteiligten Beobachter, die sich den Anblick eines Kampfes um Leben und Tod nicht entgehen lassen würden, den sie aus sicherer Entfernung beobachten könnten. Und oft genug waren es blutlüsterne Gaffer, denen das Schicksal anderer völlig gleichgültig war und die in dem erwarteten Spektakel eine hochwillkommene und spannende Unterhaltung sahen. Eine Vorstellung, die man am besten bei einem Schluck starkem Paasaqua genießen und mit seinen Freunden besprechen konnte.

Jarek hatte das einmal erleben müssen. Zwei Solo waren zu spät erschienen. Sie hatten alle Tore verschlossen vorgefunden. Sie waren vor den Mauern Maros von den Reißern gejagt und zu Tode gehetzt worden. Jarek hatte den Blick abgewandt und es war eine ganz eigene, fest verschlossene Kammer in seinem Gedächtnis, in die er die Laute verbannt hatte, die er in diesem Graulicht gehört hatte, in dem er Dienst am Großen Splitter gehabt hatte. Es waren nicht das Fauchen der Reißer und die Schreie der Sterbenden, die das große Grauen in ihm hervorriefen, sobald sich die Kammer öffnete. Es war das Klappern der Getränkebecher der Zuschauer und das Gelächter einer Reisegruppe von Kir, die direkt unterhalb des Turms vom Wehrgang der Mauer aus das mörderische Geschehen mit kalten Blicken beobachtet hatten. Die Händler hatten hohe Beträge darauf gewettet, welcher der Menschen länger durchhalten würde.

Die Reißer spürten die Unruhe, die sich in der Ansiedlung ausbreitete, und hörten die vielen Rufe. Ein ganzer Clan Borstenrücken hatte sich vor dem Tor versammelt und lief in einer langen Reihe stetig hin und her, während die Breitnacken ihre muskulösen Schultern bei ihren bedächtigen Schritten zeigten, mit denen sie die ganze Ansiedlung umkreisten, und dabei immer wieder ihre drohenden, fauchenden Schreie ausstießen.

„Lasst sie rein!", hörte Jarek einen Ruf und er erkannte Mareibes Stimme. Sie war auf dem Turm neben dem Großen Splitter erschienen, direkt hinter ihr Gilk und Rieb, und sie hatte Thosen am Arm gepackt. „Macht das Tor auf, lasst sie rein!", rief Mareibe wieder. Aber Jarek sah, dass Thosen nur den Kopf schüttelte und etwas zu ihr sagte.

Jarek wusste, dass sein Vater recht hatte.

Es würde ihn innerlich zerfetzen, die zwei überlebenden seiner Kinder vor der Mauer zwischen den Reißern zu sehen. Aber Thosen war ein Xeno. Thosen hatte einen Kontrakt mit Maro. Es war seine Aufgabe, die Ansiedlung zu schützen, jeden innerhalb der Mauer, ganz gleich, wer davorstand. Thosen würde nichts unternehmen, das Menschen innerhalb von Maros Mauern in Gefahr brachte.

„Helft ihnen doch", flehte Mareibe.

Es war genau dieser Augenblick, in dem der Älteste der Borstenrücken stehenblieb. Er hob den Kopf und witterte. Dann schaute er pfadauf und sah die Reiter.

Das Tier legte den Kopf in den Nacken und stieß einen quiekenden, schrillen Kommandoschrei aus. Alle Borstenrücken vor dem Tor verharrten, drehten sich um und starrten die Gruppe um Jarek aus ihren kleinen, stechenden Augen an. Der Jäger stieß den Beschützer und den Wächter zur Seite und übernahm.

Mit einer raschen Bewegung hatte Jarek den Splitter von der Schulter gerissen, hatte angelegt und einen einzigen Schuss abgegeben, obwohl er von Ili dabei behindert wurde, die sich zitternd an ihn klammerte.

Das Geschoss traf den Anführer der Reißer in den Kopf, bevor dieser einen weiteren Befehl brüllen konnte.

Der Älteste der Borstenrücken brach tot zusammen und sein Rudel kam zum Stehen.

„Schießt!", rief jetzt Thosen von der Mauer und die Splitter knallten.

Jeder Xeno, der eine Schusswaffe hatte und keinen Dienst innerhalb der Mauer versah, hatte sich dort oben eingefunden. Eine zweite Salve aus den fünf Splittern, die der Clan noch besaß, folgte und getroffene Reißer stürzten zu Boden oder wälzten sich jaulend vor dem Tor. Dazu schwirrten die Kurzbögen und auch viele der Pfeile fanden ihre Ziele.

Die Schreie der verletzten Tiere waren wie ein Kommando für die Breitnacken. Ein Brüllen ertönte und das Rudel stürzte sich auf die leichte Beute. Das fahle Licht war erfüllt von einem einzigen Japsen, Kreischen und Fauchen und Knochen knackten in Kämpfen auf Leben und Tod zwischen den Reißern.

„Zu der neuen Mauer!", kommandierte Jarek, ohne zu zögern, und trieb seinen Kron an. Jareks Memoverstand hatte alle Möglichkeiten bedacht und hatte seine Blicke auf einen raschen Lauf durch die Umgebung geschickt. Er hatte einen tiefen Felsspalt pfadabwärts in Erwägung gezogen und verworfen. Dann hatte er schnell den neu entstehenden Teil Maros betrachtet, der einmal den Marktplatz, die Herbergen und die Pferche für die Krone der Händler umschließen sollte, und er hatte seine Entscheidung getroffen.

Jareks Reittier rannte auf die Baustelle zu und die anderen folgten ihm. Sie hetzten seitlich an dem Platz vorbei, an dem noch der Kampf zwischen den Breitnacken und den Borstenrücken tobte, aber Jarek wusste genau, dass diese Ablenkung ihnen nur einen Aufschub verschaffte.

Der Geruch des vergossenen Blutes würde sich rasch ausbreiten und im weiten Umkreis jeden Reißer, jeden Aaser und jeden Schadling anlocken, weil er allen verriet, dass es hier etwas zu holen gab.

Viel zu holen.

Für jeden.

Sobald die Großen unter den Reißern die Menschen und die Krone entdeckt hatten, würden sie alles tun, sie zu erbeuten. Alles. Es gab kein Fleisch, das ein Reißer seltener schmecken durfte, als das eines Menschen oder eines Krons. Und es gab kein Fleisch, für das jeder Reißer so hemmungslos sein Leben geopfert hätte. Menschenfleisch war das Coloro der Bestien, fand Jarek einen Gedanken in den Wirren seiner angespannten Wahrnehmungen. Wer es einmal versucht hatte, wollte es immer wieder, um jeden Preis.

Der kleine Trupp galoppierte durch die Lücke in der werdenden Mauer, die einmal das zweite Tor der Stadt aufnehmen sollte. Seitlich war bereits der Anschluss an die bestehende Befestigung von Maro hergestellt, aber die neue Mauer hatte gerade einmal Mannshöhe erreicht.

Jarek lenkte seinen Kron eilig durch die Gassen, die sich zwischen den Baustellen der Unterkünfte gebildet hatten. Deren Wände waren noch nicht über Kniehöhe hinausgekommen. Er strebte der Ecke entgegen, die zwischen alter und neuer Mauer lag. Hier gab es einen Winkel, in dem sie auf der einen Seite die hohe, steile Wand der Befestigung im Rücken hatten, die die Ansiedlung umgab. Die zweite Seite bot ein wenig Schutz durch die niedrigere neue Mauer. Nur die dritte war offen.

Von dort würden die Reißer angreifen. Immer wieder.

Jarek sprang von seinem Reittier und schob es bis dicht vor die Wand, wo der Kron zitternd stehenblieb. Dann hob er Ili vorsichtig herunter und setzte sie an den sichersten Platz, den es gab, dort, wo die alte und die neue Mauer zusammenkamen und sich vereinigten.

Jarek musste den Freunden und Gefährten nicht sagen, was zu tun war. Alle Xeno waren erfahrene Jäger und Carb und Adolo hatten so viele Kämpfe mit Jarek zusammen ausgefochten, dass auch die beiden Memo nicht zu fragen brauchten. Adolo band die Krone mit den Zügeln zusammen und schob sie vor die Mauer und alle anderen bildeten eine Kette. Sie standen dicht nebeneinander, die Waffen in der Hand, bereit für die große Schlacht, die kommen würde, früher oder später, aber unvermeidlich.

Lims Platz war direkt neben Jarek. Sie bemühte sich, ihren gebrochenen Fuß nicht zu belasten. In der einen Hand hatte die Jägerin den Armlangen Schneider, in der anderen den Stecher mit der gebogenen Fooghornklinge. Ihre Blicke huschten wachsam über das Gelände des neuen Teils von Maro, das offen im Licht der Monde dalag, aber tiefe Schatten bot, da Polos und Nira gerade erst den Horizont pfadabwärts überschritten hatten. Jarek erkannte im Finsteren huschende Bewegungen und Augen leuchteten herüber. Die ersten Reißer hatten die lohnende Beute entdeckt und näherten sich langsam und bedächtig. Sie wussten, dass es für die Menschen hier kein Versteck gab und keine Sicherheit, nichts, worin sie sich wirklich verbergen konnten.

Die Reißer hatten Zeit.

Viel Zeit.

Das ganze Graulicht lang.

Jarek hörte die Stimmen der Zuschauer, die sich auf dem Wehrgang der Mauer direkt über ihnen drängten, um sich Plätze zu sichern, von denen aus sie die Stelle am besten einsehen konnten, an die die Ausgesperrten sich zurückgezogen hatten. Er vernahm die weit tragende Stimme seines Vaters Thosen, der die Schützen des Clans herbeirief.

Doch dann kam ein fauchendes Brüllen über die Ebene. Ohne jede Vorwarnung setzte der erste Reißer über die niedrige, im Bau befindliche Wand und Ili schrie entsetzt auf.

Jarek riss den Splitter nach oben, seine beiden Schüsse trafen das Tier, das tot war, ehe es zwischen den Kronen zu Boden krachte. Die Reittiere wichen entsetzt zurück und stießen panisch schrille Laute aus, wie Jarek sie noch nie von einem Kron gehört hatte.

Und die Schlacht hatte begonnen.

Der nächste Reißer sprang auf die niedrige Mauer, während ein ganzes Rudel von der offenen Seite heranstürzte. Jarek erkannte, dass es Salamähnen waren, deren schwarze Köpfe von einem hellen Haarkranz umgeben waren. Diese größte Art der Breitnacken hatte er vor Maro noch nie gesehen.

Er drückte noch einmal ab, das Projektil traf sein Ziel und der Reißer stürzte von der niedrigen Mauer, aber Jareks Dreischüsser war leer.

Er zog den Armlangen Schneider und sprang vor, um die Lücke zwischen Lim und Nork zu schließen, der bereits zwei der Angreifer mit seiner Lanze aufgespießt hatte, aber es drängten immer mehr Tiere mit gebleckten Zähnen und ausgefahrenen Krallen heran.

Carb gab Schuss auf Schuss ab, aber er hatte keine Übung darin, sich rasch bewegende Ziele im Graulicht zu treffen.

Jarek schlitzte mit einer raschen Bewegung die Flanke eines Salamähnenreißers auf, dem es gelungen war, Nork zu umgehen und der schon zum Sprung auf Lim angesetzt hatte.

„Jarek", rief Carb. „Schieß du!" Er warf ihm den Dreißigschüsser zu.

Jarek reichte seinen eigenen Splitter an Lim weiter, die sofort einen Schritt zurück trat und begann, ihn rasch aufzupumpen.

Dann ging er in die Knie, legte an und schoss, wo immer er ein Ziel sah. Jetzt knallten und krachten auch die Splitter der Xeno auf dem Wehrgang wieder und das Graulicht war erfüllt von Rufen der Menschen, dem Knallen der Waffen, dem Brüllen der angreifenden Bestien und den Angstschreien der Krone, die vor der Mauer wild durcheinander trampelten. Nur mit viel Mühe konnte Adolo die Laufaaser daran hindern, zu fliehen.

Es war das größte Rudel von Breitnacken, das Jarek je gesehen hatte. Alle Schatten im neuen Teil der Ansiedlung schienen lebendig zu werden. Er hatte das Gefühl, dass für jeden Reißer, den er traf, zwei neue aus dem Nichts auftauchten. Das Blut rauschte in seinen Ohren, er spürte, wie tief in ihm verborgen die Kammer aufsprang, in der er die Notvorräte verwahrte, die Kräfte, die er sich aufgehoben hatte für die Momente, in denen es darum ging, weiterzuleben oder auf der Stelle zu sterben.

Jarek bemerkte, wie der Lärm um ihn herum zurückwich und sich alles verlangsamte. Die Sprünge der Reißer, ihre Sätze durch die Luft schienen mehr ein Schweben zu sein, das es ihm erleichterte, den Splitter auf sie zu richten, sorgfältig zu zielen und abzudrücken. Hier flog ein Projektil in ein helles Auge und dort eins in den weit aufgerissenen Rachen, über die Zunge hinweg, die zwischen den doppelreihigen, leuchtenden Zähnen leckte, durch die Schädeldecke direkt in das Gehirn. Als der letzte der dreißig Schüsse den Splitter verlassen hatte, rief Jarek nach Carb und warf ihm die Waffe zu, während der nächste Reißer schon in der Luft war. Es gelang Jarek, den Schneider zu ziehen, einen Schritt zur Seite zu treten und der Bestie mit einem einzigen Hieb noch in der Luft den Kopf abzutrennen. Der Schädel flog weiter und prallte mit einem hohlen Geräusch gegen die Mauer. Der Rest des Körpers schlug schwer dort zu Boden, wo Adolo noch gelegen hätte, der von einem Tatzenhieb getroffen worden war, hätte Jareks Linke ihn nicht am Kragen gepackt und zur Seite gerissen.

Carb pumpte eilig den Dreißigschüsser auf, während Lim Jareks Waffe wieder bereit hatte und ihrerseits mit sicheren Schüssen die drei nächsten Reißer erlegte.

Dann war auf einmal Stille.

Die Salamähnen drehten ab und zogen sich rasch zwischen die unfertigen Bauten zurück. Die verängstigten Krone verstummten und es war nur noch hier und da ein Stöhnen zu hören und das angestrengte Atmen der Verteidiger. Sie lehnten sich an die Wände und aneinander und bemühten sich, die Luft in die Lungen zu bekommen, die die Körper schreiend von ihnen verlangten.

Vom Wehrgang der Mauer herab erscholl ein lauter Jubel, als die Zuschauer sahen, dass sich die Reißer zurückzogen. Aber Jarek wusste, dass das die Ahnungslosen waren, die Menschen, die noch nie eine Jagd erlebt hatten und schon gar nicht einen Kampf im Graulicht. Kein Xeno ließ sich hören, denn jeder wusste, das war nicht das Ende der Schlacht.

Es war erst der Anfang.

Die Salamähnen würden wieder angreifen und niemand konnte voraussagen, wann. Es könnte im nächsten Augenblick sein oder im letzten Kvart vor dem Aufgang Salas.

Die Bestien hatten Zeit. Das ganze Graulicht über. Kein anderer Reißerclan würde versuchen, ihnen die Beute streitig zu machen. Die stärkste Art hatte immer den ersten Zugriff. Wenn die aufgab oder vernichtet war, folgte die nächste, die vor den Mauern Maros lauerte und auf ihre Gelegenheit wartete.

„Stand?", fragte Jarek mit lauter Stimme und nacheinander machte jeder der Gefährten Meldung.

Adolo war durch einen tiefen Tatzenhieb an der Schulter verletzt und Yoli hatte einen Biss ins Bein bekommen. Aber sonst waren die Verteidiger ohne weitere Verletzungen davongekommen.

Doch Jarek wusste, dass die Xeno um Lim am Ende ihrer Kräfte waren. Sie hatten bereits ein volles Graulicht einen entsetzlichen Kampf in dem Loch durchgestanden, in das sie gestürzt waren.

Carb reichte Jarek den Dreißigschüsser, den er wieder voll geladen hatte. Die breite Brust des schwarzen Riesen hob und senkte sich vor Anstrengung, aber er brachte trotzdem ein paar Worte hervor. „Wie ... wie hast du das gemacht?", fragte er und sah Jarek mit einem fassungslosen Blick an.

„Was gemacht?", fragte Jarek. Er atmete selbst schwer und versuchte, seine Kräfte und Wahrnehmung wieder unter Kontrolle zu bekommen und aufzusparen für den Moment, da die Reißer wieder attackierten.

„Du ... du warst so schnell. Ich konnte mit den Augen gar nicht folgen." Carb atmete noch einmal tief durch.

Jarek zuckte die Achseln. „Keine Ahnung, was du meinst", antwortete er und schaute zu Adolo. „Was ist mit deinem Arm?"

„Welcher? Ich ... habe immer noch zwei. Zum Glück", antwortete der Reiter mit zusammengebissenen Zähnen und versuchte ein Grinsen.

Jarek sah sich nach Ili um. Ihr kleines, bleiches Gesicht schimmerte aus der Ecke zwischen der alten und der neuen Mauer hervor. Sie hatte die Augen fest zugekniffen.

„Ili?", fragte Jarek erschrocken.

„Ich bin noch da", kam es von Ili mit fester, klarer Stimme. Doch sie öffnete die Augen nicht und Jarek hörte den Schmerz und die entsetzliche Angst heraus, eine Angst, die er ganz genauso empfand. „Ich bin noch da", wiederholte sie. „Ich bleibe. Bis zum Ende unserer Geschichte."

„Nein. Das wirst du nicht", sagte Carb.

Alle sahen ihn verwirrt an und Ili öffnete die Augen. Sie schaute Carb erstaunt an. „Wie meinst du das?"

„Du gehst vorher", antwortete Carb und deutete nach oben zur Mauer, auf der sich die Menschen drängten.

„Wie soll Ili da raufkommen?", fragte Lim.

„Ganz einfach", antwortete Carb. „Wie vorhin im Loch. Sie lassen Seile runter und ziehen uns hoch. Einen nach dem anderen."

Carb strahlte Jarek an. Aber dann verschwand das Lächeln aus seinem Gesicht, als er den Gesichtsausdruck des Freundes sah. „Schlechte Idee?", fragte er jetzt verunsichert.

„Das wurde schon versucht", sagte Jarek leise. „Immer wieder, wenn die Menschen verzweifelt genug waren."

„Was ist dann passiert?", fragte Adolo ahnungsvoll. Er blutete an der Schulter stark. Nork nahm ein Stück Tuch aus seinen Rückenbeutel und machte sich daran, Adolo zu verbinden, wortlos wie immer.

„Die Reißer springen bis zur halben Höhe der Mauer", erklärte Jarek. „Manche noch weiter. Du kannst niemanden schnell genug nach oben ziehen. Sie haben jeden erwischt, immer. Es ist noch nie gelungen, einen Menschen lebend über eine Mauer zu bekommen."

„Dann schießt du jeden ab, der es wagt, nach Ili zu springen!", rief Carb. „Du kannst das."

„Jeden? Das ist unmöglich."

„Nein, ist es nicht", widersprach Carb und schaute sich im Kreis um. „Habt ihr mitbekommen, wie schnell er eben war?"

Alle sahen Jarek mit Ernst und schon einer Art Ehrfurcht an. Lim nickte. „So etwas habe ich in meinem ganzen Leben noch nicht gesehen", sagte sie leise.

Jarek nahm Carb an der Schulter, drehte ihm um und wies mit einer weiten Armbewegung auf die große Baustelle.

„Carb, wie viele Salamähnen siehst du hier?"

„Hundertsiebenunddreißig", kam die Antwort sofort.

„Die werden alle kommen, sobald ein Seil von der Mauer hängt. Und wie viele Schüsse sind hier drin?", fragte Jarek und hielt Carb den einzigen Splitter Memianas hin, aus dem man mehr als drei Projektile nacheinander jagen konnte.

„Dreißig", sagte Carb leise und ließ die Schultern sinken.

„Verstehe", sagte er leise.

„Es ist unmöglich", sagte Lim. „Wenn nur ein einziger Reißer durchkommt, ist der Mensch am Seil tot."

Sie schwiegen.

Das Gemurmel der Zuschauer auf der Mauer, die gespannt die weiteren Ereignisse abwarteten, füllte das Graulicht. Auch die anderen Reißer ließen sich wieder hören, die Maro umkreisten und auf die Zeit lauerten, zu der sie selbst auf die Jagd nach dem wohlschmeckenden Fleisch der Menschen und Krone gehen durften.

Jarek trat ein paar Schritt zur Seite, stieg die Felsstücke hinauf, die wie eine kleine Treppe auf die begonnene Ergänzung der Mauer führten, und blickte über die Ebene vor Maro.

Es wimmelte. Der Boden schien sich in allen Schattierungen von Grau und Schwarz zu bewegen. Es war das ganz große Fest der Reißer, Aaser und Schader, die immer noch aus allen Richtungen herbeikamen. Sie wurden alle angelockt von dem Kampfeslärm, der weithin zu hören gewesen sein musste, und dem Geruch des frisch vergossenen Blutes, das noch immer aus den vielen Kadavern der Salamähnen lief, die Jarek und seine Freunde und Gefährten erlegt hatten.

Es war der eine, einzige Rundblick, der Jarek sagte, dass alle Hoffung vergebens war. Noch nie hatte er eine solche Menge an blutdürstigen Reißern auf einem Fleck gesehen. Selbst wenn es ihnen gelingen sollte, mit den Salamähnen fertig zu werden, den anderen Bestien, die nachdrängen würden, waren sie nicht gewachsen. Egal, wie viele sie töten würden, irgendwann würde der erste Reißer durchkommen. Die Verteidigungslinie würde aufbrechen und dann gäbe es keine Hoffnung mehr. Dann würde auch Carbs Dreißigschüsser nichts mehr ausrichten. Selbst wenn sie mehrere dieser einmaligen Waffe gehabt hätten, es hätte sie nicht retten können.

Jarek hatte sich immer mal wieder gefragt, wie es sich wohl anfühlen würde, zu sterben, aber er hatte natürlich nie eine Antwort darauf gefunden, weil ein Mann seinen Tod nur einmal erleben konnte.

Er hatte sich gefragt, was er wohl empfinden würde und was überwiegen würde, die Angst vor dem Schmerz oder die Trauer über die, die er zurücklassen würde. Aber das waren Gedanken aus dem späten, schlaflosen und traurigen

Kvart des Graulichts und keine, die man auf der Jagd und im Kampf dachte, wenn man zu sehr mit dem Überleben beschäftigt war, um an das Sterben zu denken.

Jetzt war da dieser kleine Moment der Ruhe, die Jareks letzte sein würde, und er war verwundert darüber, dass gar nichts von dem einsetzte, was er erwartet hatte. Es öffneten sich nicht die kleinen und großen Kammern seines Gedächtnisses, die gerne besuchten und die heimlichen, die Freuden und glücklichen Momente und die Peinlichkeiten, die er so gerne verschlossen halten würde. Und Jarek wusste mit einem Mal, dass es noch nicht so weit war.

Das war nicht der Augenblick. Das war nicht die Zeit zum Sterben. Da war eine Möglichkeit und er war dabei, sie zu übersehen. Jarek stand auf der niedrigen Mauer über den Köpfen seiner Gefährten und Freunde, die zu ihm hochsahen, und schaute über die Horden der Reißer, deren Zahl zu erfassen sogar sein Memoauge nicht mehr in der Lage war. Dann wanderte sein Blick über die Mauer zum Turm von Maro, der das Tor überragte. Er folgte den glatten Linien des Ausschaupostens nach oben und erstarrte.

Mehrere Augenblicke lang regte sich Jarek nicht und wagte nicht zu atmen, während seine Gedanken schwirrten und Entfernungen, Höhen und Winkel durch die Kammer seines Verstandes rasten, die sich mit dem Zählen und dem Rechnen beschäftigte. Sie wurden immer schneller und schoben Ergebnisse durch die Tür, von denen Jarek selbst nicht ahnte, wie sie entstanden waren, von denen er aber wusste, dass sie richtig waren, immer.

Er drehte sich um, sprang von der niedrigen Mauer, trat rasch ein paar Schritt zurück, legte die Hände an den Mund und rief: „Gilk! Wo ist Gilk?"

Die anderen sahen ihn überrascht an, aber er achtete nicht auf sie, während oben auf der Mauer Rufe ertönten und die Xeno eilig Jareks jungen Freund herbeiriefen.

Es dauerte nur wenige Augenblicke, da entdeckte Jarek den Kopf mit den vielen, kleinen Zöpfen über sich und direkt neben Gilk erblickte er Mareibe, Pfiri und Rieb.

„Ich bin hier, Jarek!", rief Gilk.

„Nimm dir zehn starke Männer. Lauf mit ihnen zum Turm und dreht den Großen Splitter in unsere Richtung!"

Heftiges Gemurmel setzte auf der Mauer ein.

„Und dann?", rief Gilk.

„Ihr werft uns Seile runter, hier in der Ecke, und zieht uns rauf. Und du schießt auf jeden Reißer, der nach uns springt. Auf jeden!"

„Ich?", rief Gilk entsetzt.

„Du bist der beste Schütze von Maro an dieser Waffe." Jarek versuchte, so viel ruhige Zuversicht in seine Stimme zu legen, wie er nur konnte.

„Das ist nicht wahr. Du bist der beste Mann", widersprach Gilk.

„Aber ich bin hier unten", antwortete Jarek. „Und ich habe hier keinen Großen Splitter. Nur sieben Männer und zwei Frauen und die meisten sind verletzt und so erschöpft, dass wir den nächsten Angriff der Reißer nicht überstehen. Es liegt alles an dir. Du kannst das, Gilk. Unser Leben ist in deiner Hand."

Der Jüngere starrte Jarek an und er sah, dass Gilk heftig schlucken musste. Dann legte Mareibe ihm die Hand auf die Schulter und sagte ihm etwas ins Ohr. Gilk sah sie an, dann rief er herunter: „In Ordnung, Jarek. Alles verstanden."

Aber Jarek sah nur Mareibes Augen, die mit der Mischung aus Angst, Hoffnung und Zuversicht auf ihm ruhten.

„Ich bringe sie dir", sagte Jarek leise, aber er wusste, dass Mareibe ihn verstanden hatte, ohne ein Wort zu hören.

Jarek schaute seine Gefährten und Freunde an. „Carb, du nimmst Ili. Jeder, der unverletzt ist, stützt einen Verwundeten. Sobald wir die Deckung hier verlassen, werden die Reißer vor der Mauer uns bemerken. Wenn wir hier rausgehen, gehören wir nicht mehr den Salamähnen, dann sind wir für alle frei."

Lim nickte. „Es muss sehr schnell gehen. Wir haben nur den einen Versuch."

Kreischen von Fera auf Stein kam vom Turm herüber. Gilk und seine Leute waren oben angekommen und machten sich daran, die schwere Waffe so zu drehen, dass sie den Bereich direkt vor der Mauer treffen konnte.

Jarek schaute nach oben und sah, dass eilig Seile herangeschafft wurden und Sitzschlingen geknüpft. Er erkannte seinen Vater und fing dessen Blick ein. Sie nickten einander zu, Thosen hob die offene Hand und drehte sie einmal. Thosen hatte das Kommando auf dem Wehrgang. Thosen würde ihm Bescheid geben, sobald alles bereit war.

„Jarek!" Adolo war zu ihm getreten, Verzweiflung im Blick. „Was wird aus den Kronen? Was ist mit Cimmy? Ich kann ihn doch nicht hier zurücklassen."

„Wir können keinen Kron mit einem Seil über die Mauer schaffen", sagte Lim. „Das ist unmöglich."

„Er wird zurechtkommen." Jarek legte Adolo die Hand auf die Schulter.

„Sie werden ihn erwischen!" Der Reiter hatte Tränen in den Augen.

„Nein, Adolo", widersprach Jarek. „Wir binden die Krone los. Wenn die Reißer bemerken, was vor der Mauer passiert, dann interessieren sie sich nicht mehr für die Reittiere. Dann können sie weglaufen."

„Das schaffen die nie!" Adolo war verzweifelt. „Ich kann ihn nicht hierlassen."

„Adolo!" Mareibes Stimme hallte von der Mauer. Sie hatte von oben alles verfolgt. Adolo sah zu der Freundin hinauf. „Denk an die Fuuche, Adolo. Cimmy ist zwei Fuuchen entkommen! Und die sind viel gefährlicher als alles, was hier rumläuft! Er schafft das!"

Adolo sah Mareibe zweifelnd an, dann Jarek, der nickte. „Mareibe hat recht."

„Und wenn er wegläuft und nicht wieder zurückfindet?"

„Adolo! Er ist dein Kron!" Carb, der bei Ili kniete und bereit war, sie aufzuheben, hatte sich zu dem Freund umgedreht. „Cimmy wird dich immer finden. Überall!"

Adolo sah Carb an, dann erkannte Jarek etwas Hoffnung in seinem Blick. „Ja. Du hast recht. Das wird er." Er eilte zu Cimmy, band ihm die Zügel los, legte ihm die Hand auf den Kopf und flüsterte ihm ein paar Worte zu, dann befreite Adolo auch die anderen Reittiere.

In diesem Moment ertönte ein schriller Pfiff aus der Richtung des Turmes. Gilk war bereit. Jarek schaute nach oben und er sah Thosen, der die Hand immer noch senkrecht in die Höhe hielt. Jetzt senkte der Älteste der Xeno von Maro die Handfläche wie bei einem Hieb mit einem Schneider und Jarek sagte nur ein Wort: „Los!"

Carb hob Ili sanft, aber rasch auf, Jarek bot Lim die Schulter als Stütze und jeder andere nahm den Verletzten, der ihm anvertraut war. Sie kletterten über die niedrige neue Wand, die einmal die Befestigung von Maro ergänzen sollte, und eilten auf die felsige Ebene vor der Mauer.

Jarek war sich in seinem Leben noch nie so nackt, so schutzlos und so ausgeliefert vorgekommen. Mit weit ausholenden Bewegungen schleuderten die Xeno, die auf dem Wehrgang Position bezogen hatten, die vorbereiteten Seile herunter und Jarek und seine Leute hasteten herbei. Carb setzte Ili behutsam in ihre Schlinge. Dann griff er selbst eines der rettenden Foogschwanzhaarseile, als ein lauter, fauchender Schrei ertönte, der augenblicklich vielhundertfach wiedergegeben wurde: Die Reißer hatten sie entdeckt.

Das lauteste Zischen, Kreischen und Brüllen hob an, das Maro in seiner Existenz vernommen hatte. Die Reißer rannten los. Ili schrie vor Panik auf und die Xeno auf der Mauer zogen die Seile mit aller Kraft nach oben, so schnell sie nur konnten. Doch die ersten Bestien waren bereits heran und die vorderen stießen sich mit mächtigen Sätzen vom Boden ab, um die Beute zu erreichen, die ihnen da so hilflos hingehängt wurde.

Als der erste Reißer in der Luft war, übertönte ein Geräusch allen Lärm. Eine kurze, hämmernde Folge von Schüssen aus dem Großen Splitter warf ihr Echo zwischen die Hügel, dass es von den Felsen abprallte und mehrfach gebrochen wieder zurückgeschleudert wurde. Die großen Projektile der achtläufigen Waffe fanden ihre Ziele und trafen die anfliegenden Reißer mitten in der Luft, dass das Blut spritzte. Zwei kleine Schattenspringer wurden im Flug zerrissen.

Jarek half Lim in ihre Schlinge, ruckte einmal an dem Seil, das sofort nach oben gezogen wurde, während Gilk am Großen Splitter schoss und schoss.

Jede Betätigung des Abzugs jagte acht daumendicke Schwarzglimmergeschosse aus den wassergekühlten Läufen, die sich nicht überhitzen würden. Und das große Magazin fasste tausend Schuss.

Jarek packte das Seil und schaute sich um. Niemand war mehr am Boden. Ili verschwand gerade über die Mauer, Carb war schon auf halber Höhe und musste sich von der Wand abdrücken und zur Seite schwingen, als ein tödlich getroffener Breitnacken gegen den Fels krachte. Dann war auch er oben und folgte den Gefährten auf dem Weg in die Sicherheit. Jarek war der Einzige, der noch unten stand. Rasch trat er in die beiden Sitzschlingen und ruckte einmal.

Sofort verlor er den Boden unter den Füßen und schwebte nach oben, während das Seil sich langsam drehte.

Noch immer kreischten und brüllten die wütenden Reißer, deren Beute ihnen direkt vor den gierigen, geifernden Mäulern entkam. Sie unternahmen zornige Anstrengungen, doch noch einen der Flüchtenden zu erwischen, aber Jarek bemerkte, dass die Krone unter Cimmys Führung durch das unvollendete Tor der Baustelle rasten und pfadauf davonliefen, ohne dass sich ein einziger Reißer die Mühe machte, ihnen zu folgen.

Bei jedem Menschen, der den Wehrgang erreichte, ertönte ein lauter Jubel der Zuschauer und Jarek wusste, sie würden es schaffen, alle. Sie kämen alle zurück, lebend, und Ilis Geschichte würde eine gute Geschichte.

Noch eine Schussfolge aus dem Großen Splitter ertönte, noch eine und eine halbe.

Jarek wusste sofort, was geschehen war, ohne dass die Erkenntnis den Umweg über seinen Verstand nehmen musste. Die letzte Salve hatte nicht aus acht, sondern nur aus vier Schüssen bestanden: Die riesige Waffe über dem Tor war leer.

Ein einstimmiger Entsetzensschrei ertönte über den Mauern und Jarek hörte Mareibes Stimme heraus. „Jarek! Nein!"

Das Seil, an dem er hing, drehte sich langsam auf dem Weg nach oben, bis er mit dem Rücken zur Mauer hing. Jarek sah den gewaltigen Salamähnenbreitnacken, der auf ihn zugeflogen kam, das fürchterliche Maul aufgerissen, die Pranken weit auseinander und die Krallen ausgefahren.

Der Sprung war so hoch, dass das Tier bereits über Jarek war, und seine Retter zerrten ihn genau auf die Bestie zu. Jareks Hand fuhr zum Gürtel. Er riss den Armlangen Schneider heraus und rammte ihn dem Reißer in den Hals. Der Breitnacken stieß einen gurgelnden Schrei aus, verfehlte Jarek und fiel nach unten.

Doch mit einer letzten Zuckung fuhr die Pranke nach oben, die Klaue hakte sich in Jareks Bein und er spürte, wie sie durch den Stoff der Hose und das Fleisch darunter bis auf den Knochen fuhr. Der tote Reißer fiel, während Jarek nach oben gezogen wurden und die Klaue schlitzte sein gesamtes Bein bis zum Stiefel auf, im dem sie sich verhakte. Das Gewicht des toten Tieres riss Jarek die Fußbekleidung herunter und er hörte den langgezogenen Schrei und fragte sich, ob es seiner war.

Er spürte das Pulsieren in seinem Bein und das Gefühl, das Schmerz sein musste, aber das konnte nicht sein, denn er kannte doch Schmerzen, er war sie gewohnt, er hatte sie immer wieder gespürt, bei den vielen Verletzungen, die er sich auf den Jagden zugezogen hatte und das musste etwas anderes sein. Nein, Schmerz konnte es nicht sein, denn der war nicht so stark, so alles zermalmend, nicht so hellrot wie Yalas Haar und auch nicht dunkel schäumend wie Blut, das aus frisch gerissenen Wunden schoss und auch nicht schwarz, schwarz, so schwarz ...

Verwundungen

Jarek erwachte und spürte, dass er nicht alleine war. Er atmete ruhig weiter, ohne sich zu bewegen, ohne die Augen zu öffnen, ohne mit irgendeiner Reaktion zu zeigen, dass er nicht mehr ungeschützt und ahnungslos dalag.

Sein rechtes Bein pulsierte und fühlte sich an, als hätte es den doppelten Umfang oder den dreifachen und nicht Blut würde durch die Adern fließen, sondern stärkstes Paasaqua, das sich in die Muskeln ätzte. Jareks Kopf summte wie ein ganzer Clan Schwärmer, der in einiger Entfernung an einer Stadt vorüberflog.

Jarek regte sich nicht. Es war die vielfach geübte Reaktion des Jägers, nicht hochzuschrecken, aufzuspringen oder auch nur zusammenzuzucken, ohne vorher die Lage zu erkunden. Nie würde er die Augen aufreißen, ohne vorher zu lauschen.

Jarek hörte Stille und wusste, es musste das Gelblicht sein. Er bemerkte ein leises, pfeifendes Schnaufen, das ihm verriet, dass ein großes Lebewesen in seiner unmittelbaren Nähe war, in diesem engen, schmalen Raum, dessen Wände die Atemgeräusche schnell als schwaches Echo zurückwarfen.

Er öffnete die Augen einen kleinen Spalt, von einem Beobachter kaum zu erkennen, wie er wusste, um heimlich einen ersten Blick zu erlangen, indem er durch die dichten Wimpern spähte, doch seine Lider war von irgendetwas verklebt. Die Sicht war verschwommen und Jarek erkannte nur die rötliche Mähne des Tieres, das sich über ihn beugte.

Es konnte nur ein Memoaaser sein, der seinen Namen von dem wild abstehenden, leuchtend roten Haarkranz hatte, der seinen Kopf umgab. Die kleine Tür zu dem Raum seines Verstandes flog auf, in dem er das Wissen über alle Wesen Memianas verbarg, und Jarek fand Rovias Worte, die er einst gehört hatte: „Dem Memoaaser ist es egal, ob seine Beute noch zuckt, wenn er zubeißt."

Der Jäger übernahm und es war ihm gleichgültig, welche Muskeln schmerzten und dass der Kopf dröhnte. Jarek riss den linken Arm nach oben und wehrte den gierigen roten Kopf mit einem seitlichen Schlag gegen den Hals ab, während er die Augen ganz öffnete. Er blinzelte die Schlieren hastig weg und wälzte sich nach rechts. Das Gefühl, sein rechtes Bein würde abgerissen, brachte ihn dazu, laut aufzuschreien.

Aber es war nicht nur sein eigener Schrei, der die Wände der Kammer zum Erzittern brachte.

„Hey! Aua! Was soll denn das?"

Jarek verharrte schwer atmend, ließ sich wieder zurücksinken und starrte in das bärtige Gesicht mit den wirren, roten Haaren, das über ihm erschien.

„Ferobar!", stieß er ungläubig hervor.

„Ja, ich! Was hast du denn gedacht? Dass hier ein Salafuuch an deiner Liege sitzt, oder was?"

Jareks Blick flimmerte und er ließ sich auf etwas zurücksinken, dass er jetzt als das weiche Kopflager einer Schlafstelle erkannte. Er schloss die Augen und versuchte, mit gleichmäßigen, tiefen Atemzügen den wilden Schmerz in seinem Bein zu bezwingen, ihn zurückzudrängen in die hinterste Ecke, in seine Kammer mit dem doppelten Ferator und den acht Riegeln, wohin er ihn schieben konnte, verbannen, einsperren, damit er ihn nicht störte beim Denken, Sprechen und Leben.

„Kein Salafuuch", antwortete Jarek zwischen zwei Atemzügen. „Ich dachte, Ihr wärt ein Memoaaser."

„Ha, Memoaaser! Das hat noch keiner zu mir gesagt", polterte Ferobar und lachte herzlich. Der Älteste der Näher von Mindola war ein Mann, der wahre Wunder vollbringen konnte. Er war in der Lage, Menschen dem Tod zu entreißen, wenn der sie schon gepackt hatte. Das war der Mann, der Yalas fürchterliche Wunden geschlossen und ihr zerrissenes Gesicht wieder zusammengefügt hatte.

„Trink das", hörte Jarek Ferobars Stimme, die jetzt viel sanfter klang und besorgt.

Der Näher schob seine Hand, die in ihrer Größe der von Carb nicht nachstand, unter Jareks Schultern und richtete ihn mit einer sanften Bewegung auf, die man dem so unbeholfen erscheinenden, großen Mann gar nicht zugetraut hätte. Er hielt Jarek einen Becher an die Lippen und kippte ihn.

Jarek schluckte und fühlte, wie die kühle Flüssigkeit seine Kehle hinunter lief, schmeckte die leichte Süße, Salze und noch anderes, das er nicht einordnen konnte, aber das Schwirren in seinen Ohren und das Flimmern vor seinen Augen verschwand langsam.

„Besser jetzt?", fragte Ferobar und legte Jareks Kopf zurück auf das Polster.

„Ja", antwortete Jarek. „Besser."

„Wird schon wieder. Dich kriegen die Viecher so schnell nicht klein", sagte Ferobar und Jarek hörte auch Bewunderung in der Stimme. „Obwohl die sich ja ziemlich viel Mühe geben, muss ich schon sagen. Und jedes Mal wird es ein bisschen enger, also wirklich, Jarek", sprach der rothaarige Riese weiter und es war echte Sorge, die den Ton bestimmte. „Kannst du eigentlich irgendwann einmal eine Stadt betreten, ohne vorher eine Schlacht zu schlagen, über die man rund um den Pfad Lieder singen wird?"

„Ich habe das mal versucht", antwortete Jarek. „Macht überhaupt keinen Spaß."

Ferobar lachte, dann betrachtete er Jarek kopfschüttelnd. „Einfach mal durch ein Tor zu schreiten und alle freudig zu grüßen, ohne dass siebzig Räuber, hundert Fuuche oder dreitausend Schattenreißer hinter dir her sind? Was hältst du davon? Das wäre sicher eine ganz neue Erfahrung für dich."

„Davon träume ich, Ferobar. Von nichts anderem." Jarek spürte wieder das Bein pulsieren und er griff nach dem Becher. Diesmal konnte er sich schon selbst aufrichten und er trank das Gefäß leer.

„Wer hat mich nach Mindola gebracht?", fragte er. „Carb und Adolo?"

Ferobar zog die Brauen zusammen. „Mindola? Du bist nicht in Mindola. Wir sind in Maro. Du immer noch, ich jetzt."

Jarek starrte den Näher an, dann sah er zur Seite und erkannte das Klauenreißerfell vor dem Durchgang und die Muster in den Steinen der Wände, die er schon betrachtet hatte, als er nicht einmal sprechen konnte.

Jarek lag in seiner eigenen Kammer im Bau der Thosen.

„Und wie kommt Ihr hierher?", fragte er verwundert.

Ferobar verzog das Gesicht, schnappte sich eine Flasche Suraqua, die neben Jareks Schlafstelle stand, und trank einen tiefen Schluck. „Auf einem dieser komischen, langbeinigen Viecher", knurrte er. „Erinner mich nicht da dran. Bei Memiana, wie halten die Reiter das nur aus? Das ganze Land fliegt an einem vorbei. Mann, ich habe erst mal gekotzt, als wir endlich da waren." Er schüttelte sich bei der bloßen Erinnerung an den Ritt und nahm rasch noch einen Schluck aus der Flasche.

„Das meine ich nicht", antwortete Jarek. Er wollte den Kopf schütteln, ließ die rasche Bewegung aber sofort, als ihm wieder schwindelig wurde. „Wie habt Ihr erfahren, dass Ihr gebraucht werdet? Ihr seid doch nicht zufällig hier?"

„Zufall? Nein." Ferobar ließ sich auf einen Steinhocker sinken, der sich neben der Liegestelle befand. „Mareibe hat Hama benachrichtigt, was hier passiert ist. Hama hat Yala benachrichtigt, was hier passiert ist. Und Yala hat mich benachrichtigt, was hier passiert ist. Sie hat mich gebeten, sofort herzureiten und zu helfen. Und wenn Yala dich bittet, dann sagst du als Mann, ja, Yala, gerne, Yala, sofort, Yala, was immer du willst, Yala. Na ja, als Frau sagst du das wahrscheinlich auch."

Die Worte hörten sich unfreundlich an, aber Jarek kannte den Ton, mit dem Ferobar über Yala sprach. Er war von der großen Zuneigung und der unendlichen Bewunderung getragen, die Ferobar für seinen Liebling empfand, den er so lange im Turm der Wiedergeburt gepflegt hatte.

„Wie lange seid Ihr schon hier?" Ohne dass er weiter darüber nachdenken musste, spürte Jarek, dass einige Zeit seit der Schlacht vor der Mauer von Maro vergangen war. „Und wie lange war ich weg? Diesmal?", setzte er hinzu. Es war nicht das erste Mal, dass seinem Gedächtnis ein paar Lichte fehlten. Zuletzt hatte er nach dem Kampf gegen den

Peitschenschwanzwürger in Mindola längere Zeit ohne Bewusstsein gelegen.

„Ein paar Lichte. Das ist die Antwort auf beide Fragen", erwiderte Ferobar. „Ich hatte dir was gegeben, dass du weiter schläfst. Ich wollte lieber nicht riskieren, dass du mir frisch vernäht von der Liege springst. Kenne dich doch."

„Ist mir davon so schwindlig?"

Ferobar schüttelte den Kopf und lachte. „Nein. Das könnte mit dieser kleinen Wunde hier zu tun haben."

Ferobar schlug vorsichtig die Decke zurück, unter der Jarek lag. Er sah, dass er nur die kurze, untere Hose trug und ein ärmelloses Hemd im gleichen Rot. Sein rechtes Bein hatte sich außen dunkel verfärbt und eine Naht lief von seiner Hüfte bis zu den Zehen. An einer Stelle sickerte eine hellrote Flüssigkeit in das Tuch darunter, aber der größte Teil der Wunde war bereits verschorft und mit schwarzem Grind bedeckt.

„Ich wäre nicht geritten, das sage ich dir, wenn Yala mir nicht versprochen hätte, dass es eine echte Herausforderung wird. Und sie hat nicht gelogen. Wirklich nicht. Das war mal richtig Arbeit! Kannst du glauben."

Jarek starrte auf die geschlossene Verletzung und der Blick alleine reichte, dass ein neuer Schub von Schmerzen durch ihn lief.

Ferobar griff nach einer großen Flasche, goss Jareks Becher wieder voll, stützte ihm den Rücken und setzte das Gefäß an seinen Mund.

Dankbar trank Jarek ein paar Schlucke und alles verlor den leichten Rotstich wieder, der sich wie ein dünnes Tuch über das gelegt hatte, was er sah. Er atmete wieder leichter.

„Na, was meinst du? Ist das nicht ein echtes Kunstwerk?", fragte Ferobar und betrachtete seine Arbeit.

„Wunderbar", krächzte Jarek und er wusste, dass er es sowieso nicht vermeiden konnte, also fragte er es gleich: „Wie viele Stiche habt Ihr diesmal gebraucht?"

„Der Muskel war bis auf den Knochen aufgeschnitten", berichtete Ferobar mit Begeisterung und dem Leuchten in den Augen, das er sich für schreckliche Verletzungen und ihre Behandlung aufsparte. „Ich musste erst mal sehen, ob nicht auch Sehnen verletzt waren, aber da hast du sehr viel Glück gehabt. Ich habe deine Muskeln mit zweiundachtzig Stichen zusammengenäht und ich kann dir sagen, ich habe an manchen Stellen die Nadel kaum reinbekommen. Ich habe gedacht, ich flicke Feraseile, nicht Fleisch."

„Das habt Ihr großartig gemacht", sagte Jarek in der Hoffnung, dass er genug gehört hätte, aber Ferobar war noch lange nicht fertig.

„Das war ja erst der Anfang", fuhr er fort. „Dann kam die zweite Lage Muskeln, das ging dann schon mit siebenundvierzig Stichen. Und dann am Ende die Haut, um alles wieder schön zu schließen. Da musste ich ein bisschen enger nähen, aber ich denke, das ist für dich in Ordnung. Ich meine, du bist so ein gut aussehender Kerl, da geht es ja nicht, dass dein rechtes Bein aussieht, als ob du einem Mahlschlachter davongelaufen wärst. Nach dem Schlachten, wohlgemerkt. Was sollen die Frauen denn von dir denken?"

„Dass ich ein Jäger bin." Jarek trank einen Schluck und stellte die erwartete Frage: „Und? Wie viele Stiche? Hundert?"

„Einhundertzwölf", verkündete Ferobar stolz und das haarige Gesicht lächelte breit. Er bückte sich und holte etwas hinter der Liegestelle hervor. „Hier!" Er lehnte einen Stab an Jareks Schlafstelle, der aus Fera und Knochen bestand. Jarek erkannte ihn auf den ersten Blick wieder. Es war die Gehhilfe, die er in Mindola bekommen hatte, als nach dem Kampf gegen die Fuuche sein Bein gebrochen gewesen war.

„Hab ich dir mitgebracht. Weiß doch genau, dass du nicht liegen bleibst, egal, was der Älteste der Näher sagt", brummte Ferobar.

Jarek musste lächeln, als er an die Kämpfe dachte, die sie in Mindola miteinander ausgefochten und die sie einander so nahe gebracht hatten. „Was ist mit Ili?", fragte er. „Habt Ihr Euch auch um meine Schwester gekümmert?"

„Um alle", antwortete Ferobar. „Ich habe gedacht, ich träume. So viele, so schöne Verletzungen innerhalb einer einzigen Stadt. Ich bin echt am Überlegen, ob ich vielleicht nach Maro übersiedeln soll. Also, ich habe sie alle wieder zusammengeflickt. Auch diesen Winzling, der da deine Schwester ist. Sah erst gar nicht so gut aus. Das rechte Bein war viermal gebrochen, aber ich habe alles gerichtet. Zum übernächsten Markt springt sie wieder rum."

Jarek atmete auf. „Danke, Ferobar. Das werde ich Euch nie vergessen."

„Bestimmt nicht. Ich werde dich immer daran erinnern, wenn ich irgendwas von dir will."

Jarek lächelte ebenso wie Ferobar und verspürte große Erleichterung. Es wäre eine furchtbare Vorstellung gewesen, wenn nun auch Ili nicht mehr hätte laufen können.

„Jarek, ich muss dich mal was fragen. So von Mann zu Mann", sagte Ferobar dann in einem völlig anderen Ton.

Jarek sah den Näher verwundert an. „Mich? Als Mann?"

Ferobar beugte sich etwas vor und schaute sich gespielt vorsichtig um, ob irgendjemand lauschte. „Sag mal, wie machst du das?"

„Was denn?"

„Diese Frauen. Das ist einfach unglaublich. Du hast nur großartige Frauen um dich rum. Ziehst du das an oder färbt das von dir ab oder wie kommt das? Jede Frau in deiner Nähe hat eine solche Stärke, einen solchen Lebenswillen, solch eine Kraft, das ist doch einfach nicht möglich. Egal, ob sie mit dir verwandt ist oder sonst was. Yala, Mareibe, Ili und Lim. Die sind alle von derselben Art, ganz egal, wie unterschiedlich sie aussehen oder wie klein oder groß sie sind. Die haben alle einen Willen, da kannst du eine ganze Stadt drauf bauen. Und deine Schwester ... Die Kleine hat eine Kraft, da glaubst du, Sala steckt in diesem Hemdchen und leuchtet durch. Und von deiner Mutter rede ich noch gar nicht. Wie kommt das?"

Ferobar sah Jarek an und er erkannte, dass der Näher keinen Scherz machte, sondern die Frage ernst meinte.

„Ich habe keine Ahnung." Jarek hob die schmerzenden Schultern. „Es ist einfach so."

„Hm", brummte Ferobar und zog die Augenbrauen hoch. „Ili liegt direkt nebenan. Du willst bestimmt gleich zu ihr."

„Wenn ich darf."

Ferobar lachte. „Seit wann interessiert sich Jarek dafür, was er darf?"

Jarek grinste, dann nahm er die kleine Flasche mit Partiola, die neben seiner Schlafstelle bereitlag, öffnete sie und nahm den einen Tropfen, den er in jedem Gelblicht brauchte. Ferobar beobachtete ihn schweigend und Jarek bemerkte, dass ein Anflug von Trauer auf seinem Gesicht lag.

„Was ist, Ferobar?" Jarek verschloss die kleine Flasche sorgfältig und legte sie zurück. „Habt Ihr auch schlechte Nachrichten?"

Ferobar sah ihn stirnrunzelnd an, dann schüttelte er rasch den Kopf. „Nein. Nein, keine schlechten Nachrichten. Alle, die du nach Maro zurückgebracht hast, haben überlebt, ich habe alle zusammengeflickt, alle werden wieder gesund. Auch Adolo. Drei Stiche, da musste ich ja nicht mal hinschauen." Er machte eine wegwerfende Armbewegung, dann sah er Jarek wieder an.

„Aber Ihr habt doch was."

„Jetzt frag endlich", sagte der Näher ungeduldig.

„Was soll ich fragen?"

„Was Yala macht, wie es ihr geht, was sie sagt", brummte der Näher. „Mensch, was man halt so fragt!" Er schaute Jarek auffordernd an.

Aber Jarek schwieg.

„Willst du gar nichts wissen?", fragte Ferobar enttäuscht.

Jareks Herz schlug rasch. Die Yala-Kammer stand schon lange offen. Die Tür war aufgeflogen, als er Ferobar erkannt hatte, den Mann, der sie gerettet hatte, der dafür gesorgt hatte, dass dieses wunderbare Wesen weiterleben durfte, auch wenn Yala das ohne ihn wollte, ohne ihn, Jarek, der alles für sie getan und gelassen hätte. Aber sie hatte ihn gebeten, sie gehen zu lassen, und das hatte er so angenommen. Es schmerzte, mehr als der lange, mit zweihunderteinundvierzig feinen Stichen vernähte Riss an seinem Bein es je fertigbringen würde. Jarek wusste, dass jeder Satz, den Ferobar über sie sprechen würde, alles wieder schlimmer machen würde. Jedes Bild, das er von Yala heraufbeschwor, jede Kleinigkeit und Einzelheit würde wehtun und verhindern, dass die tiefe Wunde in seinem Inneren verheilte. Doch Jarek sehnte sich danach, dass sie sich irgendwann einmal schließen würde, bis nur noch eine breite Narbe daran erinnern würde. Und dennoch hätte er so gerne gewusst, was Yala machte, was sie sagte, was sie dachte, was sie fühlte.

Aber er schüttelte dann doch nur den Kopf. „Nein", sagte er leise. „Ich möchte nichts über Yala hören, Ferobar."

Der Älteste der Näher schaute ihn eine Weile an, dann runzelte er die Stirn. „Das passt gar nicht zu dir, Jarek. Du bist bei Weitem der mutigste und verwegenste Mann, den ich jemals kennen gelernt habe. Aber hier läufst du weg. Der große Jäger Jarek läuft davon."

Jarek sah ihn einen Augenblick an. „Zwischen Gehen und Davonrennen ist aber ein Unterschied."

„Sagte der Feigling", antwortete Ferobar auf die schroffe Art spöttisch, die Jarek so gut an ihm kannte.

Aber es verletzte ihn nicht, was er hörte. Er wusste, dass der Älteste der Näher ihn nicht beleidigen wollte. Er wusste jedoch ebenso, dass Ferobar ihm nicht helfen konnte, so sehr er sich auch bemühte.

„Wisst Ihr, welcher Jäger alt wird, Ferobar?"

„Der nie die Mauer verlässt", kam die Antwort.

„Wer nie vor die Mauer geht, ist kein Jäger", erwiderte Jarek. „Ich meine die Frauen und Männer, die im Gelblicht und manchmal auch im Graulicht draußen sind und sich dem Kampf stellen. Welche von denen werden alt?"

„Die mutigsten. Denke ich doch."

„Was ist Mut?"

„Frag mich doch nicht so Sachen."

„Ihr habt damit angefangen", erwiderte Jarek ernst. „Was ist Mut? Sich in der Unterzahl auf einen überlegenen Gegner zu stürzen und dabei die Hälfte seines Jagdtrupps zu verlieren? Ist das Mut? Grauschattenfetzer im Gelblicht aus ihrer Höhle zu treiben, ohne vier Mann am Netz? Wer so etwas macht, wird als Jäger nicht alt."

„Wie dann? Wie wird ein Jäger alt?" Ferobar sah Jarek mit echtem Interesse an und wartete auf die Antwort.

Jarek trank noch einen Schluck und stellte die Flasche wieder ab. „Ein Jäger wird alt, wenn er lernt, zu überleben.

Wenn er es schnell lernt. Du überlebst nur, wenn du weißt, wann es Zeit ist, dich zurückzuziehen. Das ist das Wichtigste, was ein Jäger lernen muss."

„Ich weiß, dass du nicht nach Mindola zurückkommen willst, Jarek", sagte Ferobar traurig.

Jarek sah ihn überrascht und besorgt an. „Woher wisst Ihr das?"

„Ich hocke zwar nicht ständig im Turm der Ältesten herum und ich spiele auch nicht dieses langweilige Memianaspiel, aber ich gehöre trotzdem zu den Ältesten von Mindola", erklärte Ferobar. „Ich weiß, dass du von hier aus weiterziehen willst. Ich weiß, dass du deinen Freunden nichts davon gesagt hast. Und ich weiß, dass du Yala nichts davon gesagt hast. Jetzt schau mich nicht so an. Ich habe ihr nichts verraten und werde das auch nicht tun. Was ich als Ältester erfahre, geht nur die Ältesten etwas an. Aber ich finde es nicht richtig! Meinst du wirklich, es war an der Zeit, dich bei Yala zurückzuziehen?"

„Ja", sagte Jarek. „Das meine ich. Es war an der Zeit."

Ferobar atmete einmal tief durch, warf Jarek noch einen Blick zu, dann ließ er die Schultern hängen. „Schade."

Jarek stützte sich schwer auf den Gehstab, den Ferobar ihm gegeben hatte, und er war dem Näher dankbar, dass er daran gedacht hatte. Er hatte sich an die Schmerzen im Bein gewöhnt, konnte es aber nach wie vor kaum belasten und schon bei kurzen Wegen bestand immer noch die Gefahr, dass die lange Wunde an einer Stelle wieder aufriss.

Der Weg zum Ahnenkreis der Xeno war der längste, den er zurückgelegt hatte, seit er wieder aufgewacht war, und seitdem waren jetzt auch schon sechs Lichte vergangen. Es war das erste Mal, dass Jarek sich an eine längere Strecke im Freien wagte.

Ferobar war überrascht gewesen, als Jarek nach dem ersten kurzen Besuch bei Ili sofort wieder in seine eigene Kammer gegangen war. Es hatte den Näher so verwundert, dass Jarek die meiste Zeit des Gelblichts mit hochgelegtem Bein vor dem Bau der Thosen gesessen hatte, dass er ihn bald nach dem Grund gefragt hatte.

Da Ferobar wusste, was Jarek vorhatte, hatte er dem Ältesten der Näher von seinen Sorgen erzählt. Es waren nur noch siebenundzwanzig Lichte, bis der Clan der Tyrolo aus dem Stamm der Foogo an Maro vorbeiziehen würde. Jarek sollte sich ihnen hier als ihr neuer Memo anschließen und er hatte Angst, dass sein Bein bis dahin nicht wieder so weit wäre, dass er mit der Herde laufen konnte.

Ferobar hatte verstanden. Aber er konnte Jarek nicht beruhigen. Genaueres könne er erst in etwa vierzehn Lichten sagen, hatte er geantwortet. Und bis dahin wäre es gut, das Bein genau so zu schonen, wie Jarek es tat.

Doch nun hatte Jarek keine Wahl, er musste das weite Stück bis dicht vor die Cave gehen. Jeder Xeno begab sich zum Ahnenkreis, wenn eine Totenfeier anstand.

Jarek schaute über den Clan der Thosen, der sich versammelt hatte, und sah, dass jetzt niemand mehr fehlte. Borlo und Volba, die Dienst an der Mauer gehabt hatten, waren als Letzte erschienen. Sie hatten das Tor von Maro verschlossen und alle Geschäfte würden ruhen, während die Xeno um ihren Toten trauerten. Eine Stille senkte sich über die Ansiedlung, als sei alles ausgestorben.

Der Ahnenkreis befand sich auf einer ebenen Fläche aus Grauspat und lag direkt neben der in den Fels gehauenen Treppe, die hinab zur Cave führte, der großen Wasserstelle der Ansiedlung.

Alle Xeno hatten sich vor der Spirale von lebensgroßen Statuen versammelt, die jedes Mal um eine weitere ergänzt wurde, wenn der Clan der Thosen ein Mitglied verlor.

„Hast du wieder Schmerzen?" Ili, die auf dem Felsblock neben ihm saß, schaute ihren Bruder besorgt an. Jarek hatte gar nicht gemerkt, dass er wieder einen Stich in der Wunde verspürt und das Gesicht verzogen hatte.

„Nein, mach dir keine Sorgen. Es geht schon." Doch er sah an Ilis Lächeln, dass sie genau wusste, dass er sie nur beruhigen wollte.

„Es geht schon. Das sagst du ja immer. Selbst wenn der Kopf halb ab hängt."

„Mir geht es gut." Jarek lehnte sich gegen den Felsen und zuckte zusammen, weil er gerade jetzt das Bein spürte, dem er die ganze Zeit keine Beachtung geschenkt hatte.

„Wenigstens kannst du laufen", seufzte Ili.

„Was man so laufen nennt." Er verlagerte sein Gewicht gänzlich auf das unverletzte Bein und stützte sich auf den Stab.

„Hoffentlich bin ich die blöden Dinger hier bald wieder los", sagte Ili und klopfte auf einen der Verbände aus dünnem Mörtel, die ihre gebrochenen Beine umgaben.

„Die sehen doch gut aus", erwiderte Jarek.

Mareibe, die auf der anderen Seite von Ilis Sitzstein stand, lächelte. Sie hatte beide Schienen an Ilis Beinen über und über mit Kreitstein bemalt, wie sie es damals auch bei Jarek getan hatte. Nun verzierten Landschaften, die sie gesehen hatte, die stützenden Verbände. Auch Reißer und die Gesichter der Freunde fehlten nicht.

Jareks Blick blieb an dem Bild von Yala hängen, das Mareibe mit wenigen, genauen Strichen so getroffen hatte, als ob Yala in Person aus den großen, neugierigen Augen schaute und selbstbewusst ihr von der gezackten Narbe zweigeteiltes Gesicht zeigte. Rasch sah Jarek weg, als er merkte, dass der Schmerz auf einmal nicht mehr von seiner Beinwunde herrührte.

Ili hatte ihren Kopf an seine Schulter gelegt und ließ den Blick über den versammelten Clan wandern. Carb hatte sie auf seine riesigen Arme genommen und zum Ahnenkreis gebracht, dann hatte er sich verabschiedet und würde später wiederkommen, um sie zu holen, wenn die Feier vorüber war.

An der Aufnahme in den Kreis nahmen nur Xeno teil.

Für gewöhnlich.

Aber diesmal war es anders. Diesmal war eine Memo dabei.

Mareibe war geblieben und niemand nahm Anstoß daran. Alle wussten, dass die Statue, die nun ganz vorne in der langen Reihe der Verstorbenen stand, nicht von Ili gefertigt worden war. Die meiste Zeit musste Jareks kleine Schwester liegen und es war ihr nicht möglich gewesen, zu arbeiten. Wenn Ili eine Statue schuf, kreiste sie unaufhörlich das ganze Gelblicht und ein halbes Graulicht noch dazu mit dem Meißel und dem schweren Hammer in der Hand rastlos um einen Steinblock, um nach und nach mit mal leichten, mal schweren Schlägen das Abbild eines Menschen auf eine Weise herauszuarbeiten, die sie auf dieser Seite des Raakmassivs weithin berühmt gemacht hatte.

Aber die Figur für Mydol, den Beschützer, Wächter und Jäger, der mit Ili und Lim nach Ronahara aufgebrochen und nicht wiedergekehrt war, weil er unter den Felsen der einbrechenden Höhle gestorben war, hatte nicht Ili aus dem Stein gehauen. Es war Mareibe gewesen, wie Jarek zu seiner großen Überraschung erfahren hatte.

Im letzten Kvart eines jeden Gelblichts hatte Ili auf einer Mahldecke im Steinbruch gelegen, die Carb ihr sorgfältig ausgebreitet hatte, hatte sich auf die Arme gestützt, Mareibe bei der Arbeit beobachtet und ihr genau beschrieben, wie Mydol ausgesehen hatte. Mareibe hatte mit leichter Hand erst den Körper und dann das Gesicht des jungen Xeno aus dem Block herausgearbeitet, den sie gemeinsam mit Ili ausgesucht hatte.

Die Statue war perfekt.

„Und was ist sonst noch alles passiert, während ich nicht bei Bewusstsein war?", hatte Jarek verblüfft gefragt. Er hatte Mareibe neben Ilis Lager angetroffen und erfahren, dass seine kleine Schwester und die neue Memo von Mindola bereits die besten Freundinnen und Vertraute geworden waren.

Keine der beiden hatte ihm etwas erklären müssen. Jarek hatte sofort diesen manchmal zärtlichen, manchmal spitzen Ton zwischen den beiden Frauen bemerkt, der einem Mann zeigte, dass er hier das komplizierte Geflecht einer tiefen Frauenfreundschaft vor sich hatte, in die er sich besser nicht einmischen sollte, wenn er nicht zwischen zwei weiblichen Fuuchen zerrissen werden wollte.

Mareibe hatte nichts gesagt, aber ihre Augen hatten geleuchtet und sie hatte Jarek fest umarmt. Er hatte die unendliche Erleichterung gespürt, die die Freundin empfunden hatte, dass Jarek den aussichtslos erscheinenden Kampf vor der Mauer doch gewonnen hatte und Mareibe nicht trauern musste. Nicht um den Mann, den sie immer lieben, aber nie bekommen würde. Und nicht um die Frau, der sie sich alleine durch die Liebe, die Jarek für sie empfand, so nahe fühlte wie sonst nur noch ihrer Freundin Yala, die sie in Mindola zurückgelassen hatte.

„Sag mal, Jarek, ist die mit dir verwandt?", hatte Mareibe ihn direkt nach der Begrüßung gefragt, als er sich mit einem kleinen Schmerzenslaut zu Ili auf die Schlafstelle gesetzt hatte. Sie hatte mit dem Daumen auf Jareks kleine Schwester gezeigt, die klein, blass und mit vielen Paasgruspflastern versehen auf ihrer Schlafstelle gelegen hatte.

„Ich bin mir ziemlich sicher. Wieso?"

„Weil diese Frau genauso bescheuert ist wie du. Ist das ein Familienleiden oder so?" Mareibe hatte Ili halb belustigt, halb verärgert angesehen und dann Jarek erklärt: „Deine süße, kleine Schwester meint, sie wäre an allem schuld!"

„Oh." Mehr hatte Jarek nicht herausgebracht.

„Das geht nicht, Ili", hatte sich Mareibe ereifert. „Du kannst gar nicht an irgendwas schuld sein, solange Jarek in der Nähe ist. Das ist nämlich sein Vorrecht. Nur dein großer Bruder darf an jedem Unglück schuld sein, das irgendwem auf Memiana passiert. Oder?"

Jarek hatte nur geseufzt. „Ili, du kannst doch nichts dafür, dass ihr in diese Höhle eingebrochen seid!"

Aber seine kleine Schwester hatte heftig den Kopf geschüttelt. „Ohne mich wären wir gar nicht dorthin gegangen. Wenn ich nicht unbedingt auf die Jagd gewollt hätte ...", hatte sie wieder angefangen, aber Mareibe hatte sie unterbrochen.

„Dann wäre irgendwann irgendein anderer Jagdtrupp aus Maro dort in dieses verdammte Schaderloch reingefallen.

Lim hat gesagt, dass die Xeno von Maro sich dauernd dort rumtreiben, um Springreißer zu jagen. Also hör auf, so einen Blödsinn zu reden, sonst komme ich nicht mehr zu dir."

Mareibes Drohung hatte sich nicht wirklich ernst angehört, aber Ili war zusammengezuckt. „Ich sag ja nichts mehr", hatte sie gemurmelt und Mareibe hatte ihre kleine Hand fest in ihre genommen.

Jarek hatte geschwiegen.

Es war einer dieser Momente gewesen, in denen er stolz auf das war, was er inzwischen gelernt hatte. Es gab Augenblicke, da war es für einen Mann besser zu schweigen, ganz gleich, was eine Frau gesagt hatte.

Kila trat vor, mit dem kleinen Ormi an der Hand, der tapfer gegen die Tränen kämpfte, und die leisen Gespräche der Xeno verstummten. Alle Augen richteten sich auf die Frau, mit der Mydol zusammengelebt hatte, und auf den Jungen, der nun ohne Vater aufwachsen würde. Es würden sich alle um ihn kümmern, jeder würde der zerrissenen Familie helfen, wie es üblich war, in einem Clan. Aber Mydol würde fehlen, ihnen allen und seinem Sohn am meisten.

Kila fing leise an zu singen und füllte die getragene Melodie der Klage mit den Namen der Ahnen Mydols, so weit zurück, wie sie noch bekannt waren. Alle hatten die Köpfe gesenkt und schauten auf den Fels, die Hülle Memianas, die Mydol wieder zu sich genommen hatte.

Nach Kobars Tod hatte Ili Jarek zum ersten Mal erzählt, wie es für die war, die zurückblieben, wenn ein Jagdtrupp aufbrach. Sie hatte ihm mit leise zitternder Stimme erklärt, dass jeder, der mit einem der Jäger verbunden war, die sich hinaus in die tödliche Gefahr begaben, sich von diesem so verabschiedete, als ob er nicht zurückkäme, als ob es das letzte Mal wäre, dass er ihn sah. Als ob der andere, den er liebte wie sein eigenes Leben, in den sicheren Tod ginge. Nur so war es für sie zu ertragen, zu bleiben und zu warten. Wer ging, starb. Und jede Wiederkehr war ein Wunder.

Aber Mydol hatte sich von Kila nicht auf eine Jagd verabschiedet. Er war nur auf eine kurze Reise gegangen, die nicht vom Weg abweichen sollte. Nichts Gefährlicheres als ein Besuch in der nächsten Stadt war geplant gewesen, eine Begleitung für ein Mädchen, das seinen ersten Schritt außerhalb der Mauern Maros gewagt hatte. Mydol war trotzdem nicht wiedergekehrt, sondern war von dem Felsblock der einstürzenden Höhle zermalmt worden.

Jarek griff nach Ilis Hand und hielt sie fest, während sich Kilas Klage durch die Umläufe und die Namen zurückbegab, bis zu einer Zeit, an die sich niemand mehr erinnerte. Jarek verstand Ilis Gefühle. Wäre Mydol sein Begleiter gewesen, dann wäre auch er sich schuldig vorgekommen. Vielleicht hatte Mareibe ja recht. Vielleicht lag es wirklich in der Familie. Aber so waren sie nun einmal, das hatte Jarek von seinem Vater. Wenn es darum ging, Verantwortung zu übernehmen, traten die Thosen keinen Schritt zurück, sondern gingen in die erste Reihe und stellten sich.

Jareks Blick fiel auf Yalas Gesicht, das ihn von Ilis Verband aus still beobachtete. Auch für Yala hätte er jede Verantwortung übernommen.

Doch sie hatte ihn zurückgewiesen.

In der Ahnenreihe war Kila bei Msagana angekommen, dem ältesten bekannten Stammvater des Clans der Thosen, auf den alle Nachkommen irgendwann zurückgingen. Dann schwieg sie.

Schließlich trat sie mit Ormi an der Hand zu Mareibe, sah ihr in die Augen und umarmte sie dann. „Die Statue ist wunderbar. Es ist so, als ob Mydol da vor uns steht."

„Ich habe mein Bestes getan. Aber ich habe nur das gemacht, was Ili mir gesagt hat", antwortete Mareibe, dann ging sie in die Knie und nahm Ormis Hände.

„Versprichst du mir, dass du deinen Vater nie vergisst? Das hat er verdient. Er muss ein wunderbarer Mann gewesen sein. Und er hat dich sehr lieb gehabt, das weiß ich."

Der Kleine nickte ernst, aber die Tränen liefen über sein rundes Gesicht.

Jarek konnte nicht anders, er musste Mareibe bewundern. Nichts war da mehr von dem widerspenstigen Solomädchen, das überall einen Angriff auf sich befürchtet hatte. Die alte Mareibe hatte sicherheitshalber bei jeder

Gelegenheit erst einmal um sich gebissen und gekratzt. Sie hatte niemandem getraut und dazu noch ein sehr eigenes Verhältnis zur Wahrheit gezeigt.

Hier zwischen den Xeno von Maro stand jemand ganz anderes. Hier war eine zwar selbstbewusste, aber mitfühlende junge Frau, die nicht mehr nur an sich selbst dachte, sondern sich für andere Menschen und ihre Gefühle und Nöte interessierte und dem in wenigen treffenden Worten Ausdruck geben konnte.

Jarek bemerkte die Blicke seiner Clanbrüder und – schwestern und er sah, dass seine Hoffnungen ihn nicht enttäuscht hatten. Sie alle achteten Mareibe nicht nur als die Memo von Maro. Sie liebten sie bereits jetzt, so wenige Lichte, nachdem sie die Stadt erreicht hatte.

„Ist sie nicht großartig?", flüsterte Ili ihrem Bruder ins Ohr und er merkte, dass sie nicht nur Mareibe die ganze Zeit beobachtet hatte, sondern auch ihn. Und Ili war von demselben Gefühl erfüllt wie er: Sie waren stolz auf ihre Freundin.

Mareibe erhob sich wieder und legte Kila die Linke mit der Geste der Trauer und Anteilnahme der Xeno auf die Schulter, wie Ili es ihr noch rasch vorher gezeigt hatte. Kila nickte.

Dann stellte sich Kila mit ihrem Sohn neben die Figur Mydols, die jetzt die Spirale der Toten anführte, und nach und nach kamen alle Xeno vom Clan der Thosen, um ihr Mitgefühl auszudrücken.

Der Platz rund um den Ahnenkreis leerte sich. Jeder ging wieder seiner Verpflichtung nach. Kurze Zeit darauf hörte Jarek, wie die schweren Riegel des Tores knallten und die Flügel in ihren Angeln quietschten, als die Wächter es wieder öffneten. Das Leben in Maro ging weiter und das Gelblicht füllte sich wieder mit dem Lärmen der wachsenden Stadt.

Carb kam den Weg herunter, der am Kontor vorbeiführte, in dem man jetzt wieder die Rufe und das muntere Feilschen der Händler hören konnte, die die niedrigsten Preise für den jungen Kaas aushandeln wollten, während die Mahlo ganz andere Vorstellungen hatten.

„Komm, Kleines", sagte der Riese zu Ili. „Ich bring dich zurück."

„Klar doch, Großes", antwortete Ili und beide grinsten. Sonst mochte es Ili überhaupt nicht leiden, wenn irgendjemand eine Anspielung auf ihre Körpergröße machte, aber Carb durfte das. Er streckte die Hände nach ihr aus und hob Ili mit einer geübten Bewegung an, die Jarek zeigte, dass der dunkle ehemalige Fero seine Schwester nicht zum ersten Mal trug. Eine der älteren Kammern in Jareks Gedächtnis sprang auf und zeigte Ili, wie sie im Alter von knapp einem Umlauf jedes Mal zappelnd vom Arm seiner Mutter Nari gesprungen war, wenn die sie tragen wollte. Ili hatte es nie gemocht, auf dem Arm eines anderen zu sein, und hatte von klein auf klargemacht, dass es ihr eigenen Füße waren, auf denen sie sich durch die Welt bewegen wollte. Aber jetzt legte sie dem schwarzen Riesen ganz selbstverständlich die Arme um den Hals, hielt sich an ihm fest und lächelte ihn dankbar an.

Wieder einmal war das Leben weitergegangen. Während Jarek unter dem Einfluss der geheimnisvollen Flüssigkeiten gestanden hatte, die Ferobar mit einem dünnen Schlauch in seine Adern getropft hatte, hatten sich Menschen kennengelernt und Gewohnheiten angenommen. Jarek hatte unterdessen den Schlaf geschlafen, der ihm die fürchterlichen Schmerzen der ersten Lichte erspart hatte, nachdem der Näher seine riesige Wunde zusammengeflickt hatte. Jarek musste nur einen einzigen Blick auf Ili und Carb werfen und er wusste, dass seine Schwester einen weiteren Freund und Beschützer gewonnen hatte.

Für ihr ganzes Leben.

„Gehen wir", sagte Jarek. Er spürte das Bedürfnis, sich wieder an seinen inzwischen gewohnten Platz vor dem Clanbau zu setzen und dem Treiben in Maro zuzusehen und auf Adolo zu warten. Der war zu seinem Ausritt in Richtung Briek unterwegs, auf den er in keinem Gelblicht verzichtete, damit Cimmy nicht aus der Übung kam. Der Kron war tatsächlich nach Ende des Graulichts zurückgekehrt, in dem sie die Schlacht vor den Toren Maros geschlagen hatten, und die Reittiere von Jarek, Mareibe und Carb waren ihm gefolgt. Nur der Lastkron war nicht mehr aufgetaucht. Adolo hatte ihn lange gesucht, aber er hatte die Hoffnung inzwischen aufgegeben, dass das Tier noch am Leben sein könnte. Wahrscheinlich war der Kron doch den Reißern erlegen und damit das einzige Opfer, das die Schlacht vor den Toren gefordert hatte.

Das einzige Opfer außer Jarek.

Er griff nach der Stütze, aber sie rutschte seitlich vom Felsen, an den er sie gelehnt hatte. Er fing sie geschickt mit dem Fuß auf, schleuderte sie in einer kurzen Bewegung in die Luft, fasste sie mit der Rechten und stellte dabei mit Überraschung und Genugtuung fest, dass er tatsächlich einen Moment lang ohne Hilfe stehen konnte. Das Bein hatte schon der Belastung des Ganges hier herauf Stand gehalten und nicht wieder angefangen zu nässen.

Es sah gut aus, dachte Jarek.

Er musste gesund sein, wenn die Foogherde kam. Unbedingt. Dafür würde er alles tun. Sogar das, was Ferobar ihm riet. Dem Näher gefiel es offenbar in Maro, bei den Freunden und bei den Thosen sehr gut, denn er zeigte noch keinerlei Lust, zurück nach Mindola aufzubrechen. Obwohl niemand mehr seine Hilfe benötigt hatte. Außer Parra, aber deren aufgeschlagenes Knie, das sie vom Spielen in der Cave mitgebracht hatte, musste nicht einmal genäht werden.

„Ich würde gerne noch etwas bleiben. Ich habe noch Zeit, bis ich zum Botenkvart in den Memobau muss." Mareibe kletterte auf den Platz, den Ili gerade noch eingenommen hatte, zog die Beine an und legte die Arme darum, wie Jarek es so gut von ihr kannte, wenn sie nachdenken wollte.

„Wir sehen uns dann ja später", sagte Ili und erwiderte Mareibes Lächeln.

Jarek erkannte eines dieser wortlosen Gespräche zwischen Frauen, von denen Männer immer ausgeschlossen bleiben würden.

„Lauf, mein Kron", sagte Ili zu Carb und der Riese lachte. Carb bedeutete Jarek mit einem Kopfnicken, ihm zu folgen, aber Jarek hatte die Bitte im Blick Mareibes erkannt.

„Ich bleibe auch noch", sagte er.

Carb und Ili machten sich auf den Weg. Jarek und Mareibe folgten den beiden mit den Augen und Ilis Lachen klang herüber, als Carb eine Bemerkung machte, die sie belustigte.

Der Platz des Ahnenkreises war nun fast leer.

Etwa zwanzig Schritt weiter in Richung Cave lehnte Gilk an einem Felsen, aber seine lässige Haltung würde nur einen unbedarften Beobachter täuschen. Gilk war als Mareibes Leibwächter hier und Rieb saß auf der anderen Seite der Treppe auf der Mauer eines aufgegebenen Gebäudes, das nur noch als Steinbruch benutzt wurde. Sie ließ den Blick aufmerksam über die nähere Umgebung wandern.

Die beiden nahmen ihre Aufgabe sehr ernst und Jarek war dankbar dafür. Auch wenn Mareibe sich bewegte, als sei sie hier in Mindola völlig sicher, würde Jarek keinen Augenblick die Gefahr vergessen, die für sie von jedem Solo aus Ollos Bande ausging. Niemand wusste, wie groß die Gefolgschaft des Mörders inzwischen war und wer alles dazugehörte.

Pfiri beteiligte sich gewöhnlich an den Wachdiensten für Mareibe, aber jetzt war sie nicht zu sehen. Jarek hatte erfahren, dass sie im Bau der Tabbas lag, weil die Übelkeit sie wieder einmal ereilt hatte, die bei ihrer Schwangerschaft viel länger andauerte als gewöhnlich, wie Nari ihm besorgt erklärt hatte. Jarek hatte in seiner Kammer der Aufgaben an sich selbst den Befehl gegeben, Ferobar zu bitten, auch einmal nach Riebs Zwillingsschwester zu schauen.

Gilk stieß sich von seinem Stein ab und wollte zu Mareibe heraufkommen, aber Jarek hob kurz die Hand und machte eine waagrechte Bewegung. Gilk nickte und lehnte sich geduldig wieder an den Felsen.

„Habe ich es dir nicht gesagt?" Jarek hatte Gilk umarmt, als er ihn nach der Schlacht und der Rettung vor der Mauer zum ersten Mal wieder im Rund des Clanbaus getroffen hatte. „Du kannst es. Du bist der beste Schütze von Maro."

„Klar. Solange du nur vor dem Tor stehst. Und es hat nicht gereicht, der zweitbeste zu sein", hatte Gilk geantwortet und Jarek hatte erkannt, dass er sich Vorwürfe machte, weil der letzte der Reißer Jarek doch noch am Bein erwischt hatte.

„Gilk! Kein Mensch kann mit einem leeren Splitter schießen. Du hast das großartig gemacht. Ohne dich wären wir alle verloren gewesen."

Gilk hatte gegrinst und die kleinen Zöpfe mit einer knappen Kopfbewegung nach hinten geschleudert. „Ich hatte gehofft, dass du das sagst."

„Jetzt brauchst du auch eine doppelte Trophäenkette." Jarek hatte nach dem dünn besetzten Band des Jüngeren gegriffen und es aus seinem Kragen hervorgezogen.

Aber Gilk hatte Jarek die Kette aus der Hand genommen. „Nein, die will ich nicht."

„Wieso nicht?"

Gilk hatte die Achseln gezuckt. „Mit dem großen Splitter irgendwelche Reißer zu erschießen, das hat mit einer Jagd nichts zu tun. Gar nichts. Das könnte jeder. Jeder dämliche Blutschader, der so ein Ding hat, könnte damit Hunderte von Tieren töten. Ohne irgendwas zu wagen. Ohne irgendwas zu wissen, zu verstehen. Oder zu leisten. Da draußen, da musst du wissen, was du tust, sonst bist du ganz schnell tot. Wenn du auf dem Turm stehst, fünfzehn Schritt über dem Boden, außerhalb der Reichweite aller Reißer, und du hast einen Großen Splitter, dann musst du nur abziehen und draufhalten. Das kann jedes Kind."

Jarek hatte Gilk nachdenklich angesehen und dann zu der Plattform des Turmes geschaut, auf der die acht Läufe im Licht Salas schimmerten. „Du magst diese Waffe nicht, was?"

„Ich bin froh, dass wir den Großen Splitter haben", hatte Gilk ernst gesagt. „Das hat euch gerettet. Aber es hat keinen Spaß gemacht. Überhaupt keinen. Da bleibe ich lieber bei den paar Reißern an meiner Kette. Gegen die habe ich nämlich gekämpft. Die habe ich nicht geschlachtet. Darauf kann ich wenigstens stolz sein."

Jarek hatte den Jüngeren mit Respekt angeschaut und ihm die Hand auf die Schulter gelegt. „Aber ich bin stolz auf dich", hatte er erklärt. „Stolz, weil ein Mann, der so denkt, ein Freund von mir ist."

„Das hatte ich auch gehofft. Dass du stolz auf mich bist." Gilk hatte breit gegrinst. So war er eben. Zu sehr ernsten

Gedanken und Überlegungen fähig, aber immer nur für wenige Augenblicke in jedem Licht, dann musste wieder ein Spruch oder Scherz kommen.

Jarek beobachtete Gilk auf seinem Wachposten und er war sicher, dass er den Richtigen ausgesucht hatte, Mareibes Leben zu beschützen.

„Schade", sagte Mareibe leise und Jarek verließ die Gedanken an Gilk. „Was ist schade?"

Mareibe sah zu den Statuen des Ahnenkreises und ihr Blick lag auf der von Jareks älterem Bruder. „Ich hätte Kobar gerne kennen gelernt."

Jarek betrachtete die lebensgroße Figur, die alles in sich barg, was Kobar ausgemacht hatte. Die Wachsamkeit, die schier unerschöpfliche Kraft und Ausdauer, seine Geduld und seine Freude daran, mit anderen Menschen zusammen-zusein und für sie zu sorgen.

„Ihr hättet euch gut verstanden", sagte Jarek und spürte immer noch die Trauer über den Verlust, auch wenn er jetzt schon so lange Zeit zurücklag. Eine Zeit, in der sich so viel ereignet hatte.

„Ja, das glaube ich. Ich verstehe mich ja mit allen Thosen gut." Mareibe legte den Kopf schräg auf die Hände, die ihre Knie umfasst hielten, und schaute Jarek von der Seite an. Er kam sich beobachtet vor, wie immer, wenn Mareibe diese Haltung einnahm und Jarek nicht wusste, worauf sie aus war. Aber ihm war klar, dass sie beharrlich ein Ziel ansteuerte.

„Mit deinen Leibwächtern kommst du auch gut zurecht, wie es aussieht", sagte Jarek und schaute zu Rieb, die jetzt langsam schlendernd die Stellung wechselte, weil sie entdeckt hatte, dass es zwischen den alten Bauten eine Ecke gab, die sie nicht einsehen konnte.

„Ja", bestätigte Mareibe. „Sie geben sich auch viel Mühe, mir nicht auf die Nerven zu gehen."

„Mit Erfolg?"

Mareibe lachte. „Pfiri und Rieb bemerkst du gar nicht. Aber man hat mir erzählt, dass Gilk ununterbrochen redet, sobald er frei hat. Er muss da wohl immer einiges nachholen."

„Stimmt ja gar nicht!", rief Gilk herüber, aber er grinste dabei breit.

„Und außerdem lauscht er immer."

„Das stimmt auch nicht!"

Mareibe lächelte, dann schaute sie Jarek an und er spürte die ruhige Wärme und Zuneigung in ihrem Blick. „Ich wollte dir danke sagen."

„Danke wofür?", fragte Jarek.

„Danke für Gilk. Danke für Rieb. Und danke für Pfiri."

„Ich hatte versprochen, dass ich dafür sorge, dass dir in Maro nichts geschehen kann." Jarek wechselte das Standbein, aber nicht, weil ihm die Wunde wieder wehtat. Es war noch nie leicht für ihn gewesen, mit dem Dank eines anderen Menschen umzugehen, vor allem wenn er das, was er getan hatte, als selbstverständlich ansah.

„Und danke für Maro." Mareibe ließ den Blick über den Teil der kleinen Stadt wandern, der von hier oben aus zu überblicken war. „Danke für Ili und danke für Nari."

Jareks Mutter hatte sofort eine große Zuneigung zu der ehemaligen Solo gefasst und war sehr um ihr Wohlergehen besorgt. Tabbas hatte ihr gerne die Aufgabe übertragen, sich um die neue Memo zu kümmern, als sie ihn darum gebeten hatte.

Jarek musste lächeln. „Pass auf, dass du nicht dick und rund wirst, so wie Nari dich mit Essen versorgt. Ich glaube, die hat nur auf dich gewartet. Meine Mutter hat ja immer Angst, dass jemand verhungert."

Auch Mareibe, deren Nahrkammer inzwischen einen Anbau vertragen konnte, lächelte, dann wurde sie aber wieder ernst. „Und danke, dass du Ili zurückgebracht hast."

„Ili hat sich immer heimlich eine große Schwester gewünscht, weißt du das?", fragte Jarek. „Du bist mein Mitbringsel für sie."

„Hey, es war meine Entscheidung, nach Maro zu gehen", protestierte Mareibe. „Das hatte gar nichts mit dir zu tun."

„Gar nichts?", fragte Jarek leise.

„Fast gar nichts", kam die Antwort nicht viel lauter. „Irgendwann werde ich dir mal alles erzählen, was mich dazu gebracht hat. Aber jetzt geht das nicht."

Jarek musterte sie besorgt. „Stimmt irgendwas nicht? Dir macht doch etwas Sorgen."

Mareibe zuckte die Achseln. „Alles verändert sich, alles ist in Bewegung. Und niemand weiß, was wird. Es ist vieles so ... schwer. Irgendwie. Auf einmal. Also nicht schwerer, als ich mir das alles vorgestellt habe. Aber das reicht schon. Ich meine, was ich mir vorgestellt hatte."

„Aber du kommst doch hervorragend zurecht."

„Ja, schon. Mir geht es wirklich gut. Aber es ist so viel Neues, immer noch." Mareibe nahm einen Kreitstein aus der Tasche ihrer Jacke und fing an, auf den Felsen zu malen. In raschen Strichen entstand Maro, dann fügte sie die neue Mauer hinzu und ein neues Kontor, das weiter oben am Hang lag und alles überragte.

Auch wenn sich viel an Mareibe geändert hatte, diese Angewohnheit würde sie wohl nie ablegen, dachte Jarek. In seinem Gedächtnis öffnete sich die kleine Kammer, in der er die vielen, vielen Malereien Mareibes verwahrte, die sie in Wällen und Herbergen hinterlassen hatte und auch auf den Felswänden neben Rastplätzen. Wenn Mareibe nachdenklich war oder traurig, dann griff sie nach einem Stein und zeichnete, ohne darüber nachzudenken, was sie da tat.

„Sehnst du dich nach der Zeit zurück, als du dir keine Gedanken um die Zukunft gemacht hast?", fragte Jarek.

Mareibe schüttelte rasch den Kopf. „Nein, ganz bestimmt nicht. Als ich nicht an die Zukunft gedacht habe, hatte ich keine."

Sie schwiegen beide eine Weile.

Eine Familie Breitköpfe huschte die Treppen der Cave hoch und Jarek musste lächeln, weil er sich noch gut an die ewigen Kämpfe der Mahlo in der Cave erinnerte, die den reifenden Kaas gegen die Schadlinge verteidigen mussten.

Schließlich setzte sich Mareibe aufrecht hin, streckte die Beine aus, stützte die Hände gegen den Felsen und sah Jarek nicht an. Als sei es nicht von Bedeutung, sagte sie: „Ferobar hat mir erzählt, dass du nicht nach Yala gefragt hast."

Was unter der beiläufigen Feststellung lag, sprach sie nicht aus. Jarek sagte nichts, sah Yalas Freundin nur an und wartete ab.

„Ich schicke ihr mit jedem Boten, der Maro verlässt, eine Nachricht. Und sie antwortet. Das ist ganz lustig", erzählte Mareibe und ihre Augen leuchteten bei dem Gedanken. „Wie ein Gespräch, nur kommt die Antwort immer mit drei Lichten Abstand. Das heißt, du führst eigentlich drei Unterhaltungen gleichzeitig, weil die Antwort, die gerade ankommt, zu der Frage gehört, die du vor drei Lichten gestellt hast. Was für ein Glück, dass wir Memo sind. Das wäre schon komisch, wenn man da was durcheinanderbringen würde."

Jarek schwieg noch immer. Mareibes munterer Ton konnte ihn nicht täuschen. Sie steuerte auf ihre beharrliche Art auch in diesem Gespräch ein Ziel an und Jarek ahnte, welches das sein musste.

Mareibe nahm den hellen Kreitstein wieder auf und mit wenigen Strichen entstand Yalas Gesicht auf dem Felsen. Dann wechselte sie das Malwerkzeug und strichelte mit einem roten Stein den dicken Zopf und vergaß auch die paar Härchen nicht, die sich immer daraus lösten.

Yala schien Jarek direkt vom Felsen aus anzuschauen.

„Yala hat gesagt, sie hat dir Nachrichten geschickt."

Jarek schwieg weiter. Er wusste, dass Yala Botschaften an ihn auf den Weg gebracht hatte. Zu Beginn eines jeden Graulichts ging er zu Mareibe und reihte sich in die Kette der Bewohner Maros ein, die eine Nachricht versenden oder empfangen wollten. Anfangs war es sehr merkwürdig für ihn gewesen, Mareibe da im Memostuhl zu sehen, aber inzwischen hatte er sich daran gewöhnt, dass sie es war und ihre Augen immer in weite Ferne zu sehen schienen, sobald er seine geheimen Worte gesprochen hatte. Ihre Stimme klang immer anders, unbeteiligt, nicht wie die Mareibes, wenn sie die Nachrichten und Botschaften aussprach, die sie für ihn erreicht hatten. Jarek stand regelmäßig im Kontakt mit Hama und auch Nahit, der Älteste der Sicherheit in Mindola, hatte ihn ein paarmal um einen Rat gefragt. Doch der Empfänger einer Nachricht konnte wählen, ob er das, was ihm geschickt wurde, auch wirklich wissen wollte. Die inzwischen vier Botschaften, die Yala ihm übersandt hatte, mochte Jarek nicht hören.

Er wusste genau, sobald Mareibe die Worte gesprochen hätte, hätte er in seinem Kopf Yalas Stimme gehört und sie gesehen und die Wunden in seinem Inneren wären wieder aufgerissen.

„Warum antwortest du ihr nicht?" Mareibe nahm einen dunkleren Stein und fing an, Jarek auf den Felsen zu malen, einen Jarek, der die Yala neben sich mit einem traurigen und sehnsuchtsvollen Blick anschaute.

„Mareibe, bitte. Kannst du das mal lassen?"

„Was denn?", fragte sie verständnislos, dann folgte sie Jareks Blick und erkannte, was ihre Hand da gerade tat.

„Oh." Mareibe wurde so rot wie ihre dunkelsten Haare. „Tut mir leid."

Sie machte eine Bewegung, als ob sie Jareks Gesicht auswischen wollte, aber dann sah sie ihn an und ließ es doch. Sie rutschte ein Stück zur Seite und versuchte, sich so vor das Bild zu setzen, dass Jarek Yala und sich selbst nicht mehr erkennen konnte, aber es gelang ihr nicht.

„Ich habe Yalas Botschaften nicht einmal gehört, Mareibe", erklärte Jarek. „Sie hat sich entschieden. Und ich habe das so angenommen. Da gibt es nichts, was sie mir jetzt noch sagen könnte." Er musste den Blick mit Gewalt von der Zeichnung auf dem Stein lösen.

„Hm", meinte Mareibe nachdenklich. „Du willst also nicht mit ihr reden?"

Er schüttelte den Kopf. „Nein. Und ich denke, es ist besser so. Für uns beide."

„Das ist Schaderscheiße, wie Parra so schön sagt. Wie soll das denn werden?", fragte Mareibe mit einem vorwurfsvollen Unterton. „Wie stellst du dir das vor? Wenn du wieder in Mindola bist, willst du sie da in ihrem Turm des Wissens sitzen lassen und so tun, als ob es sie gar nicht mehr gibt?"

Jarek sah zu Boden und hob dann den Blick wieder. Er wusste, jetzt war nicht mehr die Zeit zu zögern, nicht mehr die Zeit für ein Warten auf eine bessere Gelegenheit, nicht mehr die Zeit für Ausreden vor sich selbst. „Mareibe, ich gehe nicht nach Mindola zurück." Er sah sie mit angehaltenem Atem an. Er hatte keine Ahnung, wie sie auf diese Eröffnung reagieren würde, und er war auf alles gefasst.

Mareibe atmete einmal tief durch, dann sah sie ihn traurig an und sagte: „Verstehe."

Wieder schwiegen sie beide.

„Und die anderen?", fragte Mareibe schließlich. „Wissen Adolo und Carb Bescheid?"

Jarek schüttelte den Kopf. „Nein. Du bist die Erste von uns."

Mareibe sprang von ihrem Felsen. „Du musst es ihnen sagen."

„Nein, nein, nein." Carb stand auf der Baustelle des neuen Kontors und zeigte dem jungen Solo, wie er den Rohrbieger handhaben musste. „Den Hebel musst du außen ansetzen, dann kannst du deine Kraft kontrollieren. Sonst knickt das Rohr ab und du merkst es nicht mal."

Der junge Mann versuchte es nach Carbs Anweisungen und war überrascht. „He, das geht ja viel leichter. Und ich hab's immer andersrum gemacht."

Carb stützte die Hände in die Hüften und schüttelte missbilligend den Kopf. „Da habt ihr das beste Werkzeug und könnte nicht damit umgehen. Mann, Mann, Mann. Und dann wundert ihr euch, wenn die Rohre tropfen."

Jarek stand neben dem werdenden Rund, das fünfzig Schritt im Durchmesser weit war und dessen Wand nun bereits die doppelte Mannshöhe erreicht hatte. Er wusste, dass das neue Kontor einmal drei Ebenen haben sollte. Es wäre dann der größte und höchste Bau von ganz Maro, einer Marktstadt würdig.

Seit dem Kampf vor den Toren waren alle Neubauten ein gewaltiges Stück gewachsen. Jarek sah es zum ersten Mal selbst, aber Carb hatte ihm davon erzählt und Jarek wusste auch, wie es zu den raschen Fortschritten gekommen war. Die Mischung aus Blut und Sand vom Grund des Pfades, der aus fein gemahlenem Stein und Hornstaub vom Abrieb der Hufe der Fooge und Mahle bestand, ergab den Mörtel. Er konnte jeden Stein mit seinem nächsten für viele Umläufe fest verbinden. Das Blut der vielen Reißer, die vor den Mauern gefallen waren, war ein willkommener Baustoff gewesen, der rasch verarbeitet werden musste. Jarek fühlte ein wenig Erleichterung, dass auf diese Weise der Tod der vielen Tiere doch noch einem Zweck gedient hatte. Neben dem, das Leben der Reisenden um Ili zu retten. Xeno jagten, um Fleisch zu beschaffen. Aber das Gemetzel, das der Große Splitter unter den Reißern angerichtet hatte, hatte nichts mit einer Jagd zu tun, da musste Jarek Gilk zustimmen.

„So, und jetzt zeige ich dir noch ein Geheimnis", sagte Carb.

Der junge Solo hatte als einer der inzwischen siebenundneunzig Steinhauer hier Beschäftigung gefunden und einen Kontrakt zur Fertigstellung des neuen Teils von Maro erhalten. Aber er war nicht besonders geschickt. Carb nahm ihm ein breites Ferastück aus der Hand, das der Solo gerade auf das Rohr hämmern wollte, das er mit Carbs Hilfe um eine Ecke des Kontorbaus gebogen hatte.

„Das ist ein Zweierverbinder. Den kannst du auf das Rohr prügeln, das geht. Aber ..." Carb nahm einen Stecher aus dem Gürtel, führte die Klinge in das Anschlussstück und drehte sie ein wenig. Es gab ein leise klickendes Geräusch.

„Man kann die Dinger auch vorspannen." Carb setzte den Verbinder auf das Rohr, wo er hörbar und leicht einrastete. „Verstand schlägt Gewalt."

Der Steinhauer schaute Carb verblüfft an. „Woher wisst Ihr das alles?"

„Ich bin ein Memo", grinste Carb und zwinkerte Jarek zu.

In seiner Heimatstadt war Carb gezwungen gewesen, bei seinem Clan Rohre und Verbindungsstücke anzufertigen, und er hatte es gehasst. Aber seit er Ferant verlassen hatte, hatte Jarek immer wieder erlebt, dass Carb an keiner Baustelle vorbeigehen konnte. Er musste sich alles genau anschauen und war sofort dabei, mit Ratschlägen und Ideen nur so um sich zu werfen. So wie Jarek auch als Memo tief in seinem Inneren immer ein Jäger, Wächter und Beschützer bleiben würde, wäre Carb wahrscheinlich Zeit seines Lebens ein Rohrbieger, der es liebte zu bauen, zu konstruieren und Wasserversorgungen zu berechnen.

„Was machst du eigentlich hier? Ist dir zu langweilig oder hast du die Baustelle jetzt ganz übernommen?", fragte Jarek, als Carb sich mit ihm auf den Weg machte. Carb ging nicht zu schnell und Jarek humpelte an seiner Stütze neben ihm her.

„Ach, ich helfe den Jungs nur ein bisschen." Carb schien etwas verlegen zu sein, aber dann sah er einen anderen Solo, der ein Rohr an einer Wand befestigte, und rief: „Da muss ein Gefälle rein, keine Steigung, Folok! Sonst läuft das Wasser zurück!"

Der Mann sah Carb überrascht an, dann das Rohr, und erkannte seinen Fehler. „Oh. Danke."

Carb winkte freundlich und ging weiter. Auf Jarek wirkte er irgendwie, als sei er der Herr der Baustelle. Sie gingen langsam Richtung Mauer. Überall wurde zielstrebig noch gearbeitet, obwohl Sala schon den Horizont berührte.

„Pass nur auf, sonst bietet Tabbas dir noch an, hierzubleiben. Genauso, wie Matus es in Utteno getan hat", sagte Jarek.

„Da gibt's einen kleinen Unterschied", meinte Carb. „Hier würde ich es mir sogar überlegen. Aber irgendwann wäre alles fertig und was mache ich dann? Jagen?"

Vom Turm ertönte das einmalige, lange Warnsignal. Es würde nicht mehr lange dauern, bis das Tor wieder geschlossen wurde. Die Arbeiter beendeten ihre Tätigkeiten, sammelten ihre Werkzeuge ein und machten sich auf den Weg zur Mauer, hinter der sie das Graulicht in Sicherheit verbringen würden.

„Wenn Maro Marktplatz ist, dann werden reiche Clans kommen, die ihre eigenen Memo brauchen." Jarek sah den

Freund an. „Du kannst dich ja auf einen solchen Posten bewerben."

Carb nickte ein paarmal, sagte aber nichts. Er wusste, dass Jarek wusste, wie gerne er in der Nähe von Mareibe geblieben wäre. Aber beide wussten auch, dass Mareibe nicht dasselbe für Carb empfand wie er für sie. Jarek konnte gut verstehen, wie Carb sich fühlte. Besser, als er es sich gewünscht hätte.

„Was machst du eigentlich hier draußen?" Carb wechselte das Thema, wie er es in letzter Zeit immer tat, wenn das Gespräch indirekt auf Mareibe kam. Und den Umstand, dass Carb irgendwann Maro wieder verlassen und nach Mindola zurückkehren würde. Ohne sie. „So weit bist du doch noch nie gelaufen, seit Ferobar dich zusammengenäht hat."

„Ich muss das Bein etwas bewegen. Und ich wollte mit dir reden. Bei Ili warst du nicht. Da gab es dann nur einen Platz, wo ich dich suchen konnte."

„Du hast mich ja gefunden. Was gibt's denn?" Carb sah Jarek neugierig an.

„Wir sollten warten, bis auch Adolo dabei ist. Es geht euch beide an."

Carb zog die Brauen zusammen, aber er fragte nicht nach.

Sie waren beim Turm angekommen. Um sie herum verblassten die Farben und das Graulicht setzte langsam ein. Die Xeno der Wache nickten Jarek nur zu und Carb gab den Stecher ab, den er im Gürtel trug. Aber die Solo, die zurückkehrten, wurden genau kontrolliert. Jedes Werkzeug, das als Waffe dienen konnte, musste im Verwahrraum des Turms bleiben und die Wächter sahen sich jeden der Steinhauer genau an. Sie wussten, wer wirklich zu den Arbeitern gehörte, die unter Kontrakt waren. Es kam immer wieder vor, dass sich jemand aus dem Solowall das Gedränge vor Toresschluss zu Nutze machen und sich heimlich einschleichen wollte. Seit dem Mord an Uhle waren die Xeno vom Clan der Thosen in ihrer Wachsamkeit noch viel strenger geworden. Und nach wie vor machten sich Rabat und Pilundi Vorwürfe, weil sie den verkleideten Mörder Ollo nicht erkannt und eingelassen hatten.

Der Platz hinter dem Tor war voll Menschen, die sich nach den Verrichtungen des Gelblichts auf den Weg zu ihren Bauten und Unterkünften machten oder die Schänken anstrebten, von denen es drei neue gab, die Jarek noch nicht besucht hatte.

Parra winkte ihnen fröhlich zu. Sie betrat gerade mit Riliga und ihren beiden Brüdern den „Toten Fuuch". Ihre Mutter hatte wieder Graulichtschicht hinter dem Tresen.

„Denen geht's hier gut", sagte Carb und schaute der Familie hinterher. „Mareibe hatte recht, dass sie uns überredet hat, sie mitzunehmen."

Jarek nickte nachdenklich. Aber da war immer noch der kleine Stich, dass er nicht von alleine auf die Idee gekommen war, Riliga und ihre Kinder aus Utteno zu retten.

„Da seid ihr ja." Adolo war aus einer Gasse getreten. Er trug die vollständige Kleidung der Memoboten und hatte seinen Reiterhelm unter dem Arm. Jarek wusste, dass er wieder einmal den Weg nach Ronahara und zurück auf Cimmy zurückgelegt hatte, nur um in Übung zu bleiben.

„Du bist spät dran", spottete Carb gutmütig.

Aber Adolo schüttelte lächelnd den Kopf. „Ich habe mich fast ein Halblicht in Ronahara aufgehalten. Und ich habe Cimmy schon versorgt. So schnell wie heute war ich noch nie."

„Was macht der Arm?", fragte Jarek.

Adolo zuckte die Achseln. „Wie neu. Was Ferobar festnäht, fällt nicht wieder ab."

„Jarek will uns was sagen", kündigte Carb an, aber Adolo zeigte sich nicht neugierig.

„Ich auch", sagte er aufgeregt. „Das müsst ihr euch anhören. Ich habe Neuigkeiten." Der Reiter schaute sich um, ob jemand anderes sie belauschen konnte, aber sie standen alleine und es war niemand in Hörweite.

Jarek wusste, dass dies das Zeichen dafür war, dass Adolo über etwas sprechen wollte, das sie als Memo betraf. Die drei blieben im Schatten einer Schänke stehen.

„Erzähl schon", forderte Carb Adolo auf.

„Die Ältesten haben die ersten Bewerbungen von Xenoclans bekommen. Und es wandern Clans den Pfad entlang und suchen Xeno, die sich ihnen anschließen wollen. Überall herrscht deshalb ziemlich große Aufregung."

Es war Jareks Idee gewesen, auf diese Weise der Gefahr durch Ollo und seine Bande zu begegnen, aber der Rat von Mindola hatte erst einmal lange darüber gesprochen. Jarek war überrascht gewesen, dass die Ältesten, die nicht besonders entschlussfreudig waren, sich nun tatsächlich zu einer Entscheidung durchgerungen hatten und dazu auch noch zu einer, die eine solche Tragweite hatte. Wenn die Memo Schutz suchten, dann zeigte das allen anderen Völkern Memianas, wie groß die Gefahr durch Ollo und seine Bande war. Viel größer, als die meisten bisher wahrscheinlich angenommen hatten.

„Das kann ich mir denken, dass diese Nachricht Aufsehen erregt", sagte Jarek nachdenklich. „Und einige werden ziemlich unruhig, schätze ich."

„Das Volk der Memo ist reich und wir können gut zahlen." Carb lehnte sich mit der breiten Schulter gegen die Wand der Schänke. „Jeder, der einen Clan Xeno unter Vertrag hat, wird sicher Angst haben, dass ihm seine Leute weglaufen, wenn sie bei uns mehr verdienen können."

Jarek schüttelte den Kopf. „Das wird kein Xeno tun, Carb. Keiner läuft davon. Aber es werden sicher viele losziehen und Jagd auf den Großen Höhler machen. Und das werden nur die Besten wagen. Genug Grund für einige Städte, sich Sorgen zu machen."

Er spürte in sich die Sehnsucht nach dieser großen Jagd. Er selbst hatte schon den Entschluss gefasst, das Wagnis anzugehen. Dann war Kobar gestorben und alles war anders geworden. Sogar völlig anders, als er jemals gedacht hatte. Jetzt war Jarek ein Memo und Memo jagten keine Großen Höhler. Aber er wäre sicher einer der Ersten gewesen, die sich mit einem neuen Clan um einen Kontrakt mit den Memo bemüht hätte. Es wäre ein Traum gewesen, als Xeno zu reisen und alles von Memiana zu sehen.

„Wird Lim gehen?", fragte Carb besorgt. Er hatte großen Respekt vor der berühmten Jägerin, von der alle nur mit Hochachtung sprachen.

Jarek schüttelte den Kopf. „Nein. Lim wird in Maro bleiben. Ich denke nicht, dass jemand in Maro auf die Jagd gehen wird."

Die drei langgezogenen Signale ertönten. Das Tor wurde nun geschlossen. Jarek hörte, wie die Ferariegel vorgelegt wurden, und wie immer, wenn er dieses Geräusch in der letzten Zeit bemerkt hatte, stellten sich die Haare auf seinen Armen hoch. Der Anblick des Tores von außen war immer noch sehr frisch, genauso wie der Geruch, der Anblick und das Kreischen von Hunderten Reißern, die die Ausgesperrten im Zwielicht von Polos und Nira anfielen.

„Es wird nicht leicht sein, die Richtigen dafür auszuwählen und die Dienste so einzuteilen, dass alles reibungslos funktioniert und jeder Memo jederzeit seinen Leibwächter hat." Adolo schaut bei den Worten Jarek herausfordernd an.

„Das wäre doch genau die richtige Aufgabe für dich, Jarek", meinte Carb. „Der Xeno aller Memo, das würde zu dir passen."

„Das ist eine hervorragende Idee", meinte Adolo und schaute Carb mit gespielter Hochachtung im Blick an. „Obwohl sie nur von einem großen Rohrling kommt."

„Ach, ab und zu habe ich auch mal einen eigenen Gedanken", grinste Carb und Adolo lachte und schlug ihm auf die Schulter.

„Was meinst du, Jarek? Du solltest mit Nahit und Hama darüber sprechen, sobald wir zurück sind. Oder am besten schickst du ihnen gleich eine Botschaft." Adolo war ganz begeistert von dem Gedanken, dass sie eine Aufgabe für den Freund gefunden hatten.

Carb bestärkte ihn darin. „Nahit hält sehr viel von dir und außerdem war das mit den Wächtern ja deine Idee. Da wäre es nur gerecht, wenn du jetzt auch die Führung aller Xeno übernehmen darfst."

Jarek sagte ihnen nicht, dass Nahit ihm diese Aufgabe schon lange angeboten hatte. Aber Jarek hatte abgelehnt. Er wusste, dass es jetzt an der Zeit war, den Freunden endlich mitzuteilen, was er plante. „Zu dem Thema muss ich euch etwas sagen", fing er an.

„Was denn?", fragte Carb.

„Ich werde nicht ..." Weiter kam Jarek nicht. Da war etwas am Rande seiner Wahrnehmung, das den Wächter in ihm wachrüttelte, der aus seiner Kammer gestürmt kam und ihn alarmierte.

„Was wirst du nicht?", fragte Adolo und zog eine Augenbraue hoch.

Jarek antwortete nicht, sondern drehte sich nach links, um zu sehen, was ihn da aufmerksam gemacht hatte. Menschen eilten vorbei, reisende Kir auf dem Weg nach Ronahara, die ihre Herbergen suchten, Solo bei der Rückkehr zu ihren Unterkünften. Vaka schlenderten zu ihren Schänken, zufrieden über die guten Geschäfte, die sie getätigt hatten. Mahlo schleppten appetitlich duftende, reife Kaaskugeln unterschiedlicher Farbe auf großen Feraplatten vorbei, die sie ins Lager des Kontors bringen wollten. Die Reißer vor der Mauer versammelten sich bereits und ließen ihre Stimmen wieder hören.

Jareks Blick blieb an einem kleinen, mageren Kir hängen, der die übliche Kleidung des Stammes trug: einen weiten, dunklen Reisemantel mit Feraschnallen und Aaroknöpfen und eine Kopfbedeckung aus Schattenreißerfell. Der Kir trug einen Sack, der aus einem Stoff mit einem Muster aus Streifen in drei unterschiedlichen Breiten gewebt war, und Jarek wusste, dass die Streifen im Licht Salas in verschiedenen Schattierungen von Rot leuchten würden, auch wenn sie jetzt im Graulicht keinerlei Farbe zeigten.

„Was ist?", fragte Carb, der über die Unterbrechung verwundert war und versuchte, Jareks Blick zu folgen, aber offenbar nichts Verdächtiges sah.

„Der Kir dort drüben. Der gerade an Moftams Kaaskontor vorbeigeht. Siehst du den Sack, den er trägt?"

Adolo und Carb schauten in die Richtung, die Jarek angegeben hatte, und Carb runzelte die Stirn. „Was ist mit dem?"

„Das gehört Mareibe!", sagte Adolo alarmiert, nachdem er nur einen kurzen Blick auf das geworfen hatte, was der Mann da schleppte.

Jarek brauchte den Freunden nichts zu sagen. Sie setzten sich wie ein Mann in Bewegung und gingen dem Kir nach, der den großen Beutel in Richtung einer der billigen Unterkünfte trug. Jarek war trotz seiner Gehhilfe, die er immer noch benötigte, genauso schnell wie Carb und Adolo. Sie hatten den Mann eingeholt, bevor er den Eingang zur Herberge erreicht hatte. Carb legte ihm die Hand auf die Schulter. „Entschuldigt bitte."

Der Kir drehte sich erschrocken um und starrte erst den dunklen Riesen mit weit aufgerissenen Augen an, dann Adolo und Jarek. „Ja?"

„Wir hätten da eine Frage." Die drei umringten den Mann, sodass es kein Entkommen für ihn gab, und Jarek stand direkt vor ihm.

„Bitte?", fragte er unsicher. „Was kann ich für Euch tun?"

Jarek griff nach dem Sack, den der Mann immer noch über der Schulter hatte. „Ihr könnt uns sagen, woher Ihr das habt."

„Was meint Ihr damit?" Die Augen des Umzingelten huschten suchend umher, als ob er nach einem Ausweg oder Hilfe schauen würde.

„Die Frage war doch eindeutig. Wir meinen diesen Sack!", sagte Adolo ungeduldig. „Woher habt Ihr den?"

„Der ... der gehört mir", stotterte der Mann.

„Seit wann? Wo habt Ihr ihn gekauft? Was ist da drin?" Carb nahm ihm den Sack ab, an den er sich klammerte.

„Nein, lasst das!", protestierte der Kir. „Das ist meins!"

Die beiden rangelten kurz, aber gegen die Kraft den dunkelhäutigen Riesen war der dünne Mann machtlos.

„Was wollt Ihr von mir?", zeterte der Kir. "Wollt Ihr mich berauben?"

„Wenn Ihr das befürchtet, könnte Ihr sofort die Xeno herbeirufen", sagte Jarek ruhig und nickte zu Nork und Potok hinüber, die nur wenige Schritt entfernt langsam vorbeigingen.

Der Kir schwieg und biss sich auf die Zähne.

„Aha!" Carb hatte den Sack aufgeschnürt, hineingegriffen und eine Flasche herausgezogen. Es war das Suraqua, das Mareibe den ganzen Weg aus Mindola mitgeschleppt hatte.

„Das gehört einer Freundin von uns", grollte Carb. „Ihr habt das gestohlen."

„Nein, habe ich nicht!", sagte der Kir. „Sie ... sie hat es mir verkauft."

Adolo lachte kurz. „Verkauft. Unsere Freundin Mareibe ist eine Memo. Keine Vaka mit einem Getränkekontor."

„Wie heißt Ihr?", fragte Jarek den dünnen Mann. Er wurde nicht recht schlau aus ihm. Kir waren üblicherweise reich genug, sich alles zu kaufen, was sie wollten. Sie mussten kein Suraqua stehlen.

„Mein Name ist Orgas."

„Von welchem Clan?", fragte Carb sofort.

„Vom ... vom Clan der Mafata", antwortete der Mann mit einer merklichen Verzögerung.

„Aus welcher Stadt?"

Die Fragen prasselten nur so auf den verängstigten Kir ein.

„Jakat", antwortete er. „Ich komme aus Jakat."

„Falsche Antwort", sagte Adolo entschieden. „Es gibt keinen Kirclan in Jakat. Das ist eine Stadt der Foogo."

„Wir sind erst neu zugezogen", erklärte der dünne Mann rasch.

„Und Euer Clan handelt mit Getränken? Als Kir. Ja, klar." Carb hatte den Sack ganz geöffnet und zeigte den anderen den klappernden Inhalt. Er war voll mit den großen Flaschen Suraqua, die sie so gut kannten.

„Wir gehen zu Mareibe", entschied Jarek.

Carb verschloss den Sack wieder und reichte ihn Adolo, während er selbst den dünnen Mann am Arm packte.

„Das ist alles ein Missverständnis", protestierte der Kir schwach.

„Dann wird es sich ja aufklären", antwortete Jarek ruhig.

Es war nicht weit bis zum Memobau. Sie mussten nur um zwei Ecken biegen, dann hatten sie die kleine, halbkugelige Unterkunft erreicht. Davor stand wie immer im jetzt beginnenden Graulicht eine Reihe Menschen, die sich die Botschaften, Nachrichten und Meldungen abholen wollten, die die Memoboten von pfadauf und pfadab gebracht hatten. Rechts und links des Tors waren Gilk und Rieb auf Posten und sahen Jarek und seine Freunde mit ihrem Gefangenen überrascht an.

„Stimmt was nicht?", fragte Gilk mit einem Blick auf den Kir, der neben dem riesigen Carb noch kleiner wirkte.

„Das wollen wir gerade herausfinden", antwortete Jarek.

Eine Vaka, die er nicht kannte, kam aus der Tür und Jarek wusste, dass Mareibe jetzt alleine war.

„Wir müssen mit Mareibe reden", erklärte er Gilk, der nur nickte und ihm die Tür aufhielt. Niemand der Wartenden protestierte, weil sie einfach an der Reihe vorbei gegangen waren. Jeder sah, dass sie Memo waren und Memo mussten nicht warten.

Jarek betrat den kleinen Bau als Erster. Mareibe saß auf dem erhöhten Steinsitz und lächelte, als sie ihn sah. Aber im nächsten Augenblick riss sie die Augen auf und atmete einmal scharf ein, als sie Carb und Adolo mit dem Kir erkannte.

„Mareibe, dieser Mann hat deine Flaschen mit Suraqua und behauptet, er hätte sie dir abgekauft. Stimmt das?"

Der Kir schaute Mareibe mit erhobenem Kopf an. Sie zögerte einen Moment, dann stand sie von ihrem Sitz auf, kam die drei Stufen herunter und ging auf die Freunde zu.

„Ja", antwortete sie. „Das ist richtig."

„Was?!" Adolo ließ den Sack mit den Flaschen zu Boden gleiten, wo diese laut klapperten und gluckerten. „Wir schleppen das Zeug den ganzen Weg bis hierher und du verkaufst es dann?!"

Mareibe wich seinem Blick aus. „Es hat mir einfach nicht mehr geschmeckt", sagte sie, aber Jarek sah ihr an, dass sie diese Antwort selbst für sehr schwach hielt.

„Mareibe? Was ist hier los? Was hat das zu bedeuten?" Jarek sah die Freundin scharf an. Der Wächter und der Beschützer waren beide aus ihren Kammern getreten und beobachteten das Geschehen sehr aufmerksam und der Wächter flüsterte Jarek ins Ohr, dass er gerade belogen wurde. „Kir kaufen keine Getränke auf und tragen sie mit sich herum. Dieser Mann ist kein Kir. Das ist ein verkleideter Solo!"

„Bin ich nicht. Ich bin ein Kir und ich heiße Orgas." Der angebliche Kir schaute erst Jarek an, dann wieder Mareibe und sein Blick war nicht hilfesuchend, sondern mehr eine Aufforderung.

Mareibe schloss einen Moment die Augen und atmete einmal tief durch. Dann öffnete sie sie wieder, ließ die Schultern ein wenig sinken, schaute zu Boden und nickte. „Du hast recht, Jarek", sagte sie leise. „Er ist ein Solo."

Der Mann, den Carb immer noch am Arm hielt, zuckte zusammen und starrte Mareibe ungläubig an.

„Es hat keinen Sinn", sagte Mareibe eindringlich. „Er hat dich durchschaut. Da nützt die Verkleidung gar nichts mehr. Jarek, Carb, Adolo, das ist Quarm. Wir sind eine Weile zusammen gereist. Er ist Musiker."

Jarek musterte den Solo, genau wie seine Freunde, dann sah er wieder Mareibe an. „Und was soll das Ganze?"

Mareibe sprach rasch. „Es ist so schwer für die ehrlichen Leute geworden. Kaum eine Stadt lässt noch Solo rein, seit Ollo und seine Bande wieder aufgetaucht sind. Sie werden weitergeschickt und weiter. Nicht mal mehr zu den Kontoren lässt man sie an manchen Orten. Quarm hat eine Familie mit kleinen Kindern. Die sind im übernächsten Wall Richtung Briek und hoffen, dass er ihnen etwas zu essen und zu trinken besorgen kann. Quarm hat sich als Kir verkleidet, damit er hier reinkommt, aber dann habe ich ihn erkannt und ..."

„Sie hat mir diese Flaschen geschenkt. Und Geld gegeben, damit ich etwas zum Essen kaufen kann." Der Solo zeigte eine Handvoll Münzen. „Es ist genau, wie Mareibe sagt. Wir Solo müssen am meisten unter diesen Räubern leiden. Niemand traut uns mehr. Das Misstrauen in den Gassen geht ja so weit, dass man jetzt schon Kir anhält und verdächtigt."

„Ihr seid aber kein Kir", sagte Carb, doch er ließ den Mann los, der die Achseln zuckte.

„Jarek, bitte. Du darfst ihn nicht verraten." Mareibes Bitte hatte etwas Flehendes. „Wenn die Wächter erfahren, dass er sich hier eingeschlichen hat, dann schicken sie eine Botschaft in alle Richtungen und Quarm und seine Familie erhalten nirgendwo mehr Einlass! Jeder Solo, der verkleidet angetroffen wird, ist doch sofort verdächtig. Jeder denkt, dass er zu den Räubern gehört."

„Und was macht dich so sicher, dass das bei ihm nicht der Fall ist?" Jarek sah Quarm an.

Der blickte seinerseits nur Mareibe an und überließ ihr das Reden.

„Er ist kein Räuber", erklärte Mareibe rasch. „Ganz bestimmt nicht."

„Was macht dich so sicher?" wiederholte Jarek zweifelnd.

„Ich weiß es", antwortete Mareibe mit fester Stimme. „Ich kenne Quarm."

„Ich bin kein Räuber", meldete sich nun endlich auch der Solo selbst. „Ich versuche nur, mit meinen Leuten durchzukommen. Ich hasse dieses Pack. Sie sind daran schuld, dass wir überall abgewiesen werden. Dass meine Kinder hungern müssen. Wir wünschen uns nur, als dass dieser Ollo endlich gefasst wird."

„Dann tut etwas dazu", sagte Adolo. „Erzählt uns alles, was Ihr über ihn wisst. Wie viele Leute hat er jetzt?"

Quarm schaute diesmal nicht Mareibe an, sondern Adolo. „Ich weiß es nicht", antwortete er. „Ich kann nur sagen, was man so redet. Es sind nicht viele. Vielleicht zwanzig, vielleicht dreißig. Die meisten wollen nichts mit ihm zu tun haben."

„Und wo ist dieser Mörder?", knurrte Carb.

Quarm zuckte die Achseln. „Ich habe gehört, dass er pfadab gezogen ist. Hier wurde es ihm zu unsicher, weil er von allen gejagt wird."

Jarek und seine Freunde schwiegen eine Weile. Dann schaute Mareibe ihn an. „Bitte lass ihn laufen. Tust du das für mich, Jarek? Es ist mir sehr wichtig."

Jarek sah Carb an, der hilflos die Achseln zuckte. Adolo gab nicht zu erkennen, was er dachte. Schließlich nickte Jarek ohne rechte Überzeugung. „Also gut." Er schaute den verkleideten Solo an. „Im nächsten Gelblicht verschwindet Ihr von hier. Und das mit der Verkleidung, das lasst Ihr. Wenn man Euch in einer anderen Stadt so erwischt, dann setzt man Euch vor das Tor. Und wenn es kurz vor dem Graulicht ist. Und was das bedeutet, wisst Ihr sicher."

Quarm schluckte einmal, dann nickte er. Er griff nach dem Beutel mit den Flaschen, aber Carb war schneller und hielt den Sack fest. Quarm schaute Mareibe an.

„Carb. Ich habe sie ihm geschenkt."

Carb zögerte einen Moment, dann drückte er dem Solo den Sack in die Hand. Der nahm ihn, nickte einmal in die Runde und verließ den Raum.

„Toller Freund", knurrte Carb. „Der hat nicht mal danke gesagt."

Mareibe ging zurück zu ihrem Memositz und ließ sich darauf sinken. Die anderen folgten ihr langsam und standen dann vor ihr.

„Ich traue dem Kerl nicht", sagte Adolo und Carb stimmte zu.

„Mit dem stimmt was nicht. Ja. Ganz sicher."

„Ich hätte Lust, morgen im ersten Gelblicht in Richtung Briek zu reiten. Mal sehen, ob ich im zweiten Wall tatsächlich eine Solofamilie mit Kindern finde."

„Hör doch auf, Adolo", sagte Mareibe und machte einen erschöpften Eindruck. „Ich glaube ihm."

„Ich nicht", brummte Carb.

Mareibe schüttelte müde den Kopf und schaute auf den glatten Steinboden des Memobaus. „Wenn er zu Ollo gehören würde, dann hätte er versucht, mich zu töten und meine Flasche mit Partiola zu rauben. Dann hätte er sich bestimmt nicht mit den paar Flaschen Suraqua zufrieden gegeben."

Carb brummte widerwillig: „Da ist was dran."

„Ich werde aber trotzdem mit Gilk und Rieb reden müssen", sagte Jarek. „Es kann ja wohl nicht sein, dass hier jemand mit einem Sack voll Dinge rausläuft, die dir gehören, und deine Leibwächter merken nichts davon."

„Sie können nichts dafür", sagte Mareibe rasch. „Sie waren gar nicht da, als Quarm hier war. Ich hatte sie weggeschickt."

Jarek sah Mareibe entsetzt an und hatte einen Augenblick die stille Hoffnung, dass sie einen Scherz machte. Aber dann sah er, dass es ihr Ernst war. Er atmete einmal tief durch und fragte beherrscht: „Willst du damit sagen, dass du einen Mann, den du als verkleideten Solo erkannt hast, einfach so in deine Unterkunft gelassen hast? Und vorher hast du deine beiden Leibwächter weggeschickt? Bist du vollkommen verrückt geworden?" Jarek merkte erst am erschrockenen Gesichtsausdruck Mareibes und an den Blicken, die sich Adolo und Carb zuwarfen, wie laut er geworden war, dann hallte das Echo seiner Stimme in dem Raum nach. „Ich habe alles versucht, um für deine Sicherheit hier zu sorgen. Aber bei Memiana, du musst schon mitarbeiten. Gilk, Rieb und Pfiri machen das nicht zum Spaß! Sondern weil Mörder unterwegs sind und Memo abschlachten!" Jarek hatte Mühe, seinen Zorn unter Kontrolle zu halten.

„Ich weiß es, ich weiß es, ich weiß es!" Mareibe war ebenfalls immer lauter geworden. „Es tut mir leid, ja! Es wird nicht wieder vorkommen! Nie wieder! In Ordnung?" Den letzten Satz schrie sie und Jarek erschrak über ihre Reaktion.

Die Tür öffnete sich und Rieb schaute herein. Sie hatte den Armlangen Schneider in der Hand und einen besorgten Ausdruck im Gesicht.

„Keine Gefahr, Rieb", sagte Jarek rasch.

„Nur eine kleine Debatte über Sicherheitsfragen." Adolo lächelte dabei nicht.

Rieb schaute sie nacheinander an, dann nickte sie knapp. „Sicherheit. Darüber muss man mal reden. Ganz meine Meinung", sagte sie, dann verließ sie den Raum wieder und schloss die Tür leise hinter sich.

Mareibe fuhr Jarek wütend an: „Wann hörst du endlich auf, mich wie ein kleines, dummes Mädchen zu behandeln!?"

„Das mache ich nicht", antwortete Jarek überrascht, noch bevor er darüber nachgedacht hatte.

Mareibes Antwort kam prompt.

„Doch! Das tust du! Ich weiß ganz genau, was ich hier mache. Und du weißt auch nicht immer alles. Ich war nicht in Gefahr, verstanden? Ich war eine verdammte Solo. Ich spüre es hier drinnen, wenn einer was von mir will!" Sie legte die Hand auf die Brust. „Das ist nicht nur bei den tollen, großen Jägern der Xeno so, die alles immer im Griff haben. Sondern auch bei den dummen, kleinen Soloschadern, auf denen jeder herumtrampelt und denen jeder was will. Jeder! Da lernst du, Gefahren zu erkennen. Also hör auf, dir um mich Sorgen zu machen. Ich komme hier zurecht. Ich bin hier in Sicherheit. Und wenn du mit der Herde weiterziehst, dann muss ich ja auch alleine klarkommen. Und das werde ich!"

Die Köpfe von Adolo und Carb fuhren zu Jarek herum, als das Stichwort fiel.

„Herde?", fragte Carb irritiert.

„Was meinst du mit weiterziehen, Mareibe?" Adolo schaute sie fragend an. „Sobald Jarek wieder ganz gesund ist, reiten wir nach Mindola zurück."

Mareibe warf Jarek einen Blick zu. „Oh", sagte sie verlegen. „Du hast es noch nicht erzählt. Entschuldigung."

Jarek holte einmal tief Luft. „Ich wollte es euch eigentlich selbst sagen. Vorhin wollte ich das, aber dann kam so viel dazwischen."

„Heißt das, sie hat recht?", fragte Adolo ungläubig.

„Es ist so, wie Mareibe gesagt hat. Wenn die Herde kommt, werde ich mit einem Foogoclan weiterziehen. Sie haben einen neuen Kontrakt und ich werde ihr Memo."

Alle schwiegen eine Weile.

Dann brummte Carb: „Hab ich mir schon gedacht. Irgend so was."

„Wieso?" Die Reaktion der Freunde war nicht so ausgefallen, wie Jarek erwartet hatte. Er hatte gedacht, dass sie ihn mit Fragen überhäufen würden, die Gründe wissen wollten und versuchen würden, ihn von seinem Vorhaben abzubringen. Aber nichts dergleichen geschah. Carb und Adolo schauten zwar traurig drein, aber eher so, als ob etwas, das sie schon länger befürchtet hatten, nun eingetreten sei.

„Na ja", erklärte Carb. „Mindola liegt hinter dem nächsten Berg, sozusagen. Aber du siehst dich hier die ganze Zeit um, als ob du Maro so schnell nicht wieder siehst. Und die Leute auch nicht."

„Uns eingeschlossen", ergänzte Adolo.

Jarek spürte die Blicke auf sich und auch von Mareibes Zorn war nichts mehr übrig. Er sah die Zuneigung aller, die Sorge, die man immer um einen Freund hatte, der nicht in der Nähe war, und den Respekt, den man seinen Entscheidungen entgegenbrachte.

„Euch kann man nichts mehr vorspielen, was?", fragte Jarek leise.

„Wenig", bestätigte Mareibe.

„Wenn man so viel zusammen erlebt hat, dann kennt man den anderen." Carb fuhr sich mit der Hand durch die kurzen, hochstehenden Haare, die jetzt nur hell im Graulicht schimmerten, aber unter Sala strahlend rot leuchteten. „Irgendwann. Bisschen wenigstens."

„So ist das halt. Bei Freunden." Mareibe legte beide Hände auf die Armlehnen des Memositzes.

„Ja. Bei Freunden." Das würde Jarek am meisten vermissen. Da war diese Nähe und Vertrautheit, die sie verband, seit sie Mindola erreicht hatten, und die sie immer vereinen würde, selbst wenn sie sich an einander gegenüberliegenden Punkten Memianas befinden würden. „Es kann ein wenig dauern, bis wir uns wiedersehen", sagte er. „Aber verlieren werden wir uns nie."

Darauf brauchte niemand zu antworten. Es war eine Wahrheit, stark und unumstößlich wie eine der Großen Regeln.

„Und du hast dir das wirklich gut überlegt?", frage Adolo dann doch.

Jarek sah seinen Freunden in die Augen.

„Ja."

Sie schwiegen einen Augenblick und dann noch einen.

„Du wirst besser auf dich aufpassen, Mareibe?" Jarek schaute die kleine Memo an, die den Platz, auf dem einst Uhle gesessen hatte, nicht einmal annähernd ausfüllte.

„Bitte!"

„Ja." Mareibe war ernst. „Du musst dir keine Sorgen um mich machen."

„Versprochen?"

„Versprochen."

Der lange Aufstieg

Die Schritte waren geräuschlos. Das irritierte Jarek noch immer, wenn er nach unten zu seinen Stiefeln sah, die mit jeder Bewegung etwas von dem staubfeinen Sandgemisch aufwirbelten. Als er den Pfad zum ersten Mal betreten hatte, hatte er erwartet, dass der Belag am Grund der fünfzig Schritt tiefen Schlucht knirschen würde. Aber was er da unter seinen Füßen gespürt hatte, hatte sich nicht so angefühlt wie der feine Knirk aus zerstoßenem Stein, den er kannte. Der Boden des zweihundert Schritt breiten Pfades, der sich in vielen Windungen einmal rund um Memiana zog, war seltsam weich und fest zugleich und gab nach, aber nicht so weit, dass man auch nur einen Fingerbreit darin einsank.

Volka hatte ihm erklärt, dass es gerade diese einzigartige Mischung aus zertretenem Fels und feinem Hornabrieb von den Hufen der Fooge und Mahle war, die den Pfadsand ausmachte.

Dann hatte der Sohn Lastis, der Ältesten des Clans der Tyrolo, wieder geschwiegen, wie er es die meiste Zeit getan hatte.

Um Jarek herum breiteten sich die Häute der Fooge aus. Die Flügel der Tiere, mit denen sie sich nicht in die Luft erheben konnten, berührten einander und die Fooghäute bildeten so eine einzige riesige Ebene. Sie sah für Jarek aus wie der Wasserspiegel eines gigantischen Laaks, der sich pfadauf und pfadab erstreckte. Nur ragten hier überall Köpfe aus der unendlich erscheinenden, in vielen verschiedenen Grüntönen schillernden Fläche.

Die wachen Augen der Tiere waren auf Sala gerichtet, die kleinen, spitzen Münder, die nur zum Wassertrinken dienten, hoch erhoben. Die jeweils vier langen, feraharten

Klingen seitlich am Kopf und an der Stirn waren bereit, jeden Reißer zu zerfetzen, der sich heranwagen sollte.

Fooge waren die seltsamsten Tiere, die Jarek je erblickt hatte, und er hatte auf seinen Jagden im Graulicht und unter Sala schon sehr viele Arten gesehen und unterscheiden gelernt. In Mindola hatte er sich das Wissen über fast alle bekannten Reißer, Aaser und Schader angeeignet. Aber die Fooge gehörten zu keiner Sorte. Sie waren weder Reißer noch Aaser, gingen auf langen, muskulösen Beinen und ihre ausgestreckten Hälse brachten die Köpfe über die Schulterhöhe eines ausgewachsenen Mannes. Sie hatten ein glattes, kurzhaariges Fell, das grau schimmerte, und nur die Häute, die sie auf dem Rücken trugen, waren grün. Wenn ein Foog seine Flügel mit der so typischen, zweigeteilten Bewegung auseinanderfaltete, wurde er drei Schritt breit und beanspruchte die zehnfache Fläche. Deshalb erschien Jarek die wandernde Herde unter Sala anfangs größer als die der dicht gedrängt laufenden Mahle, die er auf der Reise nach Mindola gesehen hatte. Er wusste jedoch, dass die Foogherde nur etwa halb so viele Köpfe zählte wie die Mahlherde, die immer auf der gegenüberliegenden Seite Memianas unterwegs war, fünfhundert Lichtwege entfernt.

Neben den Hornklingen, die sie an ihren Schädeln trugen, hatten die Fooge vorne an jedem ihrer Hufe ähnliche, aufwärts gebogene Waffen, die einen Mann zerreißen konnten, wenn das Tier nach ihm trat. Diese Klingen waren für die Fertigung von Stechern und Werkzeugen sehr begehrt.

Anders als die genügsamen, rundlichen Mahle, die mit ihrer zottigen Haut das Licht Salas aufnahmen, waren die Fooge wachsam und wehrhaft. Das Wesen der beiden verschiedenen Arten von Phylen spiegelte sich in ihren Hirten wider, wie Jarek klar geworden war, nachdem er nur ein halbes Licht mit dem Clan der Tyrolo dem Pfad gefolgt war.

Mahlo waren genauso gemütliche und verträgliche Wesen wie die Mahle selbst, die sie begleiteten. Die Foogo jedoch waren neben den Xeno die Menschen Memianas, die sich am besten auf den Gebrauch ihrer Waffen verstanden. Die

Gefahr, die von der Herde ausging, hatte die Foogo, deren Clans schon seit Tausenden von Umläufen der Herde folgten, genauso hart, zäh und wachsam werden lassen.

Jarek hatte in den dreiundzwanzig Lichten, die er nun den Tyrolo als Memo diente, vieles in seinen Begleitern wiedergefunden, das er von seinem eigenen Volk so gut kannte. Besonders die nie nachlassende Anspannung und Wachsamkeit eines jeden Hirten erinnerte ihn an die Jagdausflüge mit seinem eigenen Trupp. Auch da hatte er nie gewusst, was hinter der nächsten Biegung lauerte. Immer musste man darauf gefasst sein, dass der Reißer, den man in die Enge getrieben hatte, doch noch einen Ausweg fand. Es fühlte sich vertraut an und manchmal war es für Jarek beinahe so, als wandere er mit Seinesgleichen.

Aber auf der anderen Seite gab es so viel, das fremd und neu für ihn war und wohl auch noch eine Weile bleiben würde.

Jarek schaute sich um und sah, dass er wieder zurückgefallen war. Unter den ersten Strahlen Salas war er an der Spitze des Clans losgezogen, aber nun gingen vor ihm bereits hunderteinundzwanzig Männer, Frauen und Kinder, während hinter ihm noch hundertdreizehn unterwegs waren.

Ab und zu spürte er noch die Folgen seiner Beinwunde, auch wenn Ferobar die vielen Fäden, mit denen er die Haut geschlossen hatte, noch vor seiner Abreise aus Maro entfernt hatte. Der Näher hatte sich sehr zufrieden mit dem Verlauf der Heilung gezeigt. Aber dem seltsamen Marschtempo der Foogo konnte er sich noch immer nicht anpassen. Die Menschen auf dem Pfad gingen nie gleichmäßig, sondern wechselten immer wieder vom langsamen Schlendern zum raschen Ausschreiten, ohne dass Jarek dafür einen Anlass erkennen und sich anpassen konnte, wenn er in Gedanken versunken mit seinem Clan dahinzog.

Er kannte nun die zweihundertvierunddreißig Namen der Tyrolo. Er wusste, wer zu wem in welchem Verwandtschaftsgrad stand, wer mit wem befreundet und wer wem nicht so wohlgesonnen war. Auch für die Sorgen und Probleme der Einzelnen hatte Jarek inzwischen einen Blick.

Allerdings hatte es eine Weile gedauert, bis er sich an die zurückhaltende, etwas verschlossene Art der Foogo gewöhnt hatte und die menschlichen Regungen unter den meist ruhigen und beherrschten Gesichtern erkennen und deuten konnte.

Jarek beendete seinen Rundblick über den Clan, dessen Memo er nun war. Wenn sie unterwegs waren, sah es für ihn immer noch so aus, als wateten die Menschen bis zu den Schultern in einem grünen, langsam dahinfließenden Laak, während sie ihrer Mater folgten, wie dieser kleine, etwas mehr als zweitausend Fooge umfassende Teil der Herde genannt wurde.

Genau denselben Begriff benutzten die Foogo für die Anführerin des Herdenteils. Die Mater war so etwas wie die Älteste eines Clans der Fooge.

Jarek hatte vor seiner Abreise aus Mindola im Turm des Wissens mit Volvorma gesprochen, der Memo, die alle Erkenntnisse über die Foogo und die Herde sammelte. Er hatte dabei sehr viel Erstaunliches und Hilfreiches erfahren, sodass er Lasti und die anderen nicht viel fragen musste.

Auch Volka nicht, ihren neun Umläufe zählenden Sohn, der wie immer in der Mitte der Mater ging, nun zehn Schritt vor Jarek. Aber anders als er schaute sich Volka im Gelblicht niemals um, sondern ging immer nur Schritt für Schritt mit der Herde. Er nahm die Wechsel der Geschwindigkeit auf, ohne den einmal eingenommenen Platz im Gefüge zu verlassen, zu einem der anderen zu gehen, mit ihm ein paar Worte zu wechseln oder einfach nur die Nähe eines Menschen zu suchen.

Jarek wusste, dass Volka sich Sorgen machte, große Sorgen, aber er hatte keine Ahnung, worüber. Jarek hatte mehrfach versucht, mit dem jungen Mann ins Gespräch zu kommen, aber der hatte sich sehr wortkarg gezeigt, die Antworten nur mit langen Verzögerungen gegeben und mehr als deutlich zu verstehen gegeben, dass er nicht gerne reden wollte und am liebsten mit seinen Gedanken alleine war.

Jarek nahm es nicht persönlich. So viel Xeno war er auch noch als Memo, sich eine solche Zurückweisung nicht zu Herzen zu nehmen. Es war nicht so, dass Voka etwas gegen Jarek hatte, das hatte er schnell verstanden, als er beobachtet hatte, dass Lastis Sohn sich allen anderen gegenüber ganz genauso verhielt.

Jarek stand jedem Clanmitglied zur Verfügung, um Botschaften anzunehmen und weiterzugeben. Er konnte Worte in dem Teil seines Gedächtnisses verwahren, den er nur für die Tyrolo eingerichtet hatte. Er würde Berechnungen vornehmen, Antworten auf alle Fragen geben und als Ratgeber dienen. Aber Volka hatte bis jetzt weder eine Botschaft geschickt noch hatte er etwas zu rechnen. Und als Ratgeber hatte er Jarek auch noch nie genutzt.

Der Pfad machte eine Biegung. Der Teil der Herde hinter ihnen geriet außer Sicht, dafür konnte Jarek jetzt wieder die Spitze des Zugs der Fooge sehen, der sich bergauf wand.

Er wusste, dass sie in fast zwei Lichten Abstand zum Anfang der Herde gingen. Wenn er genau hinsah, konnte Jarek weit vorne eine Gruppe anderer Hirten erkennen, deren Gestalten aus der grünen Fläche ragten. Das waren die Hirten vom Clan der Stafa. Diese würden ihr Ziel für diesen Teil des Umlaufs bald erreichen.

Jarek hatte von Volvorma gehört, dass es siebenundzwanzig Clans gab, die mit den Foogen zogen. Mitglieder eines jeden dieser Clans hatten im Abstand von etwa zweihundertfünfzig Lichtwegen rund um den Pfad Städte gegründet. Jedes Mal, wenn der wandernde Teil eines Clans zu einer seiner Städte kam, sonderte man den Teil der Herde ab, den die Hirten in den vielen vergangenen Lichten an sich gewöhnt hatten. Vor der Stadt wurden die Fooge geschlachtet. Fleisch, Knochen und Hornklingen wurden von den Foogo verarbeitet, die in der Ansiedlung lebten, während sich die Wandernden erholen durften. Im Lauf der nächsten siebenhundertfünfzig Lichte würden die Produkte dann nach und nach an die Vaka und Kir verkauft.

Der wandernde Teil des Clans kehrte zum Pfad zurück, wenn alle anderen Foogoclans mit ihren Tieren durchgezogen waren. Sie reihten sich hinten wieder ein und machten sich auf die Suche nach einer neuen Mater von der richtigen Größe, die zu beherrschen war.

Diese Zeit war, neben dem großen Schlachten, das nie ohne Verletzungen oder auch Todesfälle abging, die gefährlichste im Leben der Foogo. Die Tiere einer jeden Mater wehrten sich zunächst gegen die unbekannten Begleiter und versuchten, sie zu vertreiben. Es dauerte immer wenigstens fünfzig Lichte, bis die Fooge duldeten, dass die Hirten ihnen im weiten Bogen folgten. Noch einmal hundert Lichte mussten vergehen, bis sie gestatteten, dass die Männer und Frauen zwischen ihnen gingen.

Dann war es an der Zeit, sich das Vertrauen des Leittieres zu erwerben, eine Aufgabe, die dem Obersten Hirten zukam. Dem musste die Älteste der Foogmater blind vertrauen, damit sie ihm zum Schlachtplatz folgte. Tat sie das nicht, war die Arbeit der vergangenen zweihundertfünfzig Lichte umsonst gewesen.

Die Mater, mit der Jarek nun unterwegs war, war bereits gut an die Menschen gewöhnt. Guso, der Oberste Hirte der Tyrolo, durfte das Muttertier schon lange berühren, ihr glattes Fell streicheln und im Graulicht lagerte er meistens direkt neben ihr.

Es würde diesmal keine Schwierigkeiten geben, da waren sich alle einig. Häufig kam es vor, dass die Älteste ihrem Führer dann doch nicht traute, wenn es so weit war. Dann weigerte sich der Teil der Herde, der ihr folgte, den Pfad zu verlassen. Es war nicht möglich, die wehrhaften Tiere mit Gewalt daran zu hindern, weiterzuziehen. Dann musste der Clan die Mater aufgeben oder ihr noch einmal zweihundertfünfzig Lichte folgen und hoffen, dass sie beim nächsten Versuch Erfolg hatten.

Guso war dieses Missgeschick zum letzten Mal vor dreieinhalb Umläufen passiert und er hatte seitdem nicht weniger als vierzehn Herden erfolgreich ausgeführt.

Kein Oberster Hirte eines anderen Clans konnte eine solche Reihe vorweisen und alle Tyrolo waren stolz auf ihn. Mit jeder Mater, die er ausführte, wurde ein Clan reicher und stieg in Rang und Ansehen unter den anderen. Mit jedem Fehlschlag fiel er zurück.

Der Teil des Umlaufs, der vor den Tyrolo lag, war der schwerste von allen. Der Pfad führte in die kalten Höhen des Raakgebirges, wo er sich zwischen den steilen Bergen, die den Himmel zu stützen schienen, in vielen Bögen und Kurven nach oben wand.

Es würde anstrengend werden, der Herde dort oben zu folgen, hatte Jarek von Lasti gleich nach der Begrüßung gehört. Wenn Sala nicht mehr wärmen wollte, lagen unter Polos und Nira alle zitternd unter ihren Decken. Das Atmen in der Luft würde schwer fallen, die näher am Himmel dünner zu sein schien, sodass zwei Züge nötig waren, wo in der Ebene einer ausreichte.

Auch die Fooge würden unter der Kälte und der Anstrengung leiden. Dann kam die Zeit, in der die schwachen und alten Tiere zurückfielen und der Mater nicht mehr folgen konnten. Die ganze Herde würde nach und nach an den Einzelgängern vorüberziehen, die immer mehr zurückbleiben würden. Sie würden verzweifelt um jeden Schritt kämpfen, bis sie am Ende des Zuges angekommen wären, wo die Reißer auf sie lauerten. Später kamen dann die Aaser und Schader, die sich der Kadaver und der letzten Reste annehmen würden.

Es würde nichts übrig bleiben.

Es blieb nie etwas übrig auf Memiana.

„Jarek?" Syme, Lastis jüngere Tochter, hatte sich zwischen den Foogen hindurch langsam in seine Richtung bewegt und hatte ihn jetzt fast erreicht. Sie nahm den Zylo hoch, den oben gegabelten Stab aus Knochen, die durch Ferahülsen verbunden waren. Unten lief der Zylo in einer scharfen, zweischneidigen Klinge aus, die die gefährlichste Waffe der Foogo war. Syme setzte die Gabel am Nacken des Tieres an, das sie noch von Jarek trennte, und schob es sanft aus dem Weg. Der Foog ließ es sich gefallen und Syme glitt an seinen Häuten vorbei neben den Memo der Tyrolo.

„Was macht dein Bein?" Das Mädchen sah Jarek besorgt an.

Er lächelte. „Alles bestens."

Den Zylo, den er erhalten hatte, als er zu den Tyrolo gestoßen war, hatte er nur im ersten Gelblicht zur Sicherheit als Gehstütze genutzt, dann hatte er festgestellt, dass er das verletzte Bein wieder voll belasten konnte. Doch Syme war aufgefallen, dass er sich anfangs noch vorsichtig bewegt hatte, und sie hatte nachgefragt. Seitdem wussten alle von der Schlacht vor den Toren Maros und jeder war besorgt, dass Jarek der Belastung der Wanderung auch gewachsen war, aber er hatte bis jetzt keine Schwierigkeiten gehabt.

Er hatte nicht vor, irgendeine Schwäche zu zeigen, obwohl es ihm jeder nachgesehen und ihn nach Kräften unterstützt hätte.

Es war für Jarek eine ganz neue Erfahrung, nicht der Wächter und Beschützer zu sein, sondern derjenige, der von allen umsorgt wurde und dessen Wohlergehen die Aufgabe des ganzen Clans zu sein schien. Der Jäger, der Wächter und Bewahrer in ihm lächelten über diese Aufmerksamkeit der anderen. Aber Jarek war bei den Tyrolo eben als deren Memo. Ein Memo wurde versorgt und geschützt, das gehörte zu den Vereinbarungen des Kontraktes.

Je länger ein Memo bei einem Clan oder gar einer Familie war, desto wertvoller waren all die Informationen, die er in seinem Kopf hatte, und umso mehr waren alle um seine Sicherheit besorgt. Jarek selbst war zwar erst wenige Lichte bei den Tyrolo, aber Lasti hatte seine Fähigkeiten zu Beginn eines jeden Graulichts in Anspruch genommen, neben den vielen Botschaften, die sie ständig verschickte und erhielt. Jarek wusste nicht, was sie alles in dem Teil seines Gedächtnisses abgelegt hatte, den er ihr überließ. Aber es musste viel sein, denn sie sprach zu Beginn eines jeden Graulichts immer sehr lange.

Aber es war nicht nur der Wert der Informationen, die er in sich trug, die ihm die Fürsorge und Aufmerksamkeit der Tyrolo sicherte. Jarek hatte das Gefühl, dass man ihn auch mochte. Die Ähnlichkeiten zwischen Foogo und Xeno waren auch dem Clan nicht verborgen geblieben und viele hatten sich schon darüber geäußert, wie angenehm überrascht sie waren, wie schnell und sicher Jarek sich ihrem Leben angepasst hatte.

Er dachte an Rovia, die immer betont hatte, jeder Memo würde den Platz finden, an den er gehörte. Bis jetzt hatte

Jarek das Gefühl, dass er bei den Tyrolo wenigstens nicht falsch war.

„Worüber lachst du?", fragte Syme.

„Habe ich gelacht?", fragte Jarek überrascht.

„Na ja, gelächelt."

„Ich freue mich, dass ich hier bei euch sein darf", erklärte Jarek.

„Ich freue mich auch." Syme strahlte ihn an. Das hellhäutige Mädchen mit dem salafarbenen Haar hatte ihn nicht wie alle anderen mit einem festen Händedruck und dem ernsten Nicken begrüßt. Das war der Gesichtsausdruck mit dem die Foogo offensichtlich geboren wurden, wie Jarek spontan gedacht hatte, bevor er sich dafür geschämt hatte, ein wenig nur, aber immerhin. Syme dagegen hatte Jarek ein breites Lächeln geschenkt. Wenn er geschlossen war, wirkte ihr Mund eher klein, aber wenn sie lächelte, dann reichte er über ihr ganzes Gesicht. Sie hatte ihn neugierig aus den großen, dunkelgrünen Augen angesehen, die ein so ungewöhnliches Zusammenspiel mit ihren hellen, feinen Haaren ergaben.

Jarek hatte das Lächeln erwidert, aber es hatte nur zum einen Teil dem Mädchen gegolten, zum anderen Teil der Erinnerung an Ferobar und dessen Bemerkung, Jarek sammle immer die ungewöhnlichsten Frauen um sich. Syme war noch ein Mädchen, aber sie würde einmal eine dieser schönen, willensstarken Frauen sein, die der Älteste der Näher in Jareks Nähe fand, da war er sicher.

Ferobar hatte seine Hand gepackt, ihm mit der anderen auf die Schulter geschlagen und gebrummt: „Wenn du dich dann endlich tödlich verletzt hast, schick mir einen Boten. Wird ja sowieso passieren. Kenn dich doch. Ich komm dann und nähe dich wieder zusammen. Egal, wo du steckst."

Es war Volka gewesen, der nach Maro gekommen war, um den neuen Memo der Tyrolo abzuholen, und er hatte nicht viele Worte gemacht. Jarek war schon mehrere Lichte reisebereit gewesen. Sein Rückenbeutel hatte gepackt in seiner Kammer gestanden und der Abschied von all seinen Freunden, denen aus Maro und denen, die ihn aus Mindola herbegleitet hatten, hatte längst hinter ihm gelegen. Als es dann endlich so weit gewesen war, hatte er nacheinander Mareibe, Carb, Adolo, Ili, Lim und Nari nur noch einmal in den Arm genommen.

Dann waren sie aufgebrochen.

Ein Licht später hatten sie den Pfad erreicht. Sie hatten sich der Lebensader Memianas direkt genähert. Die Cave von Maro lag ein Stück vom Pfad entfernt und der Weg berührte ihn erst wieder zwischen Ronahara und Postula. Aber der wortkarge Volka hatte die direkte Strecke genommen und so war Jarek bereits kurze Zeit später bei seinem Clan eingetroffen.

„Erzählst du mir eine Geschichte, Jarek?" Syme ging nun direkt neben ihm und war in den gleichen Schritt gefallen.

Sie war die dankbarste Abnehmerin von Erzählungen und Berichten und war begeistert über den großen Vorrat, den Jarek davon in seinen Erinnerungen trug.

Aus irgendeinem Grund glaubte sie aber, Jarek selbst sei der Held all dieser Abenteuer, seit er einmal erwähnt hatte, dass die eine oder andere Geschichte, die er ihr erzählt hatte, aus seinem eigenen Leben stammte. Nichts konnte Syme nun von dieser Ansicht wieder abbringen. Sie war fest entschlossen, Jarek für den größten lebenden Jäger und Kämpfer Memianas zu halten, ganz gleich, was er auch unternahm, sie von ihrem Irrtum zu überzeugen.

„Was möchtest du denn hören?", fragte er und rief aus seinen Erinnerungen einige der Erzählungen ab, die er in Mindola im Turm des Wissens zur Unterhaltung im Graulicht angehört hatte. Aber da waren auch die Geschichten, die Uhle den Kindern Maros immer erzählt hatte, und alles, was Jarek jemals von einem der Berichter gehört hatte, die in Maro Halt gemacht hatten.

„Vom Großen Kriecher von Forsa? Oder vielleicht die Geschichte der Schlacht um Aptok zwischen den Xeno vom Clan der Brosa und der Räuberbande von Ylita?"

„Ich will von Lologi hören", entschied sich Syme und Jarek lächelte. Er hatte die alte Geschichte nun schon viermal erzählt, aber das Mädchen konnte davon nicht genug bekommen. Lologi hatte es vor zweihundertzwölf Umläufen als Erste gewagt, das Recht auf die Jagd nach dem Großen

Höhler auch für Frauen in Anspruch zu nehmen. Sie hatte gesiegt und war so zum ersten weiblichen Clanführer der Xeno geworden.

„Die Geschichte vom Kampf gegen den Großen Höhler?"

Syme schüttelte rasch den Kopf. „Nein, vorher. Wie sie ihren Jagdtrupp überall zusammengesucht hat und wie sie die Leute geprüft hat, ob die ihr helfen können. Ich finde das so irre, dass es am Ende nur Frauen waren." Syme strahlte vor Begeisterung.

Jarek lächelte. Syme freute sich über alles, was jedes Licht an Neuem brachte. Und wenn es nichts Neues gab, freute sich Syme an etwas Altem, das ihr gefiel. Syme gefielen eine Menge Dinge. Und alle mochten sie.

Fast alle, musste Jarek sich korrigieren. Der Gedanke versetzte ihm einen kleinen Stich, wie jedes Mal, wenn er bemerkte, dass Symes Schwester Fuli für sie nur kalte Abweisung übrighatte.

Die Worte kamen von selbst und Jarek musste nicht darüber nachdenken und er musste keine Formulierungen finden, als er die spannende Schilderung des Kampfes von Lologi innerhalb ihres eigenen Clans begann. Er erzählte es genauso, wie er es selbst gehört hatte. Syme lauschte wieder ergriffen, als Jarek schilderte, wie Lologi von jedem Mann ausgelacht wurde, als sie von ihren Plänen berichtete, gegen den Großen Höhler zu ziehen.

Die Bilder aus der Kammer der Erzählungen fanden die richtigen Worte, ohne den Umweg über Jareks Verstand zu nehmen. Sein Blick wanderte über die Herde bis zu Fuli, die zwanzig Schritt seitlich rechts vor ihm zwischen den Foogen ging. Die Tiere hatten die Häute jetzt schräger gestellt, um auch noch den letzten Strahl Salas einzufangen, die bereits die ersten Spitzen des wie eine finstere Wand über ihnen aufragenden Raakmassivs berührte.

Fuli sah sich um und ihr Blick traf Jareks. Sie sah zu dem hellen Kopf ihrer Schwester, die an Jareks Lippen hing, und ihr Gesicht verzog sich missbilligend. Fuli drehte sich ruckartig wieder um und Jarek hatte den Eindruck, dass sie ihren Zylo bei jedem Schritt nun heftiger mit dem spitzen Ende in den Boden rammte. Jarek hätte gerne gewusst, woher dieser Hass rührte, den er so zwischen Geschwistern noch nie gefunden hatte. Aber er wusste nicht, wie er das in Erfahrung bringen sollte.

Jarek würde jedem aus dem Clan zuhören, der ihm etwas erzählte. Er würde jedem einen Rat geben, der ihn darum bat. Doch er würde weder Syme noch Fuli nach ihrem Verhältnis fragen. Memo fragten nicht nach persönlichen Angelegenheiten und Problemen der Mitglieder ihres Clans. Niemals.

Es war die größte Cave, seit Jarek dabei war. Sie sah aus wie alle Caven, deren Reihe der Pfad rund um Memiana folgte. Die Öffnung im Fels wirkte, als ob sich hier vor unendlich langen Zeiten eine große Blase gebildet hätte und dann einfach geplatzt war. Aber bei dieser etwa fünfzig Schritt durchmessenden Wasserstelle war nur die Hälfte der kuppelförmigen Decke eingebrochen. Einige Trümmer ragten aus dem klaren Wasser, der Rest befand sich im vorderen Bereich. Dort lagerten die Tyrolo in diesem Graulicht. Die Fooge ihrer Mater hatten getrunken und nun drängten sich die Tiere außerhalb der Cave und versperrten so den Zugang.

Es war noch immer ein atemberaubender Anblick für Jarek, wenn in der Ferne an der Spitze des Zuges die Tiere, die vom Gelblicht nicht mehr erreicht wurden, die Häute zusammenfalteten. Die Fooge verloren dadurch drei Viertel ihrer Größe. Jede Mater rückte dann zur Graulichtwache zusammen, sodass sich die gerade noch ununterbrochene, breite, grüne Linie in einzelne Kreise auflöste. Erst dann war der helle Sand am Grund des Pfades dazwischen wieder zu sehen.

Entlang der scharfen Linie zwischen Gelb- und Graulicht wanderte dieser Vorgang mit gleichmäßiger Geschwindigkeit langsam bergab, bis ihre eigenen Fooge auch die Flügel einklappten und sich zusammendrängten, während die weiter hinten laufenden Phyle noch die letzten Strahlen Salas mit senkrecht gereckten Häuten einzufangen versuchten, bis die Niralinie auch sie erreichte.

In einiger Entfernung erhoben sich die Stimmen von Reißern, aber sie hallten bergauf und waren weit weg. Die leichteste Beute war ganz am Ende der Herde zu finden und das war mindestens sechs Lichtwege bergab. Bis hierher, fast an die Spitze des Zuges, würde sich kaum einer der Schattenreißer verirren.

Trotz der vielen Lichte, die sie nun gemeinsam unterwegs waren, gelang es Jarek immer noch nicht, nach dem Untergang Salas dieselbe entspannte Gelassenheit zu zeigen wie die Foogo. Ein Graulicht außerhalb eines Walls im Freien zu verbringen, hatte zu den größten Herausforderungen in seinem Leben als Xeno gehört und er dachte an die Schlacht in Yalas Tal der Schatten und den Kampf vor Maro, der noch gar nicht so lange zurück lag, und spürte die Anspannung wieder und die Angst.

Aber Foogo schliefen nie in einem Wall. Obwohl Jarek auch das in Mindola erfahren hatte, war es etwas ganz anderes, es zu erleben, als es nur zu wissen. Die Caven, an deren Lage sich der Pfad über die unzähligen Umläufe orientiert hatte, waren die sicheren Plätze, an denen die Foogo die Zeit des Graulichts verbrachten. Es bestand keine Gefahr, dass Reißer in die Cave kämen. Die Fooge versperrten ihnen den Zugang. In vielen dichten Halbkreisen lagerten sie vor der Wasserstelle, die Klingen in Richtung einer drohenden Gefahr, die sichere Cave im Rücken. Wächter würden die ganze Mater mit den schrillen Pfeiftönen alarmieren, die ihre schmalen Münder hervorbrachten, wenn irgendeine Bestie sich näherte, um sich eins der Tiere während des Schlafes zu holen, der das ganze Graulicht andauerte. Aber keiner der Liebhaber des warmen, noch zuckenden Fleischs würde sich mit den wehrhaften Tieren anlegen, wenn er am Ende der Herde so viel leichtere Beute finden konnte.

Deshalb waren auch die Foogo in Sicherheit, obwohl sie unter dem freien Himmel lagerten. Vier Wachen der Foogo, die sich abwechselten, achteten auf ungewöhnliche Geräusche und Bewegungen, aber seit Jarek dabei war, hatte es noch nie einen Alarm gegeben.

Jarek schaute sich um und entdeckte einen Stein, der ihm geeignet erschien. Er ging zu dem Felsen, der dicht am Wasser lag, breitete seine Decke davor aus und ließ sich darauf nieder. Der Stein war so geformt, dass er sich bequem daranlehnen konnte, und die Nähe des Wassers nahm der Kälte ihren Biss. Ein wenig war es in den Caven am Pfad wie im Talkessel von Mindola, wo die drei großen, offenen Wasserflächen der Laake im Gelblicht die Wärme Salas speicherten und im Graulicht abgaben, sodass dort immer eine gleichmäßige Temperatur herrschte.

Von angenehmen Verhältnissen waren die Caven weit entfernt, aber es war in ihnen immer deutlich wärmer als außerhalb. Trotzdem brauchte Jarek inzwischen zwei Decken, damit er im zweiten Halblicht unter Nira und Polos nicht fror, und Syme hatte ihm angekündigt, dass es noch viel kälter werden würde. So kalt, dass die Menschen sich dicht zusammendrängen würden wie die Fooge, um sich jede Wärme zu teilen, die sie finden konnten.

„Ich grüße Euch", sagte Jarek zu Lasti, die herangetreten war.

„Jarek." Die Älteste des Clans nickte Jarek in der zurückhaltenden Art zu, mit der sie die meisten Menschen ihrer Umgebung behandelte. Nur für Syme hatte sie ab und zu ein Lächeln übrig, was bei Fuli immer ein verbittertes Kopfschütteln hervorrief, falls sie es sah.

Lasti musste älter als Nari sein, aber sie war immer noch eine schöne Frau. Sie war schlank und hochgewachsen, mit schimmernder, brauner Haut und dunklen Haaren, in denen sich nur einzelne graue zeigten. Die drei waagrechten, dünnen Narben auf ihrer Stirn kennzeichneten sie als eine freie Clanführerin und ihr Blick suchte immer offen den ihres Gegenübers.

„Wie war der Weg für dich?"

In jedem Graulicht erkundigte sich Lasti nach seinem Befinden, aber Jarek hatte das Gefühl, dass dies nicht aus wirklichem Interesse geschah, sondern nur der Höflichkeit geschuldet und nicht mit Symes echter Fürsorge vergleichbar war.

„Mir geht es gut. Danke. Ich gewöhne mich langsam an alles", antwortete Jarek.

„Das freut mich." Lasti machte nicht den Eindruck, als ob sie das, was Jarek gesagt hatte, überhaupt wahrgenommen hatte. Wahrscheinlich ordnete sie bereits ihre Gedanken für das, was nun folgen sollte.

„Ich bin bereit", sagte Jarek und lehnte sich gegen den Felsen. Lasti öffnete den Mund, doch die Worte, die sie sprach, konnte Jarek schon nicht mehr hören.

Es war anfangs ein sehr merkwürdiges Gefühl gewesen, so als sei er aus seinem eigenen Körper ein Stück ausgeschlossen, aber er hatte sich auch daran gewöhnt. Das geheime Wort, das jeder besaß, der einen Kontrakt mit den Memo eingegangen war, eröffnete dem Gegenüber den direkten Weg zur Kammer in Jareks Verstand und Gedächtnis, zu der es für ihn selbst keinen Zugang gab. Dieser Raum hatte keinen Riegel an der festen, mit Fera beschlagenen Tür. Alles, was hineingelegt wurde, blieb Jarek verborgen, ob es Botschaften waren, Nachrichten oder Wissen, das dort rasch deponiert wurde, bevor der andere es wieder vergaß.

Die Menschen vergaßen viel und sie vergaßen schnell.

Memo vergaßen nie.

Das leise Summen, das Jarek nun schon so gut kannte, füllte seine Ohren und seine Augen hatten sich auf die gegenüberliegende Seite des Tals gerichtet, das die Tritte der Phyle in die Felsen gearbeitet hatten, Umlauf für Umlauf, seit undenklichen Zeiten. Er sah auf die Felsen, die den tief eingegrabenen Pfad begrenzten, der hier schon in weiten Bögen, Schleifen und Kehren ins Raakgebirge hineinführte, die sich manchmal so eng wanden, dass die Spitze der Herde dem Ende wieder nahe kam, sich aber bereits hundert Mannslängen darüber befand.

Es war ein seltsamer Blick, den seine Augen immer fanden. Er ermöglichte es Jarek, alles in seiner näheren Umgebung zu beobachten, obwohl er eigentlich den finsteren Fels in zweihundert Schritt Entfernung anstarrte. Jarek bemerkte, dass Syme mit zwei Mädchen in ihrem Alter ein Ballspiel angefangen hatte, und sah ihren fröhlichen Mündern und Gesichtern das laute Lachen an, das er nicht hören konnte. Er beobachtete auf der anderen Seite des gezackten Felsens, der halb im Wasser der Cave lag, dass Volka und Guso miteinander sprachen und Volka gestikulierte, und Jarek erkannte an seinen Lippen die Worte: „Es ist gegen Memiana!" Sein Blick huschte schnell weiter zu Fuli, die dabei war, den runden, aus mehreren Mahldecken bestehenden Essplatz auszurollen und vorzubereiten.

Als Xeno war es für Jarek sehr oft von Vorteil gewesen, dass er an den Bewegungen der Lippen erkennen konnte, was ein Mensch sagte, auch wenn er zu weit entfernt gewesen war, um es zu hören. Jarek hatte das nicht geübt oder gelernt, er hatte im Alter von zwei Umläufen einfach festgestellt, dass er es konnte, und von da an hatte es zu ihm gehört wie das Gehen, Sprechen, Essen, Atmen.

Aber hier war ihm diese Fähigkeit erstmals eher unangenehm. Er musste sich immer wieder verbieten, sie zu nutzen. Ein Xeno musste alles wissen, was um ihn herum vor sich ging, und dazu war jede Fähigkeit willkommen.

Ein Memo aber lauschte nicht. Weder mit den Ohren noch mit den Augen.

Symes lautes Lachen und das Geräusch des fortspringenden Balles, der aus einer Foogblase gefertigt war, drangen zu Jarek durch und er wusste, Lasti hatte ihr Schlusswort gesprochen und alle Sinne standen ihm wieder zur Verfügung.

„Habt Ihr weitere Wünsche?", fragte er die Älteste, die den Kopf schüttelte.

„Nein. Das war alles. Gehen wir essen." Sie erhob sich und Jarek folgte ihr.

Fuli hatte die Beutel mit den verschiedenen Sorten Trockenfleisch geöffnet und auf dem Rund angerichtet. Die vielen Kaasarten schlossen sich daran an und auch die leichten Stücke der Schwimmer, die Jarek so schätzte, waren reichlich vorhanden.

Volka hatte bereits seinen Platz rechts von dem dunkel gefärbten Kreis gefunden, der der Clanführerin vorbehalten war, und Syme setzte sich neben ihn und zog Jarek an ihre Seite. Fuli verteilte noch die Trinkbecher, die sie mit frischem Wasser aus der Cave gefüllt hatte, dann setzte auch sie sich. Gusos Platz war neben dem Clanführerkreis und Lasti war wie immer die Letzte, die sich bedächtig niederließ und das Rund damit schloss.

Alle sahen die Älteste an, die aus ihrem Becher ein wenig Wasser in das Loch goss, das in der Mitte der Runddecke ausgespart war, und dort je ein Stück Fleisch, Schwimmer und Kaas hineinlegte.

„Memiana", sagte sie und alle wiederholten das Wort des Dankes an die Welt, die ihnen alles gab und alles nahm, was ihr gegeben wurde, und griffen zu.

Auch alle anderen Clanmitglieder hatten sich niedergelassen und saßen im Kreis ihrer Familien zusammen, bei Freunden oder auch einzeln. Es war eine der vielen Regeln der Foogo, dass gemeinsam gegessen wurde und der Clanführer das Zeichen zum Anfangen gab.

Die Auswahl war reichlich und es war genug von allem da, wenn sich das Angebot auch nicht annähernd mit dem vergleichen ließ, was Jarek in Mindola vorgefunden hatte. Dort konnten sich alle Memo im Turm der Nahrung mit Spezialitäten aus allen Orten Memianas versorgen.

Das Essen der Foogo wurde in erster Linie unter dem Gesichtspunkt des Gewichts eingekauft, denn nichts durfte schwer sein, da man es von Cave zu Cave tragen musste. Jarek kannte das von den Xeno nicht anders, wo er auf den Jagdausflügen immer nur die leichtesten und nahrhaftesten Fleischsorten mitgeführt hatte.

Erst auf der Reise nach Mindola hatte er Geschmack an den Schwimmern gefunden, die es in vielen, sehr unterschiedlich schmeckenden Arten gab. Auch hier bei den Foogo nahm Jarek hauptsächlich von dem leichten, weißen Fleisch der Wassertiere.

Sie aßen schweigend, bis Syme fertig war. Für das Mädchen war Essen eine Angelegenheit, die ihr lästig war und die sie deshalb möglichst schnell hinter sich bringen musste.

„Mama", fragte sie Lasti, nachdem sie den letzten Bissen mit einem Schluck aus ihrem Becher heruntergespült hatte. „Wie haben die Birmi gegen die Stafa gespielt?"

Jarek wusste, dass unter den Botschaften, die er an Lasti weitergegeben hatte, auch immer die waren, die die Ergebnisse der Spiele betrafen. Alle warteten gespannt zu Beginn eines jeden Graulichts auf diese Nachrichten.

Gewöhnlich wurden Botschaften von den Reitern nur zwischen den Ansiedlungen und Städten befördert, in denen Memo ansässig war. Doch für die wenigen wandernden Phyloclans, die eigene Memo unter Kontrakt hatten, war ein eigener Dienst von Reitern eingerichtet worden. Einmal in jedem Gelblicht wurden die Nachrichten abgeholt und neue gebracht, die die sogenannten Pfadboten übermittelten.

„Jetzt sag schon", quengelte Syme. „Mama!"

Lasti schenkte ihrer Tochter das Lächeln, das sie ausschließlich für das hellhaarige Mädchen reserviert hatte und sagte: „Dreißig zu neunundzwanzig für die Stafa."

„Was? Das ist ja großartig!" Syme sprang auf und rief den anderen zu: „Stafasi hat gewonnen!"

Laute Jubelrufe antworteten ihr, so laut, dass sie in der Cave widerhallten und die Wächter der Fooge sich erschrocken umschauten und beunruhigte Pfiffe von sich gaben.

Das unerwartete Ergebnis wurde an allen Plätzen lebhaft besprochen.

Jarek hatte im Turm des Wissens vor seiner Abreise aus Mindola erfahren, welche Bedeutung Zylobola für die Foogo hatte. Aber er hatte keine Vorstellung davon gehabt, wie ernsthaft sich die Clans mit diesem Ballspiel beschäftigten.

Das Wichtigste im Leben eines Foogo waren die Tiere. Aber die hatten nur einen knappen Vorsprung vor Zylobola. Einen sehr knappen.

Wer in der Mannschaft des Clans spielte, genoss ein hohes Ansehen und war vom Wach- und Tragedienst befreit, um all seine Kraft und Ausdauer dem Verfeinern seines Könnens zu widmen. Siege wurden gefeiert wie Geburten und Niederlagen betrauert wie Tode. Der Clan, der die Meisterschaft errang, wurde von allen anderen beneidet.

In Maro arbeiteten die meisten Menschen im Gelblicht. In ihrer freien Zeit des Graulichts trafen sie sich in Schänken, unterhielten sich, erzählten Geschichten oder hörten ihnen zu, musizierten und tanzten, stritten sich, liebten sich und schliefen.

Die Foogo folgten im Gelblicht ihren Phylen. Im Graulicht aßen sie, spielten Zylobola, sprachen über Ballspiel, übten Ballspiel, arbeiteten an ihren Bällen und den Zylo und schliefen.

Jarek hatte bislang noch keines der Spiele gesehen, aber er kannte die Regeln. Auf einem Feld, das dreißig Schritt lang und fünfzehn breit war, waren vierundzwanzig Kreise paarweise auf den Boden gemalt. In diesen standen je zwölf Spieler von zwei Mannschaften. Diese versuchten, einen Ball aus einer Foogblase mit ihren gegabelten Stäben durch die Luft zu ihren Mitspielern zu befördern, bis er die gegnerische Schmalseite des Platzes überquerte, die von zwei Spielern verteidigt wurde, und dort auf den Boden prallte. Die Mannschaft, die das als erste dreißigmal vollbrachte, hatte das Spiel gewonnen. Man musste sehr geschickt im Umgang mit dem Zylo sein, um den kleinen Ball so genau zu seinem Mitspieler zu bewegen, dass dieser ihn annehmen und selbst weiterleiten konnte, ohne dass es dem Gegner gelang, ihn abzufangen. Besonders, weil man ihn nur zweimal berühren durfte. Der Gegner, der seinen eigenen Kreis nicht verlassen durfte, versuchte alle Wege zum Weiterspielen zu versperren. Der Ball durfte auch den Boden nicht berühren, sonst ging er in den Besitz der anderen Mannschaft über.

Es war Jarek nicht verborgen geblieben, dass die Meisterschaft dieses Rota, wie die Foogo den zweihundertfünfzig Lichte andauernden Zeitabschnitt nannten, in dem sie eine Mater begleiteten, kurz vor der Entscheidung stand. Noch zwei Spielrunden lagen vor den Clans, dann würde der Gewinner feststehen und zum ersten Mal seit sechzehn Rotara hatten die Tyrolo wieder einmal die Gelegenheit, den Wettbewerb zu gewinnen.

In Jareks Verstand öffnete sich die Kammer, in der er die Reihenfolge vor und nach den letzten Spielen verwahrte.

Zylobola war nichts, das einer Geheimhaltung unterlag, und so trug Jarek die Ergebnisse aller Spiele, wie man sie ihm genannt hatte, in seinem eigenen, unendlich großen Gedächtnis mit sich und konnte auf Nachfrage alles Wesentliche zu der laufenden Runde widergeben.

Jarek wurde oft gefragt.

Vor dem Spiel zwischen den Birmi und den Stafa hatten die Tyrolo schon den dritten Platz eingenommen, aber jetzt waren sie an den Birmi vorbeigezogen.

„Damit sind wir jetzt Zweiter!", sagte Syme begeistert.

„Und wenn wir in Staka die Stafasi schlagen, dann sind wir Erster!", sagte Guso und lächelte. Er war der Anführer der Mannschaft und hatte einen Kreis aus jungen und erfahrenen Spielern um sich gebildet, auf den er stolz war.

„Dann kann uns gar nichts mehr passieren. Dann müssten wir nur noch die Hälfte der Stadtspiele gewinnen und bleiben vorne. Ich kann die nächsten zwei Lichte bestimmt nicht schlafen, so aufgeregt bin ich", sagte Syme und fuhr sich durch die blonden Haare. „Wann haben wir zum letzten Mal die Runde gewonnen?"

„Vor vier Umläufen und zwei Rotara", sagte Guso.

„Mann, ist das lange her", sagte Syme.

„Ja", ließ sich Fuli vernehmen. „Da hat unser Vater noch gelebt. Und er war es, der unsere Mannschaft zum Sieg geführt hat."

Sie schaute nicht Syme an, sondern Volka. Aber der erwiderte den Blick nicht, sondern zuckte nur einmal die Achseln.

„Kannst du dich an so was noch erinnern?", fragte Syme ihre Schwester neugierig. „Da warst du doch noch ganz klein."

Es verwunderte Jarek immer wieder, dass Syme Fulis versteckte und offene Abneigung gegen sie einfach übersah und mit ihr sprach wie mit jedem anderen auch, freundlich, lebhaft, interessiert. Jarek hatte sogar den Eindruck, dass Syme umso mehr die Nähe ihrer Schwester suchte, je bissiger und abweisender diese auf sie reagierte. Syme half Fuli immer wieder und tat ihr auch gerne einen Gefallen, wenn sie es konnte, doch ohne dabei etwas zu erwarten.

Jarek hatte während der langen Wanderungen immer wieder über dieses seltsame Verhältnis nachgedacht und war zu dem Ergebnis gekommen, dass Syme ihre Schwester wahrscheinlich gar nicht anders kannte. Aber wieso Fuli so geworden war und was diese Abneigung hervorgerufen hatte, darauf hatte er keine Antwort gefunden.

Fuli hob den Blick und starrte Syme an. „Oh ja", sagte sie mit einem leisen Groll. „Und wie ich mich daran erinnern kann."

Guso schaute rasch zu Lasti, die einen Moment erstarrt war und dann Fuli mit einer seltsamen Mischung aus Ärger, Trauer und einer unausgesprochenen Bitte im Blick bedachte. Dann wandte sie sich an ihre jüngere Tochter. „Es ist wirklich schon lange her, da hast du recht."

Syme erwiderte das Lächeln. „Dann wird's Zeit, dass wir unserem Clan mal wieder Ehre machen." Sie drehte sich zum Obersten Hirten um. „Du trägst eine große Verantwortung, Guso. Hoffentlich weißt du das. Wir verlassen uns nämlich alle auf dich!"

Der Oberste Hirte erwiderte Symes Lächeln kurz. „Das weiß ich zu schätzen. Und damit wir euch nicht enttäuschen, fangen wir jetzt mit unseren Übungen an." Er griff nach seinem Zylo und stand auf.

Fuli starrte vor sich hin. „Ehre", sagte sie leise zu sich. „Ha."

Gusos Mannschaft hatte nur auf sein Zeichen zum Beginn gewartet, wie in jedem Graulicht. Fünfzehn Spielerinnen und Spieler kamen rasch mit ihren Stäben auf ihn zu und er gab seine Anweisungen. „Filk, Pin und Mosilu bleiben bei mir. Die anderen bilden Vierer. Kleines Feld, zwei Vierer gegeneinander, zehn Pässe - ein Mal. Fünfzehn Male - Sieg."

Die Felder für die Übungen waren von den Spielern schon bei ihrer Ankunft sorgfältig ausgemessen und mit Kreitstein aufgezeichnet worden. Schnell bildeten sie vier Mannschaften. Es ging darum, sich den Ball zehnmal zuzuspielen, ohne dass der Gegner ihn berührte, das hatte Jarek verstanden. Wenn das gelang, bekam die Mannschaft ein Mal zugesprochen, als ob sie auf dem großen Feld den

Ball über die gegnerische Linie befördert hätte. Die Mannschaft, die zuerst fünfzehn Male erreichte, hatte gewonnen.

Auch wenn er das nun in jedem Graulicht beobachten konnte, war Jarek immer noch fasziniert von der Geschicklichkeit, mit der die Zylobolaspieler den Flug der Bälle kontrollieren konnten. Es war unglaublich, wie sie das Spielgerät bereits im Anflug mit den Augen einfingen und mit einer raschen, lockeren Bewegung zum Mitspieler weiterleiteten, ohne dass man vorher erkennen konnte, in welche Richtung der Ball wechseln würde. Diese Täuschungen, Tricks, Fallen und Finten waren ein fester Bestandteil des Spiels. Aber es kam darauf an, nur den Gegner zu überraschen und nicht den Mitspieler, denn es war ziemlich peinlich, jemandem den Ball zuzuspielen, der ihn gar nicht erwartete.

„Hast du jemals Zylobola gespielt?", fragte Lasti den Memo.

Jarek war überrascht, denn die Älteste des Clans sprach ihn nur sehr selten an, wenn es nicht um seine Pflichten aus dem Kontrakt ging. Jarek hatte den Eindruck, dass Lasti das Bedürfnis hatte, die drückende Stille, die sich über ihren Essplatz gelegt hatte, zu unterbrechen und sich selbst auch von Gedanken abzulenken, die sie nicht gerne dachte.

„Nein, noch nie. In meinem Heimatort haben wir auch mit Bällen gespielt, aber wir haben sie mit den Händen geworfen. Wir hatten als Kinder ein Jagdspiel, bei dem man den anderen mit dem Ball treffen musste."

„Hast du nicht Lust, mal Zylobola zu probieren?", fragte Syme.

Jarek nickte. „Das würde ich sehr gerne. Aber ich glaube, ich würde mich ziemlich dumm anstellen."

„Glaub ich nicht." Syme schüttelte den Kopf. „Das ist nicht so schwer, wie es aussieht. Wenn du gut bist, dann kommst du vielleicht sogar in die Mannschaft."

„Das würde ich nicht erlauben, Kleines", sagte Lasti.

„Wieso?" Syme zog den Schmollmund, den Jarek schon gut kannte, weil er ihn immer zu sehen bekam, wenn der Kleine mit dem salafarbenen Haar etwas nicht passte.

„Weil das Spiel auch gefährlich sein kann", erklärte Lasti. „Denk daran, was mit Masto vor fünf Rotara passiert ist."

„Was ist ihm denn geschehen?", fragte Jarek.

„Er ist in seine Klinge gestürzt, als er einen Sprunghebelretter versucht hat." Überraschenderweise beteiligte sich Volka jetzt an dem Gespräch, der sonst nur nachdenklich dasaß. „Dreizehn Lichte später ist er daran gestorben."

„Es gibt immer wieder Unfälle bei den Spielen." Lasti war heute außergewöhnlich gesprächig, stellte Jarek für sich fest. „Der Zylo ist nun einmal in erster Linie eine Waffe. Und wenn zwei Männer dicht beieinander stehen und versuchen, mit einem Stab nach einem Ball zu schlagen, und der Stab hat an einem Ende eine lange Klinge, dann kann schon einmal etwas passieren. Und nicht immer ist das ohne Absicht, auch wenn es so aussehen soll."

Jarek kannte die Geschichten über hinterhältige Spieler, die ihre Gegner nicht nur behindern, sondern verletzen wollten, um sie aus dem Spiel zu nehmen. Eine jede Begegnung wurde zwar von einem Memo überwacht, der die Male zählte und auf die Einhaltung der Regeln achtete. Aber wenn ein Unglück geschehen war, war es auch für ihn nicht immer leicht zu entscheiden, ob dabei eine böse Absicht gewesen war.

„Du verstehst, warum wir Jarek niemals im Zylobola einsetzen würden, Kleines? Er ist viel zu wertvoll für uns."

„Schade. Oh, sehr gut!" Syme klatschte in die Hände. Eine der Mannschaften hatte gerade zwei Male hintereinander erzielt.

„Ich habe noch nie ein richtiges Zylobolaspiel zwischen zwei Clans gesehen", sagte Jarek. „Ich glaube, ich bin genauso gespannt wie Syme."

Die kleine Blonde kicherte. „Geht nicht. Ich bin am gespanntesten. Und ich freue mich so auf Jakat."

Die Stadt des Clans lag noch etwas über zwanzig Lichtwege entfernt. Dort würden sie unter der Führung von Guso ihre Mater von der Herde absondern und zum Schlachten führen. Der Clan würde siebenundzwanzig Lichte in Jakat bleiben, um sich auszuruhen. Und um den Zylobolaspielen zuzuschauen, die zu Beginn eines jeden Graulichts stattfinden würden.

Jeder der anderen Clans, der mit der Herde zog, würde gegen die Tyrolo spielen, sobald er deren Stadt erreichte. Einer nach dem anderen, wie es die Regel der Meisterschaft verlangte. So kam jeder Clan auf zweiundfünfzig Spiele in einem Rota. Wer am Ende die meisten Siege hatte, der war der Meister.

Die Wanderer des Clans, in dessen Stadt die Spiele stattgefunden hatten, zogen nach den Spielen dann wieder weiter, holten die Herde ein und suchten sich eine neue Mater. Diese würden sie dann etwa zweihundert Lichte später wieder ausführen.

„In Jakat kannst du ganz viele Spiele sehen." Syme konnte vor Begeisterung kaum stillsitzen. „In jedem Graulicht eins. So lange wir da sind."

Jarek bemerkte, dass Volka den Kopf gehoben hatte und seine Mutter ansah. Auch Fuli hatte den Blick auf die Clanälteste gerichtet. Jarek konnte den Ausdruck in ihrem Gesicht nicht deuten.

„Wir werden doch in Jakat bleiben?", fragte Jarek mit Blick auf Lasti. „Oder hat sich daran etwas geändert?"

Syme lachte. „Was soll sich denn da ändern? Und warum? Jakat ist unsere Stadt in diesem Rota!"

„Du weißt doch, meine Kleine, dass immer etwas dazwischenkommen kann", sagte Lasti. „Wenn es Guso nicht gelingt, unsere Mater von der Herde zu trennen, dann müssen wir weiterziehen."

Syme quiekte vor Entsetzen. „Dann würden alle unsere Stadtspiele ausfallen! Dann hätten wir die Meisterschaft verloren! Das darf nicht passieren!"

Diese Möglichkeit war von den anderen Foogo des Clans schon öfter debattiert worden. Jarek hatte den Eindruck bekommen, dass die dann verpasste Meisterschaft für viele schlimmer wäre als der Verlust, den der Clan hätte, wenn er die zweitausend Tiere nicht schlachten, verarbeiten und verkaufen könnte.

„Manchmal gibt es Wichtigeres als Zylobola, meine Kleine", sagte Lasti. „Das wirst du auch noch lernen."

Aber ihre Tochter schüttelte den Kopf. „Glaub ich nicht", murmelte sie, doch dann gewann ihre gute Laune wieder die Oberhand über die Sorge. „Guso schafft das schon", sagte sie voll Zuversicht. „Guso ist der beste Oberste Hirte von allen."

Jarek warf Fuli und Volka noch einen kurzen Blick zu. Die sahen weg. Dann schaute Jarek zu Lasti und er hatte das sichere Gefühl, dass Syme sehr viel schneller lernen würde, dass es Wichtigeres gab als ein Ballspiel, als ihr lieb war. Der Wächter in Jarek musste nur einmal aus seiner Kammer treten, um zu erkennen, dass hier etwas vor sich ging. Die meisten der Foogo vom Clan der Tyrolo ahnten nichts. Und die, die davon wussten, waren sich keineswegs einig, ob die Pläne, die sie verfolgten, die richtigen waren.

Lasti wusste Bescheid. Volka, Fuli und auch Guso genauso. Die meisten der anderen schienen Jarek völlig ahnungslos zu sein.

Er selbst war keiner der Eingeweihten. Es war seine Aufgabe als Memo, seinem Kontraktpartner in allen Fragen zur Seite zu stehen und ihn bei allen Entscheidungen zu beraten, bei denen es gewünscht war.

Aber Lasti hatte Jarek noch nie um Rat gefragt.

Er fühlte sich deswegen nicht ausgegrenzt oder zurückgesetzt. Es war Lastis Entscheidung, ob sie mit ihm über ihre Gedanken, Überlegungen und Pläne sprechen wollte oder nicht. Sie wollte nicht. Lasti schien Jarek nicht zu vertrauen. Aber darüber machte er sich keine Gedanken und er nahm es schon gar nicht persönlich. Er hatte eins gleich bei ihrem ersten Zusammentreffen sehr schnell bemerkt: Lasti vertraute niemandem.

Jarek spürte die Kälte, aber die war es nicht, die ihn geweckt hatte. Es war zwar merklich kühler als während des Graulichts in Maro und erst recht als in Mindola, wo man sich beim Schlafen oft nicht einmal zudeckte, aber der dichte Mantel wärmte genug, obwohl er leicht und dünn war. Wenn sie auf der weiteren Wanderung noch höher ins Gebirge kamen, würde jeder zum Schlafen den zweiten und dritten Mantel benötigen, den er jetzt schon auf den Rückenbeutel geschnallt mit sich herumtrug, aber noch war es nicht so weit.

Jarek fror nicht. Er wachte jedes Mal im letzten Kvart des Graulichts auf, weil er ausgeschlafen hatte. Die Foogo hatten ihre Ruhezeiten den Tieren angepasst, die sie begleiteten. Nach dem Spätessen unterhielten sich alle immer noch etwa bis Ende des ersten Kvarts und schauten den Übungen der Zylobolaspieler zu. Dann rollten die Hirten ihre Mäntel und Decken aus und begaben sich zur Ruhe. Mehr als zwei Kvart konnte Jarek aber einfach nicht schlafen und so war er immer der Erste, der auf war, neben denen, die in der Cave die Spätwache übernommen hatten.

Leise setzte Jarek sich auf und steckte den Kopf durch den Schlitz seines Deckenmantels, aber die Kapuze setzte er nicht auf. Guso schnarchte leise und Volka zuckte im Schlaf. Syme hatte sich wieder einmal herumgerollt, ihr Mantel war offen und Jarek sah, dass sie zitterte.

Jarek ging die wenigen Schritt zu ihr hinüber, kniete sich neben sie und wickelte den dichten Stoff vorsichtig wieder um das zierliche Mädchen. Er bemühte sich, Syme dabei nicht aufzuwecken. Sie grunzte nur leise und kuschelte sich fest in ihren Mantel.

Jarek erhob sich und schaute aus der Cave.

Bis auf die aufrecht stehenden Wächter hatten sich alle Fooge ihrer Mater niedergelassen und schliefen eng aneinander gedrängt.

Pfadauf und pfadab bildeten die Tiere der Matern, die nicht an der Cave lagerten, die Nirakreise. Die Tiere nahmen die jüngsten und ältesten Fooge in die Mitte. In dichten Reihen lagerten erst die weiblichen, dann die männlichen Tiere um sie herum, bis ganz außen die stärksten Kämpfer den ersten Abwehrring gegen Reißerangriffe bildeten.

Langsam ging Jarek über den Fels der Cave, bis dieser in den nachgiebigen Sand des Pfades überging. Seine Schritte machten kein Geräusch.

Es war ein seltsamer Anblick, pfadauf und pfadab die großen, kreisrunden Flecken zu sehen, die die lagernden Tiere bildeten und zwischen denen der helle Sand im Licht der Monde schimmerte. Der Pfad sah aus wie ein teures, gemustertes Tuch, das Jarek einmal auf dem Markt in Briek gesehen hatte. Er fragte sich, ob die Mahlo, die es gewebt hatten, den Pfad und die Fooge im Graulicht als Vorbild im Sinn gehabt hatten.

Folmoras, der rechts Wache hielt, hatte Jarek gesehen und nickte ihm zu. Die Tyrolo waren es inzwischen gewohnt, dass ihr Memo so früh aufstand. Links außen erkannte Jarek Bide, die junge Frau, die neben Lasti die meisten Botschaften schickte. Jarek hatte gehört, dass sie in einen Mann verliebt war, der in Jakat wohnte, das sie in dreiundzwanzig Lichten erreichen würden. Sie würde die Wanderer verlassen und dort bei ihm bleiben.

Die dritte Wache war Fuli.

Lastis ältere Tochter hatte ihren Zylo fest in der Hand, die Klingenseite nach oben gerichtet, und stand direkt vor Jarek am Rand der Cave. Sie ließ den Blick über den Pfad und die gegenüberliegenden Höhen streifen, ruhig, aber aufmerksam, nicht in Erwartung irgendeiner Gefahr, aber bereit, auf alles Ungewöhnliche zu reagieren.

„Jarek", sagte sie mit sanfter Stimme, als er neben sie trat. „Kannst du wieder nicht schlafen?"

Wenn Fuli mit Jarek alleine und Syme nicht zu sehen war, dann erschien sie ihm jedes Mal als ein ganz anderer Mensch. Sie war freundlich und interessiert und sprach gerne mit ihm. Doch sobald ihre kleine Schwester dabei war, verwandelte sich die junge Frau in ein Gebilde aus Fera, aus dem an allen Seiten scharfe Klingen ragten.

„Ich brauche nicht so viel Ruhe, Fuli." Jarek stellte sich neben sie. „Mehr als zwei Kvart kann ich einfach nicht liegen bleiben. Das konnte ich noch nie. Ich glaube, daran werde ich mich auch so schnell nicht gewöhnen. Ich habe Lasti schon vorgeschlagen, dass ich immer eine Wache im letzten Kvart übernehme. Aber sie wollte davon nichts wissen."

„Ich weiß. Ich hab's gehört." Mehr sagte Fuli nicht dazu, aber er konnte heraushören, dass sie diese Entscheidung ihrer Mutter missbilligte. Es schien Jarek, als ob Fuli viele Entscheidungen ihrer Mutter missbilligte, obwohl sie ihr vor anderen Mitgliedern des Clans nie widersprach. Lasti war die Anführerin. Lasti hatte das Sagen, das musste auch ihre Tochter anerkennen. Ob sie es nun gut fand oder nicht.

Jarek drehte den Kopf und lauschte auf ein Jaulen, das von pfadauf kam und von einem zweiten beantwortet wurde. Auch Fuli schaute in die Richtung und ihre Hand verkrampfte sich um den Zylo.

„Was war das?", fragte sie.

„Zwei Streifenheuler. Etwa zweitausend Schritt pfadauf. Ein Männchen ruft das Weibchen."

Fuli entspannte sich wieder. Streifenheuler waren Aaser und nur kniehoch, auch wenn sie einen Lärm machten wie ein ausgewachsener Klauenreißer, wie Gilk sich einmal ausgedrückt hatte.

Gilk.

Jarek fiel auf, dass er nun schon eine ganze Weile nicht mehr an Maro und seine Freunde gedacht hatte. Aber er fühlte anders als früher deshalb keine Schuld. Sie würden dort gut zurechtkommen. Auch ohne ihn. Er hatte alles dafür getan. Pfiri, Rieb und Gilk bewachten Mareibe. Ili würde bald ihre steifen Verbände an den Beinen verlieren. Wenn sie wieder lief, würde auch Ferobar die Stadt verlassen. Adolo und Carb waren schon länger nach Mindola zurückgekehrt.

In Maro ging alles seinen Gang. Ohne ihn, aber diesmal gab ihm der Gedanke an die, die er zurückgelassen hatte, ein Gefühl der Sicherheit. Er selbst war weitergezogen und er hatte den Entschluss, den er gefasst hatte, noch nicht bereut.

„Was denkst du gerade?", fragte Fuli und Jarek musste leise lachen. „Was war daran so komisch?", fragte sie verwundert.

„Eine Freundin von mir sagt immer, das solle ein Mann eine Frau nie fragen", erklärte er.

Fuli sah ihn interessiert an. „Warum nicht?"

„Das hat sie mir nie verraten."

„Aha. Und an was hast du gedacht? Verrätst du es mir? Ich bin eine Frau. Ich darf fragen!." Fuli sah ihn neugierig an.

„Ich habe an Freunde gedacht, die ich zurückgelassen habe. Und an meine Familie."

Wieder heulte das Aaserpärchen, aber jetzt klangen ihre Stimmen weiter entfernt, und Jarek richtete den Blick pfadauf. Die finsterste Zeit des Umlaufs näherte sich, die hier so dunkel war wie sonst nirgends auf Memiana. Wenn Polos und Nira hinter den Raakspitzen verschwanden, verfinsterte das unendlich hoch erscheinende, himmeltragende Massiv das Land unterhalb, bis es für wenige Augenblicke an die Tiefe einer Höhle erinnerte. Bis Sala am gegenüberliegenden Horizont aufging und die bedrohliche Schwärze vertrieb.

„War das schwer für dich? Dich von deiner Familie zu trennen?" Fuli sah Jarek mit dem offenen Interesse an, das er von ihr kannte, wenn sie mit ihm alleine war.

Er schüttelte den Kopf. „Diesmal nicht. Wir werden uns alle wiedersehen und dann haben wir uns viel zu erzählen. Das weiß ich und das wissen sie. Und jeder geht inzwischen seinen Weg. Meiner ist hier."

„Magst du sie alle? Jeden aus deiner Familie?" Fuli schaute wieder pfadauf und blickte in die Finsternis.

Jarek hatte das leichte Zittern in ihrer Stimme gehört, als sie die Frage stellte. Er spürte, dass dies keines der Gespräche werden sollte, die sie sonst immer führten. Unterhaltungen, in denen sie ihm von der Geschichte der Tyrolo erzählte oder ihm erklärte, welche Clans der Foogo mit welchen befreundet waren und welche Gegner. Oft fragte sie ihn aber auch nach anderen Völkern und Städten, die sie nicht kannte, und Jarek antwortete mit dem reichen Wissen aus seinem Gedächtnis.

Doch jetzt fühlte sich alles anders an. Fuli hatte ihn noch nie etwas Persönliches gefragt. Jarek spürte, dass sie ihm etwas sagen wollte, aber noch nach dem richtigen Weg suchte. Sie tastete sich vorsichtig voran, von Satz zu Satz und von

Gedanke zu Gedanke, als wandere sie pfadauf durch die Finsternis, in die sie gerade schaute.

„Ja", erwiderte er. „Ich liebe sie alle. Meine Mutter, die immer alles unter Kontrolle hat, ohne dass sich jemand kontrolliert fühlt. Meinen Vater, auch wenn er ein sehr strenger Mann ist, aber das muss er als Clanführer sein. Meine kleine Schwester, die einer der wunderbarsten Menschen auf ganz Memiana ist, winzig klein, aber mit der Lebenskraft von zwei Klauenreißern. Und meinen toten Bruder Kobar habe ich bewundert und geliebt."

„Deinen toten Bruder?"

„Er ist bei einer Jagd ums Leben gekommen. Das ist noch keinen Umlauf her. Es tut noch immer weh, daran zu denken."

„Das kenne ich. Manche Wunden verheilen nicht. Weil sie drinnen sind. Wo man nicht rankommt." Fuli drehte den Kopf und blickte pfadab, aber von Sala war noch nichts zu sehen.

Der Horizont lag tief unter ihnen. Sala erschien von hier aus gesehen nie über dem Reisenden, sondern sie erhob sich zu seinen Füßen, um dann den Weg über den Himmel zu suchen und den Menschen Wärme und den Foogen Kraft zu geben.

Man konnte sehr gut erkennen, welch eine Höhe die Herde jetzt schon erreicht hatte. Der Pfad ging nicht geradeaus, wie in der Ebene, sondern wand sich wie ein achtlos hingeworfenes Seil den steilen Abhang hinunter, der erst am Horizont flacher auslief, wo die Lebensader Memianas wieder einen geraden Verlauf hatte.

„Weißt du, wie mein Vater gestorben ist?", fragte Fuli unvermittelt, ohne Jarek anzusehen.

„Nein." Niemand hatte Jarek je etwas über Lastis Mann erzählt. Er wusste nur, dass sein Name Ebol gewesen war und dass er vor etwa vier Umläufen bei einem Unglück ums Leben gekommen war. Aber was sich damals genau ereignet hatte, war nichts, worüber jemals gesprochen wurde.

„Mein Vater war nicht nur der Älteste des Clans. Er war auch der Oberste Hirte." Fuli wandte langsam den Blick

Jarek zu und sah ihn offen an. „Wir hatten eine riesige Mater. Die größte, die wir je gefunden hatten. Es waren über fünftausend Tiere. Alle haben die ganze Zeit darüber geredet, dass es so was noch nie gegeben hatte. Es war so schwer für meinen Vater, die Älteste an sich zu gewöhnen. Nibela hat er sie genannt. Am Anfang ist sie immer mit ihren Klingen auf ihn losgegangen, sobald er sich genähert hat. Aber er hat es geschafft. Ganz langsam und geduldig. Erst durfte er sich zehn Schritt nähern. Dann waren es schon acht. Er kam ihr immer näher, bis er zusammen mit ihr laufen durfte. So sind sie dann bestimmt fünfzig Lichte nebeneinander hergegangen, der große Foogo und die stolze Älteste der Mater, bis er sie das erste Mal berühren durfte."

Jarek lauschte gespannt und unterbrach Fuli nicht. Er sah in ihren Augen die Bewunderung und die Liebe, die sie für ihren Vater empfunden hatte, und stellte sich das kleine Kind vor, das zu der Zeit etwa zwei Umläufe alt gewesen sein musste, also jünger noch als Parra. Er sah das dunkelhaarige, schmale Mädchen vor sich, wie es seinem geliebten Vater an den Lippen hing und jede seiner Bewegungen beobachtete.

„Da dachten alle, dass er es geschafft hätte", erzählte Fuli weiter. „Aber dann ist etwas passiert. Wir waren etwa hier, nur ein wenig weiter, kurz vor Staka. Lasti war schwanger und dann ist dieses Kind gekommen." Fuli zitterte kurz und musste sich an dem Zylo festhalten. Sie senkte den Blick.

„Syme", sagte Jarek.

Fuli nickte. „Mein Vater hat geholfen. Er hat sie in den Arm genommen und gewaschen und dann habe ich seinen Blick gesehen. Es war, als ob da irgendwas in ihm kaputt gegangen wäre. Er hat das Baby angestarrt und dann hat er es Lasti in den Arm gelegt, hat sich umgedreht und ist weggegangen. Ich habe nicht verstanden, was da los war. Mein Vater hatte sich doch so sehr darauf gefreut, dass wir noch ein Kind bekommen. Lasti war in der Zeit ziemlich unruhig gewesen. Aber jetzt war doch alles in Ordnung. Das Kind war da und es war am Leben und mein Vater rennt einfach weg? Dann habe ich es gesehen. Es hatte Haare wie Sala. Und es war hell. Und da ist mir alles wieder eingefallen. Lasti hatte gesagt, ich soll es vergessen. Also hatte ich es vergessen. Aber auf einmal war alles wieder da."

Jarek sah die Träne, die sich aus Fulis rechtem Auge löste und die Wange hinunterrollte. „Es war in Kulogo. Weißt du, wo das liegt?" Fulis Stimme war nur noch ein Flüstern.

„Zweihundertdreiundsiebzig Lichtweg pfadab. In der Kronebene. Es ist eine Ansiedlung der Foogo. Vom Clan der Vristu." Jarek musste nicht nachdenken. Memo kannten alle Orte entlang des Pfades, alle Entfernungen, alle Täler und alle Berge.

„Ja", hauchte Fuli. „Wir hatten den Pfad verlassen für das Spiel gegen die Vrisima. Alle waren ganz aufgeregt. Wir hatten im letzen Rota die Meisterschaft gewonnen und es sah so aus, als ob uns das wieder gelingen könnte. Alle waren beim Spiel, aber mir war schlecht, weil ich altes Schwimmerfleisch gegessen hatte. Ich bin in die Herberge gegangen, um mich hinzulegen. Da habe ich etwas aus unserem Schlafraum gehört."

Fuli schwieg und starrte in die Finsternis im Schatten der Felswand, die sich steil über ihnen erhob. Sie räusperte sich und fuhr dann fort: „Ich habe den Vorhang ein bisschen zur Seite geschoben und da habe ich sie gesehen. Meine Mutter und diesen Mann. Es war ein Vaka. Mit salafarbenen Haaren und hellen Augen. Er hat auf ihr gelegen und sich bewegt, vor und zurück, und sie hat gestöhnt und immer wieder ‚ja, ja, ja' gesagt und gekeucht. Ich wollte wegrennen, aber meine Beine konnten nicht. Also habe ich dagestanden und zugesehen. Dann waren sie still und haben dagelegen und der Vaka hat geschnauft, als ob er ein ganzes Zylobolaspiel gespielt hätte. Meine Mutter hat mich gehört. Sie hat sich schnell etwas übergezogen und ist zu mir gekommen. Es wäre ein kleines Spiel, das sie gespielt hätten, ein Erwachsenenspiel, hat sie gesagt. Und dass ich das alles vergessen soll und mit niemandem darüber reden darf. Sonst würde der Clan das Spiel verlieren. Also habe ich nicht geredet, mit niemandem. Damit wir das Spiel nicht verlieren."

Sie sah Jarek an, mit der Bitte im Blick, etwas zu sagen, ihr zu helfen, weiterzusprechen. „Als du Syme gesehen hast, da hast du wieder an den Vaka gedacht. Und an dieses seltsame Erwachsenenspiel."

Fuli nickte.

„Aber hast du gewusst, was es bedeutet? So jung, wie du warst."

„Nein", sagte Fuli und schüttelte langsam den Kopf. „Das habe ich erst später verstanden. Als die anderen darüber geredet haben, leise, damit es keiner hört. Aber ich habe gute Ohren. Viel zu gute." Sie wischte eine weitere Träne mit dem Handrücken fort und schickte einen raschen Rundblick über die Umgebung.

Fuli stand als Wache hier und würde ihre Pflicht nicht vernachlässigen, ganz gleich, was sie erzählte und welche Qualen ihr das bereitete. Aber alles war ruhig. Ein paar entfernte Reißer ließen sich noch immer vernehmen, aber die würden auch bald verstummen, sobald die ersten Strahlen Salas pfadauf wandern und die Fooge wecken würden.

Jarek fragte sich, wieso er nicht von selbst auf die Idee gekommen war. Syme sah völlig anders aus als ihre Geschwister. Aber Jarek hatte sich nichts dabei gedacht, weil auch unter den anderen Foogo welche waren, die helle Haare hatten oder braune. Auch ihre Hautfarben waren zum Teil unterschiedlich und einige hoben sich von dem Hellbraun mit dem leichten Salaton ab. Außerdem hatte Jarek Fulis Vater nicht gekannt und wusste nicht, wie der ausgesehen hatte.

Aber jetzt war es ihm klar. Nicht der tote Älteste des Clans war Symes Vater, sondern der Vaka, mit dem Fuli ihre Mutter beobachtet hatte. Und der Älteste der Tyrolo hatte das in dem Augenblick erkannt, als er Syme gesehen hatte.

„Willst du wissen, was mit meinem Vater passiert ist?", fragte Fuli mit einer härteren und entschlosseneren Stimme als vorher.

Jarek nickte. „Wenn du es mir erzählen magst."

„Er hat kaum noch etwas gesprochen und er hat das Kind nicht genommen. Lasti hat er nicht angesehen. Im Graulicht hat er sich nicht mehr mit ihr in den Mantel gewickelt. Ich habe nichts verstanden. Ich wollte aber wissen, was los ist. Immer wieder habe ich ihn gefragt. War etwas mit der Mater? Mit dem Pfad? Mit unseren Vorräten? War es zu kalt? Er hat immer nur den Kopf geschüttelt. Irgendwann habe ich ihn gefragt, ob es mit dem Kind zu tun hat. Da hat er nur ein Wort gesagt: ‚Ja.' Mit Tränen in den Augen. Ich hatte meinen Vater noch nie weinen sehen. Dann hat er sich umgedreht und ist zu Nibela gegangen, der Ältesten der Mater. Es war das Licht, in dem wir Jakat erreichen sollten und unsere Tiere von der Herde trennen. Mein Vater hat versucht, Nibela die Rampe zur Schlachtstelle hinaufzuführen, die in einem Talkessel vor Jakat liegt. Aber er war nicht so sanft zu ihr wie die ganze Zeit vorher. Sie wollte ihm nicht richtig folgen, da ist er grob geworden. Ich war vielleicht zwanzig Schritt hinter ihnen. Ich konnte gerade über die Fooghäute schauen, so klein war ich da noch. Aber ich habe es genau gesehen. Alles. Nibela hat den Kopf gesenkt und meinem Vater ein Horn in den Hals gerammt. Dann hat sie einen schrecklichen Pfiff von sich gegeben und die ganze Mater ist davongelaufen. Zur Mitte des Pfades hin. Wer vom Clan den Tieren nicht aus dem Weg gegangen ist, wurde umgerannt. Und mein Vater lag am Boden. Wir konnten nicht zu ihm. Sie haben ihn zertrampelt." Fuli schluchzte heftig.

Jarek drehte sich zu ihr und sie legte die Arme um ihn und drückte ihr tränennasses Gesicht in seinen Mantel. Jarek strich ihr besänftigend mit der Hand über den Kopf. „Das muss furchtbar für das kleine Mädchen gewesen sein."

Fuli nickte heftig. Jarek fuhr mit den Bewegungen fort.

„Es tut mir leid, Fuli, so leid."

Die junge Foogo zog noch einmal die Nase hoch, löste sich dann wieder von Jarek, wischte sich mit dem Ärmel durch das Gesicht und schaute ihn an. „Ist es das Kind? Ja. Das war das Letzte, was ich von meinem Vater gehört hatte. Dann ist er gestorben. Es war ihre Schuld. Syme war schuld am Tod meines Vaters. Und von da an habe ich sie gehasst."

„Bis heute", sagte Jarek traurig. Es war keine Frage.

„Als ich größer wurde und gehört habe, wie das ist, mit den Frauen und den Männern und den Kindern, da habe ich verstanden, was meine Mutter getan hatte. Aber das hat nichts geändert. Syme ist nicht sein Kind. Sie ist nur meine halbe Schwester. Und diese Hälfte will ich nicht."

„Aber Syme kann etwas dafür?" Jarek sah die junge Frau an, der wieder die Tränen über die Wangen liefen.

„Ich weiß das doch auch", schluchzte sie. „Aber jedes Mal, wenn ich sie sehe, muss ich daran denken, wer ihr Vater ist. Mein Vater war der beste Oberste Hirte aller Clans. Er hat jede Mater ausgeführt. Ihm wäre nie etwas passiert, wenn es sie nicht gegeben hätte. Er war nicht bei der Sache, als er versucht hat, die Mater nach Jakat zu bringen. Und deshalb ist er jetzt tot."

Wieder wischte Fuli sich die Tränen fort, diesmal mit einer heftigen, zornigen Bewegung. „Wegen ihr!"

Der erste Strahl Salas wanderte über die Ebene hinter ihnen und Polos und Nira waren hinter Raak verschwunden.

Jarek stand neben Fuli und es gab nichts, was er ihr hätte sagen können. Sie hatte ihm all das nicht erzählt, weil sie einen Rat von ihm gewünscht hatte, sondern um es endlich einmal auszusprechen. In Jareks Erinnerungen öffnete sich eine Kammer, aus der Ferobar trat und ihn mit seiner brummigen Art auf die vielen so ungewöhnlichen und starken Frauen aufmerksam machte, die sich immer wieder in seiner Nähe fanden. Aber diesmal lächelte Jarek nicht bei dem Gedanken.

Yala, Mareibe, Lim und auch Ili waren wunderbare Wesen mit vielen anziehenden und überraschenden Fähigkeiten und Eigenschaften und einer großen Stärke tief innen. Doch jede von ihnen trug genauso tief drinnen eine Wunde. Jede hatte eine Verletzung, die wohl niemals vollständig heilen würde und die sie immer wieder spüren würde, ganz gleich, wie gut es ihr in einem Augenblick ging und wie glücklich sie war.

Für den Moment.

Die Frauen neben Jarek waren alle gezeichnet, für ihr ganzes Leben.

Und Fuli war eine von ihnen.

Das Spiel

Die ganze Stadt roch nach Blut. Für Jarek war das immer das sichere Zeichen für einen Kampf zwischen Menschen und Reißern gewesen, aber in Staka bedeutete es nur, dass der Clan der Stafasi erfolgreich gewesen war und seine Mater ausgeführt hatte.

Jarek stand auf der Mauer, die die Stadt umgab. Er schaute nach unten auf den zerklüfteten Steilhang, der unweit des Tores begann. Wenn er sich ein wenig vorbeugte, konnte er die Schlachtstelle erkennen, an der die tausendsiebenhundertdreiundachtzig Fooge gestorben und ausgeblutet waren. Der Talkessel lag etwa hundert Schritt von der Mauer entfernt, aber wenigstens fünfzig tiefer. Dorthin hatte der Oberste Hirte des Clans sein Leittier geführt und alle anderen waren ihm gefolgt.

Jarek hatte das Schlachten der Fooge noch nie selbst gesehen, aber wenn es Guso gelingen sollte, seine Mater nach Jakat zu führen, wäre er zum ersten Mal dabei. Dann würde er selbst erleben, wie die in der Stadt lebenden Mitglieder des Clans über den eingeschlossenen kleinen Teil der Herde herfallen und die Tiere mit routinierten Bewegungen töten, zerlegen und ausnehmen würden. Die ersten der Fooge würden sie überraschen, aber die nachdrängenden wären durch die angstvollen Pfiffe ihrer Artgenossen gewarnt und würden sich wehren. Fooge hatten scharfe Waffen. Ein Schlachten ging nie ohne Verletzungen ab und jeder Clan war glücklich, wenn es bei einer Ausführung keine Toten gab.

Die Wanderer, die die Mater begleitet hatten, beteiligten sich bis auf einen nie am Töten. Sie hatten ihren Teil der Arbeit getan, wenn sie die Tiere bis zur Stadt gebracht hatten, dann waren andere dran. So wie Jarek kein Jäger gewesen war, um zu töten, aber töten musste, um ein Jäger zu sein, war ein Foogo kein Hirte, um zu schlachten. Aber es war nun einmal Bestandteil ihres Lebens und des Lebens ihres Volkes. Seit Tausenden von Umläufen und mehr.

Das erfolgreiche Ausführen einer Mater war nicht nur ein Fest der Freude, hatte Syme Jarek mit einem ungewöhnlichen Ernst erklärt, den das Mädchen nur selten zeigte. Es war auch immer eine Trauer um die Tiere, die man opfern musste, um selbst zu überleben.

Dem Obersten Hirten eines jeden Clans fiel es am schwersten, diesen letzten Schritt zu gehen. Ein ganzes Rota lang hatte er die Älteste der Mater an sich gewöhnt, war Hunderte von Lichtwegen neben ihr gegangen, hatte oft im Graulicht neben ihr gelegen, hatte sie berührt und über sie gewacht. Aber das alles nur zu einem einzigen Zweck. Dem ihres Todes und des Todes ihres ganzen Gefolges.

Da die Älteste keinen anderen Menschen an sich heranließ, war es die Aufgabe des Obersten Hirten, dem Leittier den Hals durchzuschneiden und den anderen so die Anführerin zu rauben, sodass die Foogo der Stadt die verwirrten Tiere ohne allzu große Gegenwehr schlachten konnten. Der Oberste Hirte trauerte in den folgenden Lichten und nur spannende oder siegreiche Zylobolaspiele der Mannschaft des Clans konnten ihn aus seiner Niedergeschlagenheit holen und ablenken.

Einen ganz kurzen Augenblick hatte sich alles für Jarek angefühlt wie ein großer Verrat, als er im Turm des Wissens vom Leben der Foogo und Sterben der Mater gehört hatte, aber dann hatte er gewusst, dass das ein sehr menschlicher Gedanke gewesen war.

Memiana war nicht menschlich.

Ein jedes Lebewesen fraß. Oder es wurde gefressen. Darum ging es. Um sonst nichts.

Jarak betrachtete den Schlachtplatz, auf dessen Boden es von Blutschadern wimmelte, die von überall hergekommen waren. Selbst die unüberschaubare Menge dieser kleinen Sauger hatte es noch nicht geschafft, alles Blut, das im vergangenen Gelblicht vergossen worden war, aufzunehmen. Vereinzelt schlichen noch ein paar Felsenspringer umher und umkreisten die Stelle mit eleganten Sätzen auf ihren langen, starken Beinen. Aber die meisten der Reißer und Aaser waren wieder verschwunden, nachdem sie erkannt hatten, dass sie diesmal zu spät gekommen waren.

Jarek hatte von Guso gehört, dass es zu den ganz großen Herausforderungen gehörte, mit dem Schlachten und dem Transport der Tiere in die Stadt fertig zu sein, bevor die Tore schlossen. Jarek hatte versucht, sich die eilige Arbeit vorzustellen. Er hatte das Glänzen der Schneider und die Kolonnen der Träger vor sich gesehen, die die Beute durch das Tor schleppten, um sofort wieder zurückzukommen. Als wären sie Knochenbeißer, die die letzten Reste in ihre Höhle zerrten. Die Wächter rund um den Schlachtplatz mussten die wenigen Salareißerarten abwehren, die es hier gab, die aber alle eilig am Ort des Geschehens auftauchten, wenn sie in weiter Entfernung das Blut rochen und die schrillen Pfiffe der sterbenden Fooge hörten.

Alles, was bis zum Untergang Salas übrigblieb, musste man den Aasern des Graulichts überlassen. Von den Aasern fiel eine große Zahl dann ihrerseits den Reißern zum Opfer, die der weitreichende Duft des Blutes aus ihren Salaverstecken lockte.

Es war nicht nur ein Schlachten der Fooge, das in dem Talkessel stattfand, einmal in jedem Rota, wenn der Oberste Hirte seine Aufgabe erfüllen konnte.

Es war das große Fressen.

Jarek drehte sich um, schaute nach oben und betrachtete die Stadt.

Staka war erst die zweite menschliche Ansiedlung, die er in dieser Höhe erblickte, und sie kam ihm sehr fremd vor. Mindola hatte seine wunderbaren, hohen Türme in einer Bauweise, die er sonst nirgends gefunden hatte. Aber die restlichen Unterkünfte waren alle auf die ihm so gut bekannte Art gefertigt.

Staka war vollkommen anders. Hier gab es nicht die halbkugeligen Kuppeln mit den üblichen großen, vergitterten Lichtöffnungen ganz oben. Für diese Bauart war an den steilen Hängen des Gebirges kein Platz. Die Unterkünfte drängten sich dicht an die Felsen und nahmen deren Gestalt auf, füllten Lücken, standen übereinander auf Absätzen und Überhängen und schmiegten sich so an das Gebirge, dass sie die Mauer, die die Stadt schützend umgab, weit überragten. Schmale Wege verbanden die Bauten miteinander und unzählige offen und verborgen liegende, in den Stein geschlagene Treppen führten in die Höhe.

In der Ebene konnte man von einer Stadtmauer aus immer nach unten auf die Unterkünfte, Schänken, Herbergen und Kontore schauen. Die Türme der Befestigung waren die höchsten Punkte. Aber hier oben im Raakgebirge musste man anders bauen und mit dem vorliebnehmen, was das Massiv an waagrechten Flächen bot. So lag die ganze Stadt oberhalb der schützenden, fünfzehn Mannslängen hohen Mauer.

Staka zog sich mindestens zweihundert Schritt den Berg hinauf. Zwischen dem Kontor ganz oben, der alles überragte, und den Foogbauten dicht hinter den beiden Toren, in denen die hiesigen Foogo eifrig Fleisch, Häute, Klingen und Schwänze der geschlachteten Tiere weiterverarbeiteten, war ein weiter Weg.

Staka lag in einer weiten Schleife des Pfades, der von hier aus noch einen Lichtweg die Richtung beibehielt, dann eine Wendung machte und sich wieder auf die Stadt zu bewegte. Aber er hatte einen Höhenunterschied von dreihundert Schritt überwunden, wenn er oberhalb von Staka wieder vorbeiführte.

Nur Städte wie Staka waren dazu geeignet, Schauplatz des Zylobolaspiels zu sein. Jeder Clan, der mit seiner Mater vorüberzog, verließ den Pfad und kam im letzten Schein des Gelblichts hinter die Mauern. Vierundzwanzig der Mitglieder des Clans, die durch das Los bestimmt wurden und sich über ihr Schicksal bitter beklagten, folgten ihrem Teil der Herde weiter. Alle anderen zogen in die Stadt und fieberten dem Spiel entgegen, bei dem sie ihre Mannschaft lautstark unterstützen würden. Im folgenden Gelblicht machten sie sich auf direktem Weg an den steilen Aufstieg zurück zum Pfad, um sich wieder mit ihrer Mater zu vereinen. Entweder noch glücklich über den Sieg oder deprimiert über die Niederlage. Aber in jedem Fall hätten die meisten noch mit den Auswirkungen des Paasaqua zu kämpfen, das immer getrunken wurde, entweder um zu feiern oder um die Trauer zu vergessen.

Die Tyrolo hatten schon vor dem letzten Kvart Sala Staka erreicht und waren höflich und mit dem Respekt begrüßt worden, den man einem ernst zu nehmenden Gegner entgegenbrachte. Sie hatten in zwei Herbergen Unterkunft erhalten. Die Spieler um Guso hatten sich in ihre Räume zurückgezogen, um sich zu sammeln und auf die bevorstehende schwere Aufgabe vorzubereiten, während die aufgeregten Zuschauer sich aufgemacht hatten, die Stadt zu erkunden. Die Tyrolo hatten Staka vor zwei Umläufen zum letzten Mal betreten, da im vergangenen Umlauf der Oberste Hirte der Stafa versagt hatte und seine Mater weitergezogen war. Daraufhin waren alle Spiele ausgefallen und die Stafasi waren nicht mehr in der Lage gewesen, um den Sieg in der Meisterschaft mitzuspielen.

Jetzt waren die Tyrolo unterwegs, um nachzuschauen, ob es die Schänken, die ihnen früher einmal gefallen hatten, noch gab und vielleicht die eine oder andere neue dazugekommen war. Die Stadt war voller Menschen und es waren nicht nur die Foogo der Tyrolo und Stafasi. Die Ausführung der Mater und die damit verbundenen Lichte der Spiele zogen Zuschauer aus allen Ansiedlungen und Städten der Umgebung an.

Dazu kamen die Vaka und Kir, die sich im Kontor drängten und bereits um die besten Preise für Fleisch, Klingen, Knochen, Häute und Schwanzhaare der geschlachteten Tiere feilschten, bevor die Verarbeitung abgeschlossen war.

Die Treppen zwischen den Bauten waren so dicht mit Menschen der unterschiedlichsten Größe, Haut- und Haarfarbe gepackt, dass sie einander immer wieder ausweichen mussten, und Jarek hatte nach wenigen Augenblicken der Beobachtung die Regel erkannt. Wer bergauf ging, hatte immer den Vorrang vor dem, der von oben kam, und die meisten hielten sich daran. Nur einmal waren Jarek drei junge Kir aufgefallen, die mit einem älteren Vaka rangelten, aber sofort waren zwei Xeno da gewesen und hatten den Frieden wiederhergestellt.

Es war wie in einem Marktort, stellte Jarek fest, während er den Blick über die Stadt wandern ließ.

Die Bauten verloren nun langsam die Farben. Das seltene Rotbraun des Blutspats verschwand, aus dem das Kontor und der schmale Memobau errichtet waren. Die leichte Salafarbe des Knirks verblasste, mit dem die Wege zwischen den Treppen bestreut waren, um die vielen Löcher und Unebenheiten auszugleichen, die sich immer fanden, wenn man eine Ansiedlung dort anlegen musste, wo es genügend Felsspalten gab, die man zu Unterkünften umbauen konnte.

Nischen im Raakmassiv brauchte man für eine Stadt. Und Wasser. Die Cave von Staka lag versteckt neben dem Kontor und es war eine aufwändige Konstruktion mit mehreren Pumpen nötig, um die so lebenswichtige Flüssigkeit aus dem Berg nach oben zu befördern. Aber das Wasser lief gleichmäßig und der Pegel war seit dem Bestehen der Stadt eher gestiegen als gesunken. Ein Memo wusste so etwas. Es gehörte zu den Dingen, die Jarek während der Unterrichtungen in Mindola über jede Ansiedlung und jede Stadt am Pfad erfahren hatte.

Carb hätte die Einrichtung gefallen, da war Jarek sich sicher, denn sie war durchdacht und funktionierte bestens.

Er schaute über das Gewimmel in den Gassen und auf den Treppen über sich und der Wächter und Beschützer in ihm spürte diesen ihm so gut bekannten Gleichklang der Stimmung. Sie lag zwischen Vorfreude auf Geschäfte und gute Unterhaltung und der vorhandenen, darunter lauernden Bereitschaft zur Gewalt, die Jarek immer wieder vorgefunden hatte, sobald sehr viele Menschen auf einem begrenzten Raum zusammengekommen waren. Es war eine Angriffslust, die bei manchem sprungartig zum Vorschein kommen würde, sobald er nur genügend Paasaqua zu sich genommen hatte.

Oder eben eine Portion Coloro.

Es waren auch Solo in der Stadt.

Jarek hatte sich selbst dabei ertappt, dass er sich nach den Heimatlosen umgeschaut hatte und sein Blick war kein freundlicher gewesen. Es war ein abschätzender, misstrauischer, der nach Anzeichen dafür suchte, ob irgendjemand unter den Männern und Frauen vielleicht zu Ollos Gefolgschaft gehörte, aber es war ihm niemand besonders aufgefallen.

Die Stafasi hatten die Solo für das Schlachten als Schlepper unter Kontrakt genommen und viele hatten ihre Familien mitgebracht. Dazu kamen die Musiker, die für die Feiern des Graulichts in den Schänken gebraucht wurden und für die nächsten sechsundzwanzig Lichte bleiben durften. Die Solaga waren auch da, die schönen Frauen, die für Bezahlung ihr Lager mit Reisenden teilen würden und sehr zum Missfallen der Frauen von Staka auch mit einheimischen Männern, wenn der Preis und die Gelegenheit stimmten. Doch die Frauen Stakas konnten nicht verhindern, dass sie eingelassen wurden, da die Händler sie erwarteten und forderten und es sich rasch herumgesprochen hätte, hätte man die Solaga aus der Ansiedlung ausgeschlossen. So blieb den ortsansässigen Frauen nur, ihre Männer während der Lichte der Spiele besonders gut zu beobachten.

Solaga waren für Jarek keine Gefahr. Sie gehörten zu den reichsten Solo und würden sich keiner Räuberbande anschließen. Aber Jarek wusste, dass nicht jeder Solo, der eine Flöte bei sich trug, auch darauf spielen konnte. Sogar in Maro war es immer wieder vorgekommen, dass sich Spieler, Beutelzieher und Diebe unerkannt eingeschlichen hatten, die dann Ärger verursacht und das Einschreiten der Xeno erfordert hatten. Aber in Staka war der Clan der Hosatt unter Kontrakt, der weithin einen sehr guten Ruf genoss und streng auf die Sicherheit achtete.

Auch wenn er immer wieder Solo über den Weg lief, war Jarek sofort aufgefallen, dass hier nicht so viele der heimatlosen Wanderer waren wie üblich. Die Angst vor Ollo und seiner Bande ging auch in Staka um und dementsprechend hart waren die Kontrollen der Xeno am Tor. Er hatte von den Wächtern gehört, dass sie in diesem Rota nur jeden dritten Solo, der in die Stadt wollte, auch wirklich eingelassen hatten.

Jarek musste an Quarm denken, den Mann, der sich verkleidet nach Maro geschlichen hatte, um für seine Familie etwas zu essen und zu trinken zu besorgen. Hier oben im Gebirge, wo die Ansiedlungen und Städte nicht mehr so dicht nebeneinander lagen wie in den Ausläufern des Anstiegs, war es für die Solo sicher noch schwerer, sich das zu beschaffen, was sie zum Leben brauchten.

Jarek hatte diese Menschen bedauert, als der ganze Clan der Tyrolo am Tor ohne Probleme Einlass gefunden hatte, während eine Reihe von Solo, darunter viele Kinder, mit hängenden Schultern in Richtung des karg, kalt und abweisend aussehenden Solowalls geschlichen waren, der weit unterhalb der Stadtmauer lag.

Sie hatten ihm leidgetan. Doch das war gewesen, bevor Jarek den Memo von Staka aufgesucht hatte.

Vor dem schmalen Bau hatte eine lange Reihe von Wartenden gestanden, aber Jarek hatte inzwischen keine Probleme mehr damit, an diesen vorbeizugehen und sich an die erste Stelle zu schieben. Anfangs war ihm das immer ungerecht vorgekommen. Aber Mareibe hatte ihm erklärt, als Memo hätte er nun einmal bestimmte Vorrechte und es wäre dumm, diese nicht zu nutzen. Außerdem wussten alle anderen Menschen, dass einem Memo immer der Vortritt gehörte, und niemand würde sich dadurch beleidigt oder zurückgesetzt fühlen. Tatsächlich reagierten die Menschen nur mit freundlichen Grüßen.

Der Memobau von Staka hatte Jarek überrascht, denn er erinnerte ihn sehr an eine Cava. Die geheimen Memounterkünfte abseits des Pfades verbargen ihre wahre Größe nämlich genauso gut. Nach der schmalen Front des Baus hatte er einen engen Raum erwartet, aber der kleine, aus rotem Blutspat gefügte Teil schloss nur den schmalen Durchgang in die große Felslücke ab, die sich dahinter auftat. Sie wurde von den weit oben liegenden Lichtöffnungen angenehm erhellt. In der Nähe des Eingangs war der Sitz des Memo aus einem vorhandenen Felsvorsprung gearbeitet, dessen polierter Schwarzglimmer im Licht glänzte. Auch sonst waren alle Nischen und Vorsprünge in der Felsspalte geschickt in die Gestaltung des

Raumes eingearbeitet worden. Hinter mehreren Säulen verbarg sich offenbar die Schlafstelle, während die Nahrkammer auf der linken Seite zu erkennen war.

Jarek wusste, dass Mareibe diese Unterkunft gefallen hätte. Sogar sehr und er hatte das Bild vor Augen gehabt, wie sie mit Hammer und Meißel nach Ilis Vorschlägen weitere Änderungen und Verzierungen anbringen und mit Kreitstein die ebenen Teile der Wände bemalen würde, und er hatte gelächelt.

Jarek hatte die Botschaften der Tyrolo gesprochen und empfangen, dann hatte er nach Nachrichten für sich selbst gefragt.

Ili berichtete, dass Ferobar ihr die Beinschienen nun tatsächlich abgenommen hatte und dass sie bereits wieder stehen konnte.

Mareibe fühlte sich mit jedem Licht wohler in Maro, dessen Bauten und Mauern im neuen Teil rasch wuchsen. Sie hatte ihre genauen Wünsche bezüglich des künftigen Memobaus geäußert und bedauert, dass Carb nicht mehr da war, um deren Umsetzung zu überwachen. Mareibes Leibwächter taten ihre Pflicht, ohne dass es sie belästigte.

Von Adolo war die Nachricht aus Mindola gekommen, dass er in zweiundvierzig Lichten endlich zu seinem ersten vollständigen Kreis als Reiter starten würde.

Von Yala hatte keine neue Botschaft vorgelegen.

Sie hatte nur noch ein einziges Mal versucht, ihm eine Mitteilung zu übersenden, und Jareks Memoverstand hatte mit einem Wimpernschlag errechnet, dass die Botschaft aus dem Gelblicht stammen musste, in dem Adolo und Carb wieder in Mindola eingetroffen waren.

Alleine, ohne Jarek.

Jarek hatte Yalas Nachricht nicht angehört, genauso wie die beiden vorhergehenden.

Die hatte er nicht beantwortet und genauso würde er es mit der dritten auch halten.

Alles, was Yala betraf, hatte er in der Kammer mit der Tür aus Aaro tief in sich verborgen und inzwischen öffnete sie sich seltener. Immer seltener, aber jedes Mal schmerzte noch.

Bis dahin war alles wie bei jedem Kontakt mit einem der Memoboten gewesen. Doch dann war da noch die Botschaft von Nahit gewesen und die war beunruhigend. Zwar hatte es keine weiteren Mordanschläge gegen Memo mehr gegeben, aber dafür wurden verstärkt Reisende Opfer von Räubern.

Erst vor zwölf Lichten war ein Tross Vaka drei Lichtwege hinter Chumuli in einen Hinterhalt geraten. Bis auf einen kleinen Jungen, der durch einen Zufall entkommen konnte, hatten die Räuber alle Reisenden ermordet und Nahit zweifelte nicht daran, dass dies das Werk von Ollos Bande gewesen war. Offenbar hatte er sich nun hinter das Raakgebirge zurückgezogen, aber es machte Nahit Sorgen, dass die Bande wohl wieder so stark war, dass sie auch größere Gruppen überfallen konnte. Es war eigentlich nur eine Frage der Zeit, wann sie sich wieder an Memo vergreifen würden, dachte Jarek. Er hatte Nahit nach dem Fortschritt bei den Kontrakten mit den Xeno gefragt, aber in Mindola besprach man noch immer die ersten Bewerbungen als Beschützer des Volkes der Memo. Bisher hatten sich nur kleine Clans ohne Namen beworben. Der einzige größere und namhafte freie Clan, von dem Jarek gewusst hatte, war von Tabbas in Maro unter Kontrakt genommen worden, um mit den Thosen zusammen die werdende Marktstadt zu schützen.

Jeder andere, der für die Memo arbeiten wollte, musste erst seinen eigenen Clan gründen und dazu den Großen Höhler jagen. Das würde einige Zeit dauern. Und weit weniger als die Hälfte der Jäger kam siegreich zurück. Viele gute Männer und Frauen starben, wenn sie das Wagnis eingingen, so hoch in die Spitzen des Raakmassivs zu steigen, dass sie kaum noch Luft zum Atmen fanden, um den größten und gefährlichsten Reißer Memianas zu jagen.

„Hier bist du!" Syme stand plötzlich neben Jarek. „Ich habe dich überall gesucht."

„Braucht ihr mich?" Jarek erhob sich von dem Felsen, auf dem er gesessen hatte und der geschickt in den Bau der Mauer mit einbezogen war.

Syme schüttelte rasch ihren Kopf und die salafarbenen Haare flogen. „Nein, nein. Ich wollte nur wissen, wo du bist. Was machst du denn hier oben? Oder unten. Obenunten." Syme schaute sich neugierig auf der Mauer um und blickte dann über das rege Treiben in der über ihnen liegenden Stadt.

„Früher in Maro war ich oft auf dem Turm und habe mir alles von oben angeschaut. Da hatte ich immer einen guten Überblick. Das steckt irgendwie noch in mir drin. Wenn du mich in einer Stadt oder einem Wall suchst, dann musst du immer als Erstes auf der Mauer nachsehen. Oder auf dem Wachturm."

Syme grinste. „Ich werd's mir merken. Kommst du? Wir wollen langsam zur Plada."

Jarek war überrascht. „Jetzt schon? Ich dachte, das Spiel fängt nach dem ersten Kvart Nira an. Sala ist noch nicht einmal untergegangen." Jarek schaute nach oben, wo er noch die halbe Scheibe der Sonne über den Gipfeln des Gebirges erkennen konnte.

„Ja, das schon", sagte Syme und zog Jarek am Arm mit sich. „Aber da gibt's vorher schon ganz viel zu sehen. Und wenn wir zu spät kommen, dann sind die besten Plätze weg."

Die Plada verbarg sich in einer tiefen Felsspalte rechts des Kontors. Die Spielstätte, an der der Wettkampf im Zylobola ausgetragen wurde, war von außen nicht zu sehen, aber es war leicht zu erkennen, dass dort etwas stattfinden sollte. Die Menschen drängten sich die Treppe hinauf, die an dieser Stelle so breit gearbeitet war, wie es der enge Durchgang zuließ. Ein Stimmengewirr kam aus dem Eingang und auch immer wieder Musik. Jarek schob sich mit Syme an der Hand langsam mit den anderen Zuschauern vorwärts und nahm eine Stufe nach der anderen. Als sie oben angekommen waren, weitete sich der Spalt ähnlich wie der des Memobaus und gab den Blick auf den Schauplatz des Spieles frei.

Die sorgfältig geglättete, ausgemessene und markierte Spielfläche lag etwa zwanzig Schritt unter Jarek. Aus dem umgebenden Fels waren Tribünen geschlagen worden, die bereits jetzt dicht besetzt waren, obwohl Polos und Nira gerade erst pfadab am Horizont erschienen. Die Zuschauerplätze bestanden nur aus einfachen Bänken, aber sie boten fünftausendeinhundertdreiundzwanzig Menschen Platz, wie Jarek mit einem raschen Rundblick zählte. Im Abstand von etwa zehn Schritt standen Xeno, die die Menge aufmerksam im Auge behielten und immer wieder Blickkontakt zu den anderen Mitgliedern ihres Clans der Wächter, Beschützer und Jäger suchten.

Jarek sah sofort, wie gut der Schutz dieser großen Zusammenkunft organisiert war, und er war beeindruckt. Die Wächter waren so verteilt, dass ihnen nichts entgehen konnte. Innerhalb weniger Augenblicke konnten immer gleich mehrere Männer und Frauen vor Ort sein, falls sie gebraucht wurden. Der Anführer der Xeno von Staka verstand seine Aufgabe.

Auf dem Platz selbst spielten zehn Solomusiker ein fröhliches Lied, während zehn außerordentlich ansehnliche junge Solofrauen dazu einen einstudierten Tanz zeigten. Die Blicke vieler junger Männer hingen geradezu an den schlanken Beinen der jungen Solo, die sie bei ihrer Vorführung lachend weit in die Luft warfen. Auch die Älteren riskierten einen Blick, wenn die Frauen nicht hinsahen, die neben ihnen saßen.

Oberhalb der Sitzreihen gab es Tische, an denen Händler alle möglichen Leckereien anboten, die einen guten Absatz fanden. Andere Vaka handelten mit Suraquaflaschen und auch Paasaqua war im Angebot und wurde dankbar angenommen.

„Syme!" Jarek hörte den Ruf und erkannte Lasti. Die Anführerin saß etwa auf Höhe der Mitte des Spielfelds. Dieser Bereich der Tribüne war von den anderen abgegrenzt und bot breite Plätze mit Arm- und Rückenlehnen sowie Polstern.

„Da ist Mama", sagte Syme und zog Jarek in die Richtung.

Volka saß bereits dort und auch Fuli, die einen kurzen Blick herüberwarf. Sie drehte sich aber sofort wieder um, als sie Syme an Jareks Hand sah, und tat so, als ob sie den Tänzerinnen zuschauen würde. Guso war nicht zu entdecken, aber Jarek wusste, dass er bei der Mannschaft war. Die Spieler warteten in einer Unterkunft am anderen Ende der Plada auf ihren Auftritt.

Langsam schoben sich Syme und Jarek durch die Reihen.

Ein junger Xeno, der ihnen entgegenkam, blieb stehen. „Verzeihung", sprach er ihn an. „Bist du Jarek?"

„Ja, der bin ich", antwortete Jarek und betrachtete sein Gegenüber. Der andere war nicht viel älter als Jarek selbst, ein wenig kleiner, aber seine Schultern hatten eine ungewöhnliche Breite. Er trug eine einreihige Kette um den Hals, die dicht mit Trophäen gefüllt war. Jarek sah, dass es sich nur um die gefährlichsten Reißer handelte, die man in dieser Gegend finden konnte.

„Ich bin Aliak", stellte sich der junge Mann vor. „Und du bist also der Xeno aus Maro, der ein Memo wurde?"

Jarek wusste, dass Staka vom Clan der Hosatt geschützt wurde. Ihr Ältester hatte drei Söhne und eine Tochter. Aliak war der jüngste. Jarek reichte ihm die Hand. „Aliak von den Hosatt. Ich freue mich, dich kennen zu lernen."

Syme trippelte ungeduldig von einem Fuß auf den anderen.

„Du kannst ruhig vorgehen", sagte Jarek zu dem Mädchen. „Ich komme dann nach."

Syme schaute ihn zweifelnd an und Jarek lächelte. „Ich werde mich schon nicht verlaufen. Ich bin ein Memo."

Syme grinste. „Ist gut", antwortete sie, schaute Aliak noch einmal neugierig an, dann huschte sie zu der Clanführerin, setzte sich neben sie und fing sofort an, auf sie einzureden.

„Moyla!", rief Aliak. Eine junge Frau, die etwas jünger als Jarek sein musste, drehte sich auf der nächsten Treppe um. Sie war ebenfalls eine Xeno und trug auch den fünffach geflochtenen Zopf, der sie als ein Kind des Clanführers auswies. Aliak winkte sie herbei und sie näherte sich mit leichten, schnellen Schritten.

„Moyla, weißt du, wer das ist?", fragte er.

„Das ist doch nicht etwa Jarek von den Thosen?"

„Doch."

Die junge Frau sah Jarek mit großen Augen an und lächelte dann breit. „Ist das wahr? Bist du das wirklich?"

„Im letzten Gelblicht war ich es noch", antwortete Jarek und Moyla lachte. Sie hatte eine angenehme Stimme, die in ihm den Wunsch weckte, sie öfter fröhlich zu hören. Irgendwo tief drinnen spürte Jarek einen Anflug von Stolz, dass er inzwischen in der Lage war, eine solche Antwort zu geben. Vielleicht bestand ja doch noch Hoffnung, dass er irgendwann mit ihm unbekannten Frauen umgehen konnte, ohne lange darüber nachzudenken, was er sagen sollte. Moyla wenigstens hatte er schon mal zum Lachen gebracht.

Sie war etwas kleiner als Aliak und ihre Schultern waren nicht ganz so breit. Aber sie strahlte die gleiche Kraft und Gelassenheit aus. Und noch etwas mehr, das den Mann in Jarek sanft berührte.

Ihr Händedruck war fest, aber mit einer weiblichen Leichtigkeit, anders als das Kräftemessen, das Männer nur zu gerne hinter einer freundlichen Begrüßung versteckten.

„Ich habe gehört, dass du jetzt bei den Tyrolo bist", sagte Aliak. „Aber ich wusste nicht, ob du mit Lasti ziehst. Wir freuen uns, dich kennen zu lernen. Wir haben viel von dir gehört."

„Das meiste, was über andere erzählt wird, ist entweder übertrieben, falsch oder gelogen", sagte Jarek. Die Erinnerungen an die bösartigen Gerüchte, die Mareibe in Mindola verfolgt hatten, waren noch sehr frisch und schmerzhaft.

Moyla betrachtete Jarek mit offener Neugier. „Es heißt, du wärst mit nur vier Leuten losgeritten, um deine kleine Schwester zu suchen, die verschollen war? Und du hättest sie lebendig gefunden. An einer Stelle, wo sie nie jemand gesucht hätte. Aber du hast nicht aufgegeben und hast sie gerettet. Ist das wahr oder gelogen?"

Jarek seufzte. Schon öfter hatte er gedacht, dass man Memobotschaften für Geschichten und Gerüchte sperren sollte. Nur war das leider nicht möglich, da kein Bote wusste, was er da pfadauf und pfadab an Worten überbrachte. Also waren seine Kämpfe vor Maro schon in Umlauf. Mit allen Übertreibungen, Ungenauigkeiten und Unwahrheiten, die an solch einer Erzählung kleben blieben wie Sand an einem frischen Stück Kaas. Aber heimlich musste er sich eingestehen, dass er selbst auch immer sehr daran interessiert war zu erfahren, was andere Xeno in der Nähe oder auch weiter entfernt erlebten, welche Reißer sie gejagt und erlegt hatten, wo sie erfolgreich waren und wo sie versagten.

„Das ist nicht ganz falsch", antwortete Jarek. „Aber es war nicht so schwer, Ili und die anderen zu finden. Das war keine besondere Leistung."

„Dann hat deine Schwester gar nicht unter einem Felsen gelegen? Und du hast sie befreit?" Moylas Augen hingen an Jareks Lippen.

„Kein Mensch kann alleine so einen Stein heben", sagte Jarek. „Da haben acht andere mitgeholfen. Und ein paar Krone. Und ein Freund von mir hatte daran den größeren Anteil. Der wusste als Einziger, was zu tun war."

„Und was ist mit der Tausend-Reißer-Schlacht vor den Toren Maros? Hat es die wirklich gegeben?", fragte Aliak.

„Was? Tausend-Reißer-Schlacht - so nennen sie das?" Das war nicht ungewöhnlich. Sobald sich etwas ereignete, das am Pfad erzählt wurde, bekam es einen Namen, unter dem bald viele das Abenteuer kannten.

„Wir haben gehört, ihr hättet euch über die Mauer gerettet", sagte Moyla. „Aber das habe ich sowieso nicht geglaubt. Die Reißer zerfetzen doch jeden, der das versucht.".

Aliak und Moyla sahen Jarek an, gespannt darauf, die Wahrheit zu hören.

Jarek atmete einmal tief durch, suchte rasch die richtigen Worte und versuchte eine kurze Erklärung. „Dieses Mal ist es aber gelungen. Wir haben uns mit Seilen über die Mauer ziehen lassen. Das konnten wir aber nur, weil ein Freund von mir am Großen Splitter war. Sie haben die Waffe umgedreht und er hat alle Reißer erschossen, die springen wollten." Jarek beobachtete die beiden Xeno.

Moyla schaute ihn mit offenem Mund an. „Was? Das ist wirklich passiert?"

„Äh ... Ja."

„Und das war deine Idee?", fragte Aliak.

Jarek zögerte. „Also ..."

„Jetzt sag schon!" Moyla gab ihm einen kleinen Schubs mit ihrer Schulter und es fühlte sich an, als hätten sie sich nicht erst vor wenigen Augenblicken zum ersten Mal gesehen.

„Also ja", sagte Jarek. „Es war meine Idee. Aber ich hätte das nie alleine fertiggebracht. Alle haben mitgeholfen und ..."

Moyla unterbrach ihn. „Und da sagst du, das meiste, was man erzählt, ist gelogen?" Sie betrachtete Jarek von oben bis unten. „Das ist ja wohl ein Witz?"

Jarek hob verlegen die Achseln. „So was hört sich immer viel größer an, als es wirklich war. An unserer Rettung waren so viele Menschen beteiligt. Und jeder hat sein Bestes gegeben, sonst wäre ich jetzt nicht hier."

Moyla lachte. „Ja. Genau das erzählt man auch von dir. Du sagst immer, alle anderen hätten viel mehr geleistet."

Jarek seufzte. Es war wie jedes Mal. Keiner ließ sich von der einmal gefassten Meinung abbringen. „Ich hatte eigentlich gedacht, meine Zeit der Jagd wäre vorbei", versuchte er abzulenken. „Dass ich als Memo noch einmal solche Abenteuer bestehen muss, habe ich nicht erwartet."

„Ein Jäger bleibt immer Jäger, sagt mein Vater", erklärte Aliak. „Und ich glaube, da hat er recht."

Der Xeno in Jarek trat aus seiner Kammer, verschränkte die Arme, lehnte sich gegen die Tür und grinste breit.

„Ja, da ist irgendwie was dran", musste Jarek zugeben.

„Kannst du uns vielleicht mehr über dieses Angebot sagen?", fragte Moyla. „Die Memo suchen Beschützer für ihre Boten. Diese Nachricht kennt jeder Xeno inzwischen. Aber keiner kann uns sagen, wie vielen Clans sie einen Kontrakt geben wollen."

„Langsam, Moyla", sagte ihr Bruder ernst. „Erst mal müssen wir mit unserer Jagd Erfolg haben. Und lebendig zurückkommen", fügte er leiser hinzu.

Jarek starrte die beiden an. „Ihr wollt den Großen Höhler jagen?", fragte er.

„Ja", antwortete Moyla.

„Wenn die Spiele in diesem Rota beendet sind, machen wir uns auf den Weg." Aliak ließ einen Blick über die Plada wandern, als versuche er, sich das alles jetzt schon ein letztes Mal einzuprägen.

Jarek fühlte sich, als ob jemand direkt neben seinem Kopf die große Baale von Mindola angeschlagen hätte. Er spürte am ganzen Körper den tiefen Klang und ein Kribbeln. In seinem Verstand flog die Tür weit auf, hinter der er seine geheimste Sehnsucht eingesperrt hatte, und der Wunsch trat ins helle Licht. Jeder Memo träumte davon, sich einmal auf die Jagd nach dem gefährlichsten Reißer Memianas zu begeben. Nicht einmal die Hälfte derer, die das Wagnis in Angriff nahmen, kehrte zurück. Aber wer als jüngerer Nachkomme eines Clanführers seinen eigenen Clan gründen wollte, musste dem Flugreißer in die Höhen des Raakgebirges folgen und ihn dort erlegen. Jarek hatte vor einer Zeit, die ihm nun sehr lange vorkam, den Entschluss gefasst, genau das zu tun. Das war, bevor Kobar starb und er selbst der älteste Sohn Thosens wurde. Damit war er Clanerbe und musste nicht ins Gebirge steigen. Dann aber kam Hama und alles wurde für Jarek noch einmal anders. Völlig anders.

Jarek sah Moylas große Augen und bemerkte, dass auch Aliak ihn anstarrte.

„Ist das dein Ernst?", fragte Moyla ungläubig.

„Was ist mein Ernst?", fragte Jarek verwirrt.

„Was du gerade gesagt hast!"

„Was habe ich denn gesagt?" Jarek war sich nicht bewusst, dass er gesprochen hatte.

„Nehmt mich mit!" Moyla sah Jarek in die Augen.

Er spürte, dass ihm das Blut in den Kopf schoss. Die Worte hatten sich um seinen Verstand herumgeschlichen und einfach ihren Weg gefunden, ohne dass es Jarek bewusst gewesen war. Er zögerte einen Augenblick und seine Gedanken hetzten durcheinander, wie er sich aus der peinlichen Lage retten konnte.

„Nehmt mich bitte mit. Das hätte ich sofort gesagt, wenn ich noch ein Xeno wäre", versuchte er eine Erklärung. „Aber ich bin ein Memo und ich stehe unter Kontrakt beim Clan der Tyrolo. Sie würden mir niemals gestatten, mit auf diese Jagd zu gehen."

„Und du wärst wirklich mit uns gegangen?", fragte Moyla und Jarek hörte Sehnsucht und Bedauern.

„Nur wenn ihr mich mitgenommen hättet."

Aliak lachte und Moyla fiel ein. Syme reckte den Hals und schaute zu ihnen herüber.

„Was für eine Frage", meinte Aliak.

„Über den Kontrakt kann ich euch nicht mehr sagen, als ihr schon wisst", erklärte Jarek. „Wenn ihr von der Jagd zurück seid und euren neuen Clan gegründet habt, könnt ihr jedem Memo die Botschaft übergeben, dass ihr euch bewerbt. Dann wird man sich mit euch in Verbindung setzen."

„Falls wir zurückkehren", sagte Moyla leise.

„Das werdet ihr", sagte Jarek mit Nachdruck.

„Woher willst du das denn wissen?" Moyla runzelte die Stirn in einer Bewegung, die Jarek einen Augenblick an Yala erinnerte, bevor er das Bild wieder in seine Kammer verbannte.

„Euer Clan hat einen sehr guten Ruf bis weit über das Raakgebirge hinaus. Wenn jemandem die Jagd gelingen kann, dann euch."

Die Geschwister wechselten einen Blick und Jarek erkannte einen Anflug der Zuversicht, die er selbst gerade zum Ausdruck gebracht hatte. Aliak und Moyla wussten genau, auf was sie sich einließen. Aber sie gingen die Jagd mit der Zuversicht an, die sie benötigten. Ohne dieses Zutrauen würden sie nicht wiederkehren. Dann wären sie bereits tot, bevor sie sich auf den Weg machten.

„Wir hätten dich sofort genommen", sagte Moyla noch einmal.

Die Gedanken schwirrten noch immer in Jareks Kopf durcheinander wie aufgescheuchte Schwärmer, doch er hatte jeder Verrücktheit den Weg zum Mund versperrt. Allerdings war da ein Einfall, der ruhig mitten in seinem Verstand schwebte und sich nicht an dem hektischen Treiben beteiligte. Jarek besah ihn sich genau von allen Seiten, dann gestattete er ihm, zu Worten zu werden.

„Ich würde gerne mit euch gehen. Wirklich. Leider glaube ich nicht, dass es geht. Aber wenn ihr ins Raakgebirge geht, dann kommt ihr in Jakat vorbei. Dort wird unser Clan seine Mater ausführen. Wenn ihr mich wirklich wollt, könnt ihr dort Lasti fragen, ob sie es gestattet."

„Das wäre wunderbar!", jubelte Moyla so laut, dass ein paar der Zuschauer, die in der Nähe saßen, aufmerksam wurden und zu ihnen herüberschauten.

„Jarek!" Syme stand vor ihrem Sitz und winkte. „Kommst du?", rief sie. „Es geht gleich los."

„Wir sehen uns vielleicht später", verabschiedete sich Jarek von den Geschwistern.

„Wir werden nach Jakat kommen", versprach Aliak.

Die drei gaben sich die Hände und Jarek ging in Richtung der Plätze, die von Lasti und ihrer Familie besetzt waren. Der Bereich war offenbar den Clanführern vorbehalten. Der Zugang wurde auf dieser Seite von zwei Xeno bewacht. Sie ließen ihn mit einem Nicken ein.

Jarek drehte sich noch einmal um. Aliak und Moyla standen noch an derselben Stelle und sprachen aufgeregt miteinander. Ihre Blicke gingen immer wieder in seine Richtung.

„Wer war das?", fragte Syme neugierig.

„Zwei sehr mutige Menschen", antwortete Jarek und Syme gab sich damit zufrieden.

Jarek ließ sich auf dem Platz zwischen den Schwestern nieder. Links von Syme saß Lasti. Sie grüßte Jarek nur mit einem kurzen Nicken, dann schaute sie sich wieder bedächtig im Publikum um. Jarek hatte den Eindruck, dass sie gar nicht bemerkte, was sich da vor ihren Augen abspielte, sondern mit den Gedanken an einem ganz anderen Ort war.

Dafür war Syme hier und nur hier. Sie konnte vor Aufregung kaum stillsitzen. „Ich bin total aufgeregt", erklärte sie überflüssigerweise. „Das ist so total wichtig, das Spiel. Wenn wir das gewinnen, dann haben wir es fast geschafft. Na ja, ich meine, dann haben wir natürlich noch die sechsundzwanzig Stadtspiele, aber die müssen wir ja gar nicht alle gewinnen, weil die Stafa ihre bestimmt auch nicht alle gewinnen. Doof, dass wir hier das erste Spiel nach der Ausführung der Mater haben. Da hauen die nämlich alle so richtig rein, musst du wissen, Jarek. Weißt du das?" Es sprudelte nur so aus dem Mädchen heraus, als hätte jemand eine Flasche Paasaqua aufgeschraubt, das Blasen warf, und Jarek lächelte über die kindliche Begeisterung.

Volka, den Jarek schon vermisst hatte, kam die Reihe entlang und setzte sich neben Fuli. Er hatte sich eine Flasche an einem dicht umdrängten Stand drei Reihen über ihnen geholt. Er öffnete sie und Jarek stieg der Geruch von Paasaqua in die Nase. Es war nicht die schwächste Sorte.

„Muss das sein?" Fuli verzog das Gesicht.

„Ja", antwortete Volka. Lasti beugte sich vor und warf ihrem Sohn einen kurzen, missbilligenden Blick zu, aber sie sagte nichts.

„Nein, das habe ich nicht gewusst", antwortete Jarek Syme. „Was bedeutet das, reinhauen?"

„Na ja, fies spielen, mit dem Zylo schlagen und so. Das können sie ja gut, die Stafasi. Dafür sind die überall bekannt."

Zwei Zuschauer vor ihnen drehten sich um und schauten auf Syme.

„Schrei doch noch lauter", sagte Fuli verärgert.

Syme legte sich die Hand auf den Mund und kicherte. „Oh. Das wollen die hier nicht so gerne hören, auch wenn's stimmt."

„Alle Mannschaften wollen ihr erstes Stadtspiel gewinnen", antwortete Fuli.

„Aber wir haben gegen die Stafasi noch was gutzumachen. Weil die im letzten Rota Mindiak verletzt haben und ..."

„Es war ein Unfall, Kleines", sagte Lasti mit einer Stimme, die keinen Widerspruch duldete. „Und jetzt sei still! Bitte."

Syme schaute ihre Mutter überrascht und beleidigt an, verschränkte die Arme und kniff die Lippen zusammen.

Jetzt sah Jarek, weshalb die Älteste des Clans bemüht war, ihre vorlaute jüngere Tochter ruhigzustellen. Drei Männer und eine Frau aus dem Stamm der Foogo kamen langsam durch die Menge. Vier Kir und drei Vaka folgten ihnen. Bei ihrer Kleidung hatten sie nicht mit Aaroknöpfen, Schnallen und Beschlägen gespart. Es mussten sehr wohlhabende Händler sein. Die Foogo begrüßten überall Gäste auf der Tribüne und näherten sich langsam dem abgetrennten Bereich. Jarek erkannte, dass hier die Clanführer mit wichtigen Gästen kamen. Jetzt war bestimmt nicht die Zeit für kleine Mädchen, umstrittene Aktionen zurückliegender Spiele lautstark zu bewerten. Es war Stafasi selbst, der sich näherte, ein hochgewachsener, grauhaariger Foogo mit wachen Augen. Seine Stirn war von den vier waagrechten Narben gezeichnet, die verrieten, dass er der Namensgeber eines ganzen Clans und der Oberste einer Verbindung von vier Städten und einer Wandergemeinschaft war, die der Herde folgte.

„Frieden und eine gute Ausführung, Stafasi", grüßte Lasti den Ältesten und reichte ihm die Hand.

„Euch wünsche ich dasselbe. Die Ausführung hatten wir ja bereits, wie Ihr wisst." Sein Blick huschte über Lastis Kinder, mit denen er ein freundliches Nicken tauschte, und blieb dann an Jarek hängen.

„Hat Euch der Wohlstand ereilt, Lasti, dass Ihr Euch nun einen eigenen Memo für die Wanderschaft leistet?", fragte Stafasi, aber Jarek hörte mehr echtes Interesse als Spott.

Er wusste, dass außer den Tyrolo eben nur noch die Stafasi und der Clan der Koltili einen Memo für die Herde unter Kontrakt hatten. Und die Tyrolo zählten gewiss nicht zu den reichsten und größten Clans der Foogo.

Lasti rang sich ein Lächeln ab. „Es geht uns nicht schlecht", antwortete sie. „Uns ist schon so lange keine Mater mehr verlorengegangen, dass wir uns gar nicht mehr daran erinnern können."

Stafasi nickte ein paarmal nachdenklich. „Das kann ich leider nicht behaupten. Was gäbe ich darum, wenn ich einen so erfahrenen und vielseitigen Mann wie Euren Guso hätte." Stafasi nahm neben Lasti Platz und seine Gäste verteilten sich auf eine einladende Handbewegung seinerseits hin auf die übrigen Sitze. Der kleine Bereich für die wichtigsten Zuschauern war nun gut gefüllt.

„Wie ich höre, habt Ihr doch einen sehr begabten jungen Mann in Euren Reihen: Fulumu." Lasti versuchte den Ältesten offenbar aufzumuntern, mit Erfolg.

Stafasi lächelte stolz. „Ja, mein Sohn könnte einmal ein großer Oberster Hirte werden. Wenn er nur das Zylobolaspiel aufgeben würde." Er seufzte.

„Das wird er bestimmt nicht", mischte sich Syme vorlaut ein. „Dazu ist er viel zu gut und außerdem spielt er viel zu gern."

Stafasi beugte sich vor und sah auf Syme, die ihn mit ernster Miene anschaute. „Wen haben wir denn da? Das ist doch nicht etwa die kleine Syme? Aus dir ist ja eine richtige junge Frau geworden, seit ich dich vor zwei Umläufen zum letzten Mal gesehen habe. Und eine hübsche noch dazu."

Syme grinste etwas verlegen.

„Und eine Zylobolakennerin."

„Ich habe ihn bei unserem letzten Spiel genau beobachtet", erklärte sie eifrig. „Fumulu war Euer bester Spieler. Er schlägt einen ganz tollen Schrägsteiger und zwar Vorhand und Rückhand, das gibt es ganz selten."

Stafasi schaute Syme überrascht an. „Ist das so?"

Das Mädchen mit dem salafarbenen Haar nickte eifrig. „Ja. Und das Beste an ihm ist, er spielt immer ehrlich. Er hat kein einziges Mal geschnitten oder gehakt oder gekreuzt." Sie legte sich eine lose Haarsträhne wieder hinter das Ohr. „Da gibt's ganz andere in Eurer Mannschaft."

Fuli verdrehte die Augen, Volka verschluckte sich an seinem Paasaqua und Stafasi sah Syme verblüfft an.

Lasti sagte nur: „Kleines, das reicht jetzt."

„Wenn's doch wahr ist", murmelte Syme.

Stafasi fing an, laut zu lachen. „Ihr seid eine Freundin des offenen Wortes, junge Tyrolo", sagte er schließlich schmunzelnd. „Das ist das Vorrecht der Jugend. Genießt es, so lange Ihr das noch könnt."

Der Älteste nickte ihr noch einmal freundlich zu. Ihr Gesicht wurde dunkel und sie wusste nicht, wo sie hinsehen sollte. Aber Stafasi drehte sich zur Seite und winkte zwei Solo, die mit Tabletts bereitstanden. Die Frauen kamen herbei.

Eine der Feraplatten war mit den besten Fleisch-, Kaas- und Schwimmersorten belegt und auf der anderen stand eine reichliche Auswahl an Flaschen. Jeder der Ehrengäste wurde beim reichsten Clan der Foogo an seinem Platz bedient. Jarek sah, dass Volka verlegen die Flasche auf den Boden stellte, die er vorhin selbst gekauft hatte, und mit dem Fuß zur Seite schob.

Das weiche und doch bissfeste Schwimmerfleisch, das Jarek sich ausgesucht hatte, schmeckte hervorragend. Beim Trinken blieb er wie immer bei Suraqua, während Lasti den stärkeren Getränken zusprach und auch Fuli sich eine kühle Flasche Litpaasaqua nahm.

Von den Rängen kam Applaus und Jarek schaute nach unten.

Auf dem Spielfeld zeigte eine Gruppe von Solo eine Darbietung, wie Jarek sie noch nie gesehen hatte. Mareibe hatte von den wandernden Artisten erzählt, die über die Märkte und zu den Materfeiern zogen. Aber Jarek hatte erst einen einzigen Markt besucht und das ganz am Ende und hatte so nichts Besonderes mehr zu sehen bekommen. Aber hier in Staka war das anders und die Solo unten auf der Spielfläche waren wirklich gut. Sie konnten auf Händen laufen und Türme aus Menschen bilden. Dabei schleuderten zwei Männer immer einen dritten nach oben. Jedes Mal, wenn man dachte, nun würde nicht noch ein Mensch dazupassen, kam der nächste, bis schließlich alle Solo auf einem einzigen Mann lasteten, dessen Schultern so breit waren wie die von Carb. Am Ende stand ein kleines Mädchen ganz oben auf der Spitze. Es winkte furchtlos mit beiden Händen – und sprang. Ein Aufschrei ging durch die Menge, doch das Kind zeigte einen doppelten Überschlag in der Luft und kam sicher auf beiden Füßen auf. Hinter ihr löste sich der Menschenturm in seine Einzelteile auf und die anderen Künstler sprangen ebenfalls rasch nacheinander zu Boden.

Die Zuschauer klatschten begeistert in die Hände, als die Gruppe sich verbeugte, und es flogen viele Münzen auf die Spielfläche. Sie wurden rasch von sieben Kindern aufgesammelt.

Polos und Nira waren nun schon vor dem ersten Kvart ihrer Himmelsbahn. Es wurde nach der dunkelsten Zeit des Lichts wieder merklich heller. Jarek spürte, wie die Anspannung um ihn herum wuchs, und Syme konnte gar nicht mehr ruhig sitzen und rutschte auf ihrem Platz hin und her. Dann ging ein Raunen durch die Zuschauer und wieder setzte Applaus ein, nur diesmal lauter und anhaltender als zuvor.

Orig, der Memo von Staka, erschien auf der gegenüberliegenden Seite der Tribüne. Er betrat den Vorbau des Entscheiders, der sich bis dicht an die Mitte des Spielfeldes zog. Seine Aufgabe war es, die Einhaltung der Regeln zu überwachen, in Zweifelsfällen eine Entscheidung zu treffen und verbotene Aktionen der Mannschaften zu bestrafen.

„Es geht los, es geht los!" Syme biss auf dem Nagel ihres Daumens herum.

Orig schritt bedächtig bis zu dem Sitz am Ende des Vorbaus, der sich eine Mannslänge über dem Spielfeld befand, wodurch er einen guten Überblick hatte. Rechts und links des Sitzes waren Ferastangen angebracht, an denen Foogschädel hingen. Sie dienten dazu, den Spielstand anzuzeigen.

Oberhalb des Entscheiderplatzes war in einem Gestell ein rundes Feratablett von einem Schritt Durchmesser angebracht. Orig griff nach dem Foogbeinknochen, der an einer Schnur daneben hing, und schlug mit dem kugeligen Teil gegen die Platte. Ein weithin hallender Klang ertönte. Die Spieler kamen aus ihren Unterkünften unter den Tribünen, in denen sie dem Beginn entgegengefiebert hatten. Alle Zuschauer erhoben sich von ihren Plätzen und jubelten ihnen zu, als sie im Laufschritt auf das Spielfeld eilten und sich dort nebeneinander aufstellten.

Guso führte seine Mannschaft an.

„Zu Gast in der ersten Begegnung der Stadtspiele von Staka ist die Mannschaft des Clans der Tyrolo. Der Mannschaftsführer ist Guso." Höflicher Applaus der Stafa beantwortete Origs laute Ansage, während die Tyrolo in begeisterten Jubel ausbrachen. Jarek bemerkte, dass die Plada so geschickt zwischen die Felsen gebaut war, dass die Stimme des Entscheiders weithin trug und er keine Vorrichtung zur Verstärkung brauchte.

Guso stellte jeden seiner Spieler mit Namen vor und Jarek entging nicht, dass die meisten der Tyrolo ein wenig nervös waren. Er hatte von Syme gehört, dass viele von ihnen zum ersten Mal in diesem Rota in der Mannschaft waren. Dies war nun ihr erstes wirklich großes und wichtiges Spiel und es war verständlich, dass sie aufgeregt waren.

Die Tyrolo auf den Tribünen gaben ihr Bestes, um ihren Spielern zu zeigen, dass sie nicht alleine waren. Aber sie hatten alle ihre Plätze auf der Schmalseite der Tribüne rechts, sodass die Unterstützung sehr einseitig war.

Ganz anders sah es bei den Stafasi aus. Als deren Spielführer vortrat, um die Mannschaft anzukündigen, hallte ein Jubel über die Plada, dass Jarek die Ohren fast schmerzten. Den größten Beifall erhielt Fulumu, Stafasis Sohn, ein hochgewachsener Mann, der etwas jünger war als Jarek. Er lächelte in die Menge und winkte, was eine Bank voll Mädchen direkt vor Jarek zum Kreischen brachte. Syme verzog unwillig das Gesicht.

Schließlich war die Vorstellung vorbei und die Zuschauer ließen sich wieder auf ihren Plätzen nieder. Orig nahm den kleinen Ball in die Hand. Noch einmal schlug er den Feragong, dann warf er das Spielgerät hoch in die Luft und die Begegnung begann.

Jarek hatte Gusos Mannschaft in jedem Graulicht bei den Übungen gesehen und die Geschicklichkeit der Spieler im Umgang mit dem Zylo bewundert. Aber alles, was er in den Caven beobachtet hatte, verblasste gegen das Spiel, das nun dort unten stattfand.

Der Ball flog mit wenigstens der doppelten Geschwindigkeit von Spieler zu Spieler und um jede Weitergabe wurde verbissen gekämpft. Die Gegner standen in ihren

Kreisen, die sich dicht nebeneinander befanden. Sie durften das abgegrenzte Rund des anderen nicht betreten oder dort den Boden berühren. Aber sie durften versuchen, mit ihrem Zylo den Ball abzulenken, sodass der andere ihn nicht annehmen und kontrolliert weiterschlagen konnte. Jarek erkannte sehr schnell, dass es dabei eine Vielzahl an Möglichkeiten gab, nicht nur den Ball zu erreichen, sondern auch dem Gegner zuzusetzen.

Die Stafasi ließen keine Gelegenheit aus, bei jeder Aktion nebenbei den Gegner mit ihrem Zylo zu berühren, auch wenn sie geschickt versuchten, ihre Absichten zu verheimlichen.

Der Ball flog über die hintere Platzlinie der Tyrolo und obwohl Narak noch versuchte, mit einem weiten Sprung zu verhindern, dass er den Boden berührte, gingen die Stafasi unter dem Jubel des Publikums mit einem Mal in Führung.

Orig schlug den Gong und schob einen Schädel auf die Seite der Stange, die die Erfolge der Stafasi markierte.

Der erste Angriff der Tyrolo wurde von Fulumu abgewehrt, der einen für ihn eigentlich unerreichbar weitergeleiteten Ball mit der ausgestreckten Spitze des Zylo doch noch berühren konnte. Es gelang ihm, den Ball in die Luft zu lenken und dann auch noch mit einem geschickten Schlag weiterzuspielen, sodass seine Mannschaft gleich das zweite Mal erzielen konnte.

„Der ist schon verdammt gut", musste auch Syme zugestehen, nachdem das begeisterte Gebrüll der Stafa verhallt war. „Wir müssen dagegenhalten", beschwor sie die eigene Mannschaft und biss auf ihren Daumennagel.

Aber die Nervosität der Tyrolo stieg mit jedem Spielzug, den die Stafa erfolgreich beendeten, und so führten diese nach kurzer Zeit mit fünf Malen. Stets war Fumulu der Ausgangspunkt der Angriffe gewesen. Er stand alles beherrschend in seinem Kreis in der Mitte vor der eigenen Mallinie. Mit genauen, harten oder auch überraschend weichen Schlägen leitete er die Angriffe ein. Jarek sah, dass da ein Mann auf dem Platz war, der Anführer eines erfolgreichen Jagdtrupps gewesen wäre, wäre er ein Xeno.

Jarek bewunderte die Sicherheit, Leichtigkeit und Selbstverständlichkeit, mit der der junge Mann das ganze Spiel bestimmte. Und er sah, dass Syme recht gehabt hatte. Fumulu war der einzige der Stafasi, der seinen Gegner nie mit dem Zylo berührte oder behinderte. Das hielten seine Mitspieler ganz anders.

„Gekreuzt! Buuuh!", brüllte Syme bei der nächsten Aktion, bei der einer der Abwehrspieler dem Angreifer der Tyrolo den Zylo mit seinem eigenen Stab aus der Hand geschlagen und so ein sicheres Mal verhindert hatte. Syme sprang genauso auf wie alle anderen des Clans und tobte.

Orig schlug den Gong. „Freiball Tyrolo. Kreuzen", entschied der Memo unter den lauten Protesten und Buhrufen der Zuschauer.

Pumla tippte den Ball leicht in die Luft und schoss ihn dann mit der Breitseite des Zylo hinter die Mallinie des Gegners. Der Gong ertönte wieder.

Der Jubel war leiser, da sich die Tyrolo der zwanzigfachen Übermacht im Publikum gegenüber sahen, aber der erste Erfolg gab der Mannschaft neuen Mut.

„Geht ran, Tyrolo, geht richtig ran!" Guso trieb seine Spieler an, die versuchten, nun genauso körperlich vorzugehen wie der Gegner. Das Spiel wurde zu einem Kampf, der die Zuschauer von den Sitzen riss. Alle standen und fieberten mit. Auch Jarek fand sich auf den Beinen wieder und ertappte sich dabei, wie er empört brüllte, als ein Stafa Minnu mit der Breitseite seines Zylo am Kopf traf und dann den Unschuldigen spielte.

Jarek spürte, dass nicht nur der Beschützer vor seine Kammer getreten war, sondern auch der Jäger. Alle verfolgten mit wachsender Begeisterung das Spiel. Er verspürte das aufregende Kribbeln der Gefahr, das rasche Reaktionen ohne Nachdenken erforderte. Es war wie beim Anschleichen an ein Rudel Hauerreißer oder beim Eingreifen in die Schlägerei in einer Schänke. Es fühlte sich ganz ähnlich an, obwohl dort unten nur ein Ballspiel stattfand, in das Jarek nicht eingreifen konnte, ganz gleich, was er rief, wie hoch er sprang oder wie sehr er sich aufregte.

Ein Seitenblick zeigte ihm, dass es allen anderen genauso ging. Nur Volka schien das Geschehen seltsam unbeteiligt zu lassen. Er applaudierte zwar bei jedem Mal der Tyrolo, aber dazwischen nahm er immer wieder tiefe Schlucke aus der Flasche Paasaqua. Auch Fuli zeigte nicht die Begeisterung der anderen Tyrolo.

Syme dagegen wog die Zurückhaltung ihrer Geschwister mehr als auf. Jarek hatte den Eindruck, dass darin der Grund für Fulis Desinteresse lag. Was ihrer kleinen Schwester gefiel, durfte ihr selbst einfach keine Freude machen, und Jarek bedauerte die junge Frau, die in ihrem ganz eigenen Käfig aus Hass und Schmerz so gefangen war.

Dann erzielten die Tyrolo ein Mal und der Jubel wischte die Gedanken beiseite.

Auf dem Spielfeld nahm die Härte immer weiter zu. Der Gong des Entscheiders schlug in immer kürzeren Abständen und unterbrach das Spiel. Für Orig wurde es immer schwieriger, das Geschehen auf dem Platz zu bewerten.

„Tripplo, Tripplo!", kreischte Syme. „Das war dreimal, das hat doch jeder gesehen!", brüllte sie. Auch Jarek hatte erkannt, dass der Angreifer den Ball mit seinem Zylo dreimal berührt hatte, bevor er ihn über die Mallinie geschlagen hatte, doch Orig entschied auf Treffer und die Tyrolo tobten und wüteten.

Inzwischen stand es vierzehn zu elf für die Gastgeber, doch deren Spielzüge liefen nun nicht mehr mit der Leichtigkeit ab wie vorher. Die Tyrolo störten immer besser und auch Fumulu hatte nicht mehr die totale Kontrolle über den Ball und seine Mannschaft.

Zur Begeisterung der Tyrolo erzielte Minnu das zwölf zu vierzehn. Doch der Ball war kaum wieder im Spiel, als Fumulu mit einem unglaublichen Schlag von ganz hinten über alle Spieler hinweg das fünfzehn zu zwölf gelang.

Orig ließ den Gong dreimal ertönen und alle Spieler ließen die Zylo sinken, stützten sich auf ihre Stäbe und atmeten mit offenen Mündern erst einmal tief durch. Dann machten sie sich langsam auf den Weg in die Unterkunft.

„Was passiert jetzt?", fragte Jarek Syme, die sich den Schweiß von der Stirn wischte, als hätte sie unten auf dem Spielfeld gestanden und nicht unter den Zuschauern.

„Puh, war das anstrengend. Jetzt ist Pause. Wenn eine Mannschaft fünfzehn Male hat, werden die Seiten gewechselt", erklärte das regelkundige Mädchen.

Die Zuschauer hatten eine Erholung genauso nötig wie die Spieler. Alle beeilten sich, zu den Ständen der Vaka zu kommen und sich zu versorgen, wobei das Spiel lautstark kommentiert wurde. Eine Mischung aus Gemurmel und Rufen setzte ein. Musik aus den Flöten einer Gruppe Solo, die den Platz betreten hatte und die Pause musikalisch untermalte, füllte nun die Plada. Die aufgewühlte Stimmung ließ etwas nach, als sich die Zuschauer mit Getränken und Essen stärken konnten.

Die beiden Solo mit den gefüllten Platten tauchten wieder im Bereich der Ehrengäste auf. Jarek spürte, dass auch er vom Rufen heiser war und dringend Suraqua brauchte, um sich zu erholen.

„Das ist genau das aufregende Spiel, das wir uns alle erhofft haben", sagte Stafasi zu Lasti.

„Euer Sohn ist wirklich ein hervorragender Spieler." Lastis Kompliment war ernst gemeint. Jarek konnte inzwischen gut unterscheiden, ob sie bei der Sache war, wenn sie etwas sagte, oder ob sich ihre Gedanken an einem anderen Ort befanden. Jarek hatte immer wieder das Gefühl, dass Lasti in der Lage war, sich ganz in sich zurückzuziehen und ein Abbild ihrer selbst in dieser Welt zu hinterlassen, das so handelte, dass es den Anschein hatte, als sei sie noch da. Doch diese Lasti konnte keine Entscheidung treffen und keine Beobachtung machen, die über das ganz Offensichtliche hinausging.

In dieser Hinsicht war Lasti ganz anders als ein Memo, in dessen unendlich vielen verschiedenen Kammern des Verstandes und des Gedächtnisses viele Dinge gleichzeitig und vom Bewusstsein abgegrenzt passieren konnten, während der Memo seine volle Aufmerksamkeit einem Menschen oder einer Aufgabe widmete. Aber Lasti konnte völlig in einen Raum in sich selbst eintreten.

Doch jetzt war sie hier, mit ihrem wachen Verstand, und sie beobachtete alles und jeden.

Stafasi nickte stolz. „Ja, Fumulu ist der beste Spieler, den wir seit langer Zeit hatten. Aber sagt es ihm bitte nicht, sonst wird er in seinen verrückten Plänen nur noch weiter bestärkt."

Lasti schaute Stafasi interessiert an. „Was für Pläne wären das denn?"

Der Älteste des Clans seufzte und warf einen finsteren Blick auf die Kir, die er auf die Tribüne geführt hatte und die nun eifrig miteinander sprachen.

„Mein Sohn will nach Kirusk gehen", sagte Stafasi leise und hob die Achseln.

Lasti schaute ihn verständnislos an. „Nach Kirusk? Was bedeutet das?"

Syme hatte zugehört und mischte sich jetzt aufgeregt ein. „Heißt das, die Kir machen Ernst? Die bauen wirklich eine Zylobolaplada in Kirusk? Für fünfzehntausend Zuschauer? Im Ernst? Das ist kein Scherz?"

„Du hast davon gehört?", fragte Stafasi überrascht.

„Syme hört alles. Vor allem das, was sie nicht soll", sagte Fuli abweisend und nahm einen Schluck aus ihrer Flasche.

Syme grinste nur über die Bemerkung. „Guso hat davon geredet. Aber wir haben gedacht, das ist nur so eine Geschichte. Man sagt, die Kir wollen in ihrer Stadt eine eigene Zylobolameisterschaft ausrichten. Da sollen dann Mannschaften der Kirclans gegeneinander spielen. Sie würden rund um den Pfad ziehen und Foogo unter Kontrakt nehmen, die dann für sie spielen. In Kirusk. Ist das alles wahr?", fragte sie mit großen Augen.

Stafasi seufzte wieder. „Genauso ist es. Sie wollen die besten Spieler von uns weglocken. Und ich fürchte, es werden viele gehen. Die Kir sind reich. Sie zahlen gut. Und wenn sie einmal einen Plan gefasst haben, dann setzen sie den auch in die Tat um, das kennt man ja. Es wird sich sehr viel verändern rund um den Pfad."

Lasti nickte ein paarmal versonnen. „Ja. Das ist nun einmal der Lauf der Dinge. Immer wieder gibt es Veränderungen. Mal kleine, mal große."

„Nur die Herde zieht ewig auf dem Pfad", sagte Stafasi.

„Seid Ihr da so sicher?", fragte die Älteste der Wanderer der Tyrolo.

Ihr Gastgeber lachte. „Lasti, ich habe Euren Humor vermisst in den letzten zwei Umläufen."

Zu Jareks Überraschung lächelte Lasti. Es war das erste Mal, dass er so etwas bei ihr sah, wenn sie nicht mit Syme sprach.

Ein weit hallender Gongschlag ertönte und die Zuschauer eilten sich, an ihre Plätze zurückzukommen.

„Es geht weiter!", sagte Syme aufgeregt.

„Darauf wäre ich jetzt nicht gekommen", erwiderte Jarek und das hellhaarige Mädchen kicherte.

Die Spieler liefen unter dem Jubel der Zuschauer wieder auf den Platz und Orig gab die Begegnung frei.

Die Pause war den Tyrolo offenbar besser bekommen als den Stafasi. Sie verwerteten gleich den ersten Ball zu einem weiteren Mal, dem sie unmittelbar das vierzehn zu fünfzehn folgen ließen. Syme hopste begeistert auf ihrem Platz herum, als dann sogar der Ausgleich fiel und das Spiel unentschieden stand.

Die Stafasi wurden leiser und man hörte auf einmal in der Plada nur noch Tyrolo, die jetzt einen Lärm machten, der ihre Zahl viel größer erscheinen ließ. Der Jubel schlug zwischen den Felsen hin und her, als Minnu nach dem Ausgleich sogar das sechzehn zu fünfzehn gelang. Jarek brüllte mit und riss die Arme nach oben wie alle anderen.

Sein Blick folgte der Bewegung der eigenen Hände und er erstarrte.

Polos und Nira hatten jetzt ihren höchsten Stand schon fast erreicht und der Jäger hatte etwas am hellgrauen Himmel gesehen. Eine kleine, kugelige Gestalt war über Niras Scheibe gehuscht, etwa zweihundert Schritt über der Plada einmal gekreist und hatte sich dann rasch wieder entfernt.

Jarek schaute sich um, aber alle Augen waren auf das Spielfeld gerichtet. Die Xeno zwischen den Reihen beobachteten nur die Zuschauer, um zu verhindern, dass es in der hitzigen Stimmung zu Reibereien zwischen den Clans kam.

Für den Himmel hatte niemand einen Blick.

Keiner hatte nach oben geschaut.

Niemand hatte etwas bemerkt.

Außer Jarek.

Er war sicher, dass ihn seine Augen nicht getäuscht hatten. Jarek kannte diese schwirrenden Flugbewegungen. Nie in seinem ganzen Leben würde er sie vergessen. Auch seine Ohren hatten das leise Sirren der dünnen, harten, durchscheinenden Flügel vernommen. Hoch oben über Staka war ein Späher geflogen und jetzt war er auf dem Weg, den ganzen Robel herzuführen. Tausende kindskopfgroßer Flugreißer mit fooghornscharfen Klingen am hinteren Ende.

Niraschwärmer würden kommen.

Tausende.

Staka war in größter Gefahr!

Der Wächter sprang aus seiner Kammer und zögerte keine Sekunde. Jarek steckte den gebogenen kleinen Finger in den Mund und gab einen schrillen auf- und abschwellenden Pfiff von sich.

Doch sein Alarmsignal ging im lauten Jubel der Tyrolo unter. Die Mannschaft hatte ein weiteres Mal erzielt und die Stafasi, die mit Origs Entscheidung nicht einverstanden waren, buhten und pfiffen ebenfalls, sodass Jarek die Ohren klingelten.

Syme hopste neben Jarek auf und ab und rief: „Jetzt haben wir sie, jetzt haben wir sie, jetzt haben wir sie!"

Jarek pfiff noch einmal und Syme dachte, es sei sein Ausdruck der Begeisterung, lachte und versuchte, es ihm gleichzutun. Doch diesmal hatte ein Xeno, der etwa zwanzig Schritt entfernt stand, Jarek gehört. Der Wächter sah sich um, von wem das Signal kam. Aber er schaute nur zu seinen eigenen Leuten, die ihn fragend und ratlos anblickten.

Niemand beachtete Jarek.

Er versuchte es ein weiteres Mal und diesmal drehte sich Aliak zu ihm um. Er stand auf einer Treppe nicht weit entfernt und fing seinen Blick ein. Jarek hielt eine Hand senkrecht nach oben und legte die geballte Faust auf die Fingerspitzen: das Zeichen für Schwärmer.

Selbst aus der Entfernung erkannte Jarek, dass sich Aliaks Augen einen Moment weiteten. Der junge Xeno wusste, dass Jarek ein solches Signal nur geben würde, wenn er seiner Sache absolut sicher wäre. Aliak zögerte keinen Augenblick. Er drehte sich um und gab seinerseits einen schrillen, mehrtönigen Pfiff von sich, der von allen Xeno gehört wurde. Die Köpfe der Wächter fuhren herum, während diejenigen, die zur Signalübermittlung eingeteilt waren, den Alarm weitergaben.

Jarek hörte, wie der Pfiff rasch durch die Plada wanderte und diese verließ, sich durch die Stadt nach unten bewegte und dann am Tor beantwortet wurde.

Nur wenige Augenblicke später erklang das Alarmhorn von Staka.

Das Dröhnen übertönte selbst den Lärm auf den Tribünen und die Zuschauer erstarrten, als der erste tiefe, weit tragende Ton erklang. Die Spieler ließen die Zylos sinken. Unbeachtet fiel der Ball zu Boden, sprang ein paarmal auf und rollte über die Mallinie, während sich Totenstille über die Plada legte.

Alle warteten ängstlich und angespannt darauf, vor welcher Gefahr die Xeno die Bewohner der Stadt warnen würden.

Dem ersten langen Signal folgten kurze. Es war genau die Tonfolge, die jede Ansiedlung oder Stadt von allen am meisten fürchtete. Ein einziger Entsetzensschrei ertönte.

„Schwärmer, Schwärmer!", kam es von überall und die Menschen sprangen auf. Die ganze Stadt war zum Spiel auf der Plada versammelt. Und alle Gäste, alle Besucher, Händler, Wanderer, Solo und Spieler versuchten verzweifelt, sich in Sicherheit zu bringen.

Die Plada war so gebaut, dass sie möglichst vielen Zuschauern Platz bot. Selbst wenn man sie geordnet betrat und wieder verließ, dauerte es einige Zeit, sie zu füllen oder zu leeren.

Eine Panik hatten ihre Erbauer nicht vorgesehen.

Die Xeno versuchten nach Kräften, die Menschen so zu leiten, dass möglichst alle rasch und ohne große Verzögerungen in Sicherheit kamen. Aber nur die Foogo folgten ihren Anweisungen. Die Vaka, Kir und Solo drängten in ihrer Angst Richtung Ausgang, trampelten über die Sitzbänke, rannten Langsamere, Kleinere, Schwächere und Kinder einfach um und überall erklangen Schmerzensschreie. Menschen, die stürzten, wurden niedergetrampelt. Das Spielfeld war voll von denen, die eine Abkürzung darüber suchten. Zuschauer, die hinter und neben Jarek und den Ehrengästen gesessen hatten, ergossen sich wie ein Felssturz über den Bereich, in dem sich Lasti und ihre Kinder befanden.

Jarek packte Syme und nahm sie vor sich, um sie mit seinem Rücken gegen die andrängende Menge zu schützen. Er griff Fuli an der Hand, dann wurden sie fortgerissen und befanden sich mitten im erstickenden Gedränge. Sie wurden gepresst, geschoben, dass Jarek kaum noch Luft bekam. Er versuchte mit aller Kraft, für Syme vor sich einen schmalen Raum zu schaffen, der verhinderte, dass das schmale Mädchen zwischen den Menschenleibern zerdrückt wurde.

Jarek zerrte auch Fuli mit sich. Lasti und Volka hatte er schon längst aus den Augen verloren. Dicht gepackt wie eine Herde aneinandergedrängter Fooge beim Angriff von Reißern drückte sich die zäh fließende Masse der Menschen in Richtung des Ausgangs, wo das Vorwärtskommen durch den Engpass aufgehalten wurde.

Jarek bekam Tritte ab, Stöße mit Ellbogen, Knie in den Leib und ein Kopf rammte seine Schulter, aber Schritt für Schritt näherten sie sich dem Tor der Plada, das die Xeno weit aufgerissen hatten. Doch der Berg ließ keinen breiteren Durchgang zu.

Jarek wurde mit Fuli und Syme in Richtung der scharfen Felsen geschoben. Er packte das Mädchen an den Schultern und drehte sich mit dem Rücken in die nachdrückende Gewalt. Es gelang ihm gerade noch, Syme davor zu bewahren, an dem scharfkantigen Schwarzglimmer zerquetscht zu werden. Aber er musste Fulis Hand dazu loslassen und als er sich umdrehte, sah er sie nicht mehr.

Dann waren sie durch das Tor hindurch.

Jarek bekam etwas Luft, aber nicht viel. Auf den Treppen drängten sich die Menschen fast wie auf der Plada. Schnellere versuchten die zu überholen, die nicht so rasch die vielen Stufen hinunterlaufen konnten, und schoben erbarmungslos alle zur Seite, die ihnen im Weg waren. Überall stolperten Flüchtende, rutschten ab und fielen zwischen den geländerlosen, steilen Abstiegen schreiend ein Stück in die Tiefe.

Die Xeno bemühten sich, die Verletzten zu retten, aber es waren viele, so viele, und noch immer drängten die Zuschauer kreischend bergab. Jarek gelang es, sich kurz umzusehen, und er erkannte drei Treppen tiefer vor sich Lasti mit Volka, die in der Plada wohl irgendwie an ihnen vorbeigekommen waren, als sie selbst gegen den Rand des Tors abgedrängt wurden. Nur wenige Schritt hinter Jarek lief Fuli rasch und mit sicherem Tritt. Er war erleichtert.

Die ersten Gebäude in der Nähe der Treppe waren bereits mit Menschen gefüllt. Es war ganz gleich, wem die Bauten gehörten, welchem Zweck sie dienten, wer dort eigentlich wohnte. Wenn es Schwärmeralarm gab, flohen die Menschen in die erste Unterkunft, die sie erreichen konnten, und verriegelten die Tür, sobald der Raum voll war.

Jarek, Syme und Fuli gehörten zu den Letzten, die aus der Plada gekommen waren, wie er mit einem Blick zurück feststellte. Nur noch zweihundertsiebzehn Menschen liefen hinter ihnen und es war klar, was das bedeutete. Sie hatten den weitesten Weg zurückzulegen, bis sie ein Gebäude fanden, in dem sie sich in Sicherheit bringen konnten.

Je tiefer sie kamen, desto weniger Flüchtende waren noch auf den Treppen. Immer wieder hörte Jarek die lauten, weit klingenden Schläge, wenn die Feratüren der Bauten zugeschlagen wurden, und das Knallen der von innen vorgelegten Riegel.

Ein Entsetzensschrei ging durch die Menge derer, die noch auf den Treppen und Gassen waren, und auch Jarek hatte es gehört. Das Sirren der einzelnen Schwärmer verband sich zu einem tiefen Summen und Brummen, das den Fels erzittern ließ.

Die Mauern bebten. Der ganze Robel der Schwärmer kam.

Es waren nur noch wenige Menschen vor Jarek und Syme. Das Geräusch wurde immer lauter, genauso wie die panischen Schreie. Niras Licht schien sich zu verdunkeln, als die Schwärmer sich von oben auf die Stadt stürzten und Tausende scharfer Hornklingen glitzerten.

Zwanzig Schritt weiter vorne sah Jarek eine offene Tür. Er schob Syme in die Richtung, aber bevor sie den Bau erreichten, wurde die Pforte von innen zugeschlagen und die Riegel quietschten.

„Nein! Lasst uns rein!", schrie Syme voll Angst, aber Jarek packte ihre Hand.

„Weiter", rief er und sie rannten mit kurzen Trippelschritten die Treppe hinunter. Vor Jarek und Syme war nun niemand mehr und sie eilten Stufen hinab, die einen steilen Felsen zu überwinden hatten, der nirgendwo Platz für ein menschliches Bauwerk gelassen hatte. Das Brummen und Summen wurde immer lauter, hinter ihnen ertönten Schreie und Jarek wusste, dass die Schwärmer die Kette von Flüchtlingen erreicht hatten.

Das Ende der Treppe war nahe und Jarek sah, dass die Tür des Foogbaus vor ihnen offen stand.

„Da rein", rief er, aber Syme blieb stehen, sodass er gegen sie prallte und sie auffangen musste, damit sie nicht fiel.

„Fuli!", kreischte Syme und Jarek fuhr herum.

Die große Schwester war nicht wenige Schritt hinter ihnen, wie er angenommen hatte. Fuli war verschwunden.

„Geh da rein", rief Jarek und schob Syme in den Bau. Dann drehte er sich rasch um und eilte die Treppe wieder hinauf. Er schob Flüchtende zur Seite, die ihm entgegenkamen. Auf dem nächsten Absatz sah er Fuli. Sie lag da, ihre Kleider verdreckt, und sie war im Gesicht, an den Händen und Armen blutig. Die Menge war über sie drübergetrampelt.

„Jarek!", stöhnte sie, als sie ihn sah. „Ich ... ich bin gestolpert ..."

Jarek antwortete nicht, sondern packte die junge Frau, nahm sie auf den Arm und eilte wieder hinunter.

Syme stand zitternd an der Tür des Foogbaus und schaute ihnen entgegen. „Beeil dich!", schrie sie voll Panik. „Hinter dir!!!"

Jarek musste sich nicht umdrehen. Das beutelüsterne Schwirren war eindeutig. Die Schwärmer waren hinter ihm her. Er hastete die letzten Stufen hinab, betrat die Gasse, geriet kurz in einer Felsrinne außer Tritt, fing sich wieder und rannte auf den Eingang zu, an dem Syme wartete. Er eilte hindurch.

„Tür zu", brüllte Jarek und Syme knallte die schwere Pforte in ihre Passung. Jarek ließ Fuli zu Boden gleiten, trat den unteren Riegel vor, schob den mittleren in seine Halterung, da knallte und prasselte es schon gegen das Fera, während er noch den oberen Riegel schloss.

„Jarek!", schrie Syme entsetzt und er fuhr herum.

Das Sirren der Flügel kam nicht nur von draußen. Siebzehn Niraschwärmer waren mit ihnen in den großen Bau geflogen und durch ihren Schwung weit hineingetragen worden. Jetzt beschrieben sie in der Luft eine Kurve und griffen an.

„Runter! Beide", rief Jarek und schob Syme unter einen Steintisch, auf dem Foogknochen lagen. Fuli krabbelte zu ihrer kleinen Schwester, während Jarek einen langen Beinknochen packte.

Es war die Zeit des Jägers.

Der Memo, der Wächter und der Beschützer waren einen Schritt zurückgewichen, überließen ihm den Vortritt und beobachteten gespannt, was geschah.

Jarek wirbelte den Knochen herum und schlug mit der ersten Bewegung drei der Angreifer zu Boden, wo sie sich mit gebrochenen Flügeln sirrend auf dem Rücken um sich selbst drehten. In derselben Bewegung erwischte er mit der anderen Seite des Knochens zwei weitere Schwärmer. Der Rest beschrieb wieder eine Kurve und formierte sich neu.

Die verbliebenen zwölf Flugreißer teilten sich und griffen von zwei Seiten an.

Doch Jarek wartete erst gar nicht, bis sie gleichzeitig heran waren. Er machte fünf rasche Schritte auf eine der Formationen zu und wirbelte die behelfsmäßige Waffe. Der erste Schlag erlegte fünf der Klingenträger. Dann änderte er den Griff, zog den Knochen mit Schwung über die Schulter und traf den letzten der Anfliegenden mit der Breitseite, dass es krachte. Das tote Tier flog wie ein Ball in die Gruppe der anderen Angreifer, zersprengte sie, zwei der Reißer fielen zu Boden, einer wurde gegen die Wand und einer gegen die Decke geschleudert. Der fünfte stürzte sich wütend auf Jarek, der mit einem raschen Schritt auswich und mit dem Knochen von hinten traf. Der Schwärmer klatschte gegen die nächste Wand und zerplatzte.

Der letzte verbliebene Schwärmer drehte ab und flog in Richtung der fein vergitterten Lichtöffnung. Jarek nahm einen faustgroßen Mahlstein vom Tisch, der zum Zerkleinern von Knochen benutzt wurde. Er warf ihn in die Luft und schlug mit dem Foogbein nach ihm. Der Stein schoss durch den Raum und traf den Schwärmer.

Mit einem „Klonk" fiel das Werkzeug zu Boden, der zerquetschte Schwärmer folgte mit einem leiseren „Pock", dann wurde es finster.

Ein wildes Summen und Brummen erhob sich, das Knochen, Steine, Schalen und Flaschen auf den Tischen erzittern ließ. Die Schwärmer drückten sich gegen die Lichtöffnungen und versuchten hindurchzugelangen. Aber genau dafür waren die Gitter dort angebracht: um Schwärmer fernzuhalten.

Keiner der Flugreißer würde das Fera biegen.

Sie waren in Sicherheit.

Jarek ging rasch zum Tisch neben dem Eingang und bückte sich.

Fuli krabbelte aus dem Versteck hervor und umarmte Jarek.

„Ohne dich wäre ich tot gewesen."

„Nein. Ohne Syme. Sie hat gemerkt, dass du fehlst."

Fuli zögerte einen Moment, dann schaute sie ihre Schwester an, die sich jetzt auch unter dem Tisch hervorschob. Aber Syme hatte nur Augen für Jarek.

„Bist du in Ordnung?", fragte er besorgt, weil Syme nichts sagte, sondern ihn unentwegt anstarrte.

Das Mädchen keuchte und schluckte einmal kräftig.

„Syme? Bist du verletzt?"

„Du ..." Sie schluckte noch einmal, räusperte sich, brachte dann aber wieder nur hervor: „Du ..."

„Ja, Kleines?" Jarek nahm ihre Hand und sah sie besorgt an. Symes Blick huschte durch den Raum, glitt über die toten Schwärmer und verweilte bei dem letzten, den Jarek erlegt hatte. Dann sah sie auf. „Du musst Zylobola für uns spielen!", rief sie und strahlte Jarek an. „Du musst!"

„Das ist voll ungerecht", maulte Syme. „Wir hatten geführt." Wieder einmal bewunderte Jarek die Fähigkeit von Kindern, sich zu erholen, schlimme Erlebnisse einfach zu verdrängen und sich für sie wesentlicheren Themen zuzuwenden. Für Syme war der Schrecken des Angriffs vergessen und sie widmete jeden ihrer Gedanken wieder dem Spiel ihres Lebens.

Die Schwärmer hatten die Stadt das gesamte Graulicht über belagert und beharrlich versucht, Schlupflöcher zu finden, um in die Bauten zu kommen. Erst kurz bevor die Strahlen Salas über den Horizont geleckt hatten, hatte sich der Robel versammelt und war mit einem wütenden Brummen davongeflogen, das alle Mauern noch einmal zum Zittern gebracht hatte.

Die Xeno der Hosatt waren die Ersten gewesen, die im beginnenden Gelblicht den Schutz der Gebäude verlassen hatten, um die Stadt abzusuchen und Nachrichten über Opfer zu sammeln.

Der Angriff hatte vier Menschen das Leben gekostet, denen es nicht mehr gelungen war, sich in Sicherheit zu bringen. Zwei Foogo vom Clan der Stafasi waren gestorben, ein Kir und eine Solo. Insgesamt gab es dreihunderteinundzwanzig Verletzte, doch die wenigsten waren überhaupt mit den Reißern in Berührung gekommen. Die meisten von ihnen hatten sich Knöchel oder Arme während der Flucht gebrochen und nur dreizehn Menschen waren von den Klingen der Reißer übel zerschnitten worden. Der Clan der Tyrolo war mit Quetschungen, einem gebrochenen Arm und ein paar Platzwunden davongekommen.

Stafasi selbst war in ihrer Unterkunft erschienen, als sie sich zum Aufbruch bereitgemacht hatten. „Die Stadt Staka wird für immer in Eurer Schuld stehen, Jarek", hatte er gesagt. „Ohne Euch hätten wir sehr viel mehr Menschen verloren."

Syme hatte gestrahlt und Jarek stolz angesehen. Auch die anderen Tyrolo hatten kein Geheimnis daraus gemacht, dass Jarek ihr Memo war und sie deshalb irgendwie genauso einen Anteil an der Rettung all der Menschen hatten.

Da war es wieder gewesen, das Gefühl der Verlegenheit, wenn er sich im Mittelpunkt der Aufmerksamkeit sah. Jarek hatte sich ein wenig geärgert, dass er es immer noch nicht schaffte, einmal ein Lob oder einen Dank einfach hinzunehmen und dessen Berechtigung nicht von sich zu weisen. Und wieder hatte er gespürt, dass ihm die Röte ins Gesicht gestiegen war. „Das hätte jeder getan", hatte er geantwortet.

Aber Hosatt, Aliaks Vater, der mit all seinen Kindern Stafasi begleitete, hatte den Kopf geschüttelt. „Es hat aber nicht jeder in den Himmel geschaut. Sondern nur ein einziger Mann."

„Zufall." Jarek hatte die Achseln gezuckt.

„Es gibt keine Zufälle", hatte Aliak erwidert und sein Vater hatte zugestimmt.

Aber auch Jarek hatte gewusst, dass das, was er da gesagt hatte, nicht seiner eigenen Überzeugung entsprach. Wenn er etwas wusste, dann dass er in seinem Leben noch nie so etwas wie einem Zufall begegnet war. Alles hatte immer irgendwann und irgendwo einen Sinn gehabt, einen Anfang und ein Ende, eine Tat oder Unterlassung und eine Folge. Auch wenn alles nur in wenigen Fällen sofort und unmittelbar zu erkennen gewesen war.

„Auf jeden Fall haben wir aus diesem Ereignis wieder etwas gelernt", hatte Hosatt erklärt. „Noch nie haben Niraschwärmer eine Plada angegriffen. Wir werden in Zukunft zwei Schauer bei jedem Spiel aufstellen. Und Stafasi hat zugestimmt, dass wir uns einen Großen Splitter besorgen werden, der auf einem neuen Turm neben der Plada aufgestellt wird."

„Es wird uns einiges kosten, aber wir sind es der Sicherheit unsere Gäste schuldig. Und unserer eigenen", hatte Stafasi bestätigt.

Hosatt erinnerte Jarek an seinen Vater Thosen. Auch der hielt sich nach außen hin nie damit auf, Fehler zu kritisieren, sondern zog immer sofort Schlüsse, wie eine Wiederholung zu vermeiden war. Doch Jarek war sicher, dass er innerhalb des Clanbaus der Hosatt sehr deutliche und wahrscheinlich auch sehr laute Worte gefunden hatte. Denn keiner der Xeno, die zum Schutz des Spiels eingeteilt gewesen waren, hatte einen Blick für den Himmel übrig gehabt.

„Jarek, was immer Ihr für einen Wunsch habt, zögert nicht, ihn zu äußern. Wir werden alles unternehmen, ihn zu erfüllen." Stafasi hatte Jarek in die Augen geblickt und er hatte gesehen, dass der Älteste des ganzen Clans nur zu gerne etwas für ihn getan hätte.

„Ich danke Euch", hatte er freundlich und förmlich erwidert. „Im Augenblick bin ich wunschlos. Aber ich werde zu irgendeinem Zeitpunkt auf Euer Angebot zurückkommen. Das verspreche ich Euch."

Stafasi hatte ihm die Hand gereicht. „Ihr werdet hier immer willkommen sein."

Dann waren sie aufgebrochen.

Die Kette der Tyrolo zog sich den engen, steilen Steig hinauf. Wenn Jarek sich umdrehte, konnte er etwa hundert Schritt unter sich Guso erkennen, der den Schluss bildete. Es war anstrengend und oft musste man die Hände zu Hilfe nehmen, um sich von Felstritt zu Felstritt zu ziehen. Die schmale, nur wenig ausgetretene Linie, der sie folgten, war ähnlich steil wie die Verbindungen zwischen den vielen verschiedenen Ebenen von Staka. Aber hier hatte sich niemand die Mühe gemacht, Stufen in den Fels zu hauen.

Sie gingen seit dem Aufbruch in einer raschen, gleichmäßigen Geschwindigkeit und hatten keine Rast eingelegt, als Sala hoch am Himmel stand.

Jarek bemerkte, dass auch die anderen vor und hinter ihm schwer atmeten. Die Foogo waren gewohnt, vier Kvart ununterbrochen mit der Herde zu marschieren. Doch die Phyle hatten sich dort ihre Bahn gesucht, wo die Steigungen nur sanft waren. Das Klettern an sich war für einen Foogo eine ungewohnte Bewegung und mehr als einmal hörte Jarek ein Ächzen an einem besonders steilen Stück. Aber sie hatten alle keine Wahl. Sie mussten den Anstieg auf sich nehmen, um die weite Schleife, die der Pfad machte, abzuschneiden, Dann konnten sie sich vor dem Graulicht wieder mit der Herde und dem Rest der Wanderer vereinigen.

Volka hatte erhebliche Schwierigkeiten, immer den richtigen Tritt zu finden. Jarek führte das auf das Paasaqua zurück, von dem Lastis Sohn erhebliche Mengen getrunken hatte. Sein Mitleid hielt sich in Grenzen.

Außer Jarek gab es nur zwei Menschen, denen die Kletterei nichts ausmachte. Lasti stieg auch steile Absätze mit einer Zähigkeit und Leichtigkeit hoch, die Jarek bewunderte. Und Syme fand immer noch Luft, fast ununterbrochen zu reden. Das Mädchen konnte jeden einzelnen Spielzug des unterbrochenen Spiels wiedergeben.

„Wir haben gewonnen. Eigentlich." Es war nun das dreiundsiebzigste Mal, dass Syme dieser Überzeugung Ausdruck gab. „Wir haben gewonnen."

„Es ist aber nichts mehr daran zu ändern", erklärte Jarek zum siebenundzwanzigsten Mal mit denselben Worten und Syme gab einen unwilligen Laut von sich.

Orig und Jarek hatten sich im ersten Gelblicht vor dem Aufbruch der Tyrolo getroffen und hatten die Wertung des Spieles besprochen. Die Regeln besagten, dass ein Kampf erst beendet war, wenn eine der Mannschaften dreißig Male erzielt hatte. Das war keinem der beiden Clans gelungen. Jarek hatte den Vorschlag unterbreitet, das Spiel als einen Sieg für beide Seiten zu sehen, da ihm die Wertung mit einer Niederlage für beide Clans nicht gerecht erschienen wäre. Orig hatte sich damit einverstanden erklärt. So konnten die Anhänger beider Mannschaften zufrieden sein, da sich ihre Ausgangslage im Kampf um die Meisterschaft damit nicht verschlechtert hatte.

„Trotzdem", antwortete Syme.

„Sagt der, dem nichts mehr einfällt."

„Haha."

Fuli warf Syme einen Blick zu, der Jarek überraschte. Es war nicht die übliche Zurück- oder Zurechtweisung, die darin lag. Jarek hatte den Eindruck, dass Fuli ihre kleine Halbschwester betrachtete, als sähe sie diese zum ersten Mal in ihrem Leben. Er hoffte, dass Fuli bei diesem Blick vielleicht etwas finden würde, das sie nicht anwiderte.

Syme hatte ihrer Mutter aufgeregt ihre Erlebnisse berichtet, als sich der ganze Clan im frühen Gelblicht nach dem Abzug der Schwärmer an der Herberge wieder getroffen hatte. Lasti hatte ihre Kinder erleichtert in die Arme geschlossen, über deren Verbleib sie nichts gewusst hatte.

„Das hättest du sehen müssen", hatte Syme aufgeregt erzählt. „Da waren hundert Schwärmer mit uns in diesem Bau und Jarek hat einfach einen Knochen genommen und hat sie batsch, klatsch, aus der Luft geschlagen und einen hat er genau in einen Haufen rein geprügelt, als ob er ein Ball wäre, so was hab ich noch nie gesehen, und das ist alles so rasend schnell gegangen, er war einfach überall und ..."

„... es waren nur siebzehn Schwärmer", hatte Jarek den begeisterten Bericht unterbrochen, bevor Syme ihm noch mehr Heldentaten andichten konnte.

„Und er hat Fuli gerettet." Syme hatte ihre Schwester an sich gedrückt, die sich bei der Berührung versteift hatte. Aber sie hatte das Mädchen nicht abgewehrt. „Wenn dir was passiert wäre, dann hätte ich nicht mehr leben gewollt."

„Du hast sie gerettet", hatte Jarek Syme widersprochen. „Du hast bemerkt, dass Fuli fehlt. Ich habe sie nur geholt."

„Alles Blödsinn", hatte Syme geantwortet. „Du warst das. Du ganz total alleine."

Fuli hatte Syme nachdenklich angeschaut, dann Jarek. Dann hatte sie nur ein einziges Wort gesagt: „Danke."

Sie hatte keinen von beiden dabei angesehen.

Möglicherweise hatte sie Jarek damit gemeint.

Vielleicht aber auch Syme.

„Jarek?" Lasti hatte zu ihm aufgeschlossen. Nachdem sie ein besonders steiles Stück hochgeklettert waren, gingen sie nun auf einer Strecke, die etwas flacher und breiter verlief.

„Lasti. Was kann ich für Euch tun?"

„Du hast schon alles getan", antwortete Lasti und ihre Stimme zitterte leicht. Jarek spürte nichts mehr von der Geschäftsmäßigkeit, die ihre Beziehung sonst auszeichnete. Bisher hatte Lasti ihm die Achtung entgegengebracht, die man einem wichtigen Kontraktpartner zeigt. Ein Gefühl hatte er bei der Ältesten jedoch noch nie bemerkt.

„Ich habe mich noch nicht bei dir bedankt, dass du meine beiden Kinder gerettet hast."

„Das war nichts Besonderes." Da war sie wieder, die Verlegenheit. Unwillig dachte Jarek, dass er dieses Gefühl nicht mehrfach in einem Gelblicht brauchte. Einmal hatte völlig gereicht.

Lasti lächelte, was Jarek nicht weniger überraschte als ihre Worte. „Doch, das war es. Etwas ganz Besonderes. Jeder war kopflos, jeder hat nur an sich gedacht. Aber du hast dich um meine Mädchen gekümmert. Und du hast dich selbst in Gefahr gebracht, um Fuli zu holen. Wer hätte das schon getan?"

Jarek fiel keine passende Antwort ein, deshalb schwieg er und folgte Lasti, die rascher ging.

„Da vorne ist schon der Pfad", sagte sie. Jarek erkannte jetzt auch das breite, gewundene Band, das sich von links wieder näherte und dann eine weitere Schleife beschrieb. „Unser Kontrakt mit den Memo besagt, dass wir dein Leben zu schützen haben. Wir müssen alles dafür tun, dich vor Schaden zu bewahren. Ich habe noch nie davon gehört, dass ein Memo seinen Clan beschützt, statt umgekehrt."

„Ich hoffe doch, dass man darüber keine Lieder singen wird", antwortete Jarek leichthin. „Sonst kann ich keine Stadt mehr betreten, ohne dass jeder irgendwelche Heldentaten von mir erwartet."

Lasti lachte kurz auf. „Wenn du sie vollbringst, wird man auch darüber singen."

„Der Pfad ist da, der Pfad ist da. Gleich haben wir's geschafft", jubilierte Syme hinter ihnen. Sie hatte auch erkannt, dass sie sich dem Ziel ihres Gewaltmarsches näherten.

„Jarek, was Stafasi gesagt hat, das gilt auch für mich. Was immer du für einen Wunsch hast: Wenn es in meiner Macht steht, ihn zu erfüllen, sag es mir. Und ich werde es tun." Lastis Stimme war leise, aber eindringlich.

„Ich danke Euch", erwiderte Jarek. „Ich verspreche Euch, dass ich zur gegebenen Zeit auf Euer Angebot zurückkommen werde."

Über der Welt

Die Mater war kleiner geworden. Anfangs war es Jarek nicht besonders aufgefallen. Doch dann hatte er bemerkt, dass ein bestimmter Foog, den er immer in der Nähe der Ältesten gesehen hatte, in jedem Licht ein wenig weiter zurückgefallen war. Jarek wusste, dass es dasselbe Tier war, weil es seine rechte Haut nicht ganz ausklappen konnte. Der Flügel war an der Spitze eingerissen und die feinen Knochen darunter lagen so, als seien sie bei irgendeinem lange zurückliegenden Reißerangriff oder Unfall gebrochen und danach schief zusammengewachsen. Als der Pfad steiler wurde, hatte Jarek das verkrüppelte Tier noch an seinem gewohnten Platz gesehen. Doch schon ein Licht später war es ein paar Fooglängen weiter hinten gelaufen. Danach hatte Jarek es sich angewöhnt, im ersten Gelblicht nach ihm zu sehen, wenn die Fooge ihre Häute weit ausfalteten und sich wieder auf ihren endlosen Weg machten.
Fünf Lichte später hatte das kleinwüchsige, behinderte Tier das Ende der Mater erreicht. Im folgenden Graulicht war es so weit zurückgefallen, dass es an der Cave schon nicht mehr zu sehen war. Danach hatte Jarek den Foog nicht mehr entdeckt. Wenn er jetzt über den Teil der Herde schaute, den er mit den Tyrolo begleitete, erkannte er, dass sie ein gutes Viertel der Tiere verloren hatten.
Sie bewegten sich nun in einem Gebiet, in dem sich nach und nach alle Reißer des Raakgebirges versammelten. Das taten sie immer, wenn eine der beiden Phylherden kam. Die Schreie der Reißer hallten jetzt in jedem Graulicht vom weit entfernten Schluss der Herde den Pfad herauf. Das Fressen hatte begonnen und das war erst der Anfang, wie Syme mit ungewohntem Ernst mitgeteilt hatte. Je höher es ins Gebirge ging, je steiler nun auch der Pfad wurde, desto mehr Fooge

fielen zurück und wurden Beute der Reißer. Diese hatten sich zu dem Festmahl versammelt, das sie zweimal in jedem Umlauf genießen konnten.

Auf dem Pass von Ardiguan, der zwischen der Salaspitze und ihrer Schwester, der Niranadel, hindurchführte und die höchste Stelle des Pfades auf ganz Memiana bildete, war es am schlimmsten. Die Reißer dort oben waren in einem Blutrausch und sie begnügten sich nicht mehr mit den zurückgebliebenen, schwachen Tieren. Sie griffen auch ganze Matern an, die weiter vorne liefen. Nicht selten mussten die Foogo ihren Teil der Herde im Graulicht gegen die angreifenden Bestien verteidigen. Und auch Salareißer lauerten ihnen am Rand des Pfades immer wieder auf.

Am Ende des langen Aufstiegs würde die gesamte Herde um die Hälfte geschrumpft sein, hatte Fuli Jarek erklärt. Es war der gefährlichste und anstrengendste Teil eines jeden Umlaufs. Er war nicht zu vergleichen mit dem folgenden langen Abstieg. Und schon gar nicht mit der Wanderung durch die unendlich erscheinende Sandebene von Gobb, die ein Rota später folgte.

Jarek spürte die Höhe mit jedem Schritt. Er musste nun schneller atmen, um genug von der dünnen Luft in seine Lungen zu bekommen, aber es ging nicht nur ihm so. Während des Gelblichts gingen alle schweigend unter Sala dahin, um ihre Kräfte zu sparen. Sogar Syme, die sich noch drei Lichte lang über die Ungerechtigkeit des Ergebnisses aus dem Spiel in Staka beklagt hatte, redete nun nicht mehr ganz so viel und sparte sich die wenige Luft für ihre Schritte.

Der Zylo war nun für alle nicht mehr nur Werkzeug und Waffe. Er war auch eine wichtige Gehhilfe, die das Wandern auf dem nachgiebigen, aber festen und nun mit häufigen Farbwechseln überraschenden Untergrund einfacher machte.

Zwanzig Wechsel zwischen Sala und Nira hatte es gegeben, seit sie Staka verlassen und die Herde wieder eingeholt hatten. Nun näherten sie sich ihrem eigenen Ziel, der Stadt Jakat, dem Hauptsitz des Clans der Tyrolo.

Salas Strahlen wärmten in der Höhe die Luft nicht mehr so wie in den Ebenen. Obwohl Jarek sie so deutlich auf der Haut spürte wie noch nie, war es auch im Gelblicht kühl. Alle trugen jetzt während des Marsches einen Mantel.

In den Graulichten brauchte man nun schon zwei Decken und rückte so dicht wie möglich aneinander. Jarek hatte vor zwei Lichten im letzten Kvart, als er wie immer früh aufgewacht war, Syme unter seinem Mantel gefunden, wo sie sich eng an ihn gekuschelt hatte.

„Noch dreimal um die Kurve, dann sind wir da." Syme war neben Jarek aufgetaucht. „Da!" Sie zeigte nach rechts oben. „Da, siehst du das?"

Sein Blick folgte der angegebenen Richtung. Er erkannte ein schmales, hohes Bauwerk, das etwa fünftausend Schritt entfernt hinter einer der vielen schroffen Anhöhen hervorragte.

„Weißt du, was das ist?"

„Das muss der Große Turm von Jakat sein. Er ist mit siebenundvierzig Mannslängen der höchste diesseits des Raakgebirges. Er wurde von einem deiner Vorfahren, Dyllioso, vor siebenhundertdreiundzwanzig Umläufen gebaut."

„Warum weißt du immer alles?", staunte Syme.

„Weil ich ein Memo bin", antwortete er lächelnd, wie jedes Mal.

Die anderen hatten sich längst daran gewöhnt, dass Jarek jede Frage genau beantworten konnte, die die Umgebung, die Städte und Ansiedlungen sowie die Tierwelt auf ihrem Weg betraf. Nur Syme zeigte immer noch jedes Mal eine kindliche Begeisterung, wenn Jarek etwas aus seinem unendlich groß erscheinenden Vorrat an Wissen beitrug.

Syme schaute noch einmal zu dem Turm, der das Einzige war, was man von der nahen Stadt des Clans erblicken konnte. Dann deutete sie auf den Rand des Pfades, der über ihnen lag. „Schau mal. Da oben. Da sind schon die Ersten."

Jarek erkannte oben auf den Felsen menschliche Gestalten, etwa dreißig Schritt über dem Grund des Pfades. Die ersten Zuschauer, die sich die Ausführung der Herde nicht entgehen lassen wollten, waren eingetroffen. Sie würden nun oben langsam der Mater folgen, während immer mehr Menschen erscheinen würden, um das Schauspiel zu beobachten, das der Auftakt zu dem großen Fest und den sechsundzwanzig Lichten der Spiele bilden würde. Für viele war das der Grund, warum sie die mühsame Reise nach Jakat auf sich genommen hatten.

Jarek beobachtete Syme, die ruhig neben ihm dahinschritt. „Bist du gar nicht aufgeregt?", fragte er das Mädchen.

„Warum?" Syme sah ihn verwundert an.

„Es ist doch gar nicht sicher, dass es gelingt, die Herde auszuführen", erwiderte Jarek.

Syme lachte. „Guso macht das schon. Der ist der Beste. Kein Problem. Mach dir keine Sorgen."

Sie sahen hinüber zum Obersten Hirten, der neben der Ältesten der Mater ging. Guso hatte den Blick nicht zum Rand des Pfades gehoben. Er schaute nur über die Fooge, zwischen denen er aufrecht zu treiben schien. Jarek konnte Symes Zuversicht nicht teilen, aber er schwieg. Guso war immer stiller geworden, seit sie Staka hinter sich gelassen hatten. Er hatte nur wenige Antworten gegeben, als Syme immer wieder versucht hatte, mit ihm Einzelheiten des Spielverlaufs zu besprechen.

Bei den Übungen der Zylobolaspieler hatte er nur noch knappe Anweisungen gegeben und seine Leute auch nicht mehr so oft korrigiert wie in den Lichten vor dem Kampf gegen die Stafasi. Er hatte keine neuen Formationen ausprobiert und keine geänderten Spielzüge. Meistens hatte er nach einem kurzen Übungsspiel das Ende des Trainings befohlen.

Syme fand das nicht ungewöhnlich. Sie hatte Jarek erklärt, dass es ganz normal sei, in den Höhen des Gebirges weniger zu üben, um Kraft zu sparen. Die sei dann in der dünnen Höhenluft Jakats erforderlich, wenn in jedem Graulicht ein schweres Spiel anstand.

Aber Jarek hatte etwas anderes bemerkt. Etwas, das ihn beunruhigte.

Guso zeigte keine Begeisterung mehr für das Spiel an sich. Vor Staka hatte Jarek gespürt, dass der Oberste Hirte dem Kampf seiner Mannschaft genauso entgegengefiebert hatte wie der ganze Clan und dass er sich fortlaufend Gedanken darüber gemacht hatte. Zylobola war für ihn wichtig gewesen, fast so wichtig wie die Mater. Guso hatte während der Wanderungen immer wieder einzelne seiner Leute herbeigerufen. Er hatte ihnen beim Gehen etwas erklärt oder mit ihnen eine Taktik besprochen. Aber jetzt lief er immer alleine, spach wenig und redete auch im Graulicht kaum noch über Zylobola.

Selbst als Minnu ihn auf die Pläne der Kir angesprochen und gestanden hatte, dass er sich überlege, nach dem Schlachten der Fooge in Jakat den Clan in Kirusk zu verlassen, hatte Guso weder ablehnend reagiert, noch hatte er dem jungen Mann Mut zugesprochen, den Schritt zu wagen. Er hatte nur genickt und es hatte für Jarek ausgesehen, als ob er kaum zugehört hätte.

Guso benahm sich nicht so, als läge die entscheidende Zeit der Meisterschaft nur noch wenige Lichte vor ihnen. Er benahm sich, als sei diese bereits entschieden.

Gegen die Tyrolo.

Jarek sah ihn immer wieder mit Lasti in entlegenen Bereichen der Caven diskutieren, in denen sie das Graulicht verbrachten. Er musste sich selbst befehlen, seine Fähigkeit nicht einzusetzen, an den Lippen zu erkennen, was sie sprachen. Jarek spürte, dass Guso sich Sorgen machte, aber von Lasti sah er immer wieder nur ein Kopfschütteln, wenn der Oberste Hirte auf sie einredete.

Doch nicht nur Guso hatte für Jarek offensichtliche Probleme. Volka hatte sich in Staka mit scharfem Paasaqua versorgt, von dem er in jedem Graulicht trank. Jedes Mal ein wenig mehr. Fuli hatte anfangs ein paar Bemerkungen gemacht, es dann aber aufgegeben, ihren Bruder zu ermahnen, als der sie beharrlich missachtete.

Lasti selbst hatte es nur ein einziges Mal mit einem sehr ernsten Gespräch versucht. Doch Volka hatte sich einfach umgedreht und hatte seine Mutter stehengelassen.

Danach hatte er noch mehr getrunken.

Jarek schaute sich nach dem jungen Mann um, der kaum mit ihm geredet hatte, seit er ihn aus Maro abgeholt hatte. Nur im Graulicht erschien Volka jedes Mal, sprach sein geheimes Wort, hört seine Nachrichten und Neuigkeiten und ging dann wieder, ohne ein Wort mehr als unbedingt nötig an Jarek zu richten.

Jarek entdeckte Volka ganz rechts am Rand der Mater. Lastis Sohn musste sich mehr auf seinen Zylo stützen, als die Steigung und die dünne Luft erfordert hätten. Jarek sah, dass er noch immer mit den Auswirkungen seiner Trinkerei im letzten Graulicht zu kämpfen hatte, obwohl Sala schon hoch am Himmel stand.

„Da vorne ist die Rampe." Syme zeigte ein Stück pfadauf.

Jarek erkannte die Spuren des menschlichen Eingriffs. Phyle wurden auf dem Pfad geboren und starben dort. Ihr ganzes Leben bekamen sie nichts anderes zu sehen als die Wände rechts und links, den Pfad unter ihnen, die Artgenossen um sich herum und die aufgehende Sala, deren Lauf sie folgten, bis diese unterging und in der Ruhezeit von Polos und Nira abgelöst wurde. Die vielfarbigen, steilen Felshänge des tief eingetretenen Pfades bildeten die Grenze für die Welt der Phyle, ohne dass es für sie eine Möglichkeit gab, diese zu verlassen.

Doch an bestimmten Stellen rund um Memiana hatten die Foogo solche geschaffen. In mühevoller Arbeit hatten sie aus zerschlagenem Fels etwa dreihundert Schritt lange Rampen aufgeschüttet und mit Foogsand bestreut. Diese schrägen Ebenen führten in die Höhe und aus dem Pfad heraus zu den Schlachtplätzen vor den hundertacht Städten, die von den Clans der Foogo bevölkert wurden.

Freiwillig würde ein Foog diese künstlichen Wege niemals betreten. Nur wenn die Älteste der Mater voranging, würden ihr alle folgen. Es war die große Kunst des Obersten Hirten, das Leittier, dessen Vertrauen er sich erworben hatte, unauffällig auf die Rampe zu führen. Die entscheidenden Bewegungen mussten lange vorher stattfinden. War die Rampe erst einmal in Sicht, war es zu spät, wenn die Mater auf der falschen Seite des Pfades ging.

Der Augenblick der Entscheidung nahte und Jarek spürte, wie sich die Vorfreude auf die Feste und die Spiele mit einer leichten Unruhe vermischte, die vorher unter den Wanderern der Tyrolo nicht dagewesen war.

„Syme?", fragte Jarek. „Stimmt etwas nicht?"

Das Mädchen schaute besorgt zu Guso hinüber, der die Hand im Nacken der Mater hatte. „Er ist zu weit in der Mitte!" Syme ließ den Blick nicht vom Obersten Hirten. Keiner sah in eine andere Richtung. „Ha, jetzt", sagte Syme dann. „Jetzt kommen sie." Syme war erleichtert. „Hab ich's doch gewusst. Kein Problem. Alles."

Tatsächlich konnte Jarek beobachten, wie Guso mit seinem Leittier langsam die Richtung änderte. Mit jedem Schritt, den sie gingen, entfernten sie sich mehr aus der Mitte des Pfades und strebten nach rechts, auf die lange Aufschüttung am Rand der steilen Felswand zu, die hier aus dunklem Niraspat bestand.

Der obere Rand des Pfades war inzwischen auf der rechten Seite voll Menschen. Es wurden immer mehr, die das Schauspiel der Ausführung der Mater beobachten wollten.

Jarek sah sich nach Lasti um, die zehn Schritt hinter ihm ging. Auch sie beobachtete Guso voller Anspannung. Volka dagegen starrte stumpf vor sich hin und stützte sich bei jedem Schritt immer noch schwer auf den Zylo. Für den Obersten Hirten hatte er keinen Blick.

Die Mater näherte sich dem Beginn der Rampe. Es sah für Jarek so aus, als ob sich in dem zäh dahinfließenden, dichten Band der grünen Fooge eine langgestreckte Strömung gebildet hätte, die dem Rand zustrebte. Die Mater folgte ihrer Ältesten.

Es sah aus, als würde es gelingen.

„Verdammt", entfuhr es Syme.

Es waren noch etwa hundert Schritt bis zur Rampe, aber die Linie, die der Oberste Hirte mit seinem Tier verfolgte, stimmte nicht mehr. Wenn sie so weiterliefen, würden sie den Beginn des Aufstiegs um etwa zwanzig Schritt verfehlen.

„Komm, Guso, komm!", murmelte Syme.

Doch die Richtung änderte sich nicht. Guso versuchte, die Mater mit einem sanften Druck seines Zylo zur Richtungsänderung zu bewegen, aber das Tier hielt dagegen. Sie verloren die Linie immer weiter. Die Tiere, die folgten, entfernten sich wieder von der Rampe. Ein Raunen war auf dem Pfad zu vernehmen. Es kam von oben, wo die Zuschauer einen noch besseren Blick hatten und nun erkannten, dass Guso Probleme hatte. Noch fünfzig Schritt, dann musste die Mater die Schräge betreten, sonst war die Arbeit im ganzen vergangenen Rota umsonst gewesen.

„Guso!", rief Syme jetzt flehend, andere der Wanderer fielen ein und ihre besorgten Stimmen füllten den Pfad. Unruhe kam in der Mater auf und die allgemeine Bewegung führte nun noch eindeutiger zurück zur Mitte, fort von der Rampe.

„Jetzt mach schon!", rief Guso und drückte mit aller Kraft gegen seinen Zylo, doch die Älteste der Mater machte keine Bewegung, die Richtung zu ändern. Es waren noch zwanzig Schritt, dann nur noch zehn. Jetzt hätte Guso das Tier schon schräg führen müssen, um es auf den richtigen Weg zu bringen. Dann ein Stück zurück. Und nun waren sie vorbei. Rechts von ihnen stieg die Rampe sanft an, erreichte Kniehöhe, dann die Schultern der Foogo. Die letzte Hoffnung war dahin, vielleicht mit einem halsbrecherischen Versuch die Älteste noch abzudrängen und doch nach oben zu bringen.

Laute Rufe der Enttäuschung erschallten von oben. Dann ertönten Pfiffe und Buhrufe. Sie kamen von Menschen, die weite Wege auf sich genommen hatten, um in Jakat Geschäfte zu machen, mit allem zu handeln, was das Schlachten der Fooge erbrachte, zu feiern, zu essen und zu trinken und die Zylobolaspiele zu sehen.

Alles war vergebens gewesen.

Jakat musste nun einen ganzen Umlauf auf den nächsten Durchzug der Herde warten. Weitere volle vier Rotara wäre das Leben wieder eintönig und ohne große Höhepunkte. Kinder würden geboren, Alte würden sterben, Freundschaften würden geschlossen und würden wieder zerbrechen und die Vaka würden wie immer gute Geschäfte mit Nahrung und Getränken machen. Und alle würden warten, tausend Lichte lang, bis die Herde Memiana umrundet hatte und der Oberste Hirte eine neue Mater heranführte.

Doch diesmal hatte Guso versagt.

„Das kann nicht sein. Das kann doch gar nicht sein! Das ist unmöglich!" Syme liefen die Tränen über die Wangen und sie klammerte sich an Jareks Arm. „So eine Schaderscheiße!"

Rund um die Herde fluchten Foogo vor sich hin. Guso hielt den Blick und die Schultern gesenkt und folgte weiter der Mater, den Zylo in der linken Hand, die Rechte leicht auf dem Rücken des Tieres, das nun wieder ruhiger ausschritt.

„Und was ist jetzt mit den Spielen? Und mit der Meisterschaft?" Syme wischte sich die Tränen mit dem Ärmel fort, aber es kamen sofort neue. „Jetzt gewinnen die Stafasi. Wir haben verloren. Wir haben verloren!" schluchzte sie.

Lasti kam heran. Sie legte Syme den Arm um die Schulter. „Weine nicht, Kleines. Es wird im nächsten Rota eine neue Meisterschaft geben und neue Spiele. Es geht immer weiter. Immer."

Syme zog nur die Nase hoch und starrte über die wogende grüne Fläche der Fooge.

„Irgendwann musste auch Guso so etwas wieder einmal passieren." Lasti nahm den Fehlschlag viel gelassener auf als alle ihre Leute. „Und damit ist es nun entschieden. Wir führen diese Mater über den Pass."

„Na und?", erwiderte Syme trotzig und zuckte heftig die Achseln.

„Guso!", rief Lasti ihren Obersten Hirten.

Er drehte sich um und sah die Älteste mit einem ausdruckslosen Gesicht an.

„Mach dir nichts daraus. Das nächste Mal wirst du wieder Erfolg haben."

„Da bin ich sicher", antwortete Guso laut. „Noch einmal werde ich nicht versagen." Er richtete sich auf, drehte sich um und folgte der Ältesten seiner Mater.

Der Wächter und der Jäger in Jarek waren aus ihren Kammern getreten und warfen sich einen Blick zu. Einer reichte. Seit Jarek denken konnte, hatte er Tiere beobachtet. Schader und Aaser und bald dann auch Reißer vor den Toren, später auf der Jagd. Ein guter Jäger musste seine Tiere bestens kennen. Er musste wissen, wie sie liefen, sprangen, rannten, angriffen, sich verteidigten, wie sie sich äußerten, was sie verabscheuten und was sie liebten. Nur der Jäger, der jede Bewegung seiner Beute deuten konnte, war in der Lage, sie zu besiegen. Und zu überleben.

Der Jäger in Jarek hatte die Mater beobachtet, der Wächter Guso. Die beiden teilten Jarek nun das mit, was er gespürt und befürchtet hatte.

Guso hatte nicht versagt.

Er war sehr geschickt vorgegangen und hatte alle in dem Glauben gelassen, er versuche die Mater auszuführen. Doch Jarek wusste genau, dass der Oberste Hirte alle getäuscht hatte. Guso hatte das Tier ganz gezielt an der Rampe vorbei geführt. Es war Absicht gewesen. Guso hatte genau das erreicht, was er gewollt hatte. Die Mater war nicht nach Jakat gelangt, weil sie nicht dorthin gelangen sollte.

Guso wusste es.

Lasti wusste es.

Fuli wusste es.

Und Volka wusste es auch.

Es war alles genauso gelaufen, wie sie geplant hatten. Lasti konnte ihre Zufriedenheit darüber nur vor allen anderen verbergen. Vor Jarek nicht. Die Wanderer der Tyrolo waren auf die Täuschung hereingefallen. Der Zuspruch, den Lasti für Guso hatte, gehörte genauso zum Plan wie dessen erste Niedergeschlagenheit und dann die trotzige Zusage, es das nächste Mal besser zu machen.

Jarek hatte keine Ahnung, was der Plan war. Er wusste nicht, welche Ziele Lasti verfolgte. Er war der Memo, aber er war nicht der Vertraute und Ratgeber, wie es der Kontrakt vorsah. Es war Lastis Entscheidung, ihn nicht in die Pläne einzubeziehen, und Jarek hatte diese angenommen.

Doch der Wächter wusste aus langer Erfahrung, dass es jetzt an der Zeit war, sich Sorgen zu machen.

Große Sorgen.

An der Rückseite der Cave floss Wasser in einem beständigen Rinnsal an den Felsen herab. Es plätscherte in ein kleines Becken, das einen flachen, trägen Zufluss zu der großen, dreißig Schritt breiten Wasserstelle am hinteren Ende der halben Höhle hatte. Das Wasser verursachte dabei ein Geräusch, das sich unter alles legte, was in der Lagerstätte für das Graulicht zu hören war. Doch jetzt vernahm Jarek keinen menschlichen Laut. Nur von draußen drangen Töne herein und verursachten murmelnde Echos in den verwinkelten Ecken.

Die Caven hatten sich verändert, seit der Pfad steiler geworden war. Anfangs hatten sie noch genauso ausgesehen wie die anderen Rastplätze und Tränken, die Jarek vom Anstieg und auch von der Ebene kannte. Es waren große Blasen, die sich einst im Stein gebildet hatten und dann einfach zerplatzt waren.

Doch die Caven des Raakgebirges waren richtige Höhlen in unterschiedlicher Größe, mit schroffen, scharfkantigen Wänden. Häufig mussten die Fooge zum Trinken über herumliegende Steinbrocken und Geröll ein Stück den steilen Fels hinaufklettern. So fanden sich die Foogo im Graulicht über der Herde wieder, die drei oder vier Schritt unter ihnen lagerte.

Die Stimmen der Reißer hallten von den Bergen ringsum und immer wieder mischten sich angstvolle Alarmpfiffe von den Wächtern der Matern darunter, die weiter pfadab lagerten. Die Echos brachen sich an den Wänden und selbst Jarek fiel es nicht immer leicht zu erkennen, wie weit die Jäger des Graulichts noch entfernt waren. Aber er war sicher, dass sie langsam näher kamen, mit jedem Licht, das die Herde weiter bergan stieg.

Fuli hatte die fünfzehn Wächter eingeteilt, die inzwischen notwendig waren, um die deutlich kleiner gewordene Mater zu bewachen und für den sicheren Schlaf der Wanderer zu sorgen. Die Tyrolo hatten sich um das Wasser herum verteilt und mit niedergeschlagenen Bewegungen ihre Lager bereitet.

Syme warf wütend einen kleinen Stein fort. Er schlug mit einem lauten Platschen ins Wasser und die vorher ruhige, spiegelnde Fläche zerriss und es bildeten sich Kreise. „Jetzt hätte das Fest angefangen." Syme ließ einen weiteren Stein folgen. Sie saß neben Jarek, Fuli und Volka.

Guso hatte sich ein Stück entfernt niedergelassen und schaute nun auf. „Es tut mir leid, Syme", sagte der Oberste Hirte entschuldigend. „Ich wäre jetzt auch lieber in Jakat. Das kannst du mir glauben."

„Weiß ich doch", antwortete Syme rasch. „War ja nicht gegen dich. Es ist halt nur so ... so eine Schaderscheiße, eben." Lastis Tochter ließ den Kopf wieder hängen.

„Bald kommen auch wieder andere, bessere Zeiten. Bald. Vertrau mir."

Jarek schaute auf und warf Guso einen interessierten Blick zu. Die Entschuldigung hatte für den Wächter in Jarek noch falsch und gespielt geklungen. Aber diese allgemeine, eigentlich inhaltsleere Beruhigung schien seine feste Überzeugung zu sein. Guso wusste sehr viel mehr, als er zu erkennen gab. Da war ein Plan, an dessen Gelingen er keinen Zweifel hatte, ein Plan, der zum Vorteil und zur Freude aller wäre. Aber nichts davon konnte Jareks Unruhe und Besorgnis mildern. Wenn es eine so wunderbare Sache war, warum konnten dann Lasti und ihre Vertrauten nicht darüber sprechen, flüsterte der Wächter in Jarek. Er fand wie immer, wenn er sich dieser Frage näherte, nur drei mögliche Antworten. Es war entweder sehr gefährlich oder der Erfolg war weniger wahrscheinlich, als Guso gerade angedeutet hatte, oder es war gegen alle Regeln.

Keiner der Gründe war geeignet, Jarek in irgendeiner Weise zu beruhigen. Er warf Guso noch einen Blick zu, den dieser freundlich, aber verschlossen erwiderte, dann schaute er zum Eingang der Cave, wo Lasti und Tyra im Schein von Polos und Nira standen und leise miteinander sprachen.

Die Älteste des gesamten Clans der Tyrolo war mit sechsundzwanzig Männern und Frauen auf einem Steig zur

Cave geeilt, der den Weg des Pfades abkürzte. So waren sie weit vor den Wanderern hier angekommen und hatten die Mater so schon zu Beginn des Graulichts erwartet.

Tyra war eine hochgewachsene, weißhaarige Frau, die über zwanzig Umläufe zählen musste. Aber ihre Bewegungen waren noch immer leicht, ihr Gang aufrecht, ihr Blick klar und ihre braune Haut mit den vier waagrechten Narben auf der Stirn, die das Zeichen der Clanführerin waren, zeigte keine einzige Falte. Tyra war noch immer eine schöne Frau und Lasti sah ihr ähnlich.

Fuli hatte Jarek schon vor dreiundzwanzig Lichten erzählt, dass ihre Mutter Tyras Nichte war und dass sie sich einmal Hoffnung gemacht hatte, ihr Erbe als Führerin des gesamten Clans anzutreten, da Tyra selbst kinderlos war. Aber seit zwei Umläufen hatte niemand mehr darüber gesprochen. Der Blick, den Fuli auf Syme geworfen hatte, hatte Jarek gezeigt, wem sie auch dafür die Schuld gab. Mit einem Kind von einem unbekannten Vaka war die Wahrscheinlichkeit, dass Lasti an die Spitze des Clans rücken konnte, allem Anschein nach drastisch gesunken. Damit war auch das weitere Schicksal ihrer Kinder geklärt. Jarek hatte schon früh gespürt, dass Lastis ältere Tochter nur zu gerne das Wanderleben aufgegeben hätte und in der Stadt Jakat ihren festen Wohnsitz bezogen hätte, auch wenn die junge Frau noch nie darüber gesprochen hatte.

Anfangs hatte Jarek sich keine großen Gedanken über die heimlichen Wünsche und Vorlieben der Foogo gemacht. So wie er eben ein Jäger, Wächter und Beschützer geworden war, weil die Xeno dies schon immer gewesen waren, hatte er angenommen, die Foogo der Tyrolo seien Wanderer und Hirten und würden dieses Leben lieben. Alle. Doch Jarek hatte in den vergangenen über fünfzig Lichten nach und nach bemerkt, dass es große Unterschiede bei den Wanderern des Clans gab. Unterwegs zu sein, war sicher für viele die einzige denkbare Form des Lebens, wenn nicht für die meisten. Aber es gab auch welche in Lastis Gefolge, die lieber jetzt als später das ewige Umkreisen von Memiana aufgegeben hätten. Sie folgten der Herde, weil der Teil des Mutterclans, dem sie angehörten, es schon immer getan hatte. Es war etwas, das zum Überleben aller erforderlich war und einfach getan werden musste. Aber besonders einige der Jüngeren hatten ganz andere, heimliche Träume.

Nicht nur die vier eigenen Städte der Tyrolo waren eine Versuchung. Es waren vor allem Kirusk und Vakasa, die im Raakgebirge und ein Stück dahinter lagen, die die Hirten in jedem Umlauf wieder zu Gesicht bekamen. In diesen weitläufigen Städten wimmelte es von Menschen wie von Blutschadern an einem Schlachtplatz und die Anziehungskraft war sehr groß.

Jarek hatte weder die Hauptstadt der Kir noch die der Vaka bisher erblickt, geschweige denn betreten, und er war schon gespannt darauf, sie zu sehen. Sein Memowissen verriet ihm, dass beide hundertmal größer als Maro waren und dass dort eine beständige Durchmischung der Völker Memianas stattfand. Zwar wurden alle Kinder nach wie vor erzogen, genau das zu tun, was ihre Eltern und deren Eltern vor ihnen immer getan hatten. Aber wenn es eine Möglichkeit für Einzelne gab, sich von dieser Tradition abzuwenden, ohne ausgestoßen und damit ein Solo zu werden, dann bot sich ihnen eine solche Gelegenheit in Kirusk und Vakasa.

Die ehrgeizigen Pläne der Kir, eine eigene Zylobolaplada zu errichten und Clanmeisterschaften mit nur dafür unter Kontrakt genommenen Foogo zu veranstalten, war nur eine weitere Versuchung. Sie ließ die jungen Menschen in den Clans der Wanderer davon träumen, dass es vielleicht auch noch ein Leben jenseits des Pfades und des wogenden grünen Bandes der Fooghäute geben könnte, dem sie schon ihr ganzes Leben folgten und bis zu ihrem Ende folgen sollten.

„Ich wäre so gerne jetzt in Jakat." Symes traurige Bemerkung riss Jarek aus seinen Gedanken. „Ich hatte mich so drauf gefreut."

„Ich auch." Zur Überraschung aller war es Volka, der diesen Seufzer ausgestoßen hatte. Sein Blick wanderte über Tyras Begleiter, die sich nahe dem Eingang zur Cave niedergelassen hatten, und er sah sich sehr genau jede der sieben jungen Frauen an, die darunter waren. Wieder einmal. Volka hatte es mehrfach getan, seit sie hier angekommen waren. Offenbar hatte er vorgehabt, sich in das Fest zu stürzen und mit den jungen Frauen zu tanzen und vielleicht eine unter ihnen zu finden, die ihm im Graulicht auf ihrem Lager einen Platz an ihrer Seite anbieten würde. Doch dazu würde es nun nicht kommen. Volka seufzte noch einmal, drehte sich um und starrte ins Wasser der Cave, das sich nach Symes letztem Steinwurf nun wieder beruhigt hatte.

Fuli zog nur die Augenbrauen hoch, dann legte sie das Kinn wieder auf die Knie, die sie angezogen hatte und mit den Armen umschlungen hielt. Sie erinnerte Jarek in dieser Haltung ein wenig an Mareibe. Fuli hatte bereits zwei ihrer Mäntel umgelegt, denn es war kalt geworden, sobald Sala hinter der immer bedrohlicher aufragenden Wand des Raakgebirges verschwunden war, dessen einziger Daseinszweck zu sein schien, dem Menschen zu zeigen, welch unbedeutende Größe er auf Memiana war.

Jakat lag von der Cave weniger als das Kvart eines Lichtweges entfernt. Hätte Guso die Mater ausgeführt, hätten sie jetzt dort in einer großen Schänke zusammengesessen, hätten der Musik der Solo gelauscht und ihre Darbietungen beobachtet, hätten gegessen, getrunken und gefeiert und hätten sich auf die Gelblichte der Ruhe und die Graulichte der aufregenden Spiele gefreut.

Doch die Mater hatte die Rampe verfehlt und sie waren weitergezogen. Alle. Kein Wanderer betrat eine Stadt, wenn die Ausführung der Mater misslungen war. Sie folgten weiter dem Pfad bis zur nächsten Cave. Und dann weiter und weiter bis zur folgenden Stadt des Clans, wo sie einen neuen Versuch wagen würden, nach zweihundertfünfzig Lichten voller Anstrengung, Kampf, Angst und Hoffnung.

Zurag hieß nun das neue Ziel und lag noch hundertdreißig Lichtwege hinter Vakasa.

Beim Misslingen einer Ausführung brachte der Älteste der Stadt zum Trost immer mit ein paar ausgewählten Leuten das beste Essen aus den Vorräten sowie Getränke. Hauptsächlich Paasaqua. Die Wanderer würden es brauchen, denn ihre Enttäuschung war immer noch viel größer als die der Städter. Die hatten ein gutes Geschäft und eine lange Zeit der Feiern und Spiele verloren.

Die Wanderer den Höhepunkt eines ganzen Rota.

Jarek sah die Bewegung am Rand der Cave. Die Männer und Frauen, die von Jakat aus vor ihnen hier eingetroffen waren, erhoben sich, griffen nach ihrem Gepäck und schauten zu Tyra und Lasti. Auch den anderen war nicht entgangen, dass die beiden mit ihrem Gespräch fertig waren, und alle standen von ihren Plätzen auf.

Die Älteste des Clans ging bedächtig ein paar Schritte und suchte sich einen Platz, von dem aus jeder sie sehen und sie selbst alles überblicken konnte. Sie stieg auf einen dort liegenden Felsblock von halber Mannshöhe, ohne dass sie dazu die Hände benutzen musste. Jarek bewunderte die Sicherheit und Geschicklichkeit der alten Frau.

„Wanderer der Tyrolo, ich grüße euch. Ich möchte euch den Dank des ganzen Clans übermitteln, für das, was ihr in den vergangenen Rotara vollbracht habt."

Ein paar Blicke hoben sich, aber die meisten blieben niedergeschlagen stehen und starrten traurig vor sich hin.

„Der Clan der Tyrolo bleibt damit der erfolgreichste der letzten fünf Umläufe. Kein anderer hat so viele Matern ausgeführt wie wir. Durch eure Arbeit, euren Schweiß, eure Zähigkeit und eure Opferbereitschaft. Ihr habt in jedem Gelblicht und in jedem Graulicht auf eurem Weg rund um Memiana allen Gefahren getrotzt. Nur wegen euch ist der Clan der Tyrolo von einem der ärmsten zu einem der wohlhabenderen geworden. Das ist euer Verdienst."

Ein Murmeln ging durch die Reihen und einige Gesichter hellten sich auf. Jarek bemerkte, dass Syme gebannt an Tyras Lippen hing und ausnahmsweise einmal nichts sagte. Sie war beeindruckt.

Tyra lächelte. „Ich sehe, dass ihr niedergeschlagen seid. Ich verstehe eure Trauer und auch euren Ärger. Aber jede Kette reißt irgendwann einmal. Kein Seil hält ewig, auch wenn es aus Foogschwanzhaar geflochten ist. Es ist nicht möglich, jede Mater auszuführen, das wissen wir alle, auch wenn wir es immer hoffen. Ich bin hier, nicht um euch für irgendwas zu tadeln, das euch nicht gelungen ist, sondern um euch den

Dank des ganzen Clans für das auszusprechen, was ihr vollbracht habt. Diese Mater ist weitergezogen, aber das ist die eine Ausnahme in vielen Umläufen. Es ist geschehen und es ist nicht zu ändern. Doch ich weiß, dass ihr alle schon in naher Zukunft Großes leisten werdet. Ihr werdet Dinge vollbringen, die unserem Clan zu noch mehr Wohlstand und Anerkennung verhelfen. Taten, über die man rund um den Pfad sprechen und von denen man Lieder singen wird. Ihr werdet die Mater über den Pass begleiten und Guso wird sie ausführen. Das verspreche ich euch. Und Guso verspricht dies ebenso."

Guso nickte ernsthaft und Gemurmel setzte unter den Wanderern ein. Tyra gab ihren Leuten einen Wink und diese traten vor. Immer zwei arbeiteten zusammen und sie fingen an, Decken auszubreiten, auf denen sie Fleisch, Kaas, Schwimmer und andere Leckereien anrichteten.

„Ich weiß aber auch, dass eure Trauer nicht nur der Mater gilt. Wir alle hatten uns auf die Spiele gefreut. Ich verspreche euch, dass wir die Zylobolameisterschaft ein andermal gewinnen werden. In diesem Rota sollte es nicht sein. Doch wir wissen, dass wir die beste Mannschaft waren, auch wenn wir es am Ende nun nicht mehr unter Beweis stellen können. Wir waren die Besten. Und das genügt uns für jetzt. Lasst uns unsere großen Erfolge feiern und unsere kleinen Niederlagen vergessen!" Tyra hob die Hände und ein lauter Jubel antwortete ihr.

Jarek war tief bewegt. Mit den wenigen, gut gewählten Sätzen hatte es die Älteste des Clans geschafft, die bedrückte Stimmung zu verjagen. Tyra war eine große Anführerin.

Die Wanderer drängten zu den Essplätzen und versorgten sich mit Nahrung und Getränken und die ersten Stimmen waren in der Cave zu hören, die nun fröhlicher klangen. An einer Stelle am Wasser wurde bereits wieder gelacht. Tyra schaute ihre Nichte an, die ihr leichtes Kopfnicken erwiderte, und dann Guso.

Die Blicke sagten dem Wächter und dem Beschützer alles.

Tyra wusste Bescheid!

Was bei der Ausführung der Mater geschehen war, war nichts, was Lasti und Guso heimlich verabredet hatten. Sie hatten nur das getan, was von ihnen erwartet wurde.

Es gab einen großen Plan hinter allem.

Tyras Plan.

Ein Knurren hallte von den steilen Wänden wider, aber Jarek erkannte, dass es immer noch ein Kvart Lichtweg entfernt war. Etwas näher waren aber die panischen Pfiffe der Fooge, die pfadab von den schlanken Raakbreitnacken angegriffen wurden. Jarek hatte sie noch nie zu Gesicht bekommen. Aber er hörte sie seit einiger Zeit in jedem Graulicht.

Er stand am Rand der Cave und ließ den Blick über die unter ihm liegende Herde gleiten.

Der Pfadsand war hier finster wie der Schwarzglimmer der dunklen Felsen und nur die Hornspäne der Hufe ließen den Boden des ewigen Wanderweges ein klein wenig heller erscheinen als die Wände, die ihn begrenzten. Polos und Nira standen im letzten Kvart und würden bald hinter dem steilen Raakmassiv verschwinden. Dann warf dieses einige Augenblicke tiefschwarze Schatten, die alles verhüllten, bis pfadab Sala aufging und für neues Licht und die hier oben mäßige Wärme sorgte.

Hellgrau zeichneten sich auf dem Pfad die Nirakreise der Matern ab, die wie Flecken auf dem Fell von Schattenreißern wirkten, und jede der Matern war deutlich kleiner als zu Beginn des Aufstiegs.

„Jarek?" Volka stand überraschend hinter ihm. Außerhalb der Zeiten, in denen er als Memo zur Verfügung stand, der Botschaften annahm und weiterleitete, hatte Volka ihn nicht mehr angesprochen. Jarek hatte Lastis Sohn auch noch nie um diese Zeit des Graulichts wach erlebt. Im Gegenteil. Es war immer schwieriger geworden, Volka nach dem Genuss des Paasaqua bei den ersten Strahlen Salas wach zu rütteln. „Volka?" Jarek schaute den jungen Mann, der in seinem Alter war, fragend an. Er hatte bemerkt, dass Volka ganz gegen seine Gewohnheiten bei der Feier, die nach einem etwas zähen Beginn dann noch richtig fröhlich geworden war, sehr wenig getrunken hatte. Und das, obwohl der Vorrat beträchtlich gewesen war, den Tyra und ihre Leute mitgebracht hatten. „Was kann ich für dich tun?"

Volka schaute kurz über die Schulter zu seiner Mutter, die aber ruhig unter ihren Decken schlief. Er blickte über die fünfzehn Wächter, die aufmerksam den Pfad, die Matern und den oberen Rand der Felswände beobachteten und versuchten, jede Bewegung in den Schatten zu erkennen. Dann sah er Jarek an. „Ich ..." Volka zögerte und zog die beiden Deckenmäntel, die er um die Schultern trug, fester zusammen. Er räusperte sich und schaute sich dann noch einmal um. „Ich brauche einen Rat", sagte er.

Jarek lächelte ihn freundlich an und zeigte nichts von seiner Überraschung. Seit er bei den Tyrolo war, hatte ihn noch nie jemand um einen Rat gefragt. „Dafür bin ich hier, Volka. Als Bote, Gedächtnis und Ratgeber des Clans."

„Es ist aber keine Clansache." Wieder fand Volkas Blick Lasti und Jarek spürte seine Besorgnis.

„Du bist ein Tyrolo und ich bin bei den Tyrolo unter Kontrakt", beruhigte Jarek ihn. „Also ist alles, was du mich fragst, eine Clansache."

Volka biss sich auf die Lippen und schaute dann Jarek in die Augen. „Es ist was Persönliches, verstehst du?"

„Falls du irgendwelche Bedenken hast, Volka: Wenn du einen Rat von mir wünschst, dann erhältst du meine Antwort. Diese ist nur für dich und für sonst niemanden bestimmt. Kein anderer wird von mir erfahren, was und worüber wir gesprochen haben."

Lastis Sohn atmete einmal tief durch. „Verstehe. Das ist gut. Also ... Es geht um dieses Mädchen."

Jarek hörte aufmerksam zu, obwohl die mit Aaro beschlagene Tür der Yala-Kammer tief in ihm ein Stück aufgesprungen war und er sie nur mit großer Mühe wieder schließen konnte. Jarek hatte richtig beobachtet. Volka hatte unter dem Gefolge Tyras nach einer bestimmten Frau gesucht, hatte sie aber nicht gefunden. Auch seine Niedergeschlagenheit und sein übermäßiger Paasaqua-genuss in den vergangenen Lichten fanden für Jarek endlich eine Erklärung.

„Als wir im letzten Umlauf die Mater ausgeführt haben, hier in Jakat, da habe ich auf der Feier ein Mädchen kennen gelernt. Ninga. Ich ... also, ich habe mich in sie verliebt. Und sie sich in mich. Es waren wunderschöne siebenundzwanzig Lichte. Gelblichte und Graulichte."

Volkas Gesicht war weicher geworden, während er erzählte. Die tiefen Kummerfalten, die ihm in der letzten Zeit das Aussehen eines viel älteren Mannes verliehen hatten, glätteten sich und Jarek erkannte sogar ein kleines Lächeln im fahlen Licht, ausgelöst von den Erinnerungen an die vergangene schöne Zeit. „Wir haben uns Botschaften geschickt, als wir weitergezogen sind. Es waren nicht viele, weil wir ja nur dann einen Memo erreichen konnten, wenn wir zu den Spielen gegen die anderen Clans in die Städte kamen. Obwohl wir immer weiter von einander weg waren, ist unsere Bindung irgendwie immer enger geworden."

Jarek nickte. Diese Gefühle waren ihm nicht fremd. Ganz gleich, wie weit er sich von Maro entfernte, an seiner Nähe zu Ili und Mareibe würde das nichts ändern. „Habt ihr überlegt, zusammenzubleiben, wenn du wiederkommst?", fragte er.

„Ja. Das wollten wir. Wir wussten noch nicht, wie wir es machen sollten, also ob ich in Jakat bleibe oder Ninga mit uns zieht, aber sie wollte meine Frau werden. Dann hat sich alles geändert, aber das hätten wir auch geschafft. Irgendwie." Er schwieg einen Moment, dann zuckte er die Achseln. „Ninga hätte auch mit nach Chumuli gehen können, wenn sie gewollt hätte, das wäre kein Problem gewesen." Er machte eine wegwerfende Handbewegung.

„Was ist dann passiert?", fragte Jarek behutsam, als Volka nicht weitersprach.

Die Sorgenfalten erschienen wieder auf dessen Gesicht. „Ninga hatte mir regelmäßig Botschaften geschickt. Bis vor etwa sechzig Lichten. Als ich in Maro bei der Memo war, gab es keine Nachricht von ihr. Seitdem warte ich in jedem Licht darauf, aber du hast nichts von ihr. Ich habe ihr immer wieder Botschaften geschickt, habe sie gefragt, was los ist. Aber Ninga antwortet nicht mehr."

„Hast du dich bei der Ältesten nach ihr erkundigt? Falls ihr etwas zugestoßen ist, muss Tyra darüber Bescheid wissen."

Volka seufzte und nickte. „Es geht ihr gut. Ich habe auch die anderen nach Ninga gefragt. Ich hatte gehofft, dass sie mit hierher kommen würde, aber sie ist nicht dabei. Und sie lässt mir auch nichts ausrichten. Jarek, was soll ich tun? Ich liebe dieses Mädchen. Ich will, dass sie meine Frau wird. Sie wollte das auch. Und jetzt weiß ich nicht, was los ist, und ich weiß nicht, was ich machen soll!"

Jarek hatte sich immer gefragt, wie diese Aufgabe eines Memo ablaufen würde, wenn es einmal so weit war, dass er einen Rat geben musste. An den seltsamen, abwesenden Zustand bei der Übermittlung von Botschaften hatte er sich gewöhnt. Auch die Auskünfte über Wege, Zeiten, Caven, Tiere und Völker, um die er immer wieder gebeten wurde, kamen ohne Verzögerung aus der für andere so erstaunlich und unendlich erscheinenden Wissenskammer des Memo, kaum war die Frage gestellt. Um einen Rat hatte ihn aber noch nie jemand gebeten. Doch er wusste sofort, wie es sich anfühlte. Es war ein wenig wie das Zählen, das er für Lasti zu erledigen hatte, das irgendwo in einer ruhigen Ecke seines Verstandes ablief, ohne dass sein Bewusstsein beteiligt war. Nach wenigen Augenblicken trat dann der Zähler und Rechner aus seiner Kammer, zupfte ihn am Ärmel und flüsterte ihm das Ergebnis zu.

Jarek musste nicht über die Frage nachdenken. Es war keine, die so umfassend war und so große Folgen für andere Menschen haben würde, dass er sie nicht selbst beantworten konnte. Er musste sie nicht an die Ältesten von Mindola senden, die darüber beraten und alle Möglichkeiten abwägen würden, um dann zu einem Ergebnis zu kommen, das allen diente und das Gleichgewicht Memianas bewahren half.

Es war eine kleine, sehr persönliche Frage und Volka hatte sie noch nicht ausgesprochen, da hatte Jarek die Antwort auf der Zunge.

„Geh zurück nach Jakat. Suche Ninga. Sprich mit ihr. Finde heraus, was sie fühlt und ob sie noch zu ihrem Versprechen steht. Falls ja, bring sie mit. Ihr könnt unsere Mater in drei Lichten wieder erreichen, wenn ihr dem Steig von Nasola folgt. Der Pfad macht bald eine Wendung, läuft oberhalb von Jakat wieder vorbei, doch er zieht dann in einem Lichtweg Entfernung erneut eine Schleife. Wenn ihr von Jakat aus dem Steig gerade bergauf folgt, findet ihr uns an der Aarocave."

Volka hatte den Atem angehalten. Jetzt holte er wieder Luft, um sich für die Frage zu sammeln, die kommen musste. „Und wenn sie nicht mitgeht?"

„Dann kommst du alleine wieder. Aber dann weißt du wenigstens Bescheid. Du solltest nicht mit einer solchen Ungewissheit einen neuen Umlauf in Angriff nehmen. Der schwerste Teil des Pfades liegt jetzt vor uns. Wenn du dem nicht deine ganze Kraft und alle deine Gedanken widmest, kann ein Unglück geschehen. Und das will niemand. Du sicher auch nicht."

„Danke", sagte Volka. „Auf die Idee, selbst zurückzugehen, wäre ich nie gekommen."

„Es ist zwar nicht üblich, dass ein Foogo einer fehlgeleiteten Mater die Stadt betritt, aber es gibt keine Regel, die es ausdrücklich verbietet", erklärte Jarek. „Und ich denke, jeder wird unter diesen Umständen Verständnis dafür haben. Am besten gehst du im ersten Gelblicht zusammen mit Tyra und ihren Leuten. Wir sehen dich dann in drei Lichten wieder."

Die Sorgen auf Volkas Gesicht waren für Jarek unverkennbar, aber er sah auch eine neue Entschlossenheit, sich Gewissheit zu verschaffen. „Danke, Jarek. Ich danke dir." Volka nahm Jareks Hände und drückte sie.

„Dafür bin ich hier. Um euch alle zu beraten. Jeder von euch darf diese Dienste gerne in Anspruch nehmen."

Volka hörte wohl das leise Bedauern in Jareks Stimme, denn er legte ihm die Hand auf die Schulter und sagte zuversichtlich: „Es werden noch mehr kommen, Jarek. Ganz sicher. Auch Lasti und Guso."

Er ging, um seine Sachen für den baldigen Aufbruch zu packen.

Die ersten Strahlen Salas tasteten sich über den Horizont und bald würden sich die ersten Schläfer erheben. Jarek forschte ein wenig in sich nach seinen eigenen Gefühlen.

Es war gut gewesen, einen Rat zu geben und zu sehen, welche Wirkung er auf Volka hatte. Es würde für Lastis Sohn eine Entscheidung geben, so oder so.

Aber da war noch etwas ganz anderes, auf das der Wächter in ihm seit einiger Zeit aufmerksam machen wollte. Etwas, das Volka gesagt hatte, ohne zu bemerken, was er da geäußert hatte. Er war schnell darüber hinweggegangen.

Ninga könnte auch mit nach Chumuli kommen, hatte Volka gesagt.

Ein Memo kannte alle Städte, Ansiedlungen und Wälle auf Memiana. Er wusste, wo sie lagen, wie alt sie waren, wer sie gegründet hatte. Er kannte die Zahl ihrer Einwohner und die Völker, zu denen sie gehörten, und ihm waren die Namen der Ältesten bekannt.

Chumuli war eine Stadt, die hinter dem Raakgebirge lag. Sie war dreißig Lichtwege von der Salaspitze entfernt, auf dem Abstieg.

Doch es war keine Stadt des Clans der Tyrolo.

Chumuli war nicht einmal im Besitz der Foogo. Die Stadt war eine Ansiedlung der Eco und einst von den Vaka gegründet worden. Heute herrschte dort ein Clan der Kir.

Der Weg dorthin betrug von Jakat aus keine zweihundertfünfzig Lichte, sondern nur achtzig, und Jarek fragte sich, was die Wanderer der Tyrolo dort wollten. Während der Rotara besuchten sie immer nur die Städte der anderen Foogoclans, in denen die Zylobolaspiele stattfanden. Die einzigen Ausnahmen waren Kirusk und Vakasa, zu denen immer eine kleine Abordnung der Wanderer aufbrechen durfte, sobald sie in Reichweite waren, um die Wunder der großen Städte einmal selbst zu erleben.

Doch Chumuli war keine große Stadt. Sie war nicht einmal bedeutend. Jarek fragte sich, wieso Volka dachte, er würde mit seiner Frau dort leben. In einer Stadt, wo es tausenddreihundertdreiundsiebzig Kir, sechshundertdreiundzwanzig Vaka und zweihundertzweiunddreißig Mahlo gab. Aber nicht einen einzigen Foogo.

Jareks Memoverstand hatte bereits eine Weile ruhig an der Frage gearbeitet, doch diesmal lieferte er keine Antwort. Er hatte keine Idee, was das alles zu bedeuten hatte. Aber Jarek war ein Memo. Memo sammelten Kenntnisse, Wissen über Neues, über Veränderungen, über Ereignisse und Gefahren.

Jarek, der Memo, würde mit der nächsten Botschaft nach Mindola über all die merkwürdigen Ereignisse berichten, die sich hier zutrugen. Er wusste nicht, was Tyra im Einzelnen vorhatte. Aber er hatte das sichere Gefühl, dass die geheimen Pläne der Tyrolo eine Gefahr darstellen könnten. Eine Gefahr für das Gleichgewicht auf ganz Memiana, das zu bewahren die große, geheime Aufgabe war, die sich das Volk der Memo gestellt hatte.

Das Seil hatte Knoten im Abstand von etwa einem halben Schritt, was das Hinaufklettern erheblich erleichterte. Jarek hatte inzwischen genügend Übung darin, die steile Felswand, die den tief eingetretenen Pfad begrenzte, auf diese Weise zu überwinden. Er hatte gar keine Wahl, denn es war die einzige Möglichkeit, dort hinauf und auch wieder hinab zu kommen. Zu seiner Zeit als Xeno in Maro hatte Jarek Seile immer nur dazu benutzt, steile Stellen an einem Abstieg zu überwinden oder andere Jäger beim Klettern zu sichern. Mit Hilfe eines Seils eine Steilwand hinaufzusteigen, war neu für ihn.

Als Memo der Tyrolo gehörte es zu seinen Aufgaben, in jedem Licht den Pfad zu verlassen. Die Botenreiter erschienen nicht wie in den Städten und Ansiedlungen am

Ende eines jeden Gelblichts, sondern zum Halblicht. Sobald Jarek einen der Reiter seines Volkes oben am Rand des Pfades erkannte, bahnte er sich einen Weg durch die Fooge. An der Steilwand kletterte er mit Hilfe des Seils nach oben, das ihm der Bote von oben zuwarf.

Noch drei kraftvolle Züge und Jarek hatte den Rand der Schlucht erreicht. Der Memo, der die Kletterhilfe an einem vorspringenden Felsen befestigt hatte, streckte die Hand aus und zog Jarek ganz nach oben.

„Ich grüßte dich, Jarek."

„Forlok. Ich freue mich, dich zu sehen." Jarek hatte sich dem Reiter in Mindola vorgestellt, als er ihn in Adolos Gesellschaft das erste Mal gesehen hatte, wie es die Regel in der Stadt der Memo war. Auf diese Weise lernten die Memo mit der Zeit die meisten anderen Mitglieder des Volkes kennen. Traf ein Memo erstmals einen anderen, grüßte der Jüngere und nannte seinen Namen und der Ältere antwortete. Danach kannte man sich. Memo vergaßen nichts. Nie. Schon gar nicht die Namen und Gesichter von Menschen.

„Ich wusste gar nicht, dass du jetzt zu den Pfadboten gehörst. Ich dachte, du wolltest gerne zu Nahits Reitern." Jarek hatte von Adolo gehört, dass es Forloks Traum war, zu Nahit zu gehören, dem Ältesten der Sicherheit. Doch der suchte sich seine Männer und Frauen sehr genau aus.

Forlok zuckte bedauernd die Achseln. „Ich hatte mich beworben, aber es hat nicht gereicht, leider. Nahit hat andere vorgezogen. Aber das Leben als Pfadbote hat auch seinen Reiz." Der Reiter machte nicht den Eindruck, als sei er mit seiner Rolle und seinem Schicksal unzufrieden. In Jareks Erinnerung öffnete sich eine kleine Kammer, aus der Rovia trat und wieder einmal sagte, dass ein jeder Memo seinen Platz finden würde, auch wenn er manchmal erst nicht wüsste, dass es der richtige sei. „Besser, als immer nur im Kreis zu reiten, ist es allemal."

Nur drei der Clans der Foogo hatten Memo unter ihren Wanderern. Es war eine besondere Vergünstigung, die vom Kontrakt erfasst war, dass auch diese in jedem Gelblicht Botschaften empfangen und versenden konnten. Dazu wurden Reiter zwischen den Wanderern und den nächstgelegenen Städten hin- und hergeschickt, um die Nachrichten zu überbringen, die für die Hirten des Clans bestimmt waren. Auf diese Art folgten die Boten genauso der Herde wie die Foogo, nur eben nicht auf dem Pfad.

Die beiden Memo ließen sich auf einem Stein nieder und sahen sich in die Augen. Jarek sagte sein geheimes Wort für den Tyroloclan und Forloks Blick ging in weite Ferne, als er rasch zu sprechen begann. Die Nachrichten und die Namen der Menschen, für die sie bestimmt waren, flossen in die verschlossene Kammer in Jareks Gedächtnis, ohne dass er irgendetwas davon selbst verstehen konnte. Nichts, was nicht für ihn ganz alleine bestimmt war, könnte er je aus diesem Raum holen. Dazu war nur derjenige in der Lage, dem die Nachricht gesandt wurde und der sie mit seinem eigenen geheimen Wort abrufen konnte.

Als Forlok das Schlusswort der Übermittlung gesprochen hatte, wechselten sie die Rollen. Jarek übergab ihm all das, was nicht nur Lasti, sondern auch viele andere der wandernden Tyrolo ihm im Graulicht als Botschaften mit auf den Weg gegeben hatten. Seit sie an Jakat vorbeigezogen waren, nutzten sehr viel mehr der Wanderer die Möglichkeit, Nachrichten an ihre Freunde und Bekannten zu verschicken. Die wenigsten hatten damit gerechnet, dass die Ausführung der Mater fehlschlagen könnte. All das, was sie anderen in der Hauptstadt der Tyrolo eigentlich persönlich sagen und erzählen wollten, mussten sie nun mit Jareks Hilfe übermitteln.

Volka schickte keine Nachrichten mehr und kam auch nicht mehr zu Jarek, um an ihn gerichtete Botschaften abzurufen. Er wusste, dass keine mehr kommen würden.

Lastis Sohn war drei Lichte, nachdem er nach Jakat aufgebrochen war, in der Aarocave erschienen, kurz bevor Sala untergegangen war. Er war alleine gewesen. Jarek hatte ihm einen bedauernden Blick zugeworfen, aber Volka hatte nur die Achseln gezuckt.

Jarek hatte ihn nicht gefragt, was geschehen war. Memo gaben Ratschläge, wenn sie darum gebeten wurden. Sie hörten zu, wenn jemand ihnen etwas sagen wollte. Aber sie fragten nie.

Es hatte zehn Lichte gedauert, bis Volka Jarek unter dem Schein von Nira und Polos erzählt hatte, was er in Jakat erlebt hatte. Ninga hatte einen anderen Mann gefunden. Die Frau, die fast einen ganzen Umlauf lang in ihren Botschaften Volka ihrer Liebe versichert hatte, hatte kein Interesse mehr an ihm. Sie wollte nicht mehr mit ihm um den Pfad ziehen. Sie wollte sich nicht mehr mit ihm vielleicht in einer ganz anderen Stadt niederlassen.

Es war vorbei.

Volka hatte vor Jarek einige sehr deutliche Worte über Ningas Feigheit gefunden. Er war wütend und enttäuscht, dass sie ihm das nicht wenigstens in einer Botschaft mitgeteilt hatte. Sie hatte ihn einfach viele Lichte lang in Sorge gelassen, ihr sei vielleicht etwas zugestoßen. Am Ende hatte genau diese Gedankenlosigkeit und Selbstsucht bei Volka den trotzigen Gedanken ausgelöst, dass er vielleicht sogar noch Glück gehabt hatte, dass es mit ihm und Ninga nichts geworden war. Sie hatte ihn verlassen, bevor sie richtig zusammen gewesen waren, und hatte nicht noch mehr Verwirrung seiner Gefühle verursacht.

Volka war in den folgenden Lichten wieder viel aufmerksamer geworden. Er hatte sich mehr an Gesprächen beteiligt und mit Syme einige Debatten geführt. Sie hatten über Zylobola und die Frage gesprochen, ob die Pläne der Kir, eine eigene Meisterschaft auszurichten, ein Fortschritt und gut für die Foogo wären. Oder schlecht, weil sie die Gefahr heraufbeschworen, eine seit urdenklichen Zeiten gepflegte Gewohnheit zu beeinflussen, wenn nicht gar zu zerstören.

Auch zusammen mit Guso sah Jarek Volka nun viel häufiger und die beiden gingen lange Strecken neben der Ältesten der Mater, in ruhige Gespräche vertieft.

Volka trank in den Graulichten immer weniger Paasaqua.

Lasti hatte die Veränderungen bei ihrem Sohn mit Erleichterung aufgenommen. Aber dazu gesagt hatte sie nichts.

„Das hat mal wieder lange gedauert. Sitz auf, Jarek. Ich bringe dich zurück." Forlok zog das Seil ein. Er rollte es zusammen, hängte es an den Sattel und stieg auf. Er reichte Jarek die Hand, der sich hinter ihm in den Zweitsitz auf dem Kron schwang.

Die Mater der Tyrolo war weitergezogen, während die beiden Memo ihren Pflichten nachgekommen waren. Wenn der Austausch der Botschaften so lange dauerte, dass der Clan am Grund des Pfades schon außer Sicht war, brachte der Pfadbote den Clanmemo mit einem kurzen Ritt wieder heran. Zu Fuß hätte Jarek sich schon sehr beeilen müssen, seine Wanderer wieder einzuholen.

Forlok gab seinem Kron die Zügel, schnalzte aufmunternd mit der Zunge und der Laufaaser ließ die Beine fliegen.

Jarek genoss die Geschwindigkeit, mit der das Tier dahineilte, obwohl Forlok ihn nicht weit über einen lockeren Trab hinauskommen ließ. Es waren jetzt schon wieder dreizehn Lichte vergangen, dass Jarek ein kurzes Stück geritten war. Er hätte nicht gedacht, dass er die schnelle Bewegung, das weiche Wiegen der Schritte und das Vorbeihuschen der Berge, Täler und Ebenen einmal vermissen könnte. Aber die Verfolgung Mareibes, die Reise von Mindola nach Maro und dann die Suche nach Ili hatten in ihm etwas hinterlassen, das sich immer wieder bemerkbar machte, sobald er einen Kron erblickte. Jarek musste sich eingestehen, dass er es liebte, unterwegs zu sein. Schnell unterwegs. Auf dem Weg nach Mindola hatte Jarek Adolos Leidenschaft für die Reiterei noch belächelt. Seit er dieses Gefühl in sich selbst entdeckt hatte, verstand Jarek den Freund viel besser.

„Da sind sie schon", sagte Jarek mit Bedauern, als er die Tyrolo unten auf dem Pfad erkannte.

Syme schaute herauf und winkte ihm und auch Lasti drehte sich nach den beiden Memo um.

Sie würde im frühen Graulicht in der nächsten Cave die Erste sein, die nach ihren Nachrichten fragte, wie es ihr Vorrecht als Clanführerin war. Jarek brauchte immer mehr Zeit, Lasti all das zu übermitteln, was für sie in der Kammer der Botschaften abgelegt worden war. Es mussten immer umfangreichere sein. Aber die Älteste der Wanderer gab nie zu erkennen, ob es schlechte Neuigkeiten waren, die sie erhielt, oder gute. Nichts gab Jarek einen Hinweis darauf, ob die heimlichen Pläne, die der Clan der Tyrolo verfolgte, sich nach deren Vorstellungen entwickelten. Er wusste nicht, ob es Schwierigkeiten gab, die zu beseitigen waren, ob Lasti nur unterrichtet wurde, ob sie Anweisungen übermittelte oder selbst welche erhielt.

Hama hatte Jarek eine kurze Nachricht geschickt, nachdem er von den Ereignissen und seinem Verdacht berichtet hatte. Die Ältesten hatten sich für die Botschaft und seine Aufmerksamkeit bedankt. Sie hatten ihn gebeten, weiter genau zu beobachten und zu berichten, sobald sich etwas ergeben sollte, neue Ereignisse eintraten oder Jarek weitere Erkenntnisse gewinnen konnte.

Doch Jarek hatte immer noch keine Vorstellung davon, welches Ziel die Tyrolo verfolgten. Er wusste nur eins: Es lag in Chumuli, jenseits der höchsten Höhen des Raakgebirges.

„Du musst, du musst, du musst. Unbedingt!" Syme setzte bei jedem Schritt den Zylo heftiger auf, um ihrer Forderung Nachdruck zu verleihen, und Jarek lächelte. Es war erstaunlich, welche Kraft Lastis jüngere Tochter noch immer aufbrachte, wenn es um ihr Lieblingsthema Zylobola ging. Auch sie musste heftiger atmen, um die Luft in die Lungen zu bekommen, und immer einen Atemzug mehr, weil sie während des Gehens ununterbrochen redete. „Du musst!", wiederholte Syme noch einmal stur und schnaufte dann ein paarmal, wie die Fooge, zwischen denen sie dahinschritten.

Der Pass von Ardiguan lag noch vierzig Lichtwege vor ihnen und sie würden noch etwa zweitausend Schritt höher ins Raakgebirge steigen. Der Pfad zog sich hier in weiten

Schleifen die Berge hinauf und entfernte sich im Augenblick wieder einmal von der geraden Linie, deren Verlauf Sala, Polos und Nira markierten. Deshalb kreuzten die Himmelskörper auf ihren Wegen die augenblickliche Richtung der Herde wieder einmal.

Die Fooge und ihre Hüter wanderten nun auf Kirusk zu, das sie in einundzwanzig Lichten erreichen würden. Jarek war gespannt auf den Anblick der weitläufigen Stadt, die mehr als dreihunderttausend Menschen Platz zum Leben bot und einen großen Teil der letzten Hochebene vor dem Pass bedeckte. Doch im Augenblick hatte er keinen Raum für Überlegungen, ob es ihm wohl möglich wäre, Kirusk zu besuchen. Syme hatte ein für sie lebenswichtiges Thema mit ihm zu besprechen.

Lastis Tochter hatte es sich in den Kopf gesetzt, dass Jarek unbedingt im nächsten Zylobolaspiel für den Clan der Tyrolo antreten müsste, und nichts konnte sie von dieser Überzeugung abbringen. Jarek hatte den Gedanken als verrückten Einfall eines Mädchens betrachtet, das ihn einfach gerne mochte und deshalb seine Fähigkeiten nicht richtig einschätzen konnte. Doch zu seiner großen Überraschung hatte Guso nicht gelacht, sondern Syme geantwortet, dass er genau denselben Gedanken gehabt hätte.

Es war Syme gewesen, die Jarek vor zwölf Lichten in der Cave seinen Zylo in die Hand gedrückt hatte. Sie hatte ihn gebeten, mit ihr ein wenig zu spielen. Nachdem Jarek sich mit Syme den Ball ein paarmal zugespielt hatte, waren alle Spieler aus der Mannschaft der Tyrolo auf den Beinen gewesen und hatten sie beobachtet. Dann hatte Guso übernommen und Jarek die Bälle zugeschlagen, die er mit dem Stab in der Luft annehmen und genau weiterleiten sollte.

Jarek hatte jeden Ball erreicht. Es war ihm nicht besonders schwer vorgekommen. Er musste nur rasch genug reagieren und das doppelte Ende des Stabes dorthin bewegen, wohin der Ball fliegen würde. Aber das konnte er bereits an der Bewegung von Gusos Zylo leicht erkennen. Jarek hatte gespürt, dass die Zuspiele des Anführers der Mannschaft immer härter geworden waren. Aber er hatte gedacht, der Oberste Hirte spiele nur mit seinen Kräften und Fähigkeiten und würde sich zurückhalten, um die Bälle für Jarek erreichbar zu spielen. Erst als Guso sich schwer schnaufend auf seinen Zylo gestützt und ungläubig zwischen drei tiefen Atemzügen hervorgestoßen hatte: „Unmöglich", war in Jarek eine Ahnung aufgestiegen.

Guso hatte nicht mit ihm gespielt. Er hatte ihn geprüft und am Ende mit aller Kraft zugeschlagen, die er aufbringen konnte. Doch Jarek hatte alle Bälle getroffen. Mühelos.

„Wir wissen doch gar nicht, ob es erlaubt ist", sagte Jarek zu Syme und Fuli, die auf Jareks anderer Seite ging, bestätigte das.

„Ja. So was hat es noch nie gegeben." Überraschenderweise beteiligte sich Symes ältere Schwester an der lebhaften Debatte um einen Einsatz Jareks, auch wenn sie es nach wie vor vermied, Syme direkt anzusprechen. Die hatte damit aber keine Probleme. Syme kannte es nicht anders.

„Das heißt nicht, dass es gegen die Regeln ist." Syme blieb stur.

Nach Jareks Kenntnissen der Geschichte des Zylobolaspiels hatten beide recht. Zylobola war das Spiel der Foogo. Noch nie hatte ein Mitglied eines anderen Volkes für einen Clan in der Meisterschaft gespielt. Aber Jarek wusste auch, dass es keine ausdrückliche Regel dagegen gab. Es durften nur Clanmitglieder antreten, das war die einzige Bedingung, die er kannte. Doch die meisten der Tyrolo, die mit ihm der Herde folgten, waren der Ansicht, als Memo des Clans gehöre er in jedem Fall zu ihnen.

Für Syme stand das außer Frage. „Wir würden sie alle fertig machen. Mit dir wären wir unschlagbar", behauptete sie erneut. „Du musst spielen. Du musst. Dann schaffen wir auch die Birmi."

Alle waren sehr überrascht, als die Nachricht vom Ausgang der Meisterschaft sie erreichte. Nach dem Kampf gegen die Tyrolo waren die Stafasi völlig aus dem Tritt geraten. Sie hatten ein Stadtspiel nach dem anderen verloren und sich erst gegen Ende wieder gefangen und fünf Spiele in Folge siegreich bestritten. Doch Meister waren sie deswegen noch nicht, obwohl die Tyrolo ausgeschieden waren. Die Birmi waren auf den zweiten Platz vorgerückt und sie waren die letzten Gäste, die in Staka Halt machten. So war es ausgerechnet in der allerletzten Begegnung Stafasi gegen Birmi zu einem echten Endspiel gekommen.

Ohne Glaube an die eigene Stärke, nach den vielen Niederlagen zuvor und durch die fünfundzwanzig anstrengenden Partien erschöpft, hatten die Stafasi furchtbar versagt und der Clan der Birmi hatte sich mit einem Dreißig-zu-vierzehn-Sieg zum ersten Mal seit vierundsiebzig Rotara die Meisterschaft gesichert.

„Die Stafasi werden aber auch wieder mitspielen", erinnerte Jarek Syme. „Und ich denke, sie standen noch immer unter dem Schock durch den Schwärmerangriff. Wenn du dauernd mit einem Auge auf den Himmel schaust, kannst du dich nicht auf ein Ballspiel konzentrieren."

„Geschieht ihnen recht." Da war sie wieder, die Hemmungslosigkeit und die Gnadenlosigkeit, mit der das Mädchen seine Sicht der Dinge vertrat und aus seinen Gefühlen kein Geheimnis machte. „Staka, ha. Erinner mich nur nicht an diese Schaderstadt mit ihren verdammten Schwärmern. Sonst wird mir noch kälter. Wenn du Fuli nicht gerettet hättest ..."

„Das warst du, Syme. Ich habe Fuli nur geholt."

„Nein, du. Du sagst immer dasselbe. Aber das heißt nicht, dass es irgendwann wahr wird. Du hast meine Schwester gerettet." Syme schaute mit einem kurzen Blick zu Fuli hinüber. Ihre Schwester erwiderte ihn jedoch nicht, sondern hob den Kopf und sah zu Sala, die bereits den oberen Rand des Gebirges rechts über ihnen erreicht hatte.

Dadurch, dass sie zurzeit quer zum Lauf Salas wanderten, fielen die Schatten hier oben im Gebirge schneller und die finsterste Zeit eines jeden Lichts war nicht mehr fern.

„Ich sehe die Cave!", sagte Syme und deutete auf die linke Seite. Weiter vorne zeigte sich ein gezackter Riss in der Felswand, die den Pfad begrenzte.

Guso hatte ihren Teil der Herde bereits behutsam aus der Mitte des Pfades in Richtung des linken Rands geleitet und so näherten sie sich ihrer Unterkunft für das Graulicht.

Es wurde merklich kälter. Mit jedem Strahl Salas, der nicht mehr über die Gipfel kam, fehlte etwas von der spärlichen Wärme und überall begannen die Foogo bereits jetzt, ihre zweiten Mäntel aus den Rückenbeuteln zu kramen und sich über den Kopf zu ziehen.

Obwohl das Wasser der Caven immer noch ein wenig Wärme hielt und verhinderte, dass es innerhalb der offenen Höhlen so kalt wurde wie unter dem freien Himmel, war die Ruhezeit fast so anstrengend wie das Laufen im Gelblicht. Auch während des Schlafs mussten die Menschen doppelt so schnell atmen wie in der Ebene. Das zehrte an den Kräften und behinderte die Erholung. Auch Jarek stand nun nicht mehr vor dem letzten Kvart des Graulichts auf, sondern versuchte, in der Ruhezeit so viel Kraft zu sammeln, wie er konnte, und wartete, bis die Wächter der letzten Schicht sich an ihre Weckrunde machten.

Guso hatte sich an die Spitze der Mater gesetzt und strebte der Raststelle zu, als Syme plötzlich stehenblieb.

„Was ist?", fragte Jarek das Mädchen, aber der Wächter hatte im selben Augenblick bemerkt, was Syme erschreckt hatte.

„Da sind Leute in der Cave", sagte Syme misstrauisch.

Sie war nicht die Einzige, die es gesehen hatte. Nahe dem Eingang lagerten Gestalten am Boden. Sie erhoben sich jetzt, als sich die Tyrolo näherten.

Fremde waren nie hier unten am Pfad. Ab und zu kam es vor, dass aus nahen Städten Freunde kamen, wenn der Clan rastete, aber diese Besuche waren meistens verabredet und keine Überraschung. Doch jetzt standen da siebzehn hochgewachsene, kräftige Männer und Frauen. Und alle waren sie schwer bewaffnet.

Ein breitschultriger Mann trat an den Rand der etwas erhöht liegenden Cave und sagte laut: „Ich grüße euch, Foogo vom Clan der Tyrolo."

„Das ist doch der Xeno aus Staka", sagte Syme.

Aliak stand in der Cave, blickte suchend über die Gestalten der Foogo unter ihnen, fand schließlich Jarek und lächelte.

„Da bist du ja." Moyla trat neben ihren Bruder. „War gar nicht so einfach, dich zu finden."

Jarek spürte, wie sein Herzschlag beschleunigte.

Aliak und Moyla hatten genug Xeno für ihren Jagdtrupp gefunden.

Und sie waren auf dem Weg zum Großen Höhler.

Der Große Höhler

Sie saßen im Kreis mit Lastis Familie. Auch Guso war als Oberster Hirte dabei. Jarek spürte die Augen aller auf sich. Moyla und Aliak hatten sich rechts und links von ihm niedergelassen, als wollten sie zeigen, dass sie fest entschlossen waren, ihn nicht wieder herzugeben.

„Du sollst nicht gehen!" Syme konnte sich wieder einmal nicht zurückhalten. „Der ist gefährlich, der Große Höhler. Der ist der gefährlichste Reißer auf ganz Memiana. Ich habe einmal einen gesehen, weißt du noch, Fuli. Wir haben mal einen gesehen. Der den hellen Klauenreißer geholt hat!"

Jarek sah Syme überrascht an. „Einen hellen Klauenreißer? Hier oben im Gebirge?"

Fuli sagte leise: „Das war schon auf der anderen Seite, auf dem Abstieg. Ein paar Lichtwege vor Vakasa. Alle haben gesagt, dass sie noch nie einen Großen Höhler dort gesehen haben."

„Der war riesig riesengroß!" Syme breitete ihre Arme aus und schaute Jarek mit weit aufgerissenen Augen an. „Als der vor Sala geflogen ist, ist es finster geworden. Die Fooge waren ganz aufgeregt, weil sie gedacht haben, das Graulicht fängt an. Aber dabei war erst Halblicht."

„Der Klauenreißer war der Herde schon die ganze Zeit gefolgt." Auch Volka hatte das Erlebnis nicht vergessen und Jarek sah, dass sich auf der Hand, mit der er die Mäntel zusammenhielt, die Haare hochstellten und das sicher nicht vor Kälte. „Aber er war immer nur oben am Rand, weil er keine Stelle gefunden hatte, runterzuklettern."

„Dann kommt der Große Höhler auf einmal an, ohne mit den Flügeln zu schlagen", erzählte Syme und zeigte mit ausgebreiteten Armen die gleitenden Bewegungen. „Die Klaue hat ihn gar nicht gesehen."

„Er hat ihn im Flug gegriffen und mit sich fortgenommen. Ich habe noch nie gehört, dass ein Tier so laut schreien kann." Fuli schüttelte sich. „Und so was wollt ihr jagen?"

Sie schaute Aliak und Moyla mit Unverständnis an. Mit Angst und Hochachtung.

„Ich muss es tun", erwiderte Aliak. „Wenn ich meinen eigenen Clan gründen will, bleibt mir keine andere Wahl. Das ist bei den Xeno schon immer so gewesen."

„Es ist eine Auswahl", erklärt Jarek. „Nur die mutigsten und besten Jäger sind in der Lage, einen Clan zu führen. Und nur die Besten, Mutigsten und Glücklichsten sind bei der Jagd auf den Großen Höhler erfolgreich." Er sprach die Worte, als erkläre er etwas aus dem unendlichen Wissen, das er als Memo mit sich herumtrug. Gerade so, als sei es nichts, das ihn selbst betraf. Ihn, Aliak, Moyla und den ganzen großen Jagdtrupp, der den Geschwistern folgte.

„Aber ihr könnt dabei alle sterben", rief Syme und sprach das aus, was Jarek ausgelassen hatte.

Moyla nickte ernst und sah Syme in die Augen. „Das wissen wir alle. Aber wir gehen trotzdem mit Aliak."

„Damit wir auf dieser Jagd Erfolg haben, brauchen wir die erfahrensten Jäger, die wir bekommen können. Und Jarek gehört zu den besten, die man diesseits von Raak finden kann." Jarek fühlte ausnahmsweise keine Verlegenheit. So wie Aliak es sagte, klang es einfach wie eine Wahrheit, die jeder kennen musste.

Syme staunte Jarek an. Volka betrachtete ihn, als sähe er ihn zum ersten Mal. Und auch Fuli sah ihn überrascht an. „Einer der besten Jäger von allen?"

Moyla nickte. „Mehr als das", sagte sie leise. „Wenn nur die Hälfte von dem stimmt, was über Jarek erzählt wird."

„Toll", strahlte Syme. Dann wurde ihr wieder klar, in welche Gefahr Jarek geraten könnte, und ihr Lächeln wich einer sorgenvolle Miene. „Aber gefährlich ist es trotzdem", sagte sie.

„Es mag sein, dass Jarek ein großartiger Jäger ist und dass Ihr ihn gerne dabeihaben wollt", mischte sich Guso erstmals in das Gespräch ein. „Aber Jarek ist unser Memo. Nicht unser Xeno."

„So ist es. Ich stehe bei den Tyrolo unter Kontrakt."

Lasti hatte sich wie immer bisher schweigsam verhalten. Sie hatte es den anderen überlassen, die Debatte zu führen. „Das ist richtig", sagte sie jetzt. „Und wir Foogo halten unsere Kontrakte ein."

„Wir Memo auch", beeilte sich Jarek zu versichern.

„Immer. Aber ich kann gehen, ohne dass für den Clan irgendeine Gefahr besteht, dass etwas von dem Wissen verloren geht, das Ihr in meinem Gedächtnis hinterlegt habt."

Alle sahen ihn interessiert an.

„Wie sollte das gehen?", fragte Lasti. „Du kannst nicht hier sein und gleichzeitig diese Bestie jagen. Und wir werden dich kaum alle dabei begleiten."

Syme lachte und die anderen fielen ein. Jarek lächelte. Noch nie hatte er erlebt, dass Lasti einen Scherz gemacht hatte.

„Das verlangt auch niemand von Euch", erklärte er. „Es ist ganz einfach. Das Volk der Memo kann einen Springer für mich schicken. Das ist ein Mann oder eine Frau, die mich ersetzt, solange ich mit Aliak unterwegs bin. Diesem Springer würde ich alle Eure Geheimnisse übergeben. Ihr könntet seinen Verstand und sein Gedächtnis weiter nutzen, wie der Kontrakt es vorsieht. Ihr könnt über ihn Botschaften schicken und empfangen. Er wird mir dann alles übergeben, was in der Zeit hinzukommt, bis ich wiederkehre."

„Du meinst, falls du wiederkommst." Es war zu Jareks Überraschung Volka, der diese Wahrheit aussprach. „Nicht wenn."

„Ja. Falls ich wiederkomme." Jarek zuckte die Achseln. „Xeno sind aber der Auffassung, dass es besser ist, bei allem, was man versucht, das Gelingen in Betracht zu ziehen. Diese Gewohnheit habe ich beibehalten. Deshalb sage ich lieber: wenn ich wiederkomme."

Aliak schaute Lasti fragend an. „Lasti? Was sagt Ihr? Lasst Ihr Jarek mit uns ziehen?"

„Ich kann nicht behaupten, dass mir der Gedanke gefällt", antwortete Lasti bedächtig. „Wenn ich nicht zustimme, dann musst du bleiben, ist das richtig, Jarek?"

„Ja."

Syme atmete auf. „Was für ein Glück."

„Aber der Kontrakt sieht nur vor, dass wir einen Memo bei uns haben. Irgendeinen. Der Kontrakt ist nicht an deine Person gebunden, Jarek."

„Was?" Syme war empört. „Ich will aber Jarek. Nicht irgendeinen Hüpfer oder so was!"

„Wir besprechen gerade eine geschäftliche Frage, Kleines. Was du willst, wirst du nicht immer bekommen in deinem Leben. Daran musst du dich irgendwann gewöhnen."

Syme verschränkte trotzig die Arme und kniff die Lippen zusammen.

Lasti sah Jarek noch einmal nachdenklich an, dann hob sie die Achseln und ließ sie wieder sinken. „Ich hatte versprochen, dir jeden Wunsch zu erfüllen, Jarek. Jeden. Ich gehe davon aus, dass Aliak diesen Wunsch eben für dich geäußert hat."

„Ja, Lasti", bestätigte Jarek. „Ich bitte Euch darum, mir diesen einen Gefallen zu tun."

„Ha, schöner Gefallen. Einem die Gelegenheit zu geben, sich umzubringen. Warum springst du nicht gleich von der Salaspitze?" Fuli zog die Decke fester um sich.

Moyla war es, die antwortete. „Das ist für jemanden, der kein Xeno ist, schwer zu verstehen, Fuli. Die Jagd nach dem Großen Höhler ist etwas, von dem jeder Xeno sein Leben lang träumt. Aber gleichzeitig gibt es nichts, vor dem er sich mehr fürchtet."

Fuli sah Moyla mit großen Augen an. „Du auch? Du hast auch Angst?"

„Natürlich habe ich Angst", sagte Moyla. „Ich weiß, dass ich von dieser Jagd wahrscheinlich nicht wiederkommen werde."

Aliaks Hand suchte die seiner Schwester und sie hielt sie fest.

„Aber ich werde trotzdem gehen, weil ich es einfach tun muss. Ein Xeno bekommt nur einmal in seinem Leben die Gelegenheit zu dieser Jagd. Wenn er sie überhaupt bekommt. Ja, ich habe so viel Angst wie noch nie."

„Ich auch", sagte Aliak. „Aber es ist eine gute Angst. Wenn du dich von ihr zur Vorsicht leiten lässt, kannst du Erfolg haben."

Syme betrachtete Jarek stirnrunzelnd. „Und du, Jarek? Du hast doch keine Angst. Du hast nie Angst, oder?"

Jarek schüttelte den Kopf. „Das glaubst du nur, Syme. Was denkst du, wie oft ich in meinem Leben schon Angst hatte. Furchtbare Angst. Aber durch sie habe ich überlebt."

„Kann ich mir gar nicht vorstellen. Du hast ja nicht mal vor den Niraschwärmern Angst gehabt. Und trotzdem willst du gehen?" Syme schüttelte verständnislos den Kopf. „Ihr seid ja alle verrückt. Habt ihr vielleicht einen Zylo über den Kopf drüber bekommen? Oder so was?"

„Syme, wenn du die Sitten eines Volkes nicht verstehst, dann sind sie deshalb nicht schlecht oder dumm. Es gibt sicher viele Menschen auf Memiana, denen jedes Verständnis für Zylobola fehlt." Guso versuchte die Jüngste zu besänftigen.

Aber Syme verschränkte wieder die Arme und lehnte sich zurück. „Das ist was ganz anderes."

„Bei Zylobolaspielen sind mehr Menschen gestorben als bei der Jagd nach dem Großen Höhler", sagte Jarek.

„Echt?"

„Ja. Wir Memo sammeln alles Wissen. Auch über solche Ereignisse. Ich sage die Wahrheit."

Syme wagte es nicht, dieses Wissen der Memo anzuzweifeln. „Trotzdem", murmelte sie nur, wieder einmal.

Alle sahen Lasti erwartungsvoll an. Sie nickte ein paarmal versonnen, seufzte, dann sprach sie. „Jarek. Ich gestatte dir hiermit, diese Männer und Frauen auf der Jagd nach dem Großen Höhler zu begleiten." Lasti nickte Jarek einmal zu und Aliak und Moyla strahlten.

„Danke."

„Du kannst aber erst gehen, wenn dieser Springer tatsächlich bei uns eingetroffen ist. Bis es so weit ist, erlaube ich Aliak und seinen Leuten, uns auf dem Pfad zu begleiten."

Aliak reichte Lasti die Hand. „Ich danke Euch vielmals. Das ist sehr großzügig von Euch und beides bedeutet uns sehr viel. Eure Gastfreundschaft. Und dass Jarek uns begleiten darf."

„Ich werde die Nachricht mit der nächsten Botschaft übermitteln", erklärte Jarek.

„Wie lange wird es dauern, bis du eine Antwort hast und deine Ablösung da ist?" Moyla hielt nach wie vor die Hand ihres Bruders, sah aber Jarek an.

„Nur wenige Lichte. Ein Springer wartet schon in Jakat."

Verblüfft schauten sich die anderen an und dann Jarek.

„Wie das denn?", fragte schließlich Fuli. „Hast du gewusst, dass Aliak und Moyla hierherkommen?"

„Ich wusste nicht, dass ich sie genau hier treffen würde. Aber ich hatte beschlossen, Euch zu fragen, Lasti. Und ich wollte auf alles vorbereitet sein, damit nicht zu viel Zeit ungenutzt vergeht. Also habe ich darum gebeten, den Springer schon einmal nach Jakat zu schicken. Dort hätte er dann sofort meine Aufgabe übernehmen können."

„Wenn wir dort geblieben wären", murmelte Volka.

„Es wird höchstens drei Lichte dauern, bis er uns eingeholt hat."

Alle schwiegen eine Weile und waren offensichtlich beeindruckt von Jareks Vorausplanungen.

„Darf ich dich was fragen, Jarek?" Fuli wickelte die Decken fester um sich, da es inzwischen noch kälter geworden war.

„Selbstverständlich darfst du das."

„Du warst ein Xeno. Aber jetzt bist du ein Memo. Erlaubt dir dein Volk einfach, also die Memo, dass du trotzdem so eine verrückte Xenosache machst?" Fuli sah Jarek mit Interesse an und auch die anderen warteten gespannt auf die Antwort.

Jarek hatte die erste Botschaft an Hama geschickt, nachdem sie Staka verlassen hatten. Er hatte nicht nur die Vorkommnisse und den Angriff der Schwärmer geschildert. Er hatte auch vom Zusammentreffen mit Aliak berichtet und der Frage, die er diesem gestellt hatte. Hamas Antwort war vorsichtig gewesen. Er hatte Jareks Bitte, ihm diese Jagd zu gestatten, nicht rundweg abgelehnt. Aber er hatte viele

Bedenken gehabt, die zum Teil denen Symes ähnelten. Im darauffolgenden Gedankenaustausch hatte Jarek erklärt, dass es auch im Interesse des Volkes der Memo sein musste, dass Aliak den Höhler erlegte, einen eigenen Clan gründete und einen der Kontrakte zum Schutz der Memo übernehmen würde. Es war eine geschickte Verhandlungsführung von ihm gewesen, auf die er ein wenig stolz war. Es war sicher auch viel Wahrheit darunter. Die Memo konnten sich freuen, wenn sie einen Mann wie Aliak als einen der Clanführer der Xeno hätten, die einen Schutzkontrakt eingingen. Aber das war nur Jareks zweiter Beweggrund. An erster Stelle stand der schon fast schmerzhafte Wunsch des Jägers in ihm, diese einmalige Jagd selbst zu erleben.

Jarek merkte, dass die anderen ihn immer noch fragend anschauten. „Ich habe den Ältesten unseres Volkes gefragt und er hat es mir gestattet", antwortete er schließlich. „Ich darf den Großen Höhler jagen. Auch als Memo."

Jarek war schon immer gerne geklettert. Er hatte immer Jagden geliebt, die Reißer zum Ziel hatten, die sich in steilen Felsen versteckten und die schwer zu erreichen waren. Er hatte noch nie Bedenken vor der Höhe gehabt.

Er hatte von anderen Berichte über dieses seltsame Gefühl gehört, wenn sich alles um einen drehte und die Tiefe einen anzog und dazu brachte, den sicheren Halt der Hände und Füße zu lösen. Aber er kannte das alles aus eigenem Erleben nicht. Es hatte ihm noch nie etwas ausgemacht, sich über einem mehrere hundert Schritt tiefen Abgrund umzuschauen, während er nur mit einer Hand und den Füßen am Felsen klebte.

Doch jetzt konnte er es sich erstmals vorstellen, wie sich das anfühlen könnte, wenn man sich darüber klarwurde, dass da unter einem nichts war. Gar nichts, das einen aufhalten würde, wenn man fiel und erst eine Ewigkeit später auf spitze Felsen prallen würde, Tausende von Schritten tiefer.

Seit sie die Cave im ersten Gelblicht verlassen hatten, kletterten sie aufwärts. Hier gab es keinen Pfad, keinen Weg und schon gar keine Treppe, nicht einmal einen engen, selten begangenen, gefährlichen Steig. Hier suchten sie die Richtung senkrecht in den Felsen, die wahrscheinlich noch nie ein Mensch vor ihnen berührt hatte.

Aliak hatte die Spitze übernommen und gab die Richtung vor, dicht gefolgt von Moyla, deren schmale Finger auch noch den feinsten Riss im Stein finden konnten. Dort klammerte sie sich fest und ihre Bewegungen waren leicht und anmutig, so als koste es sie keinerlei Kraft, sich diese senkrechte Wand an der pfadabwärts gelegenen Seite der Salaspitze hochzuziehen.

Doch auch Moyla atmete rasch wie alle anderen Xeno, die hinter Jarek folgten. Er nahm die dritte Stelle des Trupps ein. Die Luft war dünn und das Atmen strengte noch viel mehr an als beim ruhigen Dahinschreiten auf dem Pfad, der nun schon tausend Schritt unter ihnen lag und sich in engen Windungen das Raakmassiv hochzog.

Sie würden keine Pause einlegen, bis Sala wieder über ihnen verschwunden war, darüber waren sich Aliak und Jarek einig. Beide wussten genau, wie es war, wenn man erschöpft war und rastete, bevor man das Ziel erreicht hatte, das man sich vorgenommen hatte. Man würde einfach nicht wieder auf die Beine kommen.

„Warum müsst ihr euch so beeilen?", hatte Fuli verwundert gefragt, als sie die Unterhaltung zwischen Jarek und Aliak verfolgt hatte. „Jarek muss doch erst in dreißig Lichten wieder bei uns sein."

Sie hatten verabredet, dass Jarek kurz vor dem Pass von Ardiguan wieder zu den Tyrolo stoßen würde, nahe der höchsten Stelle des Pfades, wenn die Fooge die weite Schleife um Kirusk lange vollendet hätten. Doch das bedeutete nicht, dass die Jäger auch tatsächlich so viel Zeit zur Verfügung hatten. Jedes Licht, das sie mehr in dieser Höhe verbrachten, würde Kraft kosten und damit die

Wahrscheinlichkeit verringern, dass sie den Großen Höhler erlegten. Obwohl das Ziel ihrer Jagd gar nicht so weit entfernt war, lag eine gewaltige Strecke vor ihnen. Der einzige Weg zur Beute führte senkrecht die steilen Wände der Salaspitze hinauf.

Aliak hatte eigentlich einen Großer Höhler gewählt, dessen Unterschlupf elf Lichtwege entfernt lag. Aber Jarek hatte ihn überrascht, als er dem Xeno mitgeteilt hatte, dass sie zwischen dreien der großen Flugreißer in der Nähe wählen konnten. Es kamen noch zwei weitere Höhler in Betracht, deren Unterschlupf näher lag. Aliak und Moyla hatten von diesen beiden nichts geahnt, obwohl sie sich überall erkundigt hatten, wer wann einen Großen Höhler gesehen hatte und in welche Richtung er geflogen war.

Aber Jarek war ein Memo. Memo sammelten Kenntnisse. Weil der Memo Jarek ein ehemaliger Xeno war, interessierte er sich für alle Reißer Memianas. Besonders für den gefährlichsten. Jarek hatte sich im Turm des Wissens alles über den Großen Höhler angehört, was man dort wusste. Er hatte alles in seiner Wissenskammer untergebracht, was es an Informationen über diese Flieger gab.

Er wusste, dass es im Raakgebirge zurzeit wahrscheinlich dreiundsiebzig Höhlen gab, in denen große Flugreißer lebten, ihre Jungen zur Welt brachten und aufzogen. Drei von diesen waren in Reichweite. Die Höhle unterhalb des Gipfels der Salaspitze war die nächstgelegene.

Aber auch die am schwierigsten zu erreichende.

Aliak und Moyla hatten nicht gezögert, als die Entscheidung anstand. Der Große Höhler der Salaspitze war zum Ziel erklärt worden. Jarek hatte dazu geraten, dieses Tier zu wählen, denn die beiden anderen waren bereits mehrfach von Xeno gejagt worden. Dass sie immer noch lebten, bedeutete, dass sie erfahren im Kampf gegen einen Jagdtrupp waren. Mit Sicherheit kannten sie die meisten Tricks, Finten und Techniken der Männer und Frauen, die sie angreifen würden. Sie wussten sich zu wehren. Vier Jagdtrupps hatten sich bislang auf den Weg zu ihnen gemacht. Von siebenundsechzig Xeno, die den Kampf gegen sie aufgenommen hatten, waren sechsundzwanzig zurückgekehrt.

Ohne Beute.

Dem Höhler der Salaspitze war wahrscheinlich noch nie ein Mensch auch nur nahe gekommen. Er war damit das leichteste Ziel, auch wenn der Weg zu ihm der schwerste war.

Jarek zog sich einen Überhang hoch und schob sich darüber. Dann richtete er sich auf, stützte die Hände auf die stechenden Beine und atmete ein paarmal tief durch. Er spürte den Schweiß auf seinem Rücken und wusste, dass er sich weiter bewegen musste, wenn er nicht völlig auskühlen wollte.

Auf dem Pfad trugen manche der Wanderer jetzt schon den dritten Mantel und Jarek hatte von Lasti einen vierten für den Aufstieg in die sonst unerreichten Höhen mitbekommen. Doch beim Klettern konnte man diese wärmenden Kleidungsstücke nicht brauchen. So waren die Deckenmäntel in festen Bündeln auf den Rückenbeuteln der Jäger verschnürt und sie trugen nur doppelte Hosen, drei Hemden übereinander und die dichte Jacke. Bei der Rast im Graulicht würden sie sich alle ausziehen und abreiben, die nassen, unteren Kleidungsstücke ausbreiten und sich in die weichen Decken wickeln.

Im Lauf des Graulichts würde sich auf dem Stoff Hartwasser bilden, das auch Glazia genannt wurde. Jarek wusste, dass die Flüssigkeit des Lebens in der Kälte erstarrte, doch es war ein merkwürdiges Gefühl, als er diese glatte, schimmernde Kälte das erste Mal berührt hatte und die seltsame Taubheit gespürt hatte, die sie in den Fingerspitzen auslöste. Im frühen Gelblicht mussten sie immer das knackende und splitternde Glazia von den unteren Kleidern schlagen und in die klammen Stoffe steigen.

In den Caven am Pfad bildete sich oben im Gebirge im Graulicht eine feste Schicht Glazia auf den Wasserstellen, die erst verschwand, wenn Sala hoch stand, und meistens blieb immer ein Rest an den Rändern stehen.

Doch nicht nur das Hartwasser war für Jarek seltsam. Er konnte seinen Atem sehen. Jedes Mal, wenn er die dünne, verbrauchte Luft ausstieß, bildete sich ein weißer Schleier vor seinem Mund und seiner Nase. Es war wie ein ganz feines Gespinst aus dünnem Haar, das aber nicht zu fassen war und durch die Luft wirbelte, wenn er danach griff.

In den letzten sieben Graulichten, bis sie die Tyrolo und den Pfad verlassen hatten, hatte Jarek immer wieder beobachtet, wie in der dunkleren Zeit des Lichts der Atem der Fooge sich langsam auf dem Pfad abgesetzt hatte. Immer bildete sich eine dichte, unter den Monden schimmernde Schicht am Grund, die nach und nach anstieg, bis am Ende nur noch die Köpfe der ruhenden Tiere herausschauten.

In jedem Gelblicht war diese Klaada, wie die Foogo die Erscheinung nannten, unter den Strahlen Salas wieder verschwunden, um im folgenden Graulicht erneut zu erscheinen.

Jarek legte den Kopf in den Nacken und schaute zu dem Absatz, der in diesem Licht das Ziel des Aufstiegs war. Es war noch weit und Sala hatte den Weg in Richtung des Gipfels bereits eingeschlagen, hinter dem sie in wenig mehr als einem Kvart verschwinden würde.

Jarek streckte sich kurz, dann suchten seine klammen Finger nach dem nächsten Felsabsatz und er zog sich ganz nach oben. Kett kam als Nächster. Er war der Splitterschütze des Jagdtrupps, der zu allem Gepäck auch noch den unhandlichen Dreischüsser auf dem Rücken mitzuschleppen hatte.

„Jetzt schau dir dieses Mädchen an", sagte Kett schwer atmend und mit Bewunderung. „Klettert wie ein Felsenspringer."

Jarek folgte Ketts Blick und er sah, dass Moyla diesmal einen anderen Weg als Aliak eingeschlagen hatte. Sie konnte sich an Stellen der Felswand festhalten, an denen Aliak mit seinen breiten Händen nicht einmal einen Spalt gefunden hätte.

„Sie ist schon etwas Besonderes." Jarek griff um und zog sich den nächsten Schritt nach oben.

Sie hatten sich nicht mit dem Seil aneinander gebunden, wie Jarek es sonst immer mit seinen eigenen Jagdzügen gemacht hatte. Jarek und seine Leute waren gut aufeinander abgestimmt gewesen und hatten die Jagd im Gebirge immer wieder in den Höhen rund um Maro geprobt. Wenn sie als ein Seiltrupp in der Wand waren, bewegte sich immer nur einer der Kletterer, während die anderen einen festen Griff und Stand hatten. So konnten sie im Notfall gemeinsam sein Gewicht halten, falls er abrutschte. Doch die Xeno, die mit Aliak und Moyla unterwegs waren, waren nicht eingespielt. Bis auf Kett und Moyla hatten sie noch nie zusammen mit Aliak gejagt. Es waren die besten und erfahrensten Jäger, die sich den Geschwistern angeschlossen hatten, und die beiden hatten sie mit Bedacht gewählt. Aber sie kannten sich nicht. Hätten sich diese Jäger zu Seiltrupps zusammengeschlossen, hätte man das Unglück heraus-gefordert. Ein Unglück, das nicht nur einen Mann oder eine Frau gekostet hätte, sondern die ganze Seilschaft.

So war jeder auf sich gestellt.

Wer abrutschte, war tot.

Und niemand könnte ihn retten.

„Stein!", kam Moylas lauter Ruf von oben und Jarek drückte sich dicht an die Wand. Ein paar faustgroße Brocken rasselten den Fels hinab, sprangen auf der kleinen Ebene auf, auf der Kett sich mit dem Rücken gegen die Wand drückte, und verschwanden dann lautlos in der Tiefe.

Alle warteten, aber es folgte kein weiterer Felsschlag.

„Verletzte?", rief Aliak.

Es kam keine Antwort, sie hatten Glück gehabt.

„Moyla, bleib du auch hinter mir." Aliaks Ton ließ keinen Zweifel zu, dass es ihm nicht gefiel, dass seine Schwester sich ihren eigenen Weg gesucht hatte. Er dachte, sie hätte die Steine gelöst.

„Das kam von weiter oben", antwortet Moyla. „Das hat mit mir nichts zu tun."

Aliak legte den Kopf in den Nacken und schaute hinauf. Trotz der Kälte spürte Jarek ein warmes Gefühl und der Jäger in ihm nickte. Genau das war es, was er heimlich so vermisst hatte. Diese Nähe und das bedingungslose

Vertrauen in den Mann oder die Frau neben, unter oder über einem, der oder dem man sein Leben anvertrauen konnte. Und musste, wenn man nicht nur Erfolg haben, sondern mit der Beute zurückkehren wollte.

Aliak hätte niemals daran gedacht, Moylas Wort anzuzweifeln. Wenn sie den Steinschlag verursacht hatte, dann würde sie keine Ausflüchte suchen, sondern es sofort sagen. Doch sie hatte erkannt, dass der Steinschlag weiter oben in der Wand seinen Ursprung hatte, und hatte es gesagt. Da gab es kein Gezänk um Worte, Gegenrede und Schuldzuweisungen. Sondern Aliak handelte wie jeder gute Anführer. Er versuchte herauszufinden, ob eine Gefahr drohte.

„Jarek? Ist da oben irgendwas Lebendiges?", fragte Aliak.

Jarek lehnte sich so weit zurück, wie es sein fester Griff zuließ, aber er konnte nichts sehen. Da war keine Bewegung und nichts, das anders aussah als der Fels rundum. „Ich kann nichts erkennen", antwortete Jarek. „Ich wüsste auch nicht, was für ein Tier das sein könnte. Die Felsenspringer kommen nicht so hoch. Und einen Höhler würden wir kaum übersehen."

„Dann weiter", kommandierte Aliak und alle setzten sich wieder in Bewegung.

Moyla blieb nun hinter ihrem Bruder.

Auch das war etwas, was Jarek an der Jagd liebte. Wenn der Anführer etwas befahl, dann wurde es getan. Dann wurde nicht darüber debattiert oder gestritten. Wenn der Führer eines Jagdtrupps die Meinung seiner Leute hören wollte, dann sagte er es und jeder konnte sich äußern. Wenn nicht, dann wurde nicht geredet. Dann wurde gehandelt, wie er es beschlossen hatte.

„Pass auf dich auf, Moyla", ließ sich Kett vernehmen. Er war wenige Schritt unter Jarek.

„Ich weiß, ihr braucht mich noch." Moyla lachte und Kett fiel ein.

Aber Jarek hörte den ernsten Unterton in der Bemerkung, die so leicht und scherzhaft erschien.

Jarek hörte die Angst.

Sie hatten vor dem Aufbruch zusammengesessen und besprochen, wie sie vorgehen wollten. Der Große Höhler war nicht nur das gefährlichste Tier Memianas. Er war auch das am wenigsten verwundbare. Mit seinen schillernden, mehr als feraharten Schuppen, die seinen Körper dicht bedeckten, war er fast unverletzlich. Splittergeschosse konnten seinem Panzer nichts anhaben. Mit den Projektilen konnte man höchstens seine Schwingen treffen, aber es war kaum möglich, ihn flugunfähig zu schießen. Die Augen und der Rachen waren die einzigen weichen Stellen am Kopf des Höhlers. Doch die Augenlider selbst waren auch aus Schuppen und der Reißer blinzelte häufig. Das vielzahnige Maul riss er nur zu einem einzigen Zweck auf: um nach seiner Beute zu schnappen.

Die verwundbarste Stelle eines jeden Großen Höhlers lag unterhalb des Flügelansatzes, wo man durch eine dünnere Schuppenschicht eins seiner beiden Herzen erreichen konnte.

Es gab dabei nur ein Problem. Dazu musste man dicht an das Tier heran. Sehr dicht. So dicht, dass man in Reichweite des tödlichen Mauls und der nicht weniger tödlichen, fooghornscharfen Krallen an seinen beiden Füßen kam. Es gab einige Taktiken, einen Großen Höhler zu erlegen. Die meisten stammten aus Erfahrungen erfolgreicher Jäger, die den Reißer in flacherem Gelände erlegt hatten. Alle liefen darauf hinaus, den Höhler zu verwirren und die Jäger durch abwechselnde Vorstöße immer näher an ihn heranzubringen. Bis einer von ihnen den tödlichen Stoß oder Schuss setzte.

Das gelang in der Ebene bei etwa der Hälfte der Jagden. Die andere Hälfte gewann der Höhler.

Doch einen Großen Höhler, der so hoch im Gebirge lebte, hatte noch nie jemand gejagt. Es war nicht möglich, im steilen Fels anzugreifen und zurückzuweichen, und so blieb am Ende nur eine einzige Möglichkeit.

„Ich werde es tun." Moyla war sehr gefasst, als sie es ausgesprochen hatte, doch Jarek hatte die Angst in ihren Augen gesehen. Die berechtigte Angst.

Es war bekannt, dass der Große Höhler menschliches Fleisch liebte. Dabei bevorzugte er das milde von jungen Frauen, die er mit seinem ausgeprägten Geruchssinn aufspürte. Eine der erfolgreichsten Taktiken der Jagd war daher der Köder. Eine Frau bot sich dem Höhler an, während sehr gut versteckt die Jäger rundum lauerten. War der Höhler heran und riss das Maul auf, schoss der Schütze ihm in den Rachen.

Dies war die Jagdweise, die die geringsten Verluste an Menschenleben mit sich brachte.

Für die Jäger.

Der Köder selbst überlebte jedoch nur in einem von drei Fällen.

Wenn der Reißer das Maul öffnete, war er nur noch zwei Schritt von seiner Beute entfernt. Ging der erste Schuss fehl oder traf nicht endgültig, war die Frau tot.

Moyla wusste es.

Moyla hatte Angst. So viel Angst wie noch nie in ihrem Leben.

Alle hatten Angst um sie.

Aber alle wussten, dass es keine andere Möglichkeit gab.

Moyla würde es tun. Sie würde den Großen Höhler anlocken. Sie würde ihr Leben in die Hand des Schützen legen. Zweitausend Schritt weiter oben würde Kett sich eng an den Felsen drücken und versuchen, einem heranrasenden oder sogar fliegenden Ungeheuer im letzten Augenblick in das vor handlangen Zähnen starrende Maul zu schießen. Und er musste mit dem ersten Projektil so treffen, dass der Reißer nicht mehr zubeißen konnte.

Niemand beneidete Kett um diese Aufgabe und Verantwortung.

Auch Jarek nicht.

Er hatte noch nie ein Graulicht im Freien verbracht, ohne im Schein von Polos und Nira mit seinem Jagdtrupp den Kreis zu bilden. Die Jäger hatten dann Rücken an Rücken dicht zusammengesessen, die Waffen bereit und jeder von ihnen unter höchster Anspannung, während die Reißer sie fauchend und zischend umkreist und auf eine einzige kleine Lücke in der geschlossenen Formation gelauert hatten. In die wären sie dann gnadenlos hineingestoßen, hätte auch nur einer der Jäger einen Wimpernschlag lang in seiner Aufmerksamkeit nachgelassen und sich eine Blöße gegeben.

Doch hier oben, auf dem schmalen, waagerechten Absatz, gegen Steinschlag durch einen breiten Überhang geschützt, reichte ein einzelner Wachposten. Sogar der war mehr aus Gewohnheit als aus Notwendigkeit eingeteilt worden. Es gab keine Reißer in dieser Höhe, die anschleichen und sich auf die von der langen Kletterei erschöpften Jäger stürzen könnten. Es gab keine Aaser und keine Schader, nichts. Kein Leben konnte sich hier oben halten.

Hier gab es nur den Großen Höhler, der als Herrscher des Raakgebirges über der Welt lebte. Hier gebar er seine Jungen und zog sie auf. Von hier stürzte er sich zur Jagd mit ausgebreiteten Schwingen in die Tiefe und überwand dabei Tausende von Schritten an Höhe. Irgendwo im Vorgebirge oder auch schon in den Ausläufern des Aufstiegs schlug er dann seine Beute.

Bei seiner Jagd hielt sich der Große Höhler nicht mit Phylen auf. Weder die Mahle noch die Fooge waren es ihm wert, als seine Nahrung zu dienen. Der Große Höhler war der Reißer der Reißer. Nur die gefährlichsten der anderen suchte er sich als Beute aus. Und wenn er die Gelegenheit sah, hetzte er den allerstärksten aller Reißer: den Menschen.

Sie hatten den Großen Höhler noch nicht zu Gesicht bekommen. Seit drei Lichten war Jarek nun mit Aliak,

Moyla und den anderen beim Aufstieg. Doch sie hatten bisher nur einmal den weit hallenden Schrei des riesigen Flugreißers gehört. Der Ruf hatte sich zwischen den schroffen Felsen der schwarzglänzenden Salaspitze gebrochen und alle hatten in ihren Bewegungen verharrt. Sie hatten sich in die Felsritzen geklammert und die Füße auf die Absätze gestemmt, auf denen sie gerade ruhten, hatten sich an den Stein gedrückt und gehofft, dass der Flieger sie nicht erblickt hatte. Der zweite Ruf des Großen Höhlers war von weiter oben erschallt und ein letzter bereits ein gutes Stück entfernt und alle hatten aufgeatmet. Ein Kampf gegen den angreifenden Reißer in dieser Höhe, gefangen in einem steilen Aufstieg, hätten sie nicht überlebt. Zumindest die meisten nicht.

Aber unter dem beruhigenden Schein von Polos und Nira waren sie außer Gefahr. Der Große Höhler war ein reiner Salajäger. Er verließ seinen Unterschlupf nur im Gelblicht. Es war vollkommen still, aber die Ruhe erinnerte Jarek kaum an Mindola, wo im Graulicht auch nie ein Laut ertönte. Hier oben war es viel kälter.

Jarek hatte das dritte Kvart der Wache übernommen und saß am Rand des ebenen Absatzes im Fels. Seine Beine hingen über dem Abgrund. Er bewegte sie leicht hin und her, um sie zu entspannen und das Stechen daraus zu vertreiben, das er immer noch spürte. Noch nie hatte er sich auf einem Marsch oder während eines Jagdzugs so angestrengt.

Jarek hatte jeder Erzählung gelauscht, die er in Maro über den Kampf gegen den Großen Höhler zu hören bekam. Er hatte später in Mindola alles erfahren, was die Memo über diese Jagd in ihren Gedächtnissen im Turm des Wissens verwahrten. Aber von den Anstrengungen und Qualen zu hören, war etwas ganz anderes als sie selbst zu erleben. Worte konnten nicht wiedergeben, was ein Jäger tatsächlich zu erdulden hatte, der sich auf den Weg machte, den größten der Reißer zu erlegen.

Aber jeder Schritt, den er sich am steilen Fels hochgezogen hatte, hatte sich bereits jetzt gelohnt. Jarek wusste, selbst wenn sie den Großen Höhler nicht töten könnten, selbst wenn er bei dieser Jagd sterben würde, alleine hier oben sitzen zu dürfen, war jede Anstrengung und jede Gefahr wert gewesen.

Mit weit geöffneten Augen ließ er den Blick über die unglaubliche Weite und Schönheit Memianas wandern, die sich unter ihm auftat. Nur aus dieser Höhe, die kaum ein Mensch je zuvor erreicht hatte, konnte man so weit über das Land schauen.

Jarek zog den vierten Deckenmantel fester um seine Schultern. Er sah abwärts, wo er den Lauf des Pfades als dunkles, oft schwarzes Band zwischen den Felsen verfolgen konnte. Als Memo kannte Jarek jede Windung dieser Lebensader Memianas, jede Schleife, die der Pfad während seines langen Anstiegs in das Raakgebirge nahm. Er kannte jede Ansiedlung und jede Stadt mit Namen. Er wusste die Lage, die Beschaffenheit und Zahl der Schlafplätze eines jeden Walls. Aber in seiner Gänze hatte Jarek noch nie ein Bild des Pfades in seiner Vorstellung gefunden.

Er hätte nicht gedacht, dass es irgendeinen Ort auf Memiana geben könnte, von dem aus sein Blick über weit mehr als zweihundert Lichtwege reichen würde. Er konnte sogar den Beginn des langen Anstiegs sehen, weit zurück in der Ebene, in der der Pfad gerade verlief wie die Klinge eines Armlangen Schneiders, um dann am Horizont zu verschwinden.

Rechts unten, dreißig oder vierzig Lichtwege entfernt, erkannten seine scharfen Augen ganz klein eine weit gefasste Mauer, die so viele Bauwerke einschloss, dass selbst sein Memoblick ihre Zahl nicht erfassen konnte. Das war Kirusk, die größte Stadt Memianas.

Jarek spürte kurz ein leichtes Bedauern, dass er dieses von Menschen geschaffene Wunder nicht besuchen konnte. Aber irgendwann würde er die Stadt der Kir zu Gesicht bekommen. Genauso wie Ferant, das er sicher von hier oben auch hätte sehen können, wäre nicht die Salaspitze im Weg gewesen, die sich noch so weit über ihnen erhob.

Wenn Jarek den Blick in Richtung Horizont richtete, konnte er die Ebene von Kopak erkennen und er wusste, dort hinten lag Maro, der Ort seiner Geburt, der Ort, an dem er seine Familie hatte und Freunde, denen er sich nahe fühlte, auch wenn sie so fern waren. Noch weiter pfadab konnte er die finsteren Höhen von Zukasa sehen, hinter denen Mindola in seinem hohlen, roten Berg lag.

Jarek musste Ili und Mareibe eine Nachricht schicken und ihnen diesen unglaublichen, weiten Blick beschreiben. Er dachte daran, wie die junge Memo und ihre Freundin zusammen ein Bild malen würden, vielleicht in den neuen Memobau, auf dessen Gestaltung Mareibe sicher Einfluss nehmen würde. Ein Bild, das den Verlauf des Pfades zeigen würde und alle Städte daran, die Jarek benennen konnte. Er lächelte.

„Worüber lachst du?" Jarek hatte Moylas Schritt nicht gehört und sie erst in dem Augenblick gerochen, als sie neben ihm erschien. Aliaks Schwester setzte sich neben Jarek und ließ die Beine über den Rand hängen wie er, aber sie wickelte die Decken sorgfältig um ihre bloßen Füße.

„Ich habe an meine Schwester gedacht. Und an eine Freundin."

„Deine Freundin?" Moyla stützte die Arme seitlich auf, lehnte sich zurück und schaute zu Polos hinauf.

Die Monde standen hoch am Himmel und die hellste Zeit des Graulichts war zwar schon vorüber, aber das körnig wirkende Licht erhellte immer noch alles. Bald musste Jareks Ablösung kommen, doch es war nicht Moyla. Sie hatte ihre Wache schon hinter sich.

„Nicht meine Freundin. Eine Freundin", antwortete Jarek.

„Verstehe. Magst du?" Moyla hielt Jarek eine Handvoll Schwimmerfleisch hin. „Ich habe in dieser Höhe ständig Hunger."

„Danke. Memiana." Er ließ ein Stückchen in die Tiefe fallen, dann biss er von einem anderen ab.

Sie hatten nur die leichtesten Nahrmittel in ihren vollen Rückenbeuteln. In erster Linie Fleisch vom Schwimmer, das sehr nahrhaft und nicht schwer war. Dazu Paas in dünnwandigen Feradosen, weil die süße, zähe Masse sehr schnell wieder Kraft gab und die Erschöpfung der Höhe linderte. Ansonsten trugen sie nur Wasser mit sich. So viel Wasser, wie jeder schleppen konnte.

Keiner hatte gewusst, ob sie hier oben Caven finden würden, und bisher war das auch nicht der Fall gewesen. Aber ab und zu tauchten Stellen auf, an denen sich Glazia an den Felsen klammerte. Wenn man dieses mit dem Stecher zertrümmerte und die Splitter in die Flaschen füllte, verwandelte es sich durch die Wärme der Körper, die die Behälter trugen, wieder in Wasser. Auf diese Weise konnten die Jäger ihre Flaschen immer wieder füllen und das war gut so. Jarek hatte festgestellt, dass sein Bedarf an Flüssigkeit in der großen Höhe stark gestiegen war. Es war fast so, als ob er für jeden Atemzug, den er zusätzlich nehmen musste, einen weiteren Schluck Wasser benötigte.

Jarek wusste nicht, woher das Wasser hier oben kam. Es gab Vermutungen, der hohe Berg würde es sich auf der anderen Seite, dem Abstieg zu, aus der Luft holen und nach unten leiten, aber einen Beweis dafür hatte noch nie jemand erbracht, da es noch nie ein Mensch auf sich genommen hatte, ganz nach oben hinaufzusteigen.

Auf Memiana nahm man Wissen mit, wenn man es am Wegesrand fand, sprach darüber und äußerte Vermutungen, wenn es jemanden interessierte. Aber niemand würde sich die Mühe machen, etwas in Erfahrung zu bringen, ohne dabei ein bestimmtes Ziel zu verfolgen. Es reichte, dass das Wasser da war. Woher es am Ende kam, war für die Menschen nicht wirklich wichtig.

Nur Memo sammelten auch Kenntnisse, die ihnen nicht in genau diesem Augenblick nützten. Doch selbst Memo würden nicht nach Wissen um des Wissens willen jagen.

„Warum fragst du nicht, ob ich nicht schlafen kann?" Moyla hatte den Kopf zurückgelegt und die Augen geschlossen.

„Wir sind das ganze Gelblicht geklettert", antwortete Jarek. „Alle anderen ruhen. Du nicht. Du sitzt hier neben mir, obwohl du keine Wache hast. Da wäre die Frage, ob du nicht schlafen kannst, schon etwas seltsam, meinst du nicht?"

Moyla lächelte, ließ die Augen aber dabei geschlossen. „Denken so die Memo?"

„Nein. So denkt Jarek. Wenn du schlafen könntest, wärst du jetzt nicht bei mir. Warum sollte ich eine Frage stellen, wenn ich die Antwort schon kenne."

„Das tun aber viele."

„Ich rede nicht gerne, nur um zu reden."

Moyla schwieg daraufhin. Jarek betrachtete sie, wie sie im grauen Licht der Monde neben ihm saß. Ihr Gesicht ähnelte dem Yalas ein wenig. Es war genauso schmal, aber Moyla hatte höhere Wangenknochen und ausgeprägte Augenbrauen. Ihr dunkler Haaransatz war niedriger als bei Yala, deren helles Haar über der hohen Stirn begann. Aber auch Moylas Zopf hing ihr bis auf den Gürtel. Und auch jetzt, als sie ruhig dasaß, strahlte sie Kraft und gleichzeitig eine ungewöhnliche Mühelosigkeit aus. Jarek hatte bemerkt, wie leicht sie ihren Rückenbeutel trug, und er hatte gesehen, wie sie ihr gesamtes Gewicht mit nur einer Hand halten konnte, während sie mit der anderen und den Füßen neuen Halt suchte.

Moyla öffnete die Augen und sah Jarek direkt an. „Darf ich dich was fragen?"

„Alles, was du willst." Jarek erwiderte den Blick und er sah bei Moyla ein Zögern und eine Angst, die er nicht einordnen konnte. Es war nicht die gesunde, wichtige und richtige Angst der Jägerin, die ihr half, am Leben zu bleiben. Es war etwas ganz anderes und es fühlte sich klein und verletzlich an.

„Ich ..." Moyla unterbrach sich.

„Hab keine Angst. Frag einfach, was du wissen willst", ermunterte Jarek sie. „Wenn ich es weiß, werde ich es dir sagen." Er wartete geduldig.

Moyla öffnete den Mund, zögerte dann wieder. Schließlich versuchte sie sich an den richtigen Worten. „Also ... Es ist eigentlich gar keine Frage. Es ... es ist eine Bitte. Mehr. Mehr als eine Bitte. Eine große Bitte. Eine sehr große." Sie schaute Jarek unsicher an.

Er nickte ihr aufmunternd zu. „Wenn ich dir diese Bitte irgendwie erfüllen kann, dann werde ich es gerne tun."

Moyla senkte den Blick, zog die Beine hoch und legte die Arme darum. „Also, ich ..."

Sie zuckte zusammen und drehte sich um. Auch Jarek hatte die Schritte gehört. Kett kam heran.

„Ablösung", sagte der Schütze und warf Moyla einen fragenden Blick zu. „Haben wir jetzt doch Doppelposten eingeteilt?"

„Nein, nein." Moyla schüttelte rasch den Kopf. „Ich konnte nur nicht ... nicht schlafen."

„Kann ich verstehen", murmelte Kett und ließ sich nieder. „Versuch's lieber noch mal. Morgen wird der Aufstieg bestimmt nicht leichter. Und du brauchst alle Kraft, die du hast."

„Ja." Moyla erhob sich. „Gute Wache."

„Gute Ruhe."

„Gute Wache." Auch Jarek stand auf.

Moyla raffte die Mäntel um sich und ging neben Jarek her. Als sie die Stelle erreicht hatten, an der Jarek gelegen hatte, ging Moyla weiter und warf ihm über die Schulter einen bittenden Blick zu. Sie suchte zwischen den dicht beieinander liegenden, erschöpften Schläfern hindurch einen Weg. Jarek folgte ihr bis zur hintersten Ecke des Überhangs, wo keiner der Jäger sich niedergelassen hatte, weil der Boden dort leicht abschüssig war. Jeder, der sich dort zum Schlafen hingelegt hätte, wäre in Gefahr gewesen, in Richtung des Abgrunds zu rutschen, falls er unruhig schlief und sich bewegte. Moyla setzte sich und lehnte sich gegen die Felswand. Jarek ließ sich an ihrer Seite nieder.

Sie schauten zu Polos und Nira hinauf, deren Licht nun schon fast senkrecht fiel. Es wurde langsam wieder dunkler und kurz bevor Sala am Horizont pfadabwärts erscheinen würde, würde ihr Lagerplatz hier im tiefen Schatten liegen.

„Um was wolltest du mich bitten?"

Moyla saß da, schaute die Monde an und schwieg eine Weile. „Das ist nicht so einfach. Das zu sagen, meine ich."

„Wovor hast du Angst?"

Sie zuckte die Achseln. „Weiß nicht."

„Ich habe dir schon gesagt, wenn ich es kann, werde ich dir den Gefallen tun. Mehr als ablehnen kann ich ja nicht. Was soll dir also passieren?" Jarek hatte keine Idee, worauf

Moyla es abgesehen hatte, aber er verspürte inzwischen doch eine nicht unerhebliche Neugierde.

„Du kannst es. Ganz bestimmt. Ich weiß nur nicht, ob du es auch willst."

„Das wirst du aber nur erfahren, wenn du mich fragst."

Moyla zog die Beine an, legte den Kopf mit der Wange auf die Knie und schaute Jarek an. Sie atmete einmal tief durch.

„Ich glaube, dass ich von dieser Jagd nicht zurückkehren werde."

Jarek streckte die Hand aus und strich Moyla mit dem Handrücken über die Wange. „Angst zu haben ist gut und richtig. Ich habe auch Angst."

Sie schüttelte den Kopf. „Das meine ich nicht. Angst habe ich auch, klar. Aber da ist noch was ganz anderes. Da ist so ein Gefühl, da irgendwo drinnen, dass ich hier auf der Salaspitze sterben werde. Davor habe ich keine Angst, verstehst du? Ich bin eine Xeno. Jedes Mal, wenn wir die Mauer unserer Stadt verlassen, rechnen wir damit, dass wir nicht wiederkehren. Und wenn das so ist, dann werden ein paar Leute sicher traurig sein. Wenn du Angst hast zu sterben, dann darfst du die Stadt halt nicht verlassen. Dann stirbst du eben irgendwann auf deinem Lager, ohne etwas erlebt zu haben. Und du hast nichts gesehen. Ich habe ein gutes Leben gehabt. Ich habe viel erlebt und viel gesehen. Und ich habe mich darüber gefreut, am Leben zu sein. Nur ..." Sie unterbrach sich und biss sich auf die Lippen. „Verdammt!" Sie schüttelte unwillig den Kopf. „Ich habe Springreißer gejagt und Mähnenbreitnacken. Das war nicht so schwer wie das jetzt. Was habe ich denn zu verlieren?"

Jarek wartete geduldig und hörte zu, wie Moyla sich überredete, es endlich auszusprechen.

„Also, ich versuche es jetzt einfach. Jarek, ich hatte noch nie einen Freund. Einen Mann, meine ich. Mehr als einen Freund. Verstehst du? Ich ... ich habe noch nie im Graulicht das Lager mit einem Mann geteilt. Magst du das mit mir tun? Alles?" Moyla atmete einmal tief durch. „So, jetzt habe ich es gesagt. War ja doch nicht so schwer."

Jarek sah Moyla überrascht an. Er hatte nicht gewusst, was kommen würde, aber damit hatte er nicht gerechnet.

„Ich? Wieso ich?", fragte er verwirrt.

„Weil ich dich mag. Und weil ich es nicht mit irgendeinem Beliebigen machen möchte. Aber ich will es einmal erlebt haben. Wenigstens das eine Mal. Bevor ich sterbe."

„Du wirst nicht sterben", versuchte Jarek sie zu beruhigen. „Hier jedenfalls nicht."

„Wer weiß das schon?" Moyla streckte nun ihrerseits die Hand aus und strich Jarek über die Haare. „Tust du das für mich? Mit mir?", fragte sie leise. „Jetzt? Und nur für jetzt? Das eine Mal?"

Jarek spürte ein erregtes Kribbeln im Bauch, während Moyla ihm weiter über den Kopf streichelte. Er fühlte die Zartheit der Berührung, ängstlich fast, nicht fordernd, bereit, sich sofort zurückzuziehen, sollte sie Ablehnung spüren.

„Bitte!", flüsterte Moyla und Jarek knallte die Türen der Kammern von Wächter, Beschützer und Jäger zu. Es gab Momente, da wollte ein Mann nicht beobachtet werden, nicht einmal von den verschiedenen Seiten seines eigenen Ichs.

Jarek öffnete die Deckenmäntel und Moyla rutschte zu ihm herüber, breitete ihre eigenen Mäntel am Boden aus und schlüpfte zu Jarek. Er ließ sich auf die Decken sinken und Moyla folgte ihm und legte sich auf ihn. Sie waren beide nackt, weil ihre durchnässten Unterkleider vorne auf den Felsen trockneten. Jarek spürte die Wärme ihres Körpers und er legte die Arme um sie und zog sie sanft an sich.

Ihr Mund wanderte über seinen Hals, das Kinn und fand schließlich seine Lippen, die von ihrer Zunge sanft geteilt wurden. Sie küsste ihn und Jarek spürte nichts von dem Schrecken, der ihn durchfahren hatte, als damals Mareibe dasselbe bei ihm versucht hatte. Er wusste, es war richtig und es war gut und er wollte Moyla, jetzt, hier, in diesem Augenblick.

Jarek fühlte sich, als ob Sala direkt in seinem Unterleib aufginge. Moylas weiche Zunge umspielte flink seine, glitt über die Zähne und kreiste in seinem Mund und er spürte, wie sich die Spitzen ihrer festen Brüste aufrichteten und an ihm rieben.

Seine Hände wanderten über ihren festen Rücken und folgten den feinen, weichen Härchen und er fühlte, dass ihre Haut trotz der Höhe und Kälte heiß auf seiner war, als sie sich mit jeder Faser ihres Körpers an ihn drückte. Sie rieb sich mit den weichen Haaren ihrer Mitte sanft an seiner Härte, langsam vorwärts und rückwärts, und aus ihrem Mund kam ein kleines Stöhnen.

Jarek fasste nach den festen Rundungen von Moylas Hintern und folgte der Bewegung ihres Beckens, das nun mit jedem Mal ein Stück weiter nach unten glitt, bis er die warme Feuchte zwischen ihren Beinen spürte. Er glitt in die fordernde Öffnung hinein und fühlte den Widerstand. Er hielt sich ruhig und sie überwanden ihn gemeinsam, mit einem kleinen Zucken bei ihr. Doch gleich darauf bewegte sie sich wieder, vor und zurück und er folgte ihrem Rhythmus.

Sie atmeten durch die Münder in der dünnen Luft, keuchten zusammen die feinen Schleier hervor und Jarek spürte, wie sich bei Moyla etwas veränderte. Sie wurde langsamer und versteifte sich. Ein unterdrückter, tiefer Laut kam aus ihrer Kehle, dann erzitterte sie und bewegte sich in Schüben über ihm und mit jedem Stoß kam ein Stöhnen von ihr. Jarek spürte, wie sich etwas in ihr verkrampfte und löste und wieder verkrampfte und dann geschah dasselbe bei ihm und der Laut, den er hörte, kam diesmal aus seinem eigenen Mund.

Dann bewegten sie sich beide nicht mehr.

Moyla lag erschöpft, weich und schwer auf ihm. Ihr Atem beruhigte sich langsam, mit jedem Zug, bis er den schnellen Rhythmus wieder gefunden hatte, den hier oben in der Höhe alle einhalten mussten. Mit geschlossenen Augen kuschelte sie sich an Jarek, Haut an Haut, und ihr Zopf rutschte über ihre Schulter und kitzelte Jarek an der Nase.

Sie lagen da und schwiegen. Jareks Hände bewegten sich von selbst, ohne dass er darüber nachgedacht hätte. Sie fanden ihren Weg von Moylas Beinen bis zu den Schultern in einem sanften Streicheln, mit Fingerspitzen und –nägeln, immer wieder, und ihre Atemzüge wurden ruhiger.

Immer ruhiger.

Der Rastplatz lag jetzt im Schatten. Polos und Nira waren über den Gipfel gestiegen, doch bis zum Aufgang Salas würde noch einige Zeit vergehen.

„Schläfst du?", fragte Jarek nach einer Weile leise.

„Hmhm?" Die Verneinung kam wenig überzeugend. Doch dann hob Moyla den Kopf und sah Jarek aus kurzer Entfernung in die Augen, beugte sich vor und küsste ihn.

„Danke", sagte sie leise.

„Wie war es für dich?", fragte Jarek. „Hattest du es dir so vorgestellt?"

Moyla schüttelte den Kopf. „Nein", hauchte sie. „Es war viel, viel besser. Es wäre schrecklich gewesen zu sterben, ohne das erlebt zu haben."

„Du wirst bei dieser Jagd nicht sterben, Moyla", sagte Jarek und sah ihr ernst in die dunklen Augen, die im schwachen Licht glänzten. „Ich werde alles dafür tun, das zu verhindern."

„Ich weiß", hauchte sie. „Ich weiß."

Sie rutschte sanft von Jarek herunter und kuschelte sich seitlich liegend an ihn. „Wie eine Jagd", sagte sie nach einer Weile.

„Was ist wie eine Jagd?" Jarek legte seine Hand auf die ihre, mit der sie in seinen Brusthaaren spielte.

„Es hat sich angefühlt wie der Moment der Jagd, wenn du den Reißer erlegt hast. Wenn dein Armlanger Schneider ihm tief in die Flanke fährt und er unter deiner Hand zusammenbricht. Und du schaust hoch und du siehst, dass es der letzte war, der gefährlichste, und du alleine hast ihn getötet. In dir zieht sich alles zusammen vor Freude und Erregung und Erleichterung. So hat es sich angefühlt. Aber hundertmal stärker."

„Ja. Du hast es beschrieben wie eine Sängerin."

Moyla kicherte. „Vielleicht singe ich ein Lied darüber. Mein wunderbares erstes Mal mit einem Mann."

Jarek schaute sie erschrocken an, dann sah er das Grinsen und verstand, dass sie einen Scherz gemacht hatte. „Ich dachte schon, du meinst das ernst."

Moyla kicherte und er spürte, wie ihr Körper dabei bebte.

Sie schwiegen wieder eine Weile. Jareks freie Hand hatte Moylas Kopf gefunden und streichelte ihn, während sie weiter mit seinen Brusthaaren spielte.

„Wovon träumst du?"

Jarek sah sie fragend an. „Jetzt?"

Sie schüttelte den Kopf. „Nein. Was ist der Traum deines Lebens? Ich meine, was würdest du gerne einmal tun? Was würdest du gerne erleben? Oder was würdest du gerne können?"

Jarek erforschte kurz die Kammern seiner Wünsche. „Ich weiß nicht. Den einzigen ganz großen Traum, den ich je hatte, erfülle ich mir gerade."

„Du liegst mit einer schönen Frau nackt unter vier Decken in der Kälte auf der Salaspitze und hast sie dreimal zum Erbeben gebracht?" Moyla kicherte wieder.

Jarek lachte leise, dann schüttelte er den Kopf. „Davon hätte ich nicht zu träumen gewagt."

„Besser so", murmelte Moyla, dann sah sie Jarek wieder an. „Du meinst die Jagd auf den Großen Höhler."

„Ja. Und wovon träumst du?"

„Fliegen", antwortete Moyla zu Jareks Überraschung sofort. Sie schaute in den dunklen Himmel. „Ich möchte gerne fliegen können. Wie ein Höhler. Unter dir ist nichts, kein Fels, kein Sand, nur die Luft. Du bewegst dich mit deinen weit ausgebreiteten Flügeln und du brauchst keine Angst zu haben, dass du fällst. Denn die Luft trägt dich sicher. Überall, wo du es willst. Deine Welt ist groß, so groß. Nichts kann dich aufhalten. Wo immer du hinwillst, du breitest deine Flügel aus und fliegst zu diesem Ort." Moyla hatte ihre Arme weit ausgestreckt und dabei die Decken zur Seite geschoben. Sie erzitterte in der plötzlichen Kälte, zog die Mäntel zurück über sich und Jarek und kuschelte sich wieder an ihn.

„Jarek?" Moyla hatte ihren Kopf in seiner Achselhöhle vergraben.

„Ja?"

„Darf ich dich was fragen?"

„Sicher. Hast du noch eine Bitte, die ich dir erfüllen soll?" Jarek fuhr mit der Hand sanft über ihre Schulter.

„Nein, nur eine Frage", kam es von Moyla. „Diesmal. Nur eine Frage."

„Frag mich."

Moyla zögerte einen Moment und atmete einmal tief durch. „Wer ist Yala?"

Niemand hatte ihn kommen sehen. Misto und Ölm waren in dem Augenblick tot, als Jarek das Flügelrauschen hörte und dann den schrillen, trillernden Jagdschrei aus wenigen Schritt Entfernung. Der gewaltige Schatten verdunkelte den Felsabsatz, die krallenbewehrten Füße packten die beiden Xeno, die ganz vorne am Abgrund standen, und bohrten sich tief in die Körper, dass die Knochen knackten. Die Todesschreie prallten von der Felswand oberhalb ab, stürzten zu Tal und wiederholten sich, wieder und wieder, ohne etwas von ihrer Endgültigkeit zu verlieren.

Kett riss den Splitter hoch, den er sich gerade umhängen wollte, und drückte rasch ab, zweimal, dann noch einmal, aber Jarek hörte die Projektile nur an den Schuppen der Bestie abprallen.

Der Rumpf des Großen Höhlers war dreimal so groß wie der eines Mannes und seine Flügel zehn Schritt breit. Mit ruhigen Bewegungen schlugen sie und der Reißer schien direkt vor ihnen über dem Abgrund in der Luft zu stehen. Der Große Höhler wischte Kett mit einer beiläufigen Bewegung des Kopfes zur Seite, riss ihm mit dem weit aufgesperrten Maul eine klaffende Wunde von der Schulter bis zur Hand und schleuderte den Schützen nach hinten gegen die Felsen. Dann legte er die Flügel ein wenig an und ließ sich wie ein Stein hinabfallen, hundert Schritt und mehr in einem Augenblick. Dort fing er die Luft unter seinen Schwingen wieder ein, stieg nach oben und trällerte seinen Sieg heraus, während er mit gemessenen Flügelschlägen davonschwebte. Schwerelos, mit seiner schlaffen, toten Beute in den Krallen.

Doch dann schien er es sich noch einmal zu überlegen. In einer weiten Schleife kehrte er zurück.

„An die Wand! Zurück, an die Wand", schrie Jarek.

Alle hasteten nach hinten, rissen die Armlangen Schneider heraus, bereit, sich bis zum Letzten zu verteidigen. Aber der riesige Reißer flog nur noch einmal lässig in zehn Schritt Abstand vorüber und schickte einen anderen Ruf zu ihnen. Es war ein langgezogener, einzelner Schrei. Jarek kannte die Bedeutung, noch bevor ihn die vielen Echos erreichten: Ich komme wieder!

Kett hatte im ersten Licht Salas die anderen geweckt und Jarek hatte festgestellt, dass Moyla unter seinen Deckmänteln eingeschlafen war, noch immer nackt dicht an ihn gedrückt und ruhig atmend.

Sie hatte ins frühe Licht geblinzelt und Kett angelächelt, als sie ihn gesehen hatte. Der Splitterschütze hatte das Lächeln etwas traurig erwidert. Dann hatte er Jarek die Hand auf die Schulter gelegt und leise gesagt: „Es wird Zeit."

Moyla hatte sich ihre eigenen Decken umgelegt, hatte sich vorgebeugt und Jarek noch einmal sanft geküsst. „Danke."

Er hatte ihr nachgesehen, wie sie rasch zu der Stelle gegangen war, an der sie im Graulicht ihre Kleidung zum Trocknen ausgelegt hatte. Sie hatte ihre Sachen eingesammelt und schnell übergezogen, Schicht für Schicht, wie es alle anderen Jäger auch getan hatten. Jareks Blick hatte den Aliaks gesucht, aber der hatte ihm nur freundlich zugenickt. Jarek hatte überlegt, ob Moyla wohl mit ihrem Bruder über ihren Wunsch gesprochen hatte und wie sie ihn sich erfüllen wollte. Dann war er selbst in seine klammen Kleider gestiegen und hatte die Knöpfe durch ihre Löcher gedrückt.

Niemand hatte eine Bemerkung darüber gemacht, wo Moyla das Graulicht verbracht hatte. Sie hatten sich zusammengesetzt, um sich mit Schwimmerfleisch zu sättigen, das sie dick mit Paas bestrichen hatten, um die erforderliche Kraft für den weiteren Aufstieg zu erlangen.

Es wurden nicht viele Worte gewechselt. Jarek hatte in keinem der Gesichter irgendetwas anderes als Zustimmung und ernsten Respekt erkannt. Er wunderte sich nicht. In einem Wall, zwischen Fremden aus anderen Völkern und Stämmen, hätte er das, was er im Graulicht getan hatte, nie gewagt.

Aber er war hier unter Xeno.

Sie waren auf der Jagd. Was immer zwischen Jarek und Moyla geschehen war, war ihre Sache und niemand würde etwas dazu sagen, solange es nicht das Ziel ihres Weges oder einen der anderen in Gefahr brachte. Kett hatte vielleicht eigene Absichten bezüglich Moyla, aber sie hatte nicht ihn ausgesucht. Das machte Kett sicher traurig. Möglicherweise war er enttäuscht, weil er sich mehr versprochen hatte als ein freundliches Lächeln. Aber es würde niemals hier und jetzt seine Handlungen beeinflussen oder seine Hand zittern lassen, wenn es galt zu zielen und zu treffen. Das wusste Jarek.

Auf der Jagd hatte niemand Zeit für Eifersucht, Missgunst oder Zorn. Wer solchen Gefühlen Platz gab, überlebte als Jäger auf Memiana außerhalb der Mauern nicht lange. Meistens nicht einmal seinen ersten Jagdausflug.

Der Triumphschrei des Großen Höhlers erklang noch einmal herüber, diesmal bereits ein gutes Stück über ihnen. Jarek wusste, er würde nun die doppelte Beute in seinen Unterschlupf bringen und sie dort genüsslich verzehren. Es waren Bilder, die er in die Kammer der Schrecken zu verbannen versuchte, genau wie das Knacken der Knochen der sterbenden Gefährten.

Jarek schob den Armlangen Schneider in seine Scheide und eilte zu Kett, der nahe am Abgrund lag, stark blutete und kaum noch bei Bewusstsein war. Jarek packte ihn am Kragen und schleifte ihn zurück, dicht an die Felswand, während er rief: „Moyla, der Splitter!"

Die Waffe ragte so weit über die Tiefe, dass sie bei der leisesten Berührung hinabstürzen konnte. Moyla eilte hin, trat auf die Schulterstütze, um sie zu sichern, bückte sich und hob sie auf, alles in einer einzigen, fließenden Bewegung. Sie eilte zurück, dorthin, wo der Fels das schmale, nur fünf Schritt tiefe Dach bildete, das wenigstens ein bisschen Schutz versprach.

„Tuch!", befahlt Aliak und zwei seiner Leute kramten Verbandsmaterial aus den Rückenbeuteln. Aliak wickelte Kett eine breite Binde fest um den verletzten Arm, ohne ihm vorher die Jacke auszuziehen, und Kett stöhnte, aber er war nur noch halb bei Bewusstsein.

Moyla klappte den Hebel des Splitters aus und pumpte die Druckkammer der Waffe wieder auf. Jarek suchte in Ketts Jackentaschen nach den Projektilen und fand den schmalen Beutel, den die Schützen immer mit sich trugen.

„Stand?", fragte Aliak.

Der Reihe nach antworteten seine Leute, nannten ihren Namen und gaben an, ob sie verletzt oder jagdbereit waren.

Es waren nur noch sechzehn Meldungen, wobei Jarek die für den Schützen übernahm.

„Kett. Ohne Bewusstsein. Jarek. Jagdbereit."

Aliak schaute in die Runde. „Jilko, Pert und Sassak. Wache vorne am Rand. Wir anderen beraten."

Niemand hatte den Höhler kommen sehen. Keiner hatte mehr auf Posten gestanden. Sie waren dabei gewesen, sich auf den weiteren Aufstieg vorzubereiten, Schritt für Schritt und Zug um Zug höher hinauf, ein jeder aufmerksam auf alle Gefahren schauend und lauschend, die sich ihnen näherten. Doch der Große Höhler war nicht zu sehen gewesen. Der Große Höhler war nicht zu hören gewesen. Er musste direkt über ihnen gesessen haben. Wahrscheinlich war er schon unter den ersten Strahlen Salas lautlos herangeglitten, während Kett seine Weckrunde gemacht hatte. Der große Flugreißer hatte geduldig darauf gewartet, dass seine sichere Beute in Reichweite kommen würde und er gefahrlos, überraschend und schnell zuschlagen konnte.

„Er weiß, wo wir sind." Aliak verschwendete nicht ein einziges Wort an das, was geschehen war und warum, was sie falsch gemacht hatten und wo sie sich geirrt hatten. Schon gar nicht, wessen Schuld es vielleicht war. Dazu war keine Zeit. Sie brauchten alle Kraft und Aufmerksamkeit und all ihren Mut, um das zu überstehen, was vor ihnen lag.

„Ihr wisst, was erfahrene Jäger in dieser Situation raten?"

Moyla nickte, einige andere auch und Jarek sprach es schließlich aus. „Den Trupp teilen, sofort aufbrechen, in vier verschiedene Richtungen. Und hoffen, dass der Höhler möglichst lange verwirrt ist, bis er sich für einen der Trupps entscheidet."

„Dann überleben wenigstens drei von vier."

Jarek konnte erkennen, welche Gedanken allen durch den Kopf gingen. Er konnte die Frage, die jeder Einzelne sich selbst stellte, an ihren Augen sehen: „Werde ich zu den drei Vierteln gehören, die überleben? Oder werde ich mich für meine Gefährten opfern?"

Doch der Jäger in Jarek stand vor seiner Kammer. Er hatte sie schon verlassen, als der erste Schrei des Reißers ertönt war, und er schüttelte den Kopf.

„Das ist die Regel, wenn man entkommen will", sagte Jarek ruhig. „Das gilt für die Flucht. Aber wir sind hier oben, um den Großen Höhler zu jagen."

Alle Köpfe drehten sich zu ihm und Moyla sah ihn mit großen Augen an. „Wie meinst du das?"

„Wir sind hier, um ihn zu erlegen. Um gegen ihn zu kämpfen. Der Große Höhler hat völlig überraschend die Schlacht eröffnet. Aber das bedeutet nicht, dass wir sie verloren geben müssen."

„Was schlägst du vor?", fragte Aliak.

„Der Einfall, den Trupp aufzuteilen, ist richtig, wenn es darum geht, sich in Sicherheit zu bringen. So schnell wie möglich von diesem Berg hinunterzukommen. Aber das wollen wir doch gar nicht. Und das tun wir auch nicht. Wir bleiben."

„Hier?" Jarek erkannte, dass Aliak langsam eine Ahnung davon bekam, worauf Jarek hinauswollte.

„Hier." Jarek nickte. „Dieser Überhang bietet uns den besten Schutz, den wir im Umkreis von Tausenden von Schritten finden können. Er ist so eng, dass der Höhler nicht hereinfliegen kann. Wenn er jemanden von uns erwischen will, muss er landen. Und dann kommt er uns nahe, sehr nahe. Der Schütze kann in Ruhe auf ihn zielen und wir können ihn mit den Schneidern angreifen und abwehren. Er hat Misto und Ölm nur erwischt, weil die beiden ganz vorne am Rand standen. Hier hinten kann er so nicht zuschlagen. Und er kann uns nicht mehr überraschen. Wir wissen jetzt, dass er da ist, und wir wissen, dass er weiß, wo wir sind."

Aliak nickte nachdenklich. „Du hast recht."

„Und dann? Wir bleiben also hier? Und was machen wir dann?", fragte Moyla.

„Es wird eine Belagerung. Wenn das Gelblicht endet, muss er sich zurückziehen", antwortete Jarek. Er deutete nach oben. „Dort oben ist seine Höhle. Ihr habt sie alle gesehen. Es sind nur noch dreihundert oder vierhundert Schritt. In diesem Gelblicht ist er am Zug und es wird ein harter Kampf. Den müssen wir überstehen und das wird nicht leicht. Aber irgendwann wird das Graulicht kommen. Und dann sind wir dran."

Jarek fühlte etwas in sich. Es war eine Hitze, als würde Sala selbst in ihm leuchten, und es fühlte sich ein wenig so an wie im letzten Graulicht, als er Moylas weiche Haut auf seiner gespürt hatte. Er zog den Armlangen Schneider aus dem Gürtel, reckte ihn in die Höhe und rief: „Dann holen wir uns den Großen Höhler! Seid ihr dabei?"

Ein lauter, weit hallender Jubel erklang und alle hoben ihre Schneider und schlugen die Klingen gegen die von Jarek.

Ein langgezogener Schrei ertönte von weit oben, der die Stimmen zum Verstummen brachte.

Der Große Höhler hatte sie gehört.

Der Große Höhler hatte verstanden.

Der Große Höhler hatte die Herausforderung angenommen.

Der Spalt schien vielversprechend und Jareks Rechte ließ den Halt los, den sie weiter unten gefunden hatte. Er klammerte sich mit der Linken fest und hatte beide Füße sicher im rauen Gestein verkeilt, trotz des schweren Rückenbeutels und des Splitters, den er nun trug. Jarek hielt die Mitte seines ganzen Gewichts zwischen diesen drei

Punkten, wie sein Bruder Kobar es ihm vor einer Zeit beigebracht hatte, die ihm eine Ewigkeit zurückzuliegen schien. Seine rechte Hand tastete über den Fels, doch das, was er für einen Spalt gehalten hatte, war nur ein Streifen dunkleren Gesteins und er packte wieder die sichere Stelle, die er gerade losgelassen hatte.

Es war nicht das erste Mal, dass er sich getäuscht hatte, und es würde wieder und wieder geschehen, das wusste er. Der Schein von Nira und Polos erhellte wie immer in dieser Zeit das Land, aber die Schatten, die er verursachte, waren so grau wie das Licht und täuschten die Augen. Was ein tiefer Spalt zu sein schien, konnte genauso gut nur eine Verfärbung im Stein sein und die Maserung eines glatt erscheinenden Felsen in Wirklichkeit eine bröselige, genarbte Oberfläche, die brechen konnte, wenn man es wagte, sie mit seinem Gewicht zu belasten.

Jarek war noch nie im Graulicht geklettert. Kein Jäger wagte sich in die Berge, sobald Sala untergegangen war. Dann wimmelte es dort oben von blutlechzenden Reißern nur so. Auch ein Xeno versuchte nach Möglichkeit, diese gefährliche Zeit im Schutz einer Mauer zu verbringen. Fast immer und fast überall.

Doch hier waren sie am einzigen Ort auf ganz Memiana, an dem diese Regel nicht galt. Es gab so weit oben in der dünnen Luft nur einen einzigen Reißer und der flog nur im Licht Salas, weil die Muskeln seiner weit ausgebreiteten Schwingen die Wärme brauchten. Im Licht der Monde wurden sie hart und unbeweglich. Die dünnen, weichen Häute wurden spröde und der große Flieger konnte seine Bewegungen in der Luft nicht mehr kontrollieren.

Im Graulicht schlief der große Reißer in seiner Höhle. Und sie waren auf dem Weg dorthin, um die letzte Schlacht gegen die riesige fliegende Bestie zu schlagen.

Jarek war erschöpft und atmete hechelnd. Sein Mund stieß helle Schleier aus, die seine Sicht behinderten, wenn sie über den Fels zogen. Alle waren erschöpft und er konnte die Jäger unter sich mühevoll schnaufen hören. Doch Jarek wusste, dass es bei allen der gleiche Antrieb war, der die

Kraft freisetzte, diesen letzten Aufstieg doch noch in Angriff zu nehmen: Sie hatten das Gelblicht überstanden.

Jetzt war ihre Zeit gekommen.

Jetzt waren sie wieder die Jäger.

Und der Große Höhler die Beute.

Als Sala die letzten Strahlen über den Gipfel des höchsten Berges geschickt hatte, hatte der Reißer der Lüfte noch eine Runde gedreht und mit seinem drohenden Wutschrei die Felsen erschüttert. Dann hatte er abgedreht und war mit kräftigen Flügelschlägen nach oben verschwunden.

Alle hatten noch eine Weile gewartet, während mit der untergehenden Sala die Farben verblassten und die Kälte aus dem weit unter ihnen liegenden Tal zu ihnen heraufkroch.

Erst dann hatten sie gewagt, endlich aufzuatmen.

Jarek hatte die Führung beim Aufstieg übernommen. Aliak und er hatten einen kurzen Blick gewechselt. Aliak hatte ihm zugenickt und war einen halben Schritt zurückgetreten. Sie hatten kein Wort gesprochen. Jarek hatte nach oben gegriffen, festen Halt im weiten Überhang des Felsens gefunden, der sie das ganze Gelblicht über geschützt hatte, und hatte sich hinaufgezogen. Als er das vorstehende Dach ihres Unterschlupfs überwunden hatte, hatte er zurückgeschaut. Aliak war ihm gefolgt und Moyla war an dritter Stelle gewesen.

Der kleine Rest des Jagdtrupps hatte sich angeschlossen.

Dreiundzwanzig Angriffe war der Große Höhler geflogen.

Dreiundzwanzig Mal hatte sein Kampfschrei, der in der Enge ihres Unterschlupfs widerhallte, sie bis in die Knochen erschüttert.

Dreiundzwanzig Mal hatten sie Stand gehalten.

Immer wieder hatte sich dem Höhler ein Wirbel aus Klingen entgegengestreckt und hatte auf feraharte, über den Fels kratzende Krallen eingeschlagen. Sie hatten das gepanzerte Maul abgewehrt. Immer wieder hatte der Große Höhler versucht, zuzuschnappen, aber meistens war sein Biss ins Leere gegangen.

Jarek hatte den Splitter abgedrückt und geladen und geschossen, immer wieder. Er hatte keine Gelegenheit gefunden, durch das wild hin und her schwingende Maul den Rachen zu treffen. Auch die Augen waren zu selten und kurz in Zielweite gewesen. So hatte er auf die empfindlichen Spitzen der Flügel gezielt und mit jedem Treffer, dem ein wütender Schmerzensschrei antwortete, waren die Bewegungen der Schwingen unkontrollierter geworden. Immer öfter hatte der Große Höhler über scharfen Fels gewischt. Und mehr als einmal war der Reißer überraschend und mit lautem Wutschrei ein Stück abgesackt.

Doch Jarek hatte gewusst, dass die Kräfte der Verteidiger nachlassen würden, ihre Aufmerksamkeit der Erschöpfung weichen würde, und er hatte befürchtet, dass irgendwann der Reißer sein nächstes Opfer finden würde.

Dann hatte Moyla sie alle gerettet.

„Wir müssen ihn blenden!", hatte Aliaks Schwester plötzlich gerufen, während sie mit ihrem Armlangen Schneider einen Krallenhieb abwehrte, der sie gegen die Felsen geschleudert hatte. Moyla hatte ihren blanken Schneider im gelben Licht Salas geschwenkt und Jarek hatte rasch die Augen geschlossen, als die Strahlen davon reflektiert wurden.

„Das ist es!", rief er. „Lenkt das Licht in seine Augen, sobald er wieder anfliegt. Zehn Mann blenden ihn, die anderen wehren ihn ab!"

Beim nächsten Angriff hatten zehn glänzende Klingen nicht nach dem unzerstörbaren Panzer des Großen Höhlers geschlagen, sondern Salas grelles Licht in seine Augen geschickt. Der Schmerzensschrei des Reißers war von den Bergen ringsum widergehallt. Er hatte die Lider geschlossen und sofort ein wenig die Orientierung verloren. Seine Flügel hatten den Überhang berührt und er war nach unten abgeglitten. Sofort hatte er mit wütendem Geflatter einen neuen Angriff gestartet, der auf genau dieselbe Art und Weise abgewehrt worden war. Sie hatten eine Waffe entdeckt, gegen die er keine Gegenwehr fand, keinen Panzer hatte, der ihn davor bewahrte, und nichts, was das stechende Licht von seinen Augen hätte fernhalten können.

Seine Wut war gewachsen, mit jedem Fehlschlag.

Doch die Jäger hatten jeden neuen Angriff abgewehrt, sie hatten sich eingespielt. Die mit den breitesten Klingen kämpfen mit Licht, die anderen mit den Waffen.

Sie hatten Erfolg gehabt. Sie konnten den Großen Höhler aus ihrer Reichweite halten, bis Sala so hoch stand, dass ihre Strahlen den Unterstand nicht mehr erreichen konnten.

Dann war Blut geflossen. Sieben der Jäger hatten Verletzungen erlitten, drei von ihnen schwere. Aber sie hatten keinen weiteren Mann verloren und keine Frau.

Bis zum Untergang Salas.

Nachdem der Große Höhler ein letztes Mal vor ihrem Unterschlupf gekreist und dann abgezogen war, hatte Aliak seine Leute eingeteilt.

Die acht verletzten Jäger konnten nicht klettern. Zwei, die so stark erschöpft gewesen waren, dass sie beim Anstieg mit Sicherheit zurückgefallen wären, waren geblieben, um sich um die Verwundeten zu kümmern.

Damit waren es nur noch fünf.

Fünf Menschen gegen den Großen Höhler. Fünf Jäger gegen das entsetzlichste aller Raubtiere Memianas. Jarek, Aliak, Moyla, der alte Folsog und Tila, die Jüngste des Trupps, die nicht viel älter war als Ili, aber zu den Zähesten gehörte, wie Jarek in den vergangenen Lichten bemerkt hatte.

Diese fünf hatten sich an den Aufstieg gemacht, den Großen Höhler zu erlegen.

Unter Jareks Führung.

Sie hatten Zeit. Polos und Nira waren gerade im ersten Kvart und die Höhle des Reißers lag nur noch hundert Schritt über ihnen. Jarek hatte auf dem ersten Absatz, der Platz für eine kurze Pause bot, auf die anderen gewartet und ihnen erklärt, welchen Weg dort hinauf er einschlagen wollte.

„Wie wollen wir dann vorgehen?" Es war Tila, die schließlich ganz ruhig die entscheidende Frage gestellt hatte.

„Mein Jagdtrupp wurde einmal von einem riesigen Rudel Gelbschattenfetzer verfolgt, dem wir nicht gewachsen waren", erzählte Jarek.

„Ist das die Geschichte mit den Fuuchen?", fragte Moyla.

„Ja. Habt ihr davon etwa gehört?" Jarek schaute sie überrascht an.

Moyla lächelte. „Jeder kennt diese Geschichte. Und jeder kennt sie anders."

„Dann erzähle ich euch, wie es wirklich war. Ich wusste, dass ein Fuuchbau in der Nähe war. Also haben wir die Gelbschatten dorthin geführt und zwar ganz dicht vor die Höhle. Dort haben wir sie zum Halten gebracht. Die Fuuche haben sie gerochen. Auch ein Nirareißer kann nicht widerstehen, wenn im Gelblicht die Beute so dicht vor seiner Ruhestätte wartet. Die Fuuche sind aufgewacht, herausgekommen und haben sich auf die Gelbschatten gestürzt."

„Und ich werde dort oben den Gelbschatten spielen." Moyla hatte verstanden.

„Nur, wenn genügend Platz ist, den Hinterhalt so zu legen, dass dir nichts passieren kann", hatte Jarek erwidert. „Sonst müssen wir uns etwas anderes ausdenken."

„Ich bin zu allem bereit", hatte Moyla gesagt und Jarek in die Augen gesehen. „Was immer du entscheidest."

Aliak hatte sich ganz offensichtlich nicht dadurch zurückgesetzt gefühlt, dass Moyla Jarek das Vertrauen schenkte.

„Was immer du entscheidest", hatte Moylas Bruder bestätigt. „Lasst uns hinaufsteigen", hatte er das Gespräch beendet. „Gehen wir jagen!"

Da war es wieder gewesen, dieses Gefühl der Nähe und der Verbundenheit und des bedingungslosen Vertrauens. Es gehörte einfach dazu, wenn man mit einem Jagdtrupp unterwegs war, in dem sich jeder auf jeden verlassen konnte und jeder bereit war, für jeden zu sterben.

So wie jetzt, in diesem Augenblick.

Allen war bewusst, wie groß die Chance war, dass sie zurückkehrten. Zwei von drei Jägern starben im Kampf mit dem Großen Höhler.

Trotzdem waren sie bereit, dort hinaufzuklettern.

Und zu jagen.

Zusammen.

Jarek zog sich vorsichtig nach oben, bis er gerade über den Rand des letzten Felsens schauen konnte. Die Höhle war ein tiefer Riss in der Wand, der vorne mindestens dreißig Schritt weit klaffte und sich nach hinten verjüngte, bis er in lichtlose Schwärze mündete.

Die kleine Hochebene stieg zur Höhle hin an und vereinzelt lagen Felsbrocken dort, gerade so, als sei der Unterschlupf einst entstanden, als ein gewaltiges Stück des Berges einfach herausgebrochen und in die Tiefe gestürzt war.

Vom Großen Höhler war nichts zu sehen. Doch Jarek wusste, dass sie die richtige Stelle erreicht hatten. Frisches Blut klebte an einem Felsen rechts und auch direkt vor dem Eingang erkannte er eine Lache, die nur von der Flüssigkeit des Lebens stammen konnte, auch wenn sie im Graulicht ihre rote Farbe nicht preisgab.

Er wollte nicht daran denken, was der Ursprung dieses Blutes war, und schob den Gedanken in die hinterste Kammer seines Verstandes.

Doch es war nicht nur das Blut, das ihn so sicher machte.

Der ganze Platz war über und über mit Knochen bedeckt. Seit vielen Umläufen musste der Höhler die Beute seiner Jagd hier verzehren und die Überreste einfach liegen lassen, wo sie unter Salas Strahlen ausgeblichen waren. Jarek wollte gar nicht genauer nachschauen, von welchen Lebewesen die Skelette stammten. Aber sein Blick fiel auf einen halben menschlichen Schädel, der weiß und alt da lag. Ein paar Fleischfetzen hingen vertrocknet daran und ein Rest von hellem Haar.

Überall sonst auf Memiana blieb nichts übrig.

Aber hier, in der lebensfeindlichen Höhe, gab es keine Schader und keine Knochenbeißer, die sich um die letzten Hinterlassenschaften der Reißer und Aaser kümmerten.

Jarek schaute nach unten, wo die anderen in sicherem Halt in der Wand klebten, und nickte einmal. Er ließ mit der

Rechten los und gab durch das langsame Heben der flachen Hand das Signal zum Aufstieg. Dann überwand er selbst den letzten kleinen Überhang. Jarek kauerte sich an den Rand der Klippe und sah sich sorgfältig um. Erst erschien Aliak und gleich darauf Moyla. Tila schwang sich leicht und lautlos über die Kante, dann griff sie nach unten und half Folsog das letzte Stück herauf.

Jarek hörte, wie Moyla unterdrückt nach Luft schnappte und wusste, dass sie die menschlichen Knochen entdeckt hatte, genauso wie das Blut der Freunde, die sich der Reißer zu Beginn des letzten Gelblichts geholt hatte.

Die fünf Jäger bewegten sich ein Stück nach rechts, wo ein zersplitterter Felsen Deckung bot, ohne dass jemand ein Kommando geben musste. Jarek schaute zur Höhle. Irgendwo dort im Finsteren, vielleicht direkt hinter der harten Grenze zwischen Licht und Schatten, vielleicht auch in weiteren fünfzig Schritt Entfernung, musste er liegen und sich von der verlorenen Schlacht gegen die Jäger ausruhen.

Der Große Höhler.

Er ahnte sicher nicht, dass sie ihn verfolgt hatten und nun direkt vor seinem Versteck lauerten.

Jarek hob den Daumen, als er seine Umschau beendet hatte, und auch Aliak lächelte. Die Bedingungen waren besser, als sie gehofft hatten. Es gab genug Möglichkeiten für die Jäger, sich zu verbergen, und Platz für den Köder, nach hinten auszuweichen und die Beute an die richtige Stelle zu locken.

Jarek sah Aliak fragend an und deutete mit zwei Fingern einer Hand auf den Höhleneingang und dann auf seine Augen und anschließend auf die Ohren.

Aliak hatte verstanden. Er legte rasch und lautlos den Armlangen Schneider ab, der ihn nur behindert hätte, und huschte dann vorwärts. Jarek beobachtete, wie Aliak vorwärts in Richtung der Höhle schlich und der Jäger in ihm bewunderte die Geschicklichkeit des jungen Xeno. Es war nicht leicht, den Eingang unbemerkt zu erreichen. Überall lagen kleine und große Knochen herum, doch Aliak schaffte es, auf keinen einzigen von ihnen zu treten und den Höhler durch ein verräterisches Knacken zu wecken.

Wenn die Überreste der Nahrung des Reißers zu dicht lagen, ging Aliak lieber ein paar Schritt Umweg, statt etwas zu riskieren. Dreimal bückte er sich sogar und sammelte mit bedächtigen Handbewegungen Knochen vom Fels auf, die er dann lautlos zur Seite legte.

Eine kleine Kammer in Jareks Erinnerung öffnete sich. Er sah Parra, wie sie in einem Wall gemeinsam mit Yala das Knackerspiel spielte, bei dem man von einem Haufen Knochen so viele wie möglich nehmen musste, ohne dass sich einer der anderen bewegte. Unvermutet fand Jarek den Gedanken, dass vielleicht die Jagd nach dem Großen Höhler der Ursprung dieses Kinderspiels sein konnte. Doch er schob die Tür rasch wieder zu, bevor er einen zu deutlichen Blick auf Parra und ihre Freundin werfen konnte. Aber nicht rechtzeitig genug. Er hörte Moylas Frage des letzten Graulichts wieder: „Wer ist eigentlich Yala?"

Moyla spürte seinen Blick, drehte sich nach ihm um und hob fragend die Augenbrauen, doch Jarek legte nur kurz und beruhigend seine Hand auf ihre. Es war die Zeit der Jagd, nicht die der verwirrenden und verwirrten Gefühle, der unbenannten.

Aliak erreichte den eigentlichen Eingang der Höhle. Der Jäger drückte sich flach an den Felsen und hielt sich im Schatten, während er mit geschlossenen Augen lauschte, dann drehte er sich wieder um und kam zurück, wobei er seine Füße an genau die Stellen setzte, die er beim Hinweg als sicher ausgemacht hatte. Sie kauerten sich zusammen hinter den Schutz des Felsens.

„Er ist da", erklärte Aliak und seine Stimme war nur ein Hauch. „Vielleicht zehn oder fünfzehn Schritt hinter dem Eingang. Die Höhle scheint viel tiefer zu sein, es gibt viele Echos. Er schläft. Ich habe ihn gehört. Er atmet gleichmäßig."

Sein Blick ruhte auf Moyla. „Ich bin bereit", verkündete sie.

Jarek sah ihren Bruder an, dann stellte er die entscheidende Frage: „Nimmst du den Splitter?"

Aliak sah Jarek in die Augen und der Moment dehnte sich und Jarek glaubte, die Gedanken zu erkennen. Aliak hatte Jarek mit dem Splitter gesehen und beobachtet, wie jeder seiner Schüsse die Flügelspitzen des Großen Höhlers getroffen hatte. Aliak erkannte an, dass Jarek ein mehr als guter Schütze war. Aber es war Aliaks Jagd. Aliak wollte einen eigenen Clan der Xeno gründen und Aliak wollte den Großen Höhler erlegen. Es war die Pflicht und Ehre des Anführers eines Jagdtrupps, die verantwortungsvollste und gefährlichste Aufgabe selbst zu übernehmen. Nur wenn er an seinen eigenen Fähigkeiten zweifelte, würde er einem Anderen den Vortritt lassen.

„Ja", antwortete Aliak schließlich. „Ich nehme den Splitter. Ich schieße."

Moyla legte ihm die Hand auf die Schulter und drückte sie. Sie sagte nichts. Alle wussten, dass sie ihrem Bruder gerade ihr Leben anvertraute. Jarek nahm den Splitter von der Schulter und reichte ihn Aliak. Dann deutete er auf eine Ansammlung von Felsbrocken rechts neben dem Eingang, etwa zwanzig Schritt von ihnen entfernt. „Dann verstecke ich mich dort."

Folsogs Blick wanderte über das Gelände auf der anderen Seite der Höhle und blieb schließlich an einem Spalt im Massiv hängen. Er nickte hinüber. „Ich bin da drüben!"

„Tila, das ist dein Platz." Aliak deutete auf einen kleineren Felsen, der an einem größeren Stein lehnte und so einen guten und nicht einsehbaren Unterschlupf bot.

„Ich hab eine bessere Idee", flüsterte das schmale Mädchen. Alle sahen Tila überrascht an. Sie hatte sich nicht nach einem Versteck umgeschaut, sondern die ganze Zeit über Moyla nachdenklich betrachtet.

„Was schlägst du vor?", fragte Aliak.

„Der Große Höhler wird vom Geruch von Frauen angezogen. Ich bin auch eine Frau. Sieht vielleicht nicht so aus. Noch nicht. Aber ich bin eine. Warum nehmen wir nicht zwei Köder? Das verwirrt ihn." Tila sah erst Jarek gespannt an, dann Aliak.

Aliak und Jarek wechselten einen kurzen Blick. „Tila, das ist eine großartige Idee", wisperte Aliak.

„Und du wolltest mich erst nicht mitnehmen!" Sie musste ein Kichern unterdrücken, grinste aber über das ganze Gesicht.

Moyla nahm ihre Hand und drückte sie fest.

„Wir schaffen das", flüsterte Tila.

Jarek schaute zum Himmel. Die Monde standen jetzt in der Mitte ihrer Bahn und ihr Schein war der hellste, den das Graulicht zu bieten hatte.

Es war Zeit.

Jarek erhob sich, umarmte Tila kurz, dann Moyla, die ihm einen Kuss auf den Mund gab, der in seinem Unterleib Sala zum Aufleuchten brachte, bevor er das Gefühl wieder unterdrückte.

Dann zog er seinen Armlangen Schneider und huschte zu dem Versteck, das er sich ausgesucht hatte, ohne einen der vielen Knochen zu berühren.

Folsog machte sich gleichzeitig auf den Weg zu seiner Felsspalte. Er war nicht so rasch wie Jarek, aber er setzte seine Füße ebenso sicher und erreichte seinen Platz ohne ein verdächtiges Geräusch.

Aliak hatte den Hebel des Splitters ausgeklappt und pumpte mit langsamen Bewegungen die Druckkammer noch einmal ganz voll. Es war Jarek schon aufgefallen, dass der Splitter in dieser großen Höhe die Luft nicht so gut halten wollte wie in der Ebene. Die Waffe verlor schon nach kurzer Zeit deutlich an Reichweite, wenn man sie nicht sorgfältig nachlud. Jetzt brauchten sie alle Durchschlagskraft, die der Splitter zu bieten hatte, und Aliak presste so viel Luft in den breiten Zylinder, wie er hineinbekam. Dann hatte er die Waffe wieder einsatzbereit und hob die Linke.

Moyla strich Tila einmal mit der Hand über den Kopf, die beiden nickten sich zu, dann gingen sie los.

Das Mädchen und die junge Frau hielten einen Abstand von etwa zwölf Schritt zueinander und gingen langsam auf die Höhle zu. Anders als die Männer vor ihnen achteten sie nicht darauf, was sich unter ihren Stiefeln befand. Ganz im Gegenteil. Sie sollten Lärm machen und traten gezielt auf die Knochen, die knackten und splitterten. Sie hatten sich der Höhle bis auf fünfzehn Schritt genähert, als ein unwilliges Schnauben daraus ertönte, dem ein trillernder Schrei folgte.

Der Große Höhler war erwacht.

Jareks Herzschlag, der sich nach dem Aufstieg wieder beruhigt hatte, beschleunigte ohne Verzögerung. Seine Muskeln spannten sich, der Blick war klar und scharf und die Ohren lauschten auf jedes noch so kleine Geräusch in der Finsternis wenige Schritt vor ihm. Er hielt den Armlangen Schneider in der Rechten und den kurzen Stecher in der Linken.

Jarek war bereit.

Alle waren sie bereit.

Der Große Höhler ließ sich Zeit. Jarek hörte das Scharren der Krallen über den harten Fels, als sich das Tier vorsichtig dem Übergang zwischen tiefstem Schatten und fahlem Licht näherte. Er setzte einen unbeholfenen Schritt vor den anderen.

Der Große Höhler war eines der schönsten, wendigsten und gleichzeitig bedrohlichsten Lebewesen, die Jarek jemals gesehen hatte. In der Luft. Am Boden bewegte er sich plump und unbeholfen und genau darin lag der große Vorteil der Jäger. Der Ausgang der Höhle war eng und bis zu den Stellen, an denen Moyla und Tila mit angehaltenem Atem warteten, war nicht genug Raum für den Reißer, die weiten Flügel zu spannen. Wenn er die Frauen haben wollte, musste er zu ihnen laufen.

Jarek hörte das Schnüffeln des Großen Höhlers und wusste, dass der die Witterung aufnahm und versuchte herauszufinden, was den Lärm verursacht hatte, der ihn geweckt hatte. Das Scharren der Krallen und das Schnaufen kamen näher und näher. Ein rascher Rundblick verriet Jarek, dass alle an ihren Plätzen und bereit waren. Folsog hatte sich tief in den Spalt gedrückt, der ihm Deckung geben sollte, und Aliak stand breitbeinig hinter dem Felsen, auf den er den Dreischüsser gelegt hatte, und zielte auf die Höhlenöffnung.

Der Reißer holte einmal scharf Luft und ein leiser, gurrender Ton entfuhr ihm. Die Bestie hatte die Frauen gerochen. Jetzt gäbe es kein Halten mehr. Das frische, weiche Fleisch würde den Großen Höhler anziehen wie ein neuer Kadaver die Schadlinge.

Mit einem Sprung überwand der Flugreißer die Grenze zwischen Hell und Dunkel und stand im Schein der Monde aufrecht vor seiner Höhle.

Jarek war ihm während des Kampfes weiter unten nie so nahe gekommen. Der Reißer war gewaltig. Jarek musste den Kopf weit heben, um seine Augen zu erkennen, die über die kleine Ebene vor seiner Höhle huschten. Keiner der Jäger rührte sich.

Die Köder standen wie erstarrt an ihren Plätzen, etwa fünfzehn Schritt von der Bestie entfernt. Jarek sah, dass Moylas Gesicht genauso bleich war wie Tilas, und sie schluckte einmal heftig.

Der Höhler ließ den Blick über das Gelände vor seinem Unterschlupf streifen und Jarek glaubte, sein Misstrauen zu erkennen. Das Tier war ein erfahrener Jäger. Der Höhler wusste, dass er sich die Beute in weiter Entfernung suchen, sie jagen und erlegen musste.

Beute kam nicht zu ihm nach oben.

Beute stand nicht reglos vor dem Eingang seiner Schlafstelle.

Der Höhler scharrte einmal unschlüssig mit der rechten Kralle, sodass kleine Splitter von Fels abplatzten, doch er griff noch immer nicht an.

Jarek fühlte, dass seine Kehle trocken war, aber er konnte sich nicht räuspern, ohne den Reißer auf den Hinterhalt aufmerksam zu machen.

Der Reißer bewegte sich nun. Jetzt musste es endlich so weit sein. Der Große Höhler machte einen kleinen Schritt vorwärts, Jarek spannte alle Muskeln an, doch dann drehte sich die riesige Bestie um, zeigte den Mädchen den Rücken, steckte den Kopf zurück ins Dunkel der Höhle und trällerte einen leisen Ruf.

Jarek schaute verblüfft zu Aliak, doch der hob genauso ratlos wie er die Schultern. Er hatte keine Ahnung, was das zu bedeuten hatte. Dann hörte Jarek etwas und sein Kopf fuhr herum. Tapsende Schritt erklangen aus dem Spalt im Felsen, ein heller Schrei, dann noch einer, und zwei Jungtiere drückten sich an ihrer Mutter vorbei ins Licht.

Jarek erstarrte vor Entsetzen.

Sie hatten es nicht mit einem Großen Höhler zu tun.

Es waren drei!

Mit einer zärtlichen Bewegung fuhr der Höhler seinen Jungen mit dem Maul über den Kopf, leckte einem der beiden kurz über die Flügel, dann drehte er sich um und starrte auf Moyla und Tila.

Jarek konnte das nackte Entsetzen in deren Augen erkennen.

Der Große Höhler machte eine kleine Bewegung mit den gefalteten Flügeln und schob seine Jungen in Richtung der Beute. Die beiden trippelten auf dem Fels und zögerten. Sie waren etwa halb so groß wie ihre Mutter, aber immer noch gewaltige Reißer mit riesigen Mäulern, und ihre Körper waren genauso mit Schuppen bedeckt wie die der Alten.

Ungeduldig schrie sie nun einen kreischenden Befehl heraus, die Köpfe der Jungen fuhren zu ihr herum, dann schauten sie zu Moyla und Tila und griffen an.

Jarek dachte nicht nach. In diesem Augenblick war er nur noch Jäger, war er nur noch Reißer, selbst eines der gefährlichsten Wesen Memianas, nur von seinen Instinkten und Reflexen getrieben und geleitet, und er rannte los. Als er am Großen Höhler vorbeihuschte, zuckte dieser überrascht zusammen und stieß einen Wutschrei aus, der auch eine Warnung war, aber die Jungen, die jetzt auch den Duft des leckeren, frischen Fleisches in der Nase hatten, achteten nicht darauf, was hinter ihnen vor sich ging. Sie rannten mit stolpernden, staksigen Schritten auf die Beute zu und versuchten dabei mit den Flügeln zu schlagen.

Jarek war mit drei Schritten an den langsameren der Jungreißer herangekommen, hob den Schneider mit beiden Händen und rammte ihn mit aller Kraft genau unter dem Ansatz der Schwinge durch die dort dünne Schicht der Schuppen, als der junge Höhler wieder die Flügel hob.

Der Schneider fuhr dem Tier in den Brustkorb. Es richtete sich weit auf und ließ einen hallenden Schmerzensschrei los. Jarek riss die Klinge mit beiden Händen nach hinten und vergrößerte so die tödliche Wunde noch weiter. Dann zog er die Waffe heraus und ein mehrere Schritt weit spritzender Blutschwall folgte, der auf die Felsen klatschte.

Der junge Höhler überschlug sich im Lauf und blieb zuckend liegen.

Der Wutschrei der Mutter ließ die Felsen der Höhle erzittern. Das andere Jungtier kam stolpernd zum Stehen, schaute sich nach seinem Bruder um, der zuckend am Boden lag, und schrie dann einen Klageruf heraus, wobei es den Kopf in Richtung des Abhangs drehte.

Drei Schüsse knallten in rascher Folge. Ein Projektil prallte am harten Maul ab, doch die beiden anderen fanden ihr Ziel. Das Kreischen des jungen Höhlers brach ab, ging in ein Gurgeln über, das Tier stürzte vornüber, prallte mit einem dumpfen, den Boden erschütternden Geräusch auf und rührte sich nicht mehr.

Der Große Höhler rannte schreiend und im engen Durchgang verzweifelt mit den Flügeln flatternd zu seinen beiden Jungen und stupste sie mit seinem großen Maul.

Das von Jarek verletzte Tier gab noch einen fiependen Laut von sich, dann fiel sein Kopf nach hinten und es rührte sich nicht mehr.

Das Mutterter richtete sich auf, legte den Kopf in den Nacken und brüllte seinen Schmerz, seine Wut und seinen Hass ins Graulicht, dass das Echo von den weit entfernten, tiefer liegenden Bergen zurückhallte und Jareks Ohren schmerzten.

„Deckung!", schrie Jarek den Frauen zu.

Der Kopf des Großen Höhlers fuhr zu ihm herum. Jarek blickte aus wenigen Schritt Entfernung in die blutunterlaufenen Augen und sah den Tod. Er hatte kaum die Gelegenheit, den Armlangen Schneider zur Abwehr zu erheben, da schnappte der Höhler auch schon nach ihm. Jarek wehrte den Angriff mit einem Hieb gegen das feraharte Maul ab, der seinen Arm fast taub werden ließ. Es war, als hätte er direkt gegen das Felsmassiv geschlagen. Geifernd und schnappend folgte der Höhler mit kurzen Schritten Jarek, der rückwärts in Richtung der seitlichen Wand floh, an der es keinen Unterschlupf gab, kein Entrinnen.

Mit einem lauten Kampfschrei, der den Höhler verharren ließ, sprang Folsog aus seinem Versteck und versetzte dem

Reißer einen wirkungslosen Hieb gegen den linken Flügel. Aber das Tier drehte sich rasch nach ihm um. Blitzschnell stieß das Maul zu und Folsog wurde am Arm getroffen und zur Seite geschleudert. Sein Schneider landete klappernd zwischen den Felsen.

Der Kopf des Höhlers drehte sich langsam wieder zu Jarek, der deckungslos als leichte Beute da stand.

„Hier sind wir, du Bestie!" Moyla und Tila hatten ihre Schneider gezogen und schlugen von zwei Seiten auf den Großen Höhler ein. Moyla gelang es, die empfindliche Stelle unter dem rechten Flügel zu treffen, aber der Schneider drang nicht tief ein. Trotzdem gab der Höhler einen Schmerzensschrei von sich und schlug mit einer Kralle nach der jungen Frau. Sie warf sich zu Boden und rollte sich zur Seite, der Fuß des Höhlers versuchte sie zu packen und Felssplitter flogen. Jarek sprang vor und stieß nach der Stelle, die Moyla schon verletzt hatte, und traf. Der Höhler ließ von Moyla ab, warf sich herum und der halb ausgeklappte Flügel fegte Jarek zur Seite.

Er überschlug sich auf dem Boden, sah die Felskante auf sich zukommen, versuchte noch, den Kopf zu drehen, doch dann schlug er auf, vor seinen Augen leuchtete es strahlend hell und dann wurde es schwarz. Jarek setzte sich auf, schüttelte kurz den Kopf, spürte den Schmerz und höre das Kreischen des Reißers, das Geschrei von Tila und Moyla und irgendwo darunter das hastige Fluppen des Hebels von Aliaks Splitter. Der Xeno versuchte, die Waffe wieder schussbereit zu bekommen, bevor eine der Frauen starb.

Oder beide.

Moyla und Tila kämpften um ihr Leben. Sie hatten ihre Schneider in der Hand, aber nichts in Reichweite, was als Deckung dienen konnte. Sie wirbelten die Waffen herum, parierten Krallenhiebe und Schnapper mit dem Maul, doch ihre Bewegungen wurden immer schwächer, während der Reißer sie wütend in Richtung des Abgrunds trieb und seine Flügel immer mehr entfaltete.

Wenn es ihm gelang, in die Luft zu kommen, wäre das ihrer aller Ende. Jareks Kopf dröhnte, die Ohren pfiffen, das Herz schlug dreimal so schnell wie sonst im Graulicht. Er raffte sich auf, stolperte dem Großen Höhler hinterher, der Tila einen tiefen Riss am Arm versetzte, hob den Armlangen Schneider und rammte ihn in dem Augenblick dem Reißer unter den großen Flügelknochen, als der die Schwingen vollends entfalten wollte.

Stolpernd kam der Große Höhler zu einem Halt, riss das Maul auf und brüllte gurgelnd. Ein Schuss knallte. Noch einer und nach einem Augenblick ein dritter.

Der Große Höhler erstarrte.

Jarek erstarrte.

Alle hielten mitten in der Bewegung inne und schauten auf den größten Reißer Memianas.

Der Große Höhler fiel nicht.

Er stand regungslos, als hätte Ili oder Mareibe ihn aus Stein geschlagen.

Er bewegte sich nicht.

Einen Augenblick. Noch einen und noch einen.

Dann sah Jarek das Blut. Es lief in einem dünnen Rinnsal vom Maul des Reißers herab, über die glänzenden, hellen Schuppen und tropfte zu Boden, wo der Fels es mit einem saugenden Geräusch aufnahm.

Alle standen und starrten noch immer.

Dann machte der Höhler einen Schritt auf Aliak zu, der zum sicheren Zielen seine Deckung verlassen hatte und kurz vor dem Abgrund stand.

Der Große Höhler tapste mit hängenden, ausgebreiteten Flügeln auf den Jäger zu.

Aliak ließ den Splitter fallen, sprang mit einem weiten Satz zur Seite, rollte sich über den Boden und warf sich hinter einen Felsen.

Der Höhler folgte ihm nicht. Er hatte ihm nicht einen einzigen Blick gegönnt. Er stolperte weiter, einen mühevollen Schritt nach dem anderen, bis zum Rand des Abgrunds. Dort verharrte er einen Augenblick, schwankte vor, dann zurück, wieder vor, dann kippte er darüber und fiel.

Jarek eilte nach vorne, warf sich auf den Bauch, spürte sofort links neben sich Moyla, auf der anderen Seite Tila, und sie starrten alle nach unten. Der Große Höhler fiel und fiel und fiel. Immer kleiner wurde die Gestalt, aber er entfaltete nicht die Flügel. Er schwang sich nicht wieder in die Luft, um von seinem Element getragen den eigenen Angriff zu beginnen. Er wurde nur kleiner, kleiner und kleiner, bis er fast außer Sicht verschwand.

Dann drang das kleine, dumpfe Geräusch des Aufschlags herauf. Der Große Höhler war auf den Felsen geprallt, dreitausend Schritt unter ihnen.

Jarek richtete sich auf, schaute zu Moyla, die unverletzt erschien, dann zu Tila, die ihren blutenden Arm mit der Linken umklammert hielt. Er hörte die schlurfenden Schritte, als Folsog heranstolperte, und Aliaks rasche Tritte, der aus seinem letzten Versteck herüberkam und sich nun neben die Gefährten kniete.

Sie schwiegen alle und atmeten tief.

Ein, aus, ein, aus, bis sich der rasende Herzschlag wieder etwas beruhigt hatte.

„Ist er tot?" Aliak schaute über den Rand des Abgrunds und versuchte, dort unten irgendetwas zu erkennen.

„Ja", antwortete Jarek.

Aliak schaute Jarek an, dann umarmte er seine Schwester. Moyla strahlte, zog Jarek zu sich, Tila klammerte sich an ihren Anführer und Folsog schloss den Kreis.

Aliak legte den Kopf in den Nacken und stieß einen Jubelruf aus, in den die anderen vier einstimmten, dass der Felsspalt des Großen Höhlers ein letztes Mal erzitterte.

Von unten, dreihundert Schritt tiefer, wurde der Schrei erwidert. Die zurückgebliebenen Gefährten hatten sie gehört. Alle wussten, was es bedeutete.

Es war vollbracht.

Sie hatten gewonnen.

Sie hatten den Großen Höhler der Salaspitze besiegt.

Aliak strahlte Jarek an, der sich von Moyla befreite, die Arme ausbreitete und den jungen Xeno an sich zog.

„Man wird Lieder über diese Jagd singen. In alle Ewigkeit, in allen Schänken, rund um den Pfad", sagte Jarek. „Du hast den Großen Höhler gejagt. Und du hast nicht einen erlegt. Sondern zwei. Das ist vor dir noch nie einem Menschen gelungen." Jarek schob den Freund ein Stück zurück, legte die Hände auf seine Schultern und betrachtete den erschöpften Aliak, der aufrecht vor ihm stand. Er zeigte die Selbstsicherheit und Gelassenheit eines erfolgreichen Anführers, von dem man weithin hören und reden würde. Jarek lächelte.

„Ich möchte mich bei dir bedanken", sagte er leise, aber mit fester Stimme, und alle sahen ihn an. „Es war mir eine besondere Ehre, dass ich unter dir an dieser Jagd teilnehmen durfte - Ältester des Clans der Aliak."

Die Salaspitze ragte über ihnen auf. Wenn Jarek sich etwas zurücklehnte, so weit es der sichere Halt in der steilen Wand zuließ, dann konnte er weit oben den kleinen Überhang sehen, über dem der Unterschlupf des Großen Höhlers und seiner Jungen lag.

Doch mit jeder Mannslänge, die Jarek sich hinabließ, verschwand die Höhle ein wenig mehr aus der Sicht, und gleichzeitig fühlte er, dass er immer leichter atmen konnte.

Es waren nicht nur die Anspannung und die Angst, die nicht mehr auf die Lungen drückten. Die Luft an sich war wieder dichter geworden, sodass alle nach und nach wieder in ihren gewohnten Atemrhythmus gefallen waren. Die Herzen mussten nicht mehr so rasend schlagen, um den überanstrengten Körper mit dem frischen Blut zu versorgen, das ihre stechenden Muskeln so dringend benötigten.

Sie waren erschöpft und Jarek wusste, dass alle schon lange von den geheimen Reserven zehrten, die jeder irgendwo tief in sich verborgen hatte, um in überraschenden Notfällen doch noch zu überleben.

Sie befanden sich in keinem überraschenden Notfall.

Sie hatten diese Lage selbst herbeigeführt und jeder hatte gewusst, dass es so weit kommen würde. Aber es änderte nichts daran, dass ein jeder von ihnen an seine Grenze gehen musste. Und viele waren bereits einen weiten Schritt darüber hinaus. Trotzdem fiel Jarek jeder Handgriff und jeder Schritt, jedes Anspannen der Arme und Beine wunderbar leicht. Es war ein gewaltiger Unterschied, ob man einen Aufstieg mit ungewissem Ausgang vor sich hatte oder einen Abstieg als siegreicher Jagdtrupp.

Die Oberschenkel waren trotz der Erschöpfung unverkrampft, die Schultern kräftig, obwohl sie schwer an den Rückenbeuteln zu tragen hatten, die nun zwar weniger Nahrmittel zum Inhalt hatten, dafür aber die vielen Teile der Panzer der kleinen Flugreißer, die ihr Leben oben vor der Höhle gelassen hatten.

Jeder, der an der Jagd beteiligt gewesen war, trug stolz die kleine, helle, strahlende Schuppe unter seinen Trophäen. Aliak hatte sie selbst mit einem Schneider vom Hals des Jungtiers gehebelt und mit Hilfe eines harten, feinen Bohrers durchlöchert, sodass jeder sie an seiner Kette befestigen konnte.

Jeder Xeno, der auf diesem Jagdzug dabei gewesen war, war nun eines der ersten Mitglieder des Clans der Aliak. Jeder würde eine herausragende Stellung in dieser Gemeinschaft einnehmen, ganz gleich, wer sich ihnen in naher oder ferner Zukunft noch anschließen würde.

Es würden viele kommen, da waren sich Jarek und Aliak einig. Die Nachricht von dieser unglaublichen Jagd, bei der sie nur zwei Männer verloren, aber drei Große Höhler erlegt hatten, würde mit rasender Geschwindigkeit rund um Memiana laufen, sobald sie wieder bewohntes Gebiet erreicht hätten. Es wären sicher viele, denen ihr eigener Clan keine große Zukunft versprechen konnte und die sich nur zu gerne dem Helden dieser Jagd anschließen würden.

Jarek schaute nach unten und er erkannte das Ziel ihres Abstiegs. Er dauerte nun schon drei Lichte. Sie nahmen einen ganz anderen Weg als beim Aufstieg.

Der Große Höhler lag nun keine dreihundert Schritt mehr unter ihnen auf einer weiten, schrägen Ebene, von der aus sie einen nicht mehr so schwer zu begehenden Weg zurück zum Pfad finden würden.

Obwohl sie nun wieder in die niedrigeren Bereiche des Raakmassivs gelangt waren, hatten sich keine Aaser über den Kadaver des abgestürzten Reißers hergemacht. Sie waren immer noch in einer Höhe, in die sich kein anderes Lebewesen wagte. Nicht einmal die sonst allgegenwärtigen Schader und Schwanzlinge ließen sich hier blicken. So lag der tote Große Höhler noch immer völlig unberührt an der Stelle, an der er nach dem tiefen Sturz aufgeschlagen war.

„Wir rasten auf dem Absatz", rief Aliak, der sich etwa zehn Schritt über Jarek in der Wand befand. Der Anführer deutete nach links, wo sich ein kleiner Einschnitt im Berg befand, auf dem genug Platz für alle war, sich niederzulassen und eine Pause einzulegen.

„Ja", stimmte Jarek Aliak zu. „Die Seiler brauchen eine Pause."

Das größte Problem war nicht der Abstieg an sich.

Das größte Problem waren die drei schwerverletzten Jäger, die der Höhler im Kampf im Gelblicht verwundet hatte. Sie konnten nicht selbst klettern. Es gab nur die eine Möglichkeit: Sie mussten die drei Männer abseilen.

Es war eine mühsame und zeitraubende Arbeit. Aliak hatte zwar zwanzig Ferahaken und Ösen mitbringen lassen, aber es waren nicht genug, um sie einfach im Fels zu lassen.

Aliak, Jarek und Moyla erkundeten den Weg nach unten. Ein kleiner Trupp folgte und schlug die Halter in Felsspalten, woraufhin durch die Ringe das Seil aus Foogschwanzhaar gezogen wurde. Sie hatten alle Seile, die sie besaßen, zu einem einzigen, langen verbunden, um die manchmal fünfzig Schritt tiefen Abschnitte zu überwinden.

An dem Seil wurden die Verletzten vorsichtig bis auf den nächsten Absatz hinabgelassen, einer nach dem anderen. Dann musste ein anderer Trupp die Haken wieder aus dem Fels lösen, um sie weiter unten neu anzusetzen, woraufhin alles von vorne begann.

Es war nicht leicht, einen Weg zu finden, der genug Absätze im Fels bot, um die Verwundeten immer wieder abzulegen. Wären alle jagdbereit gewesen und hätten den direkten Weg nach unten nehmen können, hätten sie ihr Ziel schon längst erreicht. Aber so waren sie gezwungen, mit häufigen Richtungswechseln über die gesamte Breite der Salaspitze hinab zu klettern.

Doch nun hatten sie es bald geschafft.

Noch zweimal mussten die Verletzten abgeseilt werden, dann wäre die Ebene erreicht. Dann konnten sie gehen, ohne sich irgendwo festhalten zu müssen, und sie konnten die Verwundeten tragen.

Jarek ließ sich am Rand des Absatzes nieder, mit genug Platz für die Seiler. Sie würden bald unten ankommen und den ersten Verletzten herablassen. Nicht viel später erschien Aliak und setzte sich neben ihn. Moyla ließ sich die letzte Mannslänge vom Felsen fallen und landete leichtfüßig und geräuschlos neben den beiden Männern. Die Höhlerschuppe klapperte leise zwischen den anderen Trophäen an ihrer Kette.

Moyla suchte sich den Platz neben Aliak, nahm ihren Rückenbeutel ab, holte eine Handvoll Schwimmerfleisch heraus und bot es ihrem Bruder und Jarek an.

Die Vorräte gingen langsam zur Neige und es war gut, dass sie bald unten waren. Es war noch ein Gewaltmarsch von vier Lichten, bis sie den Pfad wieder erreichen würden. Dann folgte noch einmal ein weiterer Lichtweg, bis sie zu einer dauerhaft bewohnten menschlichen Ansiedlung kämen. Doch Aliak hoffte, bereits unterwegs Reisende zu treffen, denen sie Nahrmittel abhandeln konnten.

„Was denkst du, Jarek? Wie lange wird es dauern?" Aliak setzte das Gespräch fort, das sie bei der letzten Rast nicht beenden konnten.

Jarek hatte mit dem Ältesten des neuen Clans das weitere Vorgehen besprochen. Er selbst würde eine Nachricht an Nahit schicken und ihm mitteilen, dass sich ein neuer Clan um den Kontrakt zum Schutz der Memo bewarb. Jarek würde den Clan der Aliak selbstverständlich dringend empfehlen.

Jarek hatte Aliak weder den Namen des Ältesten der Sicherheit nennen können, noch hatte er die Stadt der Memo aussprechen oder auch nur eine Andeutung machen können, dass es eine solche überhaupt gab. Diese Geheimnisse konnte er keinem Außenstehenden verraten. Sie waren fest verschlossen und bewahrt in der Memokammer, in der sie mit dem geheimen Wort „Mindo" gesichert waren, das

Wort, das alles betraf und im Verstand des Memos verbarg, das einzig und alleine sein Volk etwas anging.

Aliaks Frage konnte Jarek auch nicht so beantworten, dass dieser eigene Überlegungen über die Entfernung zur Memostadt anstellen konnte. Jarek wusste, dass eine Botschaft, die er in Pigguli abschickte, Mindola auf dem direkten Weg in sechs Lichten erreichen konnte. Also wäre eine Antwort in zwölf Lichten denkbar. Doch das konnte er nicht sagen.

So antwortete er: „Es wird einige Zeit dauern. Am besten wartet ihr nicht in einer so kleinen Ansiedlung wie Pigguli."

„Was schlägst du stattdessen vor?"

„Kirusk." Die Antwort war da, ohne dass Jarek darüber nachgedacht hatte. Der Memoverstand hatte alle Möglichkeiten erwogen, während sie gesprochen hatten, und Jarek hatte das Ergebnis einfach weitergegeben.

Moyla beugte sich vor und sah Jarek mit großen Augen an. „Kirusk? Da wollte ich schon immer mal wieder hin."

„Du warst schon mal dort?"

Moyla lächelte und nickte. „Als kleines Mädchen. Das ist schon so lange her."

Jarek nickte. „Ja", sagte er leise. „Das muss lange her sein."

„Ich hatte versprochen, auf dich aufzupassen", hatte Jarek geflüstert, als sie wieder auf dem kleinen Absatz angekommen waren, auf dem sie die Verletzten und Erschöpften zurückgelassen hatten. Diese hatten sie wild umjubelt. Jarek hatte Moyla in den Arm genommen und sie an sich gezogen und ihr ins Ohr geraunt: „Manchmal können Gefühle täuschen. Die Jagd ist vorbei. Und du lebst."

Moyla hatte Jarek tief in die Augen gesehen. „Ja. Manchmal können Gefühle täuschen."

Sie hatte Jarek auf die Wange geküsst und sich dann sanft von ihm gelöst. Jarek hatte noch die Erinnerung an ihren festen Körper, an ihre Brust an seiner, und er hatte den unverwechselbaren Geruch noch in der Nase, ihre Haare, ihren Schweiß und ein wenig Blut darunter. Doch das war das letzte Mal gewesen, dass er ihr so nahe gekommen war.

Moyla hatte ihn um etwas gebeten und er hatte ihr den Wunsch erfüllt.

Einmal.

Dabei würde es bleiben, das fühlte Jarek. Er fragte sich immer wieder, ob er sich wünschte, dass in diesem Fall sein Gefühl falsch war, während seine Hände, Arme und Beine die richtigen Bewegungen ganz von selbst ausführten, die zum sicheren Abstieg notwendig waren. Doch eine Antwort auf diese Frage hatte er bislang nicht gefunden. Auch nicht, wenn er im Graulicht wachlag und sich sein Körper nach Moylas Wärme und Nähe sehnte.

Aliaks Schwester lagerte mitten zwischen den anderen. Sehr oft war ihr Platz direkt neben der kleinen, zähen Tila, die ihre Schuppe mit besonderem Stolz trug, oder neben ihrem Bruder. Jarek machte keinen Versuch, sich in ihre Nähe zu bewegen.

„Kirusk bietet viele Vorteile", erklärte Jarek Aliak. „Es gibt dort sehr gute Näher, die sich um die Verletzten kümmern können. Außerdem sind in der Stadt der Kir viele Clans der Xeno. Aus denen werden sich eine ganze Menge Männer und Frauen den Aliak anschließen wollen, wenn erst einmal bekannt wird, dass ihr in der Stadt seid."

„Kirusk." Aliak nickte. Jarek hatte ihn überzeugt. „Das ist ein guter Rat."

„Und für eine andere Sache ist Kirusk auch der beste Ort", ergänzte Jarek. „Der Kontrakt sieht vor, dass ihr die Memo auf ihren Reisen begleitet. Also müsst ihr alle lernen, auf Kronen zu reiten und sie zu beherrschen. Und das könnt ihr am besten in Kirusk."

„Reiten! Darauf freue ich mich am meisten", sagte Aliak mit einem sehnsüchtigen Ausdruck im Gesicht. „Was ist das für ein Gefühl?"

„Wie Fliegen. Nur am Boden", antwortete Jarek und schaute dabei zu Moyla. Aber deren Blick ging nur weit über das Land und dann in den Himmel, an dem Sala im letzten Kvart stand. Sie reagierte nicht auf seine Bemerkung.

Inzwischen war der erste Verletzte auf dem kleinen Felsvorsprung angekommen. Es war Kett, der wegen seines zerfetzten Arms nicht klettern konnte. Der Schütze bedauerte es nach wie vor, dass er beim letzten Teil der Jagd ganz oben nicht dabei gewesen war. Doch auch er hatte seine Höhlerschuppe erhalten wie alle, die einen Beitrag zum Gelingen geleistet hatten.

„Jetzt haben wir es bald geschafft", meinte Kett und stieg ohne Hilfe aus der Sitzschlinge. Er ging vor zum Rand und schaute hinunter. „Da liegt er. Der ganz Große Höhler." Alle sahen hinab zum Kadaver des Tieres, das bereits aus dieser Höhe und Entfernung riesig aussah. „Man mag es kaum glauben, dass ihr ihn erlegt habt. Und dann auch noch die beiden Jungtiere dazu. ‚Das Wunder von der Salaspitze' wird man das Lied nennen. Denkt an meine Worte."

„Das Wunder." Moyla dachte kurz darüber nach, lächelte dann. „Gefällt mir."

Sie schluckte den letzten Rest Schwimmer herunter, schloss den Rückenbeutel, setzte ihn auf und erhob sich. „Wollen wir? Hier wird es eng."

Tatsächlich waren drei weitere Xeno angekommen, die oben die Haken aus dem Fels geschlagen hatten.

„Ja", antwortete Aliak und machte sich ebenfalls bereit. „Suchen wir den letzten Weg."

Moyla machte den Anfang. Sie ging in die Knie, drehte sich mit dem Rücken zum Abgrund und ihre Finger fanden den sicheren Halt in den Felsspalten. Sie ließ sich ein Stück hinab. „Wir sehen uns dann unten", sagte sie und ihr Kopf verschwand hinter der Kante des Absatzes.

„Bei unserer Beute." Aliak nickte.

Von oben erklangen die Hammerschläge der Seiler, die für das letzte Stück die Haken einschlugen. Sie würden sie dieses Mal nicht mehr mühsam lösen, sondern hier lassen. Vielleicht würden sie in ferner Zukunft einmal andere Jäger entdecken und nutzen. Wenn irgendwann einmal der tiefe Felsspalt weit oben wieder von einem Großen Höhler bewohnt wurde, den zu erlegen sie sich aufgemacht hatten. Aber vielleicht würde auch nie wieder ein Mensch diesen Teil des höchsten Berges von Memiana betreten.

Jarek folgte Moyla, die mit dem ihr eigenen Gespür die besten Stellen fand, an die sich ihre Hände festklammern und Füße sicheren Tritt finden konnten. Er kam rasch näher und war bald nur noch knapp über ihr. Moyla hielt sich mit nur einem Fuß und einer Hand, wie Jarek es immer wieder von ihr gesehen hatte und suchte nach dem nächsten, festen Griff, der nicht so leicht zu finden war.

„Probleme?", fragte er.

„Nein", kam es von Moyla herauf. „Ich will nur sicher sein."

„Wir haben Zeit", antwortete Jarek und schaute nach oben. Fünf Schritt über sich erkannte er Aliak, der bedächtig seinen eigenen Weg in der letzten Steilwand suchte.

Dann zuckte Jarek zusammen.

Das Geräusch war nicht laut und zwischen den Rufen der Seiler, dem Hämmern und den Stimmen der Xeno, die nicht weit über ihnen noch auf dem Absatz rasteten und sich unterhielten, wäre es fast verschwunden. Aber Jarek krallte sich in die Wand.

Es war ein Knacken gewesen. Von brechendem Stein. Und da war es wieder.

Ein rascher Blick versicherte Jarek, dass der Fels um seine Hände unverändert war. Dann schaute er nach unten und sah es. An dem Felsvorsprung, an dem sich Moyla mit der Rechten festhielt, zeigte sich ein Riss, der rasch breiter wurde.

Jarek musste nichts sagen, nichts rufen, nicht schreien.

Moyla wusste selbst genau, was passierte. Hastig kratzte ihre Linke über die Felswand und suchte nach einem Halt und fand ihn. Aber der Riss im Vorsprung weitete sich krachend immer mehr und Jarek erkannte, dass sich da ein großes Stück löste. Moyla versuchte, sich an der linken Hand herumzuschwingen, während sie entsetzt auf den Felsen starrte, der sich knisternd immer weiter von Wand entfernte.

Jareks Blick fand ihren und er konnte an ihren Lippen sehen, was sie flüsterte: „Danke, Jarek."

Dann brach der ganze Felsblock mit einem lauten Krachen, das alle anderen Geräusche am Berg übertönte. Er schwankte, fiel, schlug Moylas linke Hand aus ihrem Halt und sie kippte hintenüber.

„Moyla!!!" Jareks Schrei hallte von der Salaspitze wieder, als die junge Xeno stürzte.

Jarek starrte hinterher und sah als Letztes eine gefasste Ruhe in ihrem Blick und die Gewissheit, dass nun doch das eintreten würde, was sie die ganze Zeit geahnt und mit dem sie sich längst abgefunden hatte. Sie drehte sich in der Luft, schaute hinab und breitete die Arme weit aus. Doch es waren keine Flügel und der Himmel wollte sie nicht tragen und Moyla fiel ohne einen Laut.

Es war Tila, die sie endlich fand. Ihr Schrei rief alle anderen zusammen und so standen sie wortlos um den Kadaver des Großen Höhlers, auf dessen ausgestrecktem, mehrfach gebrochenen Flügel Moyla lag.

Ihre Haut war noch warm, obwohl das Graulicht bereits eingesetzt hatte, als sie endlich unten angekommen waren und mit der Suche begonnen hatten. Ihre Augen waren weit geöffnet und ihr Gesicht noch immer so ruhig wie während des Sturzes und Jarek glaubte, ein kleines Lächeln um ihre Mundwinkel erkennen zu können.

Tila kniete neben Moylas Leiche und schluchzte. Sie hatte ihre Hand genommen und streichelte sie immer wieder.

Aliak stand fassungslos einen Schritt neben dem toten Körper seiner Schwester. „Wir hatten es geschafft", flüsterte er. „Wir hatten es doch fast geschafft." Tränen liefen ihm über die Wangen und seine Hand suchte die von Jarek und klammerte sich daran.

Nach und nach sammelten sich alle Überlebenden um die Stelle, an der das Ziel des gefährlichen Jagdzugs zusammen mit seinem letzten Opfer lag.

„Ich hätte zuerst gehen sollen", sagte Aliak und räusperte sich. „Ich!", wiederholte er lauter, aber Jarek schüttelte entschieden den Kopf.

„Du trägst keine Schuld, Aliak. Keine."

„Ich hätte vorangehen müssen", wiederholte der junge Älteste verzweifelt. „Es war meine Aufgabe als Anführer."

„Es hätte nichts daran geändert", sagte Jarek so leise, dass nur Aliak ihn hören konnte. „Sie hatte es gewusst, Aliak. Moyla hatte gewusst, dass sie von dieser Jagd nicht zurückkehren würde."

Aliak sah Jarek mit weit geöffneten Augen an. „Ist das wahr?", hauchte er.

„Sie hat es mir gesagt."

Aliak schwieg, dann trat er einen Schritt vor und kniete sich neben seine tote Schwester. Jarek zog Tila sanft auf die Beine und das Mädchen, das sich so unglaublich zäh und tapfer auf dieser Jagd bewährt hatte, klammerte sich weinend und schluchzend an ihn.

„„„Ich wollte immer werden wie Moyla. Immer", hauchte sie.

„Das wirst du", flüsterte Jarek.

„Was sollen wir mit ihr tun?", fragte Aliak und Jarek verstand, was er meinte.

„Ich will nicht, dass sie irgendjemand hier so sieht", sagte er. „Ich will nicht, dass sie da liegen bleibt. Wir sollten sie unter Steinen begraben."

Alle machten sich daran, kleine und größere Felsbrocken zu sammeln, die überall herumlagen, während Jarek die wenigen Schritte zu der Leiche der Frau tat, die noch vor wenigen Lichten unter seinen Deckenmänteln gelegen hatte, deren weiche Haut er getastet, gerochen und geschmeckt hatte und deren Stimme er noch immer hörte. Er schob beide Arme unter sie und spürte die Nässe ihres Blutes und die zersplitterten Knochen. Der ganze Körper war zerschmettert. Moyla musste sofort tot gewesen sein, als sie endlich den Boden erreicht hatte, und es war der einzige Trost, den Jarek fand. Sie hatte nicht viel gelitten und zuvor hatte sie sich noch an ihrem letzten Traum versucht: Moyla war geflogen.

Jarek wollte es nicht, der Jäger wollte es nicht, der Beschützer und auch der Wächter wollten es nicht, aber es war trotzdem wieder da, das grauenhafte, nagende, beißende Gefühl des Verlustes, des endgültigen. Er konnte es noch so oft in die Kammer der Schmerzen verbannen. Es würde wieder erscheinen, wieder und wieder und würde ihn mit den Bildern überfallen. Mit denen des Bruders Kobar in seinem Blut und nun auch mit Moylas reglosem, zerbrochenem Körper auf dem Großen Höhler, dessen aufgerissenes Maul einen letzten, höhnischen Triumph herauszulachen schien. Sie hatten ihn zwar getötet, er hatte Jarek aber am Ende doch noch etwas genommen, die Frau, die ihm so nahe gekommen war wie noch keine vor ihr. Die Frau, die die erste gewesen war, mit der er sich vereinigt hatte, und die dies immer bleiben würde, im Leben wie im Tod.

Jarek legte Moyla in eine flache Senke direkt im Schatten eines aufrecht stehenden Felsblocks. Aliak zog den Stecher und schnitt ihre Trophäenkette ab. Jarek baute eine kleine Höhle aus Steinen über ihrem Kopf. Er wollte nicht, dass ihr Gesicht direkt von den schweren Felsbrocken berührt wurde. Er setzte zwei flache Steine so auf die Unterlage, die er rechts und links ihrer Wangen gebildet hatte, dass ein Spalt über ihren Augen offen blieb.

Aliak sah Jarek fragend an.

„Sie soll den Himmel sehen", sagte er leise und erhob sich.

Jeder der Xeno des jungen Clans fügte Steine hinzu, sodass Moylas Körper nach und nach unter dem grauschwarzen Fels verschwand. Aliak setzte den letzten.

Dann drehte er sich zu seinen Männern und Frauen um, die in einem Halbkreis mit gesenkten Köpfen dastanden, wird wird richtete sich auf, hob das Kinn und sprach mit der festen Stimme des Anführers. „Mein Clan wird nicht den Namen Aliak tragen."

Langsam hoben die Xeno die Blicke und schauten ihn fragend an.

„Ich werde der Älteste des Clans der Moyla sein", fuhr Aliak fort und seine Stimme schwankte nur einmal ein wenig. „Es soll ihre Statue sein, die an der ersten Stelle unseres Ahnenkreises steht, den wir dort errichten, wo wir uns niederlassen. Ihre Statue wird diese Kette der Reißer tragen, die sie erlegt hat, und der Große Höhler wird darunter sein. Wir werden Moylas Namen tragen. Sie hat jeden von uns geliebt und wir haben sie geliebt. Ich will, dass meine Schwester niemals vergessen wird, solange unser Clan besteht. Wenn einer von euch Einwände gegen meinen Wunsch hat, dann mag er sie jetzt vorbringen."

Alle schüttelten die Köpfe.

„Dann ist es so. Wir sind von diesem Licht an der Clan der Moyla."

Nacheinander traten Aliaks Xeno vor und legten ihm in der Geste der Trauer die Linke auf die Schulter. In ihren Augen war nichts anderes zu sehen als Zustimmung und der Stolz, von nun an den Namen der Toten zu tragen.

Jarek war der letzte in der Reihe.

Dann drehte Aliak sich um, zog seinen Schneider und ging auf den Großen Höhler zu.

Der Älteste würde nicht schlafen oder ruhen, bis er aus den Schuppen des Ungeheuers den Brustpanzer gefertigt hatte, der das Zeichen des freien Clanführers war, so verlangte es die Regel. Erst dann würden sie aufbrechen.

Man würde Lieder singen, rund um den Pfad.

Lieder über den Ältesten der Moyla und seinen verwegenen Jagdzug hinauf auf die Salaspitze, wo sie drei Große Höhler erlegten. Dabei verloren sie nur zwei Männer.

Und eine Frau.

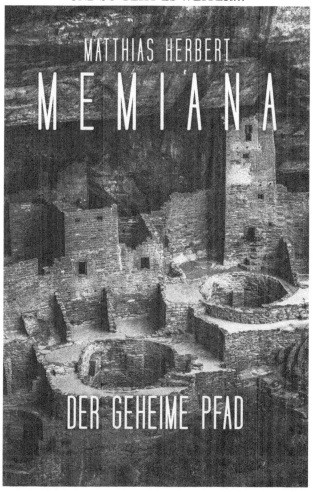

Jarek überquert mit den Tyrolo das Raakgebirge. Auf der anderen Seite des Passes erfährt er endlich das gut gehütete Geheimnis des Clans. Sollte der verwegene Plan der Tyrolo gelingen, wird er das Leben aller Menschen auf ganz Memiana verändern. Endlich kann Jarek all sein Wissen und seine Fähigkeiten einbringen. Er stürzt sich mit Begeisterung und Ausdauer in die Arbeit. Die Trauer um die Menschen, die er verloren hat, tritt hinter die Herausforderungen zurück, die sein neues Leben an ihn stellt.

Doch die Vergangenheit findet ihn auch jenseits des Raakgebirges. Jarek erfährt, dass der Raubmörder Ollo eine neue Bande um sich versammelt hat und für Angst und Schrecken sorgt. Das gefährliche Rauschmittel Coloro verbreitet sich immer mehr und wird zu einem ernsten Problem. Eine unerwartete Begegnung bringt Jareks Gefühle völlig durcheinander. Plötzlich ist alles, was er und die Tyrolo bis dahin geschaffen haben, in allergrößter Gefahr. Und Jarek ist der einzige Mann, der die Menschen retten kann, die er liebgewonnen hat.

MEMIANA.DE

Mehr über Memiana und die Helden der Saga gibt es auf

www.memiana.de

sowie auf der Facebook-Präsenz

https://www.facebook.com/memiana.welt

Dort findet man fast täglich Extras und Meldungen über die Welt ohne Pflanzen, in der es niemals dunkel wird, Artwork, Berichte über Arbeitsfortschritte und noch viel mehr.

Matthias Herbert

wurde 1960 in Darmstadt geboren. Nach einem bis dahin eher ereignisarmen Leben machte er 1979 das Abitur und wurde zum Entsetzen vieler Polizist. Nicht zuletzt zu seinem eigenen. Das steigerte sich rapide, als er den Dienst antrat und sehr schnell feststellen musste, dass man ihm erst beibrachte, was im Gesetz steht – und dann, wie man ungestraft gegen alles verstößt. Da er zudem weder als meinungsloser Befehlsempfänger noch als Schläger auf Kommando zu gebrauchen war, stand er bald vor der Wahl, depressiv zu werden oder mit dem Schreiben zu beginnen. M. H. wählte eine Mischform: Er verfasste fortan kaum verständliche und traurige Prosa. Nach drei Jahren zog er die Uniform aus und hat seitdem eine Allergie gegen grüne Kleidung. Bekam dann in friedensbewegten Zeiten einen akuten Anfall von barfußlaufender Alternativitis und wollte extrempazifistisch Gartenbau studieren. Schaffte es aber nur bis zum Assistenten der Geschäftsführung bei einem Importeur von Pflanzen. Der intensive Kontakte zu kalabrischen Familienunternehmen pflegte. Das Kriminelle sollte den zu der Zeit orientierungslos vor sich hin Schreibenden nicht mehr verlassen.
Einmal Bulle – immer Bulle.
Da auch Wurzeln und Blätter nicht das Wahre waren, verabschiedete sich M. H. nach einem Jahr von dem Gemüse und schrieb sich zum Studium von Germanistik, Buchwesen und Publizistik in Mainz ein. Ein gleichzeitig eintreffender, unbedeutender Nachwuchsliteraturpreis überzeugte ihn davon, dass er als Autor vielleicht doch nicht talentfrei war. Das zum Preis gehörende Seminar vermittelte jedoch mehr den Eindruck, Literatur werde aus Alkohol und Nikotin destilliert. Fast ausschließlich, was ihm als Nichtraucher und Nichttrinker von vorn herein eine Außenseiterrolle zuwies. Trotzdem stürzte er sich in der Wissensmühle Universität, um seiner Schreibe eine Grundlage zu verschaffen. Bald musste er aber feststellen, dass die Germanistik Literatur auseinandernimmt und nicht zusammensetzt und verlor die Motivation. Während er mehr

schrieb als studierte, arbeitete u.a. als Kraftfahrer, Bäcker, Fensterputzer, Buchclubwerber, Druckereigehilfe, Installateur, Gärtner, Offsetmonteur, Meinungsforscher, Gewächshausverkäufer, Bewässerungskonstrukteur, Reprofotograf und Hifi-Händler. Neben einem unlesbaren Roman schrieb er in der Zeit verschiedene Theaterstücke, veranstaltete Literaturworkshops und -Feste und betreute mehrere Jahre eine Gruppe junger Autoren, aus der diverse, heute namhafte Künstler bzw. Journalisten hervorgingen. Geld verdiente er als Schriftsteller aber erst, als er anfing, Krimis für Illustrierte zu schreiben.

Einmal Bulle – immer Bulle.

Rundfunkarbeiten und eine Einladung zu einem Drehbuchseminar der Bertelsmann-Stiftung folgten. 1988 gab er seinen letzten Brotjob auf und versuchte seinen Traum zu leben, als freier Schriftsteller zu existieren.

Da er mit seinem ersten Drehbuch gleich als die Entdeckung des Jahrzehnts gefeiert wurde, musste er sich um Aufträge von da an erstmal keine Sorgen machen, gab das Prosaische nahezu vollständig auf und widmete sich dem Mord und dem Totschlag.

Einmal Bulle – immer Bulle.

25 Jahre später hat er mehr als tausend Tote auf dem Gewissen und über 300 Drehbücher verfasst. Er kreierte verschiedene eigene Serien, hatte ansonsten aber auch fast überall wenigstens vorübergehend mal die Finger drin. „Doppelter Einsatz" bekam den Deutschen Fernsehpreis als beste Serie. Dann ruinierte M. H. seinen Ruf als ernstzunehmender Autor nachhaltig, als er die Dramaturgie für die Weltmeisterschaften im Automobil-Hoch-Weitsprung übernahm. Mit ganzer Schraube. Drei Staffeln lang betreute und schrieb er „Alarm für Cobra 11", nachdem er den Überraschungserfolg zur Serie umgestaltet hatte. Danach sagte jeder Redakteur über M. H., ob er ihn und seine Werke kannte oder nicht: „Der kann doch nur Action."

Nach seiner Demission von der Explosion als dramaturgischem Element hatte er folgerichtig diverse Probleme, andere „seriösere" Aufträge zu erhalten und es dauerte einige Zeit, bis M. H. gegen alle Vorurteile für andere Formate Drehbücher schreiben durfte.

In der allgemeinen Wirtschafts- und Fernsehkrise Ende des ersten Jahrzehnts besann er sich dann auf seine Wurzeln und fing wieder mit Prosa an, um endlich einmal etwas schaffen zu können, bei dem nicht 187 Menschen reinreden, die alles besser wissen, es am Ende aber nicht waren, wenn ihre „Einfälle" umgesetzt wurden. Sondern das miese Drehbuch.

M. H. folgte seiner zu diesem Zeitpunkt gar nicht mehr heimlichen Liebe (mehr als 1000 Bände des Genres im Regal) zur Fantasy und er erfand 2009 Memiana.

Da zu der Zeit aber spannende, fremde Welten weniger angesagt waren, als kopulierende Vampire, hielt er sich mit der Veröffentlichung zurück.

Erst als auch am Markt etablierte Autoren sich auf das Eis des self publishing im E-Book-Bereich wagten, fasste er den Entschluss, seine Saga auf eigenes Risiko zu veröffentlichen.

Heute lebt und schreibt er in Limburg an der Lahn, haust in einem Schloss mit Turmblick über die Stadt und teilt sich die Wohnung in einer Autoren-WG mit seiner jüngsten Tochter.

Glossar

Aaro: Salafarbenes, schweres, wertvolles Metall.

Aaser: Alle Tiere Memianas, die nicht selbst jagen, sondern sich mit dem begnügen, was die Reißer übriglassen.

Adolo: Junger Kir aus wohlhabendem Haus mit Memoverstand, von Hama für das Volk rekrutiert und Gefährte von Yala, Carb, Mareibe und Jarek.

Ahnenkreis: Spirale von Statuen der verstorbenen oder getöteten Mitglieder eines Xenoclans. Für jeden Toten wird eine lebensgroße Statue gefertigt und in einer Feier in den Kreis aufgenommen. Mit dem Tod des Clanführers und dem Aufstellen seiner Statue endet der Kreis.

Aliak: Junger Xeno aus Staka, jüngster Sohn des Ältesten des Hosatt-Clans.

Armlanger Schneider: Leicht gebogene Hieb- und Stichwaffe mit einseitig geschliffener Klinge aus Fera und Griff aus Knochen.

Birmi: Clan der Foogo.

Blutschader: Fingernagelgroße, dunkelrote Schader, ernähren sich vom Blut der gerissenen Tiere, können es mit langen, spitzen Rüsseln sogar aus Felsspalten saugen. Kommen immer fast als Letzte. Beliebtes Schimpfwort für Leute, die nichts tun, aber immer zugreifen, wenn es etwas zu holen gibt.

Blutspat: Seltene rotbraune Gesteinsart.

Breitnacken: Kniehohe, gedrungene Reißerart.

Briek: Marktstadt, pfadab von Maro gelegen.

Carb: Fero mit Memogedächtnis, gehört zur Gruppe der jungen Leute, die Hama als neue Memo rekrutiert. Besitzer des einzigen dreißigschüssigen Splitters in Memiana.

Cave: Halboffene Höhle im Fels mit einer Wasserstelle. Wo immer eine Cave entdeckt wird, bildet sich eine Ansiedlung. Nur nicht entlang des Pfades - dessen Caven bleiben den Phylen vorbehalten.

Cavo: Geheimnisvolles Höhlenvolk. Wird in Schauergeschichten für das Verschwinden vieler Menschen und ganzer Städte verantwortlich gemacht.

Chumuli: Ansiedlung, 30 Lichtwege pfadauf der Salaspitze.

Cimmy: Adolos Kron.

Coloro: Ein neues Rauschmittel, bewirkt bunte Bilder und übersteigertes Selbstbewusstsein. Wird heimlich gehandelt. Herkunft und Zusammensetzung sind ein Geheimnis.

Dreißigschüsser: Splitter, mit dem dreißig Schuss hintereinander abgegeben werden können, bevor die Druckkammer wieder aufgepumpt werden muss. Einzelstück, gebaut von Carbs Vater in Ferant.

Ebene von Kopak: Liegt zwischen Maro und Ronahara.

Ebol: Lastis verstorbener Mann, Ältester der Tyrolo und Oberster Hirte.

Felsen von Marabara: Liegen zwischen Maro und Ronahara, etwa 200 Schritt hoch, bestehen zumeist aus Urinspat und sind sehr zerklüftet.

Felsenspringer: Reißer mit langen, starken Beinen, lebt im Hochgebirge.

Fer: Münze aus Fera.

Fera: Grau schimmerndes, hartes Metall, aus dem Waffen, Mechanik (besonders Rohre) und Gefäße gefertigt werden. Kleine Scheiben aus Fera werden als Münzen zum Tausch gegen Ware genutzt.

Ferant: Stadt der Fero, innerhalb eines Bergs gelegen, in dem heißer Stein fließt.

Fero: Dunkelhäutiges Volk der Metallbearbeiter. Hersteller von Waffen und Mechanik aller Art. Nur die Kir haben Kontakt mit den Fero und treiben Handel mit ihnen.

Ferobar: Memo in Mindola, Ältester der Näher.

Foog: Eine der beiden grünfarbenen Tierarten (Phyle), die nicht zu den Reißern, Aasern oder Schadern gehören. Fooge umkreisen als eine der beiden Herden Memiana und haben den Pfad in den Fels getreten. Sie sind etwa mannshoch, haben scharfe Hornklingen am Kinn und am Schädel und auch jeweils vorne an den Hufen. Sammeln Sonnenlicht über eine Art Flügelpaar, das sie unter Sala entfalten. Fressen nie, trinken nur Wasser. Bis die Jungen ihre Flügel nutzen können, werden sie von den Muttertieren gesäugt. Wertvolle, aber gefährliche Rohstofflieferanten. Werden vom Stamm der Foogo gehütet, begleitet und geschlachtet.

Foogo: Volk der Fooghüter, das mit der Herde um Memiana zieht.

Fuli: Foogo, ältere Tochter von Lasti, der Ältesten der Hirten des Tyrolo-Clans.

Fulumu: Foogo aus Staka, Sohn von Stafasi, berühmter Zylobolaspieler.

Fuuch: Reißer, größtes am Pfad bekanntes Landtier, bis anderthalbfache Mannshöhe. Trägt eine zottige Mähne. Hat eine dreizackige Hornklinge am sehr langen Schwanz, die als Waffe eingesetzt wird, und drei Reihen scharfer Zähne.

Gelblicht: Zeit, in der Sala über den Himmel wandert und alles in ihr gelbes Licht taucht. Nur im Gelblicht sind Menschen außerhalb von Mauern unterwegs. In dieser Zeit ruhen die allermeisten Reißer. Sala vertreibt die Kälte des Graulichts. Wenn sie hoch am Himmel steht, wird es richtig heiß.

Gelbschattenfetzer: Einer der wenigen Salareißer. Gelb-schwarz gestreift, jagt geschickt in Rudeln.

Gilk: Xeno aus Maro, Freund von Jarek, aber etwas jünger als dieser. Immer fröhlicher Mädchenschwarm und guter Tänzer.

Glazia: Auch Hartwasser genannt. Wasser, das in großer Kälte - zum Beispiel in den Nächten hoch im Raakgebirge - erstarrt.

Graukreis: Verteidigungsring der Xeno, die während des Graulichts den Schutz von Mauern nicht erreicht haben.

Graulicht: Zeit, in der Polos und Nira am Himmel ihre Bahn ziehen. Das Licht reicht aus, alles zu sehen, aber nicht dazu, Farben zu erkennen. In dieser Zeit gehen die meisten Reißer auf die Jagd und Menschen fliehen hinter Mauern.

Grauschattenfetzer: Reißerart, die im Graulicht unterwegs ist und ähnlich in Rudeln jagt wie Gelbschattenfetzer.

Grauspat: Gesteinsart.

Graustreifenfetzer: Graulichtreißerart, Abart der Grauschattenfetzer.

Große Regeln: Es gibt drei Große Regeln, gegen die nie verstoßen wird: Im Graulicht wird ein Tor nicht geöffnet. Man geht nicht ins Dunkel. Man gehorcht dem, was ein Xeno unter Kontrakt sagt.

Großer Höhler: Fliegender Reißer mit bis zu 5 Schritt Spannweite und metallisch-weiß schimmerndem Schuppenpanzer. Salareißer, lebt hoch im Raakgebirge. Ein Xeno, der einen eigenen Clan gründen will, muss einen Großen Höhler erlegen. Weniger als ein Drittel aller Jäger kommt zurück.

Großer Kriecher: Beinloser Reißer, kann mehr als 20 Schritt lang werden und Menschen im Ganzen verschlingen. Es ist unsicher, ob es ihn überhaupt gibt. Er kommt oft in Gruselgeschichten vor, die Berichter erzählen.

Großer Splitter: Tausendschüssige Waffe mit sehr großem Druckspeicher, wird auch als Signalgeber eingesetzt.

Großer Turm von Jakat: Höchster Turm diesseits des Raakgebirges, 47 Mannslängen hoch, erbaut unter dem Ältesten Dyllioso vor 723 Umläufen.

Guso: Oberster Hirte der Tyrolo.

Hama: Reisender Memo, der junge Menschen sucht, die einen Memoverstand haben, um sie für das Volk zu rekrutieren. Ältester der Memo.

Handlanger Schneider: Waffe und Werkzeug aus Fera mit einseitig geschliffener Klinge, meistens mit Knochen- oder Horngriff.

Hartwasser: Wasser, das in großer Kälte - zum Beispiel in den Nächten hoch im Raakgebirge - erstarrt. Auch Glazia genannt.

Hauernasen: Reißer, kniehoch, mit scharfen Hornschneiden an der Nase.

Hauerreißer: Wie Hauernasen, nur kurznasig.

Hem: Pfiris Freund.

Höhen von Zukasa: Gebirge, etwa 23 Lichtwege pfadab von Maro gelegen, zieht sich entlang des Pfades, 500 Schritt hoch mit flachem Gipfel.

Hosatt: Xenoclan, unter Kontrakt in Staka.

Ili: Jareks jüngere Schwester, auffällig klein gewachsen, hat noch nie die Mauern der Ansiedlung verlassen. Sie gilt als die größte Bildhauerin diesseits des Raakgebirges.

jagdbereit: Bezeichnung für Xeno, die kampffähig sind.

Jakat: Stadt der Foogo, gehört dem Clan der Tyrolo.

Jarek: Xeno aus Maro, Sohn des Clanführers Thosen und dessen Frau Nari. Mittleres von drei Kindern, wird von Hama als Memo entdeckt.

Kaas: Wichtiges Nahrungsmittel neben Fleisch, in verschiedenen Geschmacksrichtungen. Es gibt ihn weich bis steinhart. Nur der Stamm der Mahlo kennt das Geheimnis der Herstellung.

Kalahara: Stadt jenseits des Raakgebirges, die aus unbekannten Gründen von den Reißern eingenommen und vollkommen entvölkert wurde.

Kir: Einer der Stämme des Volkes der Eco. Schwarzhaarig, gelbäugig, hellhäutig. Hartwarenhändler, die sich mit dem Kauf und Verkauf von allem befassen, das nicht essbar ist. Reichster Stamm in Memiana mit großem Einfluss und Geschäftssinn. Betreibt keine Niederlassungen, sondern vier

Märkte, die im Abstand von 250 Lichten rund um Memiana ziehen. Neben den Memo die einzigen Menschen, die sich Krone zum Reiten und Warentransport leisten können.

Kirusk: Größte Stadt Memianas, Stadt der Kir mit mehr als 300.000 Einwohnern. Auf einer Ebene auf halber Höhe des Raakgebirges gelegen.

Klaada: Atem, der in kalten Graulichten sichtbar wird und sich dicht über dem Boden als schimmernde, dichte Schicht sammelt.

Klauenreißer: Reißer von halber Mannshöhe, schwarz und grau gestreift, mit feinem Pelz und einer armlangen Mittelklaue an den Vordertatzen, die gefährlichste Waffe neben seinen fingerlangen Zähnen.

Knackerspiel: Kinderspiel aus Knochen.

Knirk: Scharfkantige, bis faustgroße Steine.

Knochenbeißer: Handgroße Schader, leben in Familien zusammen in Höhlen und ernähren sich von den Knochen getöteter Tiere.

Kobar: Jareks älterer Bruder, berühmter Jäger.

Kontor: Handelsplatz in Ansiedlungen und Städten, meist größtes Gebäude, im Besitz des Clans, der auch die Stadt beherrscht.

Kontrakt: Übereinkunft zwischen Einzelnen oder Clans.

Kreis: Eine Runde der Botenreiter entlang des Pfades um Memiana herum.

Kreitstein: Weiche, verschiedenfarbige Steine, die zum Malen auf Felsen benutzt werden können.

Kron: Zweibeiniger Laufaaser mit verkümmerten Flügeln, am Kopf anderthalbfache Mannshöhe. Wird als Reittier benutzt, ist aber sehr teuer und deshalb nur von Memo und Kir zu bezahlen. Kann zwei Reiter und das gleiche Gewicht an Last tragen. Verschiedene Rassen und Züchtungen. Niemand weiß, wo wilde Krone leben.

Kurzbogen: Schusswaffe mit Pfeilen, aus Horn hergestellt. In den Gegenden des Raakgebirges in Gebrauch. Bis etwa 30 Schritt Entfernung einsetzbar. Langbögen gibt es jenseits des Raakgebirges in den Sandlanden, sie sind im Gebirge aber zu sperrig und werden deshalb dort nicht genutzt.

Kurzschneider: Andere Bezeichnung für Handlangen Schneider.

Kvart: Maßeinheit für ein Viertel. Auch Münze aus Fera, Wert: ein Viertel Fer.

Laak: Offene Ansammlung von Wasser. In Mindola gibt es gleich drei davon: Laak Aqua für Trinkwasser, Laak Peca für Schwimmer und Laak Beecha zum Baden und Schwimmen.

Langbeinaaser: Aaser von halber Kniehöhe mit langen Ohren, bewegt sich hoppelnd fort. Lebt in Rudeln.

Langohraaser: Aaser, ähnlich wie der Langbeinaaser, aber mit tief herabhängenden Ohren.

Lasti: Foogo, Älteste des Clans der Tyrolo.

Licht: Zeiteinheit, besteht aus einem Gelb- und einem Graulicht.

Lichtweg: Strecke, die auch ein langsamer Wanderer innerhalb eines Gelblichts zurücklegen kann.

Lim: Xeno vom Clan der Stera aus Briek. Wollte Kobars Frau werden und geht nach dessen Tod trotzdem nach Maro, um den Clan der Thosen und besonders Ili zu unterstützen. Großartige und berühmte Jägerin.

Litpaasaqua: Leichtes, sprudelndes Getränk, etwas herb im Geschmack. In größerer Menge verursacht es einen Rausch.

Lohkbalsam: Streichfähiges, öliges Gemisch, mit dem die Tätowierung der Memo auf dem Handgelenk eingefärbt wird. Bewirkt, dass im Verstand die Memokammer entsteht.

Mahl: Eine der beiden Arten der Phyle. Genügsame, zottige Tiere mit gelappten, bunten Köpfen. Nehmen mit ihrer dunkelgrünen Haut das Licht auf. Die Herde der Mahle ist dreimal so groß wie die der Fooge.

Mahldecke: In mehreren Lagen übereinander genähtes Fell eines Mahls, weich, dick und warm, dient als Unterlage in Schlafstellen.

Mahlo: Stamm aus dem Volk der Phylo. Die Wanderer ziehen mit der Herde der Mahle. Die Kaaser und die Händler leben in Städten und Ansiedlungen und verkaufen Fleisch, Kaas, Felle und Kleidung an die Vaka.

Mähnenbreitnacken: Dunkelbraune Reißer, halb so groß wie ein Fuuch, sprungstark, Rudeljäger.

Mähnenstreifer: Kniehoher Reißer mit langer Kopfbehaarung, lebt in Rudeln.

Mareibe: Elternlose Solo, Musikerin. Wird von Hama als Memo rekrutiert und auf diese Weise Gefährtin von Jarek, Adolo, Yala und Carb.

Maro: Jareks Heimatstadt, knapp 1.000 Einwohner, etwas abseits des Pfades auf dem Anstieg zum Raakgebirge gelegen, zwischen den Marktstädten Briek und Ronahara.

Möchte letzterer den Rang ablaufen und den dortigen Markt übernehmen.

Mater: Anführerin eines Teils der Foogherde, der ebenfalls als Mater bezeichnet wird.

Matus: Vaka vom Clan der Waak in Utteno, Vater von Parra und zwei Söhnen, verheiratet mit Riliga, selbsternannter Ältester.

Memo: Volk der Boten, Berater, Berechner. Vergessen nie etwas, können aber auch einen Teil ihres Gedächtnisses sogar vor sich selbst verschließen, sodass sie gegen Geld Botschaften überbringen können, deren Inhalt ihnen unbekannt ist. Memo betreiben einen Botendienst rund um Memiana. Der Großteil des rothaarigen und rotäugigen Volkes lebt in der Stadt Mindola, die weit abseits des Pfades liegt und deren genaue Lage nur Memo bekannt ist.

Memoaaser: Aaser mit einem leuchtend roten Haarkranz um den Kopf, dem es egal ist, ob seine Beute noch zuckt, wenn er zubeißt.

Memobau: Bau eines Memo in einer Stadt oder Ansiedlung, mit der das Volk einen Kontrakt hat. Hier wohnt er/sie und nimmt zu festgelegten Zeiten Botschaften entgegen und gibt erhaltene weiter.

Memokammer: Raum im Gedächtnis und Verstand eines Memo, in dem alle Geheimnisse des Volkes verwahrt werden. Nur über ein geheimes Wort zugänglich. Was in der Memokammer verwahrt wird, kann von einem Memo nur einem Menschen seines eigenen Volkes mitgeteilt oder mit ihm besprochen werden.

Mindola: Verborgene Stadt der Memo, liegt etwa 27 Lichtwege pfadab von Maro und 12 Lichtwege seitlich innerhalb eines roten Berges.
Molto: Einer der Söhne von Tabbas.

Moyla: Junge Xeno aus Staka, Tochter des Ältesten des Hosatt-Clans.

Mydol: Xeno aus Maro, Teilnehmer an Ilis Reisegruppe, Gefährte von Kila, mit der er einen Sohn, Ormi, hat.

Näher: Heilkundiger, der auch Wunden innerhalb des Körpers behandeln kann.

Nahit: Memo in Mindola, Ältester der Sicherheit.

Nahrkammer: Kleiner Raum ohne Lichtöffnung in einer Unterkunft, in dem Essen und Getränke verwahrt werden.

Narak: Foogo vom Clan der Tyrolo, Zylobolaspieler.

Nari: Jareks Mutter, verheiratet mit Thosen, gilt als die heimliche Anführerin des Clans.

Nira: Kleiner Himmelskörper Memianas, folgt Polos auf einer niedrigeren Bahn, ist nur etwa ein Fünftel so groß wie Sala.

Niranadel: Einer der beiden höchsten Berge von Memiana, im Raakgebirge gelegen.

Niraschwärmer: Graulichtreißer, etwas größer als die Salaschwärmer, mit tiefschwarzem Leib.

Niraspat: Dunkle Gesteinsart.

Nork: Xeno aus Maro, Onkel von Pfiri und Rieb.

Novo: Bezeichnung aller jungen Memo, die noch nicht vollständig in das Volk aufgenommen sind.

Oberster Hirte: Foogo, geht mit der Mater eines Teils der Foogherde und gewöhnt sie an sich und seine Führung.

Okt: Allgemeine Maßeinheit für ein Achtel. Auch Münze aus Fera, Wert: ein Achtel Fer.

Ollo: Anführer einer Räuberbande, hemmungsloser Mörder, aber sehr schlau, mit der Idee von einer eigenen Stadt nur für Solo, die er beharrlich verfolgt. Hat Mareibe lange Zeit gefangengehalten.

Opferraute: Mulde im Tisch für Speiseopfer (wird von Schadlingen geholt).

Oquin: Memo in Mindola, Helferin im Turm der Wiedergeburt.

Orgas: Angeblicher Kir aus Jakat vom Clan der Mafata.

Orig: Memo, der in Staka bei den Stafasi unter Kontrakt ist.

Paas: Süße Paste, die von Schwärmern erschaffen und im Robel gelagert wird. Wertvoll. Einer der Grundstoffe für alle Arten von Paasaqua.

Paasaqua: Berauschende Getränke, aus Paas in verschiedenen Geschmacksrichtungen und Stärken hergestellt.

Paasgrus: Pflaster aus Paas und einem heilenden Steinmehl, wird nass aufgetragen und trocknet. Wenn es abfällt, ist die Wunde verheilt. Bei größeren Verletzungen wird ein Tuchstück darübergelegt und trocknet mit an.

Parra: Sehr junge Vaka aus Utteno, Tochter von Matus und Riliga, mit Jarek und seinen Gefährten befreundet.

Partiola: Flüssigkeit, die bei den Memo eine Verbindung herstellt zu dem Lohk in der Tätowierung auf ihrer Hand und somit ermöglicht, dass die Memo in ihrem Verstand eine Kammer abtrennen können für Wissen und Nachrichten, die andere dort ablegen wollen.

Pass von Ardiguan: Einschnitt im Raakgebirge zwischen der Niranadel und der Salaspitze, an dem der Pfad und der Weg das Gebirge überschreiten.

Peitschenschwanzwürger: Sowohl Reißer als auch Aaser, vergräbt seine Beute, um sie später zu fressen. Hat drei Schritt langen, dünnen Schwanz, mit dem er seine Beute erdrosselt.

Pfad: Schlucht, die sich rund um Memiana zieht. Wurde von den Phylen im Lauf der Zeit in den Fels getreten, als die Herden auf der Suche nach Wasser von Cave zu Cave zogen. Die Wände steigen, je nach Härte des Steins, bis zu 200 Schritt senkrecht in die Höhe. Der Boden besteht aus einem Gemisch aus Sand und Hornabrieb der Hufe.

pfadabwärts, pfadaufwärts: Richtungsangabe: Die Herden der Phyle wandern immer pfadaufwärts.

Pfadboten: Memo, die am Pfad entlang reiten und den mit der Herde wandernden Memo Nachrichten bringen.

Pfiri: Xeno aus Maro, gute Jägerin, oft mit Jarek unterwegs, Zwillingsschwester von Rieb.

Phyle: Tiere von Memiana, die weder Aaser noch Reißer sind, sondern sich von Licht ernähren. Es gibt zwei Arten: Mahle und Fooge.

Phylo: Volk der Pfadwanderer, besteht aus den Stämmen der Foogo und der Mahlo.

Pigguli: Ansiedlung jenseits des Raakgebirges in der Nähe von Chumuli.

Plada: Platz für das Zylobolaspiel.

Polos: Großer Himmelskörper Memianas, nur im Graulicht zu sehen, etwa ein Drittel so groß wie Sala.

Postula: Ansiedlung, pfadab von Maro gelegen.

Quarm: Solo, Musiker und mit Mareibe bekannt.

Raakbreitnacken: Dunkelbraune Breitnackenart, die nur im Raakgebirge vorkommt.

Raakgebirge: Hohes Gebirge am Pfad, das sich quer über Memiana zieht. Die höchsten Berge sind die Salaspitze und die Niranadel, die sich 10.000 und 8.000 Schritt erheben.

Reißer: Alle Tiere Memianas, die sich von der Jagd ernähren.

Rieb: Xeno aus Maro, gute Jägerin, oft mit Jarek unterwegs. Zwillingsschwester von Pfiri.

Riliga: Vaka aus Utteno, Mutter von Parra und zwei Söhnen, Frau von Matus.

Robel: Bau der Schwärmer in Felshöhle.

Rohrbieger: Werkzeug zum Bearbeiten von Ferarohren.

Ronahara: Nächste Stadt zwei Lichtwege pfadauf von Maro. Zur Zeit noch Marktstadt.

Rota: Zeitabschnitt von 250 Lichten, in dem die Foogo eine Foogmater begleiten.

Rovia: Memo in Mindola, Älteste der Novo.

Rückenbeutel: Behälter der Reisenden mit zwei Riemen zum Tragen. Auf der Klappe werden die Deckenmäntel festgebunden, die für das Graulicht und kältere Gegenden gebraucht werden.

Rufer: Mechanik zur Verstärkung der Stimme, an der Rennbahn von Mindola verwendet.

Sala: Größter Himmelskörper Memianas, leuchtet hellgelb. Sala zieht ihre Bahn entlang des Pfades, und nur in ihrem Licht sind Farben zu erkennen.

Salafuuch: Geheimnisvoller Reißer, der von gelber Farbe sein soll und unter Sala auf Beute aus ist.

Salamähnen: Reißer mit schwarzen Köpfen und hellen Mähnen, größte Breitnackenart.

Salaschwärmer: Fliegende Reißer, die in Schwärmen von mehr als 1.000 Tieren leben und jagen. Flauschige, gelb-schwarz gestreifte Körper, hartes, durchsichtiges Flügelpaar und am Hinterleib eine scharfe und spitze Hornklinge. Sehr gefährlich für Ansiedlungen. Zum Schutz gegen Schwärmer werden die Lichtöffnungen der Wohnbauten eng vergittert. Nur der Große Splitter kann ein angreifendes Schwärmervolk zurückschlagen. Ein einzelnes Tier hat etwa die Größe eines Kinderkopfes.

Salaspitze: Höchster Berg von Memiana, im Raakgebirge gelegen.

Salastein: Hellgelber, durchscheinender Stein, der Salas Wärme speichern kann und langsam wieder abgibt. Schlafstellen werden damit ausgekleidet, damit sie im kalten Graulicht wärmen können.

Sandebene von Gobb: Liegt jenseits des Passes von Ardiguan.

Schader, Schadlinge: Kleine Tiere mit harten Rückenschalen und sechs Beinen, die das vertilgen, was die Aaser übriglassen, sich aber auch über Kaas hermachen. Von fingernagel- bis handgroß.

Schattenreißer: Alle Reißer Memianas, die nur im Graulicht auf Beute aus sind.

Schattenspringer: Reißerart.

Schauer: In einem Jagdtrupp der Xeno derjenige, der die Umgebung im Auge behält und nach Gefahren Ausschau hält. Auch Turmwächter einer Ansiedlung oder Stadt.

Schrägsteiger: Sattelart für Krone, Einzelsitz für größtmögliche Geschwindigkeit. Auch Bezeichnung für eine Schlagtechnik beim Zylobolaspiel.

Schwanzlinge: Kleine Aaser mit langen, dünnen Schwänzen, flink, kommen durch die kleinsten Löcher und fressen am liebsten Kaas.

Schwimmer: Reißer (Springer) und Aaser (Gründler), die im Wasser in manchen Caven leben.

Solaga: Solo, die Geld damit verdient, dass sie mit Männern das Lager teilt.

Solo: Ausgestoßene, die keinem anderen Volk (mehr) angehören. Ohne eigene feste Ansiedlungen oder Städte. Ständig auf Wanderschaft, weil ihr Aufenthalt innerhalb von Mauern immer nur für festgelegte Zeiten gestattet wird. Arbeiten als Musiker, Artisten, Berichter und Handwerker, als Helfer beim Bauen und Tragen von Lasten, die Frauen manchmal auch als Gefährtinnen für das Lager der Männer. Dazu gibt es eine Zahl von Dieben, Räubern, Betrügern unter ihnen, die für den schlechten Ruf der Ausgestoßenen und das Misstrauen verantwortlich sind, das man ihnen entgegenbringt.

Solowall: Befestigte Unterkunft direkt vor den Mauern einer Stadt oder Ansiedlung und für Solo bestimmt, die nicht in die Stadt gelassen werden.

Spatstein: Allgemeiner Name für eine spröde Gesteinsart.

Splitter: Neuere Schusswaffe. Luftdruck treibt angespitzte Steingeschosse aus Schwarzglimmer durch den Lauf. Im Handel gibt es nur Ein- und Dreischüsser als tragbare Waffen sowie den Großen Splitter als schwere, tausendschüssige Waffe für Mauern und Türme. Sehr teuer und noch selten. Löst aber trotz seines sehr hohen Preises nach und nach den Kurzbogen als Fernwaffe ab.

Springaaser: Aaserart.

Springer: Im Wasser lebende Reißer, die Tiere jagen, die an den Caven trinken. Von den Menschen bevorzugte Schwimmerart, da ihr Fleisch einen besonderen Geschmack hat. Auch Bezeichnung für einen Memo, der für eine Weile einen anderen vertritt.

Springreißer: Sammelbegriff für Hochgebirgsreißer mit langen Beinen.

Sprunghebelretter: Spielbewegung im Zylobolaspiel.

Staatpaasaqua: Sammelbegriff für besonders starke berauschende Sorten Paasaqua.
Stafa: Clan der Foogo.

Stafasi: Clanältester eines Foogoclans und dessen Namensgeber. Lebt in der Stadt Staka.

Staka: Stadt des Foogoclans der Stafa.

Stecher: Stich- und Wurfwaffe, zweischneidig. Etwas mehr als handlang.

Streifenheuler: Kniehohe Aaser, die viel Lärm machen.

Suraqua: Getränk von säuerlichem Geschmack, hat keine berauschende Wirkung.

Syme: Sehr junge Foogo, jüngere Tochter von Lasti, der Ältesten des Clans der Tyrolo.

Tabbas: Clanoberhaupt vom Stamm der Vaka, dem die Ansiedlung Maro gehört. Arbeitet daran, diese zu vergrößern und zum Marktplatz zu machen.

Thosen: Xeno, Clanführer, der mit der Ansiedlung Maro einen Kontrakt für Schutz und Jagd hat. Berühmter Jäger und Vater von Jarek.

Tila: Junge Xeno in Aliaks Jagdtrupp.

Tölpelaaser: Zweibeiniger Aaser mit sehr großen Füßen, bewegt sich unbeholfen und stolpernd fort. Beliebtes Schimpfwort für ungeschickte Menschen.

Tripplo: Verbotene dreimalige Berührung des Balls im Zylobolaspiel.

Turm der Nahrung: Bau in Mindola, in dem alle Memo und Novo Nahrmittel und Getränke erhalten.

Turm der Wiedergeburt: Bau in Mindola, in dem Memo Verletzte behandeln und heilen. Darin arbeiten Näher, Gruser und Tränker sowie ihre Helfer.

Turm des Wissens: Bau in Mindola, in dem Memo arbeiten, die alles Wissen sammeln, das es über Memiana gibt.

Tyra: Foogo, Älteste des gesamten Clans der Tyrolo.

Tyrolo: Clan der Foogo.

Uhle: Memo, die in Maro unter Kontrakt stand.

Umlauf: Zeit, die jede der beiden Herden braucht, um auf dem Pfad einmal rund um Memiana zu wandern. Umfasst

1.000 Lichte. Das Alter von Menschen wird in Umläufen angegeben.

Unterrichtungen: Einweisung der Novo in Mindola in die Tätigkeiten, das Können und die Pflichten eines Memo.

Urinspat: Dunkelgelbe Gesteinsart.

Utteno: Stadt der Vaka, ehemaliger Marktplatz, wegen des Sinkens des Wasserspiegels in der Cave aber ohne Zukunft. Liegt 22 Lichtwege pfadab von Maro.

Vaka: Einer der beiden Stämme des Volkes der Eco. Nahrhändler, die sich nur mit dem Kauf und Verkauf von Getränken und Nahrung befassen. Besitzen ganze Städte und betreiben Kontore in Städten und Siedlungen, die anderen Völkern gehören. Hellhaarig, helläugig, hellhäutig.

Vakasa: Stadt der Vaka und zweitgrößte von Memiana. Hat etwa 200.000 Einwohner und liegt 40 Lichtwege jenseits des Raakgebirges.

Volka: Foogo, Sohn von Lasti, der Ältesten des Clans der Tyrolo.

Volvorma: Memo in Mindola, die alles Wissen über Foogo und die Foogherde sammelt.

Vrisima: Benennung der Zylobolamannschaft des Clans der Vristu.

Vristu: Clan der Foogo mit der Ansiedlung Kulogo.
Wall: Einfacher Schutzbau für Reisende, besteht aus einer Mauer mit einem Wachturm und einer unterschiedlichen Anzahl von Schlafbauten. Ohne Wasserstelle. Wälle liegen entlang des Weges im Abstand von einem Lichtweg. Die Städte und Ansiedlungen sind für den Erhalt der Wälle in ihrer Nähe zuständig.

Wall von Kopak: Hügel zwischen Ronahara und Maro.

Der Weg: Führt rund um Memiana und wird von Menschen begangen und beritten, folgt meistens dem Pfad und verbindet Städte und Wälle.

Xeno: Volk der Wächter, Jäger und Beschützer. Braun bis schwarzhaarig, dunkeläugig, hellbraune Haut. Gehen clanweise Kontrakte mit Städten, Clans anderer Völker oder mächtigen Familien ein, in denen sie sich verpflichten, für die innere und äußere Sicherheit zu sorgen und zu jagen. Sind in ihren Entscheidungen frei und was sie anordnen, wird befolgt.

Yala: Vaka vom Clan der Mito, von Hama in Vakasa als Memo entdeckt, entstammt einer weniger wohlhabenden Händlerfamilie. Gefährtin von Adolo, Carb, Jarek und Mareibe.

Yalas Tal der Schatten: Weites Tal, in dem Ollo einen Hinterhalt für Matus' Reisegruppe legt. Der Ort bekommt seinen Namen von Mareibe, als sie ein Lied für Parra dichtet.

„Zum toten Fuuch": Schänke in Maro, die bevorzugt von der Jugend der Ansiedlung besucht wird.

Zurag: Stadt des Tyroloclans, 130 Lichtwege pfadab von Vakasa.

Zylo: An einem Ende gegabelter Stab aus Knochen und Ferahülsen zum Hüten der Fooge und als Stütze beim Gehen in unebenem Gelände, wird auch beim Zylobolaspiel verwendet.

Zylobola: Ballspiel der Foogo, das jeweils zwischen zwei Mannschaften verschiedener Clans ausgetragen wird, sehr wichtig im Leben der Foogo.